C.J. Baco August '22

CHRISTINE RATH
Heidezauber

INSELGEHEIMNIS Lisas Glück liegt in Scherben: Ihre Ehe ist gescheitert und die Kinder gehen eigene Wege. Als auch noch ihr geliebter Vater stirbt, ist Lisa zutiefst verzweifelt. Sie soll seinen letzten Willen erfüllen und nach Sylt fahren, um dort ein geheimnisvolles Päckchen an eine gewisse Alma zu überbringen. Die Suche nach der fremden Frau auf der zauberhaften Insel Sylt rückt Lisas eigene Sorgen in den Hintergrund. In dem romantischen kleinen Reetdachhaus, das dem alten Johann Johannsen gehört, kommt sie langsam wieder zur Ruhe.

Als ihr der attraktive Sven aus Hamburg begegnet, fühlt sie zum ersten Mal seit langer Zeit wieder Schmetterlinge im Bauch. Obwohl sie sich dagegen wehrt, verliebt sich Lisa schon bald rettungslos und erlebt mit Sven einen wunderschönen Sommer. Doch sie spürt gleichzeitig auch eine große Zurückhaltung auf seiner Seite, die sie irritiert. Als Lisa kurz darauf Johann bewusstlos und blutend auffindet, wird sie misstrauisch. Will etwa dessen Neffe Nils seinen Onkel beseitigen, um an das wertvolle Grundstück in Kampen zu kommen? Und was hat Sven damit zu tun? Lisa forscht nach und kommt hinter das düstere Geheimnis eines Verrats.

Die Autorin Christine Rath, Jahrgang 1964, lebt und schreibt am schönen Bodensee, wo sie mit ihrer Familie ein kleines Hotel betreibt. Hier findet sie durch die vielen interessanten Begegnungen und Situationen mit anderen Menschen viele neue Ideen für ihre Romane. Ihre Wurzeln hat sie jedoch an der Ostsee und auf der Insel Sylt, auf der ihre Eltern einige Zeit lebten. An beiden Meeren findet sie in der zauberhaften Natur Ruhe und Erholung.

Bisherige Veröffentlichungen im Gmeiner-Verlag:
Maiglöckchensehnsucht (2015)
Sanddornduft (2014)
Wildrosengeheimnisse (2013
Butterblumenträume (2011)

CHRISTINE RATH
Heidezauber
Ein Romantikkrimi auf Sylt

Ausgewählt durch
Claudia Senghaas

Personen und Handlung sind frei erfunden.
Ähnlichkeiten mit lebenden oder toten Personen
sind rein zufällig und nicht beabsichtigt.

Besuchen Sie uns im Internet:
www.gmeiner-verlag.de

© 2016 – Gmeiner-Verlag GmbH
Im Ehnried 5, 88605 Meßkirch
Telefon 0 75 75 / 20 95 - 0
info@gmeiner-verlag.de
Alle Rechte vorbehalten
1. Auflage 2016

Lektorat: Claudia Senghaas, Kirchardt
Herstellung: Mirjam Hecht
Umschlaggestaltung: U.O.R.G. Lutz Eberle, Stuttgart
unter Verwendung eines Fotos von: © Martina Berg – Fotolia.com
Druck: GGP Media GmbH, Pößneck
Printed in Germany
ISBN 978-3-8392-1813-6

Für meine Mutter Rosemarie –
in Liebe und für immer in meinem Herzen

ÜBER DIE HEIDE

Über die Heide hallet mein Schritt;
Dumpf aus der Erde wandert es mit.
Herbst ist gekommen, Frühling ist weit –
Gab es denn einmal selige Zeit?
Brauende Nebel geisten umher;
Schwarz ist das Kraut und der Himmel so leer.
Wär ich hier nur nicht gegangen im Mai.
Leben und Liebe – wie flog es vorbei.

Theodor Storm

PROLOG

Es war nur eine winzige Kleinigkeit gewesen.

Wie der Flügelschlag eines Schmetterlings, so leicht und sanft. Und doch bedeutend.

Schon lange hatte sie gespürt, dass etwas nicht stimmte. Doch sie konnte nicht sagen, was genau es war. Es war nur ein Gefühl, dazu ein ganz und gar unbestimmtes. Eines, das sie nicht benennen konnte, aber eines, das ihr Angst machte.

Man merkt ja nicht gleich, wenn Liebe in Hass umschlägt. Es sind manchmal nur winzige Nuancen, die die guten Gefühle von den bösen trennen. Das hatte sie einmal in einer Psychologie-Zeitung gelesen.

Und dann, in diesem winzigen Augenblick, hatte sie es auf einmal nicht mehr nur gespürt, sondern gewusst. Wie ein Rätsel, das endlich gelöst wurde.

Kalt blies der Abendwind in ihr Gesicht. Sie hätte doch die warme Jacke anziehen sollen, bevor sie sich auf ihr Rad setzte. Jetzt wünschte sie, sie hätte sich nicht von der Eile treiben lassen.

Doch sie wollte so schnell wie möglich zu ihm, ihm alles erklären.

Nun fing es auch noch an zu regnen. Nie war ihr der Weg von ihrem Haus in Kampen nach Wenningstedt so lange vorgekommen wie heute. Normalerweise benötigte sie nur ein paar Minuten, denn sie war schließlich jeden Tag mit dem Rad unterwegs und entsprechend trainiert. Doch heute Abend war alles anders. Obwohl sie so schnell wie möglich bei ihm sein wollte, schienen ihre Beine zu schwach, um gegen den Wind, der immer stärker wurde, anzukommen.

Sie hatte Mühe, den Lenker festzuhalten und in der Dunkelheit und dem Regen die Straße zu erkennen. Sie beschloss, diesmal nicht den Radweg, sondern die Straße Richtung Braderup zu nehmen und dann hinter dem Leuchtturm am Golfplatz entlang den Weg nach Wenningstedt einzuschlagen. Vielleicht würde es dort etwas geschützter sein als auf dem Radweg, auf dem sie Wind und Wetter so schutzlos ausgeliefert war.

Natürlich hätte sie auch umdrehen und zu Hause in Ruhe auf ihren Mann warten können. Was bei diesem Wetter sicher das Beste gewesen wäre.

Doch was sie Johann zu sagen hatte, war so wichtig, dass es keinen Aufschub duldete.

Viel zu lange schon hatte sie ihm nichts von ihren Gefühlen gesagt und sie hoffte inständig, dass es noch nicht zu spät dafür war.

Wenn sie Glück hatte, kam sie gerade rechtzeitig, um zum Ende der Probe am Kursaal zu sein. Hier probte der Shanty-Chor Sylt jeden Dienstag und anschließend gingen die Männer immer noch gerne auf ein Bierchen in die Kneipe an der Ecke. Ihr Johann war nicht der Mann, der gerne in Kneipen saß, doch das Singen in diesem Männerchor bereitete ihm große Freude.

Er würde erstaunt sein, sie zu sehen, ganz sicher … Doch er würde mit ihr gehen und ihr zuhören. Er war so traurig gewesen heute Abend, bevor er zur Probe aufbrach. Sein Gesicht war so ernst und sie hätte alles dafür getan, damit er sie wieder so ansah wie früher …, mit diesem Lächeln, das sie so an ihm liebte. Doch sie hatte nicht gewusst, wie sie das anstellen sollte, und stattdessen stumm den Abwasch gemacht, weil Emmi heute frei hatte.

Als er fort war, war sie in den Garten hinausgetreten. Noch war die Luft rein und klar, nur der Wind blies bereits kräftig und ließ sie frösteln. Sie hatte sich abrupt umgedreht, um ins Haus zu gehen.

Und da hatte sie es gesehen. Vielmehr ihn gesehen, diesen Blick, der ihr nichts als eiskalten Hass entgegenschleuderte. Auf einmal hatte sie alles gewusst. Sie stand da, wie zur Salzsäule erstarrt, unfähig, einen Schritt weiterzugehen.

Plötzlich ergab alles einen Sinn.

Doch nur, wenn Johann davon erfuhr, konnte alles wie früher werden. Nichts wünschte sie sich mehr. Und nur deshalb war sie jetzt auf dem Weg zu ihm, auch wenn die dunkle Nacht und das schreckliche Wetter sie kaum die Hand vor Augen sehen ließen.

Immer fester umklammerte sie den Lenker ihres Rades und strampelte gegen den Wind an.

Doch was war das? Etwas Dunkles lag auf der Straße, eine überfahrene Katze vielleicht. Sie musste ihr ausweichen und zog den Lenker ruckartig nach links. Verflucht, wo kamen auf einmal die Scheinwerfer her? Sie konnte in diesem Regen fast nichts sehen, aber da kam ein Auto direkt auf sie zu. Sie zog den Lenker zurück nach rechts, das Rad geriet gefährlich ins Schleudern und sie versuchte verzweifelt, Halt zu finden.

Doch ihre Finger, die noch eben den Lenker umklammerten, griffen ins Leere ... und sie fiel ...

Der Aufprall war hart und sie hörte ein dumpfes Geräusch.

Dann wurde auf einmal alles um sie herum dunkel, tiefschwarze Nacht.

I. KAPITEL:
DAS GEWITTER

Das Glitzern auf dem See ist hell, schon fast unerträglich. Schützend halte ich die Hand über die Augen und betrachte die vielen Segelboote auf dem blauen See. Seltsam, noch nie habe ich mich so sehr nach dem Nebel gesehnt wie heute.

Der berüchtigte und von vielen gehasste Bodenseenebel ... Wie lieb wäre es mir doch heute, die grauen Wolken würden mir den Blick trüben und die ganze Welt um mich herum einfach verschlucken.

Im dunklen Herbst- und Wintergrau ist es völlig normal, dass die Menschen sich zurückziehen und miesepetrig sind. Doch im Sommer, da hat alles leicht und schön zu sein ... wie die wattweißen Wolken, die dem tiefblauen Himmel kleine Tupfer verleihen und so gut zu den weißen Segeln der Boote passen.

Die Menschen sind lustig und tragen ihre Heiterkeit in allerlei farbenfrohen Outfits spazieren. Ob das immer gut aussieht, bleibt dahingestellt und dem Geschmack des Einzelnen überlassen. Mut gehört zu dem ein oder anderen Outfit auf jeden Fall dazu, wenn ich es recht betrachte. Gerade heute scheinen besonders viele Paradiesvögel unterwegs zu sein, aber vielleicht kommt mir das auch nur so vor, weil mir graue Gedanken die Stirn vernebeln.

Das schöne Sommerwetter scheint heute jedoch offensichtlich bei allen anderen für gute Laune zu sorgen. Mir kommt es fast so vor, als seien noch mehr Menschen in Konstanz unterwegs als sonst, dabei ist unsere schöne Stadt am Bodensee doch eigentlich immer sehr belebt.

Es ist eine bunte Mischung aus Urlaubern, Einheimischen, Jungen und Alten, die händchenhaltend und mit bunten Picknickkörben und Badetaschen bewaffnet entweder zu Fuß oder auf dem Rad am Seeufer unterwegs sind.

Und *alle* scheinen bedeutend besserer Stimmung zu sein als ich.

Wenn es nur nicht so fürchterlich heiß heute wäre.

Seufzend schiebe ich den Ärmel meines Leinenblazers nach oben und wische mir den Schweiß ab. Warum habe ich mich eigentlich so chic gemacht? Im Leinenkostüm zum Friseur zu gehen, das ist doch so ziemlich das Blödeste, was man tun kann. Immerhin wird einem doch kurz nach dem Platznehmen sofort ein Cape übergehängt. Aber das »4 Haareszeiten« ist schließlich nicht irgendein Salon, sondern *der* Laden, der jetzt absolut angesagt ist und in den angeblich *alle* gehen. Dementsprechend sehe ich auch aus. Statt meiner widerspenstigen aschblonden Locken trage ich das Haar nun glatt gebügelt wie alle in meinem Bekanntenkreis. Eigentlich sieht es nicht schlecht aus, irgendwie edel … andererseits auch ein wenig streng, wie mir scheint. Es macht mich älter, finde ich. Ob das an den neuen Strähnen liegt? Perlmuttblond sei der neueste Trend, wollte man mir im Salon weismachen. Nicht dieses »unsägliche Goldblond«, das alternde Hollywoodstars trügen, um jünger zu wirken. Nein … Perlmuttblond, ganz dezent und natürlich. Ich weiß nicht recht. Die Farbe erinnert mich an grau. Hellgrau zwar, aber grau.

»Das ist doch nicht Grau, sondern Perlmutt«, versuchte die junge Friseurin in ihrer ultracoolen Jeans meine Bedenken zu zerstreuen. Das wirke wie Silber in der Sonne. Silber?

Silbergrau vermutlich. Und dafür habe ich nun 180 Euro hingelegt. Allerdings wird die geglättete Pracht wohl ohnehin nicht lange so aussehen. Eine verschwitzte Strähne an der Stirn beginnt sich bereits zu kräuseln. Wütend schiebe ich sie nach hinten, während ich den Weg zu dem modernen Bürokomplex einschlage, in dem sich das Büro meines Mannes befindet.

Gerade, als ich auf die Rheinbrücke trete, auf der auch heute wieder viele bunte Fahnen im leichten Wind wehen, fällt der erste Tropfen. Groß und schwer landet er mitten auf meiner Nase. Vor lauter Grübeln habe ich gar nicht gemerkt, dass sich ein Gewitter zusammengebraut hat. Kein Wunder, so schwül, wie es heute den ganzen Morgen war.

Ich wühle in meiner Handtasche nach irgendetwas, das ich mir über den Kopf stülpen kann. Dort befindet sich neben allerhand Krimskrams jedoch nur eine alte Plastiktüte, die allerdings winzig klein ist, weil sie lediglich ein Buch beherbergt hat. Ich frage mich, wieso ich sie überhaupt aufbewahrt habe und noch dazu in meiner Handtasche. Doch im Moment ist sie besser als nichts und so halte ich sie mir mehr schlecht als recht über die neue Frisur und presche weiter.

Ich bin gespannt, was Andreas sagen wird, wenn ich ihn einfach so überrasche. Mir wird bewusst, dass ich das schon lange nicht mehr getan habe. Aber nachdem ich schon seit Wochen versuche, mit ihm über seinen bevorstehenden »runden« Geburtstag zu reden, und er mich jeden Abend auf »Morgen.« vertröstet, habe ich mich heute entschlossen, ihn in der Mittagspause im Büro aufzusuchen und die Feier ein klein wenig mit ihm durchzusprechen. In Gedanken checke ich noch einmal alle Punkte, die es noch zu klären gilt. Hat Andreas die geschiedene Frau seines Freundes

Olaf nun auch eingeladen und darf diese ihren Freund mitbringen? Wer wird meinen Vater zu Hause abholen? Hat er sich um das Klavier gekümmert, auf dem mein Vater spielen soll? Es sind so viele Dinge, die bedacht werden müssen. Ich bin schon seit Wochen mit der Planung des Geburtstages beschäftigt, während Andreas sich aus dieser komplett herausgehalten hat. Es kommt mir fast so vor, als würde er den Gedanken, 50 zu werden, einfach verdrängen.

Und genau *das* ist es, was mich so betrübt: Dass ich gar nicht mehr weiß, was Andreas empfindet.

Ich habe das Gefühl, dass wir überhaupt nicht mehr miteinander reden. Seit geraumer Zeit kommt es mir so vor, als lebten wir nur noch nebeneinander her. Mir ist bewusst, dass so etwas in langen Ehen sehr häufig vorkommt, doch ich bin nicht bereit, mich damit abzufinden.

Mein Plan sieht vor, meinen Mann zu einem kleinen Mittagessen in der Konstanzer Innenstadt zu überreden, falls es sein enger Zeitplan überhaupt zulässt. Andreas ist ein überaus erfolgreicher und viel beschäftigter Architekt, der vor lauter Projekten leider sehr oft vergisst, dass er auch noch eine Familie hat.

Jedenfalls das, was man überhaupt noch Familie nennen kann. Viel ist davon nämlich nicht mehr übrig. Da bin eigentlich nur noch ich, Lisa Wendler, eine momentan etwas unzufriedene und gelangweilte Hausfrau und ehemalige Buchhändlerin. Unsere Tochter Ann-Sophie ist 24 Jahre alt und studiert Architektur, um schon bald ihren Vater in seiner Firma unterstützen zu können. Sie lebt seit 2 Jahren mit ihrem Freund Jan zusammen und besucht uns nur noch selten, sehr zum Unmut ihres Vaters. Ann-Sophie ist Andreas' ganzer Stolz, vermutlich, weil sie ihm so ähnlich ist: gut aussehend, zielstrebig und karriereorientiert. Ganz anders als ihre Mutter, die immer ein wenig den Kopf in den Wolken und die Nase in einem Buch hat. Und auch so ganz anders als unser »kleiner« Sohn Tim, der am liebsten Gitarre spielt und das Abitur gerade nur mit Ach und Krach bestanden hat.

Obwohl ich es normalerweise liebe, in Konstanz zu bummeln und das lebhafte Treiben auf mich wirken zu lassen, bin ich heute seltsam traurig. Was ist nur los mit mir?

Ich betrachte die vielen Menschen um mich herum und bemerke: Alle haben ein Ziel.

Nur ich nicht. Die Berufstätigen eilen zu ihrer Arbeitsstätte, die jungen Mütter mit ihren Kindern auf den Spielplatz, die Liebenden zu ihrer Verabredung.

Ich habe auch etwas vor, rede ich mit mir selbst. Ich treffe mich mit meinem Mann, auch wenn er noch nichts davon weiß und man deshalb wohl kaum von einer richtigen Verabredung sprechen kann.

Andreas ist in letzter Zeit fast nur noch im Büro und wenn er nach Hause kommt, ist er müde und will seine Ruhe haben. Natürlich ist mir bewusst, dass das nicht ungewöhnlich ist und in allen langjährigen Partnerschaften nach so langer Zeit eine gewisse Routine vorherrscht. Doch ich bin fest davon überzeugt, dass man ein wenig tun kann, um wieder frischen Wind in die alte Liebe zu bringen. Ja, und deshalb habe ich auch gleich einen Besuch beim Friseur eingeplant und mir fest vorgenommen, in Zukunft wieder mehr mit Andreas zu unternehmen. Jetzt, wo die Kinder groß sind, könnten wir doch eigentlich unsere Zweisamkeit wieder mehr genießen … So wie früher, als wir noch keine Kinder hatten und mit wenig Geld in unserem alten R 4 spontan an die Riviera gefahren sind. Wann haben wir eigentlich das letzte Mal etwas derart Verrücktes unternommen? Wann haben wir in der letzten Zeit überhaupt etwas gemeinsam unternommen? Nicht einmal ein romantisches Abendessen fällt mir ein.

Mist, jetzt bin ich auch noch in eine Pfütze getreten. Meine weißen Stoffsandaletten mit den Keilabsätzen sind total versaut. Doch wer wird schon auf meine Schuhe schauen, wenn er den Anblick einer komplett durchnässten, eben noch glatt gebügelten und »perlmuttblonden« Standardfrisur für 180 Euro geboten bekommt?

Sofort als ich den Eingang des Büros von Wendler & Vogt betrete, fällt mir Sonjas weizenblonde Mähne auf und ihr zugegebenermaßen wirklich hübsches Hinterteil, als sie sich gerade über den Kopierer beugt. Als hätte das Gewitter nicht gereicht, um mir den Tag zu verderben.

»Hallo, Frau Wendler«, flötet sie mit ihrer samtweichen Kleinmädchenstimme, als sie mich entdeckt. »Das ist ja mal eine Überraschung ... da wird Ihr Mann sich aber freuen.«

Hoffentlich. Irgendwie ist mir jetzt etwas flau im Magen und ich frage mich gerade, ob die Idee, ihn an seinem Arbeitsplatz zu überraschen, wirklich so gut war.

»Hallo, Sonja«, flöte ich darum, so gut es geht, zurück.

»Ich war gerade in der Gegend und dachte, ich schaue einmal vorbei.«

Was für eine dreiste Lüge. Ich sehe ihr an, dass sie mich durchschaut hat, denn sie lächelt nur leicht und geht dann mit den Worten: »Dann wollen wir doch gleich einmal Ihren Mann überraschen«, voraus in Richtung Andreas' Büro.

»Sonja ... die Sonne geht auf«, höre ich seine sonore Stimme, noch ehe ich den Raum betreten habe.

Wie bitte??? Die Sonne geht auf??? Solche Worte habe *ich* jedenfalls schon lange nicht mehr von ihm gehört.

»Ähhhh ... Herr Wendler, entschuldigen Sie bitte die Störung ...«

Ihr Gesäusel ist wirklich unerträglich.

»Aber Ihre Frau ist da.«

Doch da gehe ich bereits an ihr vorbei und begrüße meinen Ehemann mit dem strahlendsten Lächeln, das ich gerade zur Verfügung habe.

»Lisa. Welche Überraschung«, begrüßt Andreas mich leicht irritiert.

Statt einer Antwort küsse ich ihn liebevoll auf den Mund und sage: »Hallo, mein *Schatz*«, dieses Wort betone ich besonders auffällig, »ich war gerade in der Stadt und dachte, ich schaue einfach mal herein ... Vielleicht hast du ja kurz Zeit und wir können irgendwo eine Kleinigkeit zusammen zu Mittag essen?«

Mein viel beschäftigter Ehemann blickt *erst* seine Sekretärin und dann seinen chaotischen Schreibtisch an und sagt dann zögernd: »Ja, also ... ich habe zwar viel zu tun ... aber eine Kleinigkeit essen ... das ließe sich ... ja, das wäre in der Tat nicht schlecht.«

Er ist irritiert, eigentlich passt es ihm nicht, das sehe ich.

Er fährt sich mit der linken Hand durch sein immer noch dichtes Haar, das bereits einige graue Strähnen aufweist.

Ich betrachte ihn, wie er den Stift, den er in der Hand hält, auf den Schreibtisch legt und seinen Computer ausmacht, und stelle fest, dass er immer noch verdammt gut aussieht. Er ist immer noch derselbe, in den ich mich vor 25 Jahren verliebt habe. Bin auch ich immer noch dieselbe? Mit Falten und perlmuttblond?

Sonja steht noch immer in der Tür und dreht an ihrer Haarsträhne.

»Gut, lass uns gehen. Aber nur eine Stunde, dann muss ich zurück.«

Andreas zwinkert Sonja kurz zu und sie stöckelt zurück an ihren Schreibtisch.

⁓⊚⁓

»Was verschafft mir die Ehre deines Besuches?«, fragt Andreas, ohne von der Speisekarte des »Il Boccone« aufzusehen, in dem wir gerade mit viel Glück den letzten freien Platz gefunden haben. Nach dem heftigen Regenguss haben sich alle Leute, die bisher draußen gesessen haben, ebenso wie wir in das Innere des Lokals geflüchtet. Zum Glück hatte mein im Gegensatz zu mir immer gut organisierter Ehemann einen Schirm dabei, den er mir auf dem Weg hierher reichlich unwillig über den Rest der teuren Frisur gehalten hat.

Ich sehe ihn an und frage mich, ob er überhaupt bemerkt hat, dass die Frisur neu ist.

Hat er mich eigentlich schon angesehen, seitdem ich in seinem Büro aufgetaucht bin?

Nervös spiele ich mit dem Verschluss meiner Armbanduhr, der immer wieder aufgeht und den ich eigentlich schon längst reparieren lassen wollte. Ich werde sie noch verlieren, wenn ich so weitermache. Dabei ist es eine teure Uhr, die Andreas mir einmal zum Geburtstag geschenkt hat.

Mir ist bewusst, dass er auf eine Antwort von mir wartet. Doch ich weiß nicht, was ich sagen soll. Ich weiß nicht einmal mehr, warum ich überhaupt hergekommen bin. Was für eine blöde Idee. Die Geburtstagsplanung … auf einmal kommt sie mir so banal vor. Ich hätte versuchen sollen, das Thema heute Abend noch einmal anzusprechen. Und nun ist er verstimmt, weil ich ihn von der Arbeit weggeholt habe. Dabei weiß ich genau, dass er wie ein Besessener an der Planung für das neue Bodensee-Center sitzt, das schon bald an der Grenze zu Kreuzlingen entstehen soll. Dieser Auftrag ist unglaublich wichtig für Andreas und ich belästige ihn mit den lächerlichen Geburtstagsvorbereitungen. Ich komme mir so albern vor wie eine junge Mutter, die ihren Ehemann im Büro anruft, weil das Baby Blähungen hat. Nervös blättere auch ich in der Speisekarte und tue so, als könne ich mich nicht entscheiden. Dabei habe ich auf einmal gar keinen Hunger mehr. Mir ist immer noch so entsetzlich heiß. Ich ziehe das teure Leinenjackett aus und hänge es achtlos über den Stuhl.

Mir fällt ein, dass das Top, das ich darunter trage, nicht gebügelt ist, aber das ist mir nun auch egal.

Andreas hat Wasser bestellt und eine kleine Karaffe Wein, von dem ich jetzt einen vorsichtigen Schluck trinke. Er ist köstlich, kühl und von einer sanften Süße.

»Du warst also in der Stadt, Lisa?«, fragt Andreas und legt endlich die Speisekarte beiseite.

»Hast du Besorgungen gemacht?«

»So in etwa.«

Den Friseur erwähne ich nicht. Wenn er es nicht bemerkt, dann ist dieser Besuch auch keine Erwähnung wert.

»Was heißt ›So in etwa‹?«, hakt Andreas nach. »Stimmt etwas nicht, Lisa?«

Ich sehe ihm direkt in die Augen. Ich möchte wissen, was in ihm vorgeht. Ob er sich freut, seine Frau zu sehen.

»Es stimmt eine ganze Menge nicht«, möchte ich sagen.

»Es stimmt zum Beispiel nicht, dass du mich nicht mehr richtig ansiehst. Du nicht bemerkst, wenn ich eine neue Frisur trage. Dass es ungewöhnlich ist und ich extra einen

Grund brauche, um meinen Ehemann mit einem Besuch zum Mittagessen zu überraschen.«

Doch all diese Dinge sage ich natürlich nicht, sondern schenke ihm stattdessen ein Lächeln.

»Ich wollte mit dir über deinen Geburtstag reden, Andreas«, sage ich also stattdessen leichthin und nehme noch einen Schluck von dem kühlen Wein.

Ich merke, dass mir dieser bereits zu Kopf steigt, denn ich habe seit dem frühen Morgen nichts gegessen, weil ich rechtzeitig in der Stadt sein wollte.

»Meinen Geburtstag? Was gibt es da noch zu besprechen?« Verstimmt stellt Andreas sein Wasserglas beiseite und gießt sich Wein nach. »Den planst du doch bereits seit Wochen ... was sage ich? Seit *Monaten*.«

So, wie er es ausspricht, klingt es, als sei es ihm lästig. Und zwar ebenfalls seit *Monaten*.

»Richtig. Ich wollte nur noch einmal die letzten Details mit dir abklären.«

Ich versuche, in einem geschäftlichen Ton zu sprechen, fast so, als sei dies ein Meeting und nicht das Mittagessen eines Ehepaares.

Andreas runzelt die Stirn und ich erkenne, dass er nicht einsieht, warum er deshalb seinen Bürostuhl verlassen musste.

»Also?«, fragt er ungeduldig.

Zu meiner Rettung kommt der Kellner und nimmt unsere Bestellung auf.

Ich bestelle Gnocci ai formaggi, weil es mein Lieblingsgericht hier ist, doch ich ärgere mich sogleich, weil ich wieder einmal nicht auf die Kalorien geachtet habe und auf diese Weise nie und nimmer in das hautenge Kleid passen werde, das ich mir extra zu Andreas' Geburtstag gekauft habe.

Andreas, der ohnehin rank und schlank ist, hat dagegen den Salat mit Garnelen und Limonen-Vinaigrette gewählt.

»Tja, also ... die Einladungskarten sind verschickt ... und ...«

»... und sind bereits seit Wochen beantwortet. Die Gäste kommen am kommenden Samstag um 19 Uhr in das Schloss Seeheim, wo uns ein thailändisches Buffet erwartet. Die Dekoration und Tischkarten hat meine liebe Frau Lisa bereits seit Wochen auf das Ambiente abgestimmt. Und ich bin sicher, dass dies auch für ihr neues Kleid gilt, worin sie sicher ganz bezaubernd aussehen wird. *Was* also gibt es zu besprechen?«

Ich sehe ihn fassungslos an und werfe die Serviette, mit der ich die ganze Zeit herumgespielt habe, auf den Tisch.

»Na gut«, sage ich. »Ich wollte gerne mit dir über *deinen* Geburtstag sprechen, um die Vorfreude darauf mit dir zu teilen ...«

»Die Vorfreude? Lisa, es ist ein Geburtstag, keine Urlaubsreise. Und – nebenbei bemerkt – nicht der erste Geburtstag, den wir zusammen feiern. Ich bin davon überzeugt, dass du alles ganz wunderbar vorbereitet hast ... wie in jedem Jahr.«

Sein Ton hat eine beschwichtigende Note angenommen und tut mir weh. Ich fühle mich, als sei ich ein kleines Kind, das ein Bild gemalt hat, das zwar potthässlich ist, das aber trotzdem gelobt wird, damit es nicht in Tränen ausbricht.

Ich muss schlucken und trinke stattdessen noch etwas von dem köstlichen Wein.

»Gut«, sage ich und bemühe mich um ein Lächeln. »Dann lassen wir einfach alles so laufen. Es wird schon klappen.«

Ich nicke ihm freundlich zu und warte auf seine Antwort, doch stattdessen nimmt er sein Handy aus der Tasche, um die Nachricht zu lesen, die gerade hereingekommen ist.

So wichtig bin ich ihm also.

»Da ist noch etwas anderes, das ich mit dir besprechen wollte, Andreas«, sage ich daher, mutig geworden durch den süßen Wein, und um seine Aufmerksamkeit zu erringen. Ich bin wütend, weil er nur an seinem Handy spielt und mir das Gefühl gibt, als sei ich gar nicht da.

Endlich sieht er mich wieder an.

Ich atme tief durch und sage: »Ich wollte es dir schon lange sagen. Aber du hast ja nie Zeit. Und abends bist du immer müde.«

Andreas runzelt die Stirn und sieht mich immer noch unverwandt an.

»Es geht um Tim.«

Ich hole tief Luft.

»Er wird kein Studium der Wirtschaftswissenschaften beginnen.«

Andreas verdreht die Augen. »Ach, nein? Und was will er stattdessen tun? Lass mich raten: In der Fußgängerzone sitzen und für Geld ein bisschen auf der Gitarre herumzupfen?«

Wütend schiebt er den Salat, der gerade gekommen ist, zur Seite.

Diese Reaktion überrascht mich nicht. Mir war klar, dass Andreas so reagieren würde. Genau aus diesem Grund hat Tim ihm noch nichts davon gesagt. Und auch ich wollte eigentlich auf eine gute Gelegenheit warten.

Als ob dies eine »gute Gelegenheit« wäre.

Tim weiß, dass sein Vater von ihm erwartet, dass er ebenso wie seine Schwester ein erfolgreiches Studium absolviert. Dass Tim im Gegensatz zu Ann-Sophie kein Architekt werden will, ist Andreas schon lange klar. Doch er hatte gehofft, dass Tim Jura oder Wirtschaftswissenschaften studieren würde ... oder irgendetwas anderes, das in Andreas' Augen eine solide Ausbildung darstellt.

»Nicht so ganz«, sage ich und konzentriere mich auf meine Gnocci. »Tim hat die Zusage für die Hochschule für Musik Franz Liszt in Weimar bekommen.«

Ich spüre, wie mir das Blut in den Kopf schießt, als ich diese Worte ausspreche. Ohne mir dessen bewusst gewesen zu sein, wird mir in diesem Augenblick klar: Ich bin stolz auf meinen Sohn. Er wird das tun können, was seiner Begabung entspricht. Warum kann sein Vater das nicht genauso sehen?

Andreas schüttelt den Kopf. »Also Lisa, wirklich. Ich dachte, wir hätten darüber gesprochen. Du wolltest mich doch dabei unterstützen, dass Tim etwas Vernünftiges aus seinem Leben macht.«

»Das *ist* etwas Vernünftiges, Andreas. Für Tim ist es das Allervernünftigste, das er sich vorstellen kann. Es ist sein Lebenstraum.« Ich atme tief durch.

»Pah. Lebenstraum. Wenn ich das schon höre. Seit wann kann man von seinem Lebenstraum seine Rechnungen bezahlen? Ich will dir etwas sagen, Lisa: Tim wird dort ein paar Jahre herumhängen und ein bisschen herumklimpern und anschließend arbeitslos sein oder im Strandbad den Bademeister spielen. Und das alles mit der Unterstützung von Frau Mama. Reicht es dir nicht, was dein Vater alles *nicht* aus seinem Leben gemacht hat? Weil er auf seine musikalische Begabung vertraut hat, die ihn *nirgendwohin* gebracht hat? Soll dein Sohn etwa der gleiche Versager werden?«

Ich kann es nicht fassen, dass er so etwas sagt.

Es ist mehr als unfair. Es stimmt, Tim hat das musikalische Talent seines Großvaters geerbt. Und es stimmt auch, mein Vater ist nicht gerade das, was man einen erfolgreichen Mann nennen könnte. Doch ich lasse es nicht zu, dass er beleidigt wird.

Zwar ist dieser Mann vielleicht »nirgendwohin« gekommen, doch hat er ganz alleine ein Kind großgezogen, nämlich mich.

Ich ziehe das zerknitterte Leinenjackett vom Stuhl, schiebe die Gnocchi zur Seite und sage: »Ich glaube, ich gehe jetzt besser nach Hause und du zurück ins Büro, Andreas.«

Er ruft mir noch nach: »Bist du jetzt etwa beleidigt? Na gut, dann bis heute Abend.«

Doch ich antworte nicht mehr, sondern gehe mit meiner 180-Euro-Frisur oder dem, was davon übrig ist, hinaus in den strömenden Regen.

2. KAPITEL:
DER GEBURTSTAG

Auch am nächsten Tag regnet es unentwegt. Auf einmal bin ich froh, dass wir die Geburtstagsfeier nicht in unserem Garten veranstalten wollen, was mein eigentlicher Plan war. Inmitten der wunderschönen alten Bäume und zwischen den Rhododendron-Beeten und der Rosenhecke hätte ich zu gerne ein großes, weißes Zelt aufgebaut. Die ganze Feier wäre nach meiner Meinung viel persönlicher gewesen als in einem Lokal, doch Andreas wollte unbedingt außer Haus feiern.

Ich erinnere mich an viele gemeinsame Geburtstage in unserer alten Wohnung. Wir hatten wenig Platz und die Gäste standen spätabends in der Küche herum, weil wir nicht genügend Stühle zur Verfügung hatten. Bis tief in die Nacht lachten und diskutierten wir, auch wenn wir am nächsten Morgen früh aufstehen mussten, um zur Uni oder zur Arbeit zu gehen. Oder später eines der Kinder schon beim Morgengrauen gefüttert werden wollte. Die dunklen Augenringe waren uns egal, weil der Abend so schön gewesen war. Heute nennen wir ein 300 Quadratmeter großes extravagantes Designerhaus unser Eigen, dessen gesamte Rückfläche ausschließlich aus Glas besteht. Fast alle Räume befinden sich im Erdgeschoss und geben den Blick frei in den von einem Landschaftsarchitekten gestalteten 1.000 Quadratmeter großen Garten und auf den See. Über die gesamte Fläche zieht sich die Terrasse, die mit Granitfliesen ausgelegt und mit teuren Eisen-Gartenmöbeln und Palmen bestückt ist. Hier hätte man wunderbar sitzen können, mit einem Glas Weißwein ... und sich mit Freunden unterhalten, während man auf die vorbeiziehenden Schiffe geblickt hätte.

Doch Andreas wollte das alles nicht. Nicht das weiße Zelt, nicht die vielen kleinen Lampions, die ich aufhängen wollte, um die schöne Sommernacht noch heller zu machen.

Auch keine Band, die uns zum Tanzen animiert hätte. Er wollte ein schönes Essen mit Freunden, in stilvollem Ambiente. Ohne großes »Trara«, wie er es nannte. Einzig zu einem Geburtstags-Ständchen meines Vaters auf dem Klavier konnte ich ihn überreden, auch wenn ihm der Gedanke an meinen betagten Vater, der es zu »nichts gebracht hat« vermutlich peinlich ist.

Mein Vater ist Musiker, genauer gesagt, Pianist. Doch er hat seine Leidenschaft nie ausgeübt, jedenfalls nur in seiner Freizeit.

Der Grund dafür bin ich. Mein Vater musste »einem anständigen Beruf« nachgehen, weil er uns beide ernähren musste. Also verdiente er das, was wir zum Leben brauchten, als Verkäufer in einem großen Möbelhaus ... Auch wenn ihm diese Tätigkeit im Grunde zuwider war.

In jeder freien Minute und in der Zeit, in der er sich nicht um mich kümmerte, war die Musik sein Leben. Als Kind war mir nicht bewusst, dass ich der Grund sein könnte, warum er nicht das tun konnte, was ihm das Liebste war. Hatte ich doch stets das Gefühl, dass das Liebste in seinem Leben nur *ich* sein konnte. Als ich älter wurde, spürte ich, dass es etwas gab, das meinem Vater fehlte und ihn daran hinderte, von Herzen glücklich zu sein. Ich dachte, es sei vielleicht meine Mutter, die ihm fehlte, doch jedes Mal, wenn ich ihn darauf ansprach, protestierte er vehement.

Ich hatte zu wenig Zeit mit meiner Mutter verbracht, um sie wirklich vermissen zu können. Eines Tages, als ich ein kleines Kind war, ging sie für immer fort und kam nie wieder.

Ich war so sehr an ihre Abwesenheit gewöhnt, dass es mir nicht einmal etwas ausmachte. Schließlich war mein Vater ja da und kümmerte sich um mich, wie immer.

Wenn ich an meine Mutter denke, fällt mir als Erstes ihre lodernde Mähne ein. Ihr Haar war lockig wie meines, doch feuerrot im Gegensatz zu meinem aschblonden Kopf. Sie lachte und sang den ganzen Tag und trug grundsätzlich nur Kleider mit weiten Röcken und Schuhe mit hohen Absätzen. Ihr Mund war leuchtend rot und sie duftete nach einem wundervollen Blütenparfum, wenn sie mich in ihre Arme zog. Was nicht allzu oft vorkam.

Kein Wunder hatte sich mein Vater in sie verliebt. Er sagte, alle Männer seien verrückt nach ihr gewesen.

Meine Mutter war Schauspielerin und kam eigentlich aus Düsseldorf. Die beiden hatten sich am Konstanzer Stadttheater kennengelernt, als sie dort ein Engagement hatte. Das Theaterstück »Lore und Hans« war eine äußerst moderne und großzügig interpretierte Version von »Romeo und Julia« mit Klavierbegleitung.

Mein Vater saß am Klavier und war hingerissen von der roten Mähne und dem strahlenden Lächeln dieser einzigartigen Frau, die die »Lore« spielte.

Er erzählte mir nur ein einziges Mal, dass er so naiv war, zu glauben, sie würde seine Gefühle erwidern und den Gedanken zulassen, *ihn*, den kleinen Pianisten aus der Provinz auch nur zu küssen.

Als sie es dennoch tat, wähnte er sich im siebten Himmel. Erst recht, als sie ihm sagte, sie sei schwanger und wolle bei ihm in Konstanz bleiben und sich um ein festes Engagement am Theater bemühen.

Doch sie war nicht dazu geschaffen, ein bürgerliches Leben an der Seite eines erfolglosen Mannes zu leben. Zuerst fügte sie sich wenige Monate in die Rolle der liebenden Frau und Mutter, doch als sie ein Angebot aus ihrer Heimatstadt Düsseldorf bekam, zögerte sie keine Sekunde.

Sie versprach, nach Ende der Spielzeit wiederzukommen und hielt ihr Versprechen ein.

Doch ihre Besuche wurden immer seltener. Sie spielte in München, in Hamburg und Berlin. In der Hauptstadt lernte sie zu guter Letzt einen Mann kennen, der ihr eine Filmrolle versprach. Sie verschwieg, dass sie Mann und Kind am Bodensee hatte, und reichte stillschweigend die Scheidung ein. Vermutlich hat sie uns irgendwann einfach vergessen.

Ich weiß nicht, ob sie meinem Vater das Herz gebrochen hat. Ich weiß auch nicht, ob er ihre weitere Karriere verfolgte. Er sprach nie darüber, doch seine Augen waren oft traurig und seltsam leer. Mein Vater konzentrierte sich darauf, unser Leben zu organisieren, und kam damit relativ gut zurecht. Im Prinzip hatte er nie etwas anderes getan, weil meine Mutter ja ohnehin nie bei uns war. Hin und wieder ging er mit einer Frau aus, doch mit keiner kam es zu einer festen Beziehung. Sein Leben war seine Arbeit und seine Musik … und ich.

Als ich älter wurde und anfing, mit jungen Männern auszugehen, wünschte ich ihm oft eine Partnerin an seine Seite. Jemanden, mit dem auch er hätte glücklich sein und das Leben genießen können. Es wäre so viel einfacher für mich gewesen und ich hätte nicht immer ein schlechtes Gewissen gehabt, ihn allein zu lassen. Nicht, dass er mir je dieses

Gefühl gegeben hätte. Im Gegenteil, mein Vater ermutigte mich, meinen Weg zu gehen.

Dieser Weg sollte mich jedoch nicht allzu weit führen. Niemals hätte ich meinen Vater im Stich gelassen, um zum Beispiel ein Jahr im Ausland zu verbringen oder in eine weit entfernte Stadt zu gehen, wie es so viele junge Leute heute tun.

Also tat ich das, was ich ohnehin am liebsten tat: Ich beschäftigte mich mit Büchern und absolvierte eine Ausbildung in einer Buchhandlung. Dies ermöglichte mir, in Konstanz zu bleiben, und gleichzeitig, ein wenig zu unserem Lebensunterhalt beizutragen.

In dieser Zeit, die mir heute so unbeschwert erscheint, obgleich sie es damals ganz sicher nicht war, lernte ich Andreas kennen. Er war so ganz anders als die Jungen, die ich bisher getroffen hatte. Er kam aus gutem Haus, war gebildet und studierte Architektur an der Universität in Konstanz. Und er war im Gegensatz zu den meisten in diesem Alter schon richtig »erwachsen«. Jedenfalls kam er mir so vor, denn er hatte ein klares Ziel vor Augen und auf dieses arbeitete er kontinuierlich hin. Was ihn nicht davon abhielt, mit mir allerhand verrückte Dinge anzustellen … Zum Beispiel, spontan an die Riviera zu fahren.

Ich war rettungslos verliebt und sagte ohne zu zögern »Ja«, als er um meine Hand anhielt.

Mein Vater gab uns seinen Segen, auch wenn er Andreas oft merkwürdig und prüfend ansah, fast, als wolle er auf diese Weise feststellen, ob Andreas auch gut genug für seine geliebte Tochter sei. Andreas hingegen begegnete meinem Vater ebenso mit einer gewissen Zurückhaltung, jedoch dem nötigen Respekt. Engeren Kontakt suchten beide nicht, auch wenn ich mir dies oft gewünscht hätte. Die beiden wichtigsten Männer in meinem Leben sollten sich schließlich genauso von Herzen mögen, wie ich es tat. Doch diesen Gefallen konnten oder wollten sie mir nicht tun. Mir war bewusst, dass auf beiden Seiten Eifersucht im Spiel war und so ließ ich es dabei bewenden.

»Mama? Warum sitzt du denn hier draußen im Regen?«, fragt mich Tim, der gerade auf die Terrasse hinaustritt.

Wie sehr er seinem Vater in jungen Jahren gleicht. Die gleichen dunklen, ausdrucksvollen Augen … das gleiche schulterlange, wellige Haar. Doch Tim ist nicht so groß wie Andreas und von der Statur her viel schmächtiger. Er hat nicht Andreas' breite Schultern geerbt, sondern stattdessen die feingliedrigen Hände meines Vaters. Die Hände eines Musikers.

»Ich mag Regen«, sage ich. »Außerdem sitze ich hier unter dem Dach.«

Ich lächle ihm zu.

»Hast du es ihm erzählt?«, fragt er mich.

Statt einer Antwort sehe ich ihn nur an.

»Kann mir schon denken, was er dazu gesagt hat.«

Tim lässt sich auf den Stuhl fallen, zieht einen Grashalm aus der Erde und betrachtet den Regentropfen darauf.

So war er schon als Kind. Immer fielen ihm die Kleinigkeiten auf.

»Du musst ihm Zeit geben«, sage ich, auch wenn ich weiß, dass Zeit nichts an Andreas' Einstellung ändern wird. »Du weißt, er mag es nicht, wenn er mit etwas überfallen wird. Er wird sich an den Gedanken gewöhnen.«

»Pah … gewöhnen«, stößt Tim hervor. »Als sei es eine Krankheit.«

Ich weiß, dass Tim befürchtet, dass Andreas ihn finanziell nicht unterstützen wird, weil er die Absicht hat, das in seinen Augen Falsche zu studieren.

»Mach dir keine Sorgen. Ich rede noch einmal mit ihm«, sage ich daher und lächle ihn noch einmal aufmunternd an.

»Mama, das hat doch keinen Zweck. Ich muss das irgendwie alleine regeln.«

Wieder einmal wünschte ich, ich hätte ein wenig mehr eigenes Geld oder könnte wenigstens jemanden aus meiner Familie darum bitten. Der Gedanke, dass Andreas allein mit seiner negativen Einstellung zu Tims Berufswahl für die finanzielle Unterstützung unseres Sohnes verantwortlich ist, gefällt mir nicht.

Vielleicht könnte ich wieder arbeiten gehen und mit dem Geld Tim unterstützen?

Doch wer würde mich schon einstellen … in meinem Alter und nach dieser langen Berufspause?

»Davids Vater hat uns in der Semperoper in Dresden einen Job besorgt«, unterbricht Tim meine Gedanken.

Er ist auf einmal ganz euphorisch und erzählt begeistert: »Wir helfen dort beim Bühnenaufbau und hinter den Kulissen. *Und* wir können nebenbei in seiner Firma zusätzlich ein paar Stunden jobben. Auf diese Weise können wir über den Sommer gut Kohle machen, was ich für das Studium bestens brauchen kann. Nebenbei können wir in den Dresdner Bars auftreten und Musik machen.«

David ist Tims bester Freund, die beiden haben zusammen mit einem weiteren Kumpel, Marvin, eine Band, die »Pics«. Davids Eltern sind geschieden, die Mutter lebt mit David am Bodensee. Der Vater besitzt eine große Backwarenfabrik in Dresden, in der David manchmal in den Ferien jobbt, um sich ein wenig Geld zu verdienen.

Und nun will offenbar auch Tim den Sommer dort verbringen.

Sosehr ich mich freue, dass Tim so ehrgeizig ist, sein

eigenes Geld für sein Studium zu verdienen, so sehr bin ich besorgt. Außerdem wird das Haus furchtbar leer sein ohne ihn.

»Wo wollt ihr denn wohnen?«, frage ich in der leisen Hoffnung, dass der Plan vielleicht noch nicht so ganz ausgegoren ist.

»Bei Davids Vater. Er hat doch ein großes Haus und ist selbst nie da«, antwortet Tim jedoch.

Das hört sich nicht gerade tröstlich für mich an. Offenbar haben die beiden alles bereits genau geplant. Ich bin besorgt. Dresden ist nicht gerade um die Ecke und es kann doch so viel passieren in der heutigen Zeit.

Ich weiß genau, was Andreas wieder sagen wird: »Dein Sohn ist 20. Er wird einen Sommer ohne dich überleben. Schließlich zieht er nicht in den Krieg.«

Also nicke ich und versuche, mich mit Tim zu freuen: »Tolle Idee. Kommt Marvin auch mit? Und wann soll es überhaupt losgehen?«

»Marvin ist auch dabei. Der Plan ist fix. Nächste Woche soll es losgehen ...«

»Nächste Woche??«

So früh schon?

»Gleich nach Papas großem Jubeltag. Die anderen wollten schon gleich nach der Abifeier los, aber ich habe gesagt, dass ich noch den Geburtstag meines Vaters abwarten muss. Würde er mir doch sehr übelnehmen, wenn ich nicht dabei wäre, was, Mutti?« Tim zwinkert mir zu.

Ehrlich gesagt bin ich mir gar nicht so sicher, ob Andreas wirklich so viel Wert darauf legen wird, dass Tim bei der Feier dabei ist. Nachdem er vor den anderen Gästen nun nicht mehr mit einem Jura-Studium oder dergleichen angeben kann.

»Kannst du vielleicht Opa abholen am Samstag?«, frage ich, da diese Frage immer noch nicht geklärt ist.

»Klaro. Ich weiß doch, du musst im Schloss sein und deine Pflicht erfüllen: Hof halten und Hände schütteln und all das.«

Er grinst.

»Danke, Tim«, sage ich seufzend.

Er sieht so jung aus, gleichzeitig so entschlossen.

Fast beneide ich ihn. Ein neues, aufregendes Leben erwartet ihn ... voller neuer spannender Erlebnisse und Begegnungen.

Er wird mir schrecklich fehlen.

~⚘~

Am kommenden Samstag wache ich früh auf. Es ist ein wunderschöner Tag und die Vögel zwitschern um die Wette, fast, als wollten sie für Andreas ein Geburtstagslied singen.

Ich bin seltsam angespannt, auch wenn dies gar nicht »mein« Fest ist. Doch ich weiß, dass viele wichtige Gäste kommen werden. Menschen, die Andreas auf seinem Lebensweg bis heute begleitet haben ... Familie, Freunde, Geschäftsfreunde. Die meisten davon kenne ich von den verschiedensten Anlässen: Geschäftsessen, Einweihungen neuer Bauten, Gesellschaften im Tennisklub, Privatparties etc. Mit der Mehrheit der Männer verbindet mich nicht viel. Sie sind Andreas' Geschäfts- oder Sportfreunde und begegnen mir mit einer gewissen höflichen Distanz. Auch viele der Frauen sind mir seltsam fremd. Sie sind so anders als ich, kennen sich aus in den angesagten Restaurants, Boutiquen oder Kosmetikinstituten. Sie wissen, »was läuft« und

»wer mit wem« gerade zusammen ist oder auch nicht, und welches Urlaubsziel *wirklich* eine Reise wert ist.

Sie wissen, welche Jeans schlank macht und wo es die besten italienischen Schuhe gibt.

Welche Designertasche gerade angesagt ist, und … hinter vorgehaltener Hand: wo man sich gut und günstig Botox spritzen lassen kann. Oder welcher Friseur die besten Strähnen färbt, die aussehen, als käme man gerade aus dem Mittelmeer-Urlaub zurück.

Ich kann nicht einmal sagen, dass mich diese Dinge nicht interessieren. Ich kann sie mir nur nicht merken. So wie ihre Namen. Ich sehe sie zu selten, um wirklich zu wissen, wie ihre Vornamen lauten und lache daher immer verlegen, wenn wir uns begrüßen. Nun sind bei Weitem nicht alle der Damen so oberflächlich, wie es jetzt gerade scheinen mag.

Einige davon sind das genaue Gegenteil davon.

Wobei diese fast noch schlimmer sind.

Sie kennen Andreas aus geschäftlichen Gründen und unterhalten sich über Baustatik und neue gemeinsame Projekte und inwieweit diese realisierbar und/oder finanziell rentabel sind.

Auch aus diesen Gesprächen fühle ich mich weitestgehend ausgeschlossen.

Worüber soll ich mich unterhalten? Über die Kinder, die ihre eigenen Wege gehen?

Die Putzfrau, die wieder einmal nicht gekommen ist? Über meinen Vater, den ich diese Woche nur einmal besucht habe, obwohl ich genug Zeit gehabt hätte?

Über die neuen Bücher, die ich gelesen habe, die aber niemand kennt, weil sie nicht auf der Bestsellerliste stehen und von keinem angesagten Autor stammen?

Um auf diesen besonderen Abend wirklich gut vorbereitet zu sein, habe ich mich daher nicht nur um mein Äußeres gekümmert, sondern alle Zeitungen und Zeitschriften gelesen, die ich in die Finger bekam. Ich sollte mich also sicher fühlen auf dem Small-Talk-Parkett.

Dennoch bin ich aufgeregt.

Andreas schläft dagegen tief und fest. Er ist auch gestern wieder spät aus dem Büro gekommen, genau wie an den anderen Abenden zuvor. Über Tim haben wir seit dem missglückten Mittagessen im »Il Boccone« nicht mehr gesprochen. Andreas hatte mir lediglich auf meine Frage, warum er denn schon wieder so spät aus der Firma komme, patzig geantwortet: »Was denkst du, wovon ich das alles hier bezahle? Vom Geigespielen vielleicht?«

Somit weiß er noch nicht einmal, dass sein Sohn bereits morgen Richtung Dresden aufbrechen wird, weil er die feste Absicht hat, eigenes Geld für sein Studium zu verdienen. Das Studium, das ihm so sehr am Herzen liegt.

Ich bin gespannt, was Ann-Sophie dazu sagen wird. Ob sie genauso denkt wie ihr Vater?

Jedenfalls freue ich mich sehr, sie und Jan wiederzusehen. Die beiden sind mit ihrem Studium so sehr beschäftigt, dass wir uns meiner Meinung nach viel zu selten sehen.

Wobei Jan nicht ganz so karriereorientiert ist wie unsere Tochter. Er studiert Sport und hat zu vielen Dingen eine eher lässige Einstellung. Zum Beispiel kommt er (wie ich) sehr zum Verdruss von Ann-Sophie ständig zu spät und weiß im Gegensatz zu ihr auch keineswegs, was er nach dem Studium anstellen will. Er geht am liebsten Segeln und lebt auch sonst ganz gerne einmal in den Tag hinein. Ich mag ihn sehr.

Natürlich muss ich heute ausnahmsweise einmal pünktlich sein. Schließlich geht es nicht, dass ich, als die »Frau an

Andreas' Seite«, an seinem Geburtstag zu spät komme. Da ich aber, obwohl ich nun wirklich früh auf war, den ganzen Tag herumgetrödelt habe, stehe ich schon wieder unter Zeitdruck. Andreas ist noch »auf einen Sprung ins Büro« gefahren und obwohl ich nicht verstehe, warum er nicht einmal an seinem Geburtstag eine Ausnahme machen kann, bin ich doch ganz froh, dass ich mich in Ruhe zurechtmachen kann.

Ich betrachte mein Gesicht im Spiegel und sage zu mir selbst: »Gut, du bist 47. Da kann ich nun beim besten Willen keine 27-Jährige draus schminken.«

Ich muss lachen und finde mich auf einmal gar nicht so übel. Ich habe versucht, die Haare so glatt zu bügeln, wie das die Kleine aus den »4 Haareszeiten« neulich getan hat, und trage den neuen Lippenstift im sanften Rosé-Ton, den man mir in der Parfümerie empfohlen hat. Meine graugrünen Augen habe ich im Smokey-Eye-Look genauso geschminkt, wie es in der Frauenzeitschrift beschrieben war. Ich finde allerdings, ich sehe dadurch ein winziges bisschen übernächtigt aus, aber vielleicht ist diese Wirkung ja beabsichtigt.

Ich muss schmunzeln, als mir einfällt, die Leute könnten vielleicht denken, Andreas und ich hätten bereits in seinen Geburtstag hineingefeiert und eine kurze Nacht gehabt. Wenn sie wüssten, dass ich bereits um 22 Uhr vor dem Fernseher eingeschlafen bin.

Ich ziehe das neue altrosa Seiden-Etuikleid an, das über den Hüften tatsächlich ein wenig spannt. Ein schmaler heller Blazer darüber, um die nicht mehr ganz so straffen Oberarme zu verdecken … dazu die neuen Riemchenschuhe in der gleichen Farbe, die mir jetzt schon wehtun, und fertig. Allein, dieses Outfit zusammenzustellen, hat mich Tage gekostet. Aber ich finde, ich kann mich sehen lassen. Die Party kann beginnen. Seufzend werfe ich noch einmal einen

Blick in unseren wundervollen Garten, in dem ich nun doch viel lieber gefeiert hätte. Nun, das kann ich ja an meinem 50. tun. Allerdings ist mein Geburtstag im Dezember.

Ich lege Andreas ein weißes Hemd heraus und seinen schwarzen Anzug, dazu eine blassrosa Krawatte, die genau zu meinem Kleid passt. Dann stopfe ich den neuen Lippenstift zusammen mit meinem Geldbeutel und dem Handy in meine Handtasche und fahre los.

Unterwegs bemerke ich, dass ich eigentlich die neue Handtasche mitnehmen wollte, die genau zu den neuen Schuhen passt und in der sich der Umschlag mit dem Reisegutschein für eine Reise nach Venedig befindet, meinem Geschenk für Andreas. Stattdessen habe ich gedankenverloren wieder einmal die Alltagstasche umgehängt, die sicher keine der anwesenden Damen beeindrucken wird, doch es ist zu spät, um umzukehren.

Ich muss mich beeilen, denn ich muss die Torte abholen, die ich für Andreas bestellt habe und die ein Foto von ihm zusammen mit einer goldenen »50« ziert. Außerdem darf ich auf keinen Fall zu meiner Verabredung mit der Blumenfrau zu spät kommen. Sie hat ihren Laden eigentlich schon längst geschlossen und kommt nur meinetwegen noch einmal, um mir zu helfen, die Blumengestecke in das Auto einzuladen. Sie bestehen aus weißen Rosen und Vergissmeinnicht, welche Andreas' Lieblingsblumen sind.

Zusammen mit den Tischkarten, auf denen ebenfalls Vergissmeinnicht gedruckt sind, lade ich sie schon kurz darauf am Schloss Seeheim wieder aus. Ich werde hundertmal zum Auto laufen müssen, und das alles in den neuen Schuhen. Aber nein, Ann-Sophie ist auch schon da und winkt mir fröhlich entgegen. Ich bin so froh, sie zu sehen, und falle ihr gleich um den Hals.

»Du siehst toll aus, Mama«, begrüßt sie mich herzlich.

»Und du erst ...« Ich halte meine Tochter ein klein wenig auf Abstand, um sie genau zu betrachten. Sie trägt ein enges schwarzes Kleid und hat ihre langen dunklen Haare zu einer modischen Hochsteckfrisur gesteckt, was ihren langen Hals und ihre schönen Ohren betont.

Gerade, als wir alle Dinge nach innen in das schöne Restaurant befördert haben, klingelt mein Handy. Es ist mein Vater, wie ich auf dem Display erkennen kann. Bestimmt will er nur wissen, wann und von wem er abgeholt wird. Ich gehe nicht ran, sondern beschließe, ihn gleich zurückzurufen. Ich möchte gerne noch den kleinen kostbaren Moment genießen, der mir mit meiner Tochter alleine gehört. Das Restaurant ist wunderschön dekoriert, sanftes Licht fällt auf die Tische, die mit feinstem Porzellan und Gläsern auf glattem Tischtuch, unseren frischen Blumen und kunstvoll drapierten Servietten gedeckt sind. Sogar das Klavier steht da und wartet darauf, bespielt zu werden.

Ann-Sophie und ich treten hinaus in die frühabendliche Stimmung im zauberhaft romantischen Garten.

»Es ist wundervoll hier, Mama. War das deine Idee?«, fragt sie begeistert.

»Leider nein«, muss ich zugeben und denke beschämt an meine Idee von der Grillparty in unserem eigenen Garten. Da ist *das* hier schon etwas ganz anderes, Andreas hatte recht.

Man merkt eben doch, dass ich aus kleinen Verhältnissen stamme.

»Ist alles in Ordnung, Mama?« Ann-Sophie sieht mich prüfend an.

»Ja, natürlich«, sage ich, weil ich ihr nicht sagen kann, dass ich mir in letzter Zeit oft so klein und nutzlos vorkomme, besonders, seitdem sie und Tim ihre eigenen Wege gehen.

»Tim möchte nach Dresden über den Sommer. Er hat dort einen Job in der Semper-Oper, allerdings nicht als Musiker, sondern als eine Art ›Junge für alles‹.«

»Klingt doch cool.« Ann-Sophie freut sich offenbar für ihren Bruder.

»Er will sich ein bisschen Geld verdienen für sein Studium.«

Ich mache eine Pause, weil ich ihre Reaktion sehen will.

»Tim hat die Zusage für die Musikhochschule in Weimar.«

Ann-Sophie ist kein bisschen überrascht. »Ich weiß. Er hat es mir neulich erzählt.«

»Ach ja? Wo habt ihr euch denn gesehen?«

Ich bin verblüfft.

»Wir waren neulich auf ein Bier am Hafen. Dabei hat er es mir gesagt.«

Wie schön. Warum kann ich mich nicht darüber freuen, dass die beiden Geschwister sich getroffen haben? Weil sie mich nicht gefragt haben, ob ich vielleicht auch dabei sein will?

Weil ich stattdessen wieder einmal einsam und allein vor dem Fernseher saß?

Ann-Sophie atmet tief ein. »Wenn Tim meint, dass es das Richtige für ihn ist ... dann muss er es wohl tun. Ich kann mir zwar nicht vorstellen, dass er hinterher große Erfolgsaussichten hat. Aber er will es ja unbedingt.«

»Dein Vater ist nicht begeistert davon, wie du dir sicher denken kannst«, erzähle ich ihr.

»Wovon ist ihr Vater nicht begeistert?«

Es ist Andreas, der lachend hinter uns steht und seine Tochter in seine Arme reißt.

Er trägt zwar das weiße Hemd, das ich ihm herausgelegt

habe, doch statt des schwarzen Anzugs ein blaues lässiges Leinenjackett, das ich noch nie an ihm gesehen habe, und Jeans. Und *keine* Krawatte.

»Davon, dass ich gleich losfahren muss, um Vater abzuholen, wenn Tim nicht in den nächsten Minuten hier auftaucht«, lüge ich, weil ich den Tag nicht mit sinnlosen Diskussionen verderben will.

Dabei fällt mir ein, dass ich meinen Vater zurückrufen wollte, und lasse Andreas und Ann-Sophie allein, die bereits in eine rege Unterhaltung über das neue Bodensee-Center vertieft sind.

»Lisa, es tut mir so leid. Aber ich fürchte, ich kann heute nicht kommen ...«

Meines Vaters Stimme klingt schwach und dünn.

»Was ist los, Papa?«, frage ich besorgt.

»Keine Sorge, meine Kleine. Alles in Ordnung ... Es geht mir nur nicht so gut. Das muss wohl die Hitze sein. Vielleicht habe ich mir auch den Magen verdorben. Mach dir keine Gedanken und feiert schön. Bitte entschuldige mich bei Andreas. Er wird es sicher verstehen.«

»Bist du sicher, dass alles in Ordnung ist, Papa? Oder soll ich vorbeikommen?«, frage ich besorgt nach.

So ganz wohl ist mir nicht, ihn alleine zu lassen.

Zumal ich weiß, wie sehr er sich eigentlich auf den heutigen Tag, das Zusammensein mit mir und den Kindern und sein Klavierspiel gefreut hat.

Viel erlebt er ja nicht mehr in seinem Alter.

»Nein, keine Sorge, Liebes. Weißt du, mit 75 kann es schon mal Tage geben, die nicht so hell und strahlend sind. Morgen geht es mir sicher besser. Feiert ihr nur schön.«

So ganz beruhigt bin ich nicht. Seine Stimme hörte sich seltsam belegt an.

Doch es ist zu spät, um mich davonzuschleichen und von seinem Zustand zu überzeugen, denn ich höre eine laute Stimme, die mir nur allzu bekannt ist.

»Meine Güte, ist *das* eine Hitze. Wo ist denn nun der eisgekühlte Champagner?«

3. KAPITEL:
DAS GEHEIMNISVOLLE PÄCKCHEN

»Tina, wie schön, dass du schon da bist«, freue ich mich.

Tina ist meine beste Freundin und der einzige Mensch außerhalb meiner Familie, der mir heute etwas bedeutet.

Sie ist schon seit vielen Jahren geschieden, weil ihr Mann sich in eine andere Frau verliebt hat. Er wählte zwar nicht die klassische Variante, sondern nahm sich statt einer jüngeren eine ältere Frau, was es für Tina jedoch nicht unbedingt leichter machte. Ihr Selbstbewusstsein litt sehr darunter, zumal die neue Frau auch nicht attraktiver ist als sie. Inzwischen ist Tina jedoch über den Verlust des untreuen Gatten hinweg und eigentlich seit Jahren »glücklicher Dauersingle«, wie sie selbst von sich behauptet. Sie liebt ihren Beruf im Rosgartenmuseum in Kostanz und wechselt ebenso häufig wie ihre Hobbies ihre männlichen Begleitungen.

Bei jedem neuen Flirt erzählt sie mir, nun sei es aber der »Richtige«, was sich innerhalb kürzester Zeit allerdings wieder ändert. Ich glaube, sie liebt mehr das Gefühl des Verliebtseins an sich als den Mann selbst, und habe deshalb meine Zweifel, ob sie den »Richtigen« jemals finden wird.

Tina ist ständig ein ganz klein wenig übergewichtig, was ihrer Attraktivität jedoch keinerlei Abbruch tut und sie keineswegs daran hindert, figurbetonte Kleidung zu tragen. Auch heute trägt sie einen engen, weißen Overall und dazu weiße Sandalen mit hohen Absätzen.

Ihre kurzen schwarzen Haare sind flott geföhnt und ihre dunklen Augen funkeln.

»Nett siehst du aus, meine Liebe.«

Sie betrachtet mich kritisch von Kopf bis Fuß.

»Nett? Das war nicht ganz meine Absicht ...«, antworte ich zögernd.

Manchmal könnte ich Tinas Ehrlichkeit verfluchen.

»Nun, du weißt selbst, dass ›atemberaubend‹ etwas anderes ist, meine Liebe«, lacht sie.

»Aber für den heutigen Anlass hast du sicher die richtige Wahl getroffen. Seriös ... so musst du wohl aussehen angesichts der ganzen wichtigen Leute, die hier gleich auftauchen werden, nicht wahr?«

Auf einmal fühle ich mich altbacken.

»Und beim Friseur warst du auch? Warum in aller Welt hast du dir graue Strähnen färben lassen?«

Tina nimmt prüfend meine Frisur unter die Lupe.

»Das ist perlmuttblond«, verteidige ich mich. »Und jetzt hör schon auf. Sonst gehe ich gleich wieder heim und ziehe Jeans an.«

Darin würde ich mich hundertprozentig wohler fühlen.

Bei jeder anderen wäre ich beleidigt angesichts dieser mehr als ehrlichen Begrüßung, doch ich kenne Tina lange genug, um zu wissen, dass sie es gut mit mir meint.

Sie greift nach dem Silbertablett, auf dem die höflichen Bediensteten die Gläser mit dem Aperitif positioniert haben, und nimmt uns zwei Gläser herunter.

»Dann wollen wir mal anstoßen auf das Geburtstagskind. Mein Gott, es sollte verboten werden, dass Männer in dem Alter noch so gut aussehen.«

Sie hat recht, denke ich, während ich aus den Augenwinkeln Sonja hereinstöckeln sehe.

Seine Sekretärin. Warum hat er die eingeladen?

Die gleiche Frage stellt mir Tina auch.

»Ich wusste nichts davon. Oder glaubst du im Ernst, ich hätte das zugelassen?«, frage ich, während wir die junge Blondine, die im weißen Minirock auf schwindelerregend hohen Hacken meinem Mann zulächelnd hereinspaziert, betrachten.

Es kommen immer mehr Gäste und ich habe kaum Zeit, meine neu erworbenen Small-Talk-Kenntnisse anzuwenden, so viele Hände muss ich schütteln. Warum ist Andreas nicht an meiner Seite? Er steht mit Ann-Sophie und Sonja zusammen und begrüßt jeden Gast wie einen alten Freund.

»Geht es dir nicht gut, Liebes?«, unterbricht Edith, meine Schwiegermutter, meine Gedanken.

Sie nimmt mich am Arm und zieht mich hinaus in den Garten.

Edith ist der liebenswerteste Mensch, den ich in meinem Umfeld habe, und einer der Menschen, die mich am besten kennen. Von Anfang an hat sie mich sehr herzlich in die Familie aufgenommen, vermutlich, da sie wusste, dass ich ohne Mutter aufgewachsen war. Vielleicht hatte sie sich auch nur eine eigene Tochter gewünscht, denn Andreas ist ein Einzelkind.

Aber das ist nicht der einzige Grund, warum ich ein so vertrauensvolles und herzliches Verhältnis zu ihr habe.

Edith ist einfach eine wunderbare Frau mit einem riesengroßen Herzen.

»Doch, doch«, beschwichtige ich sie.

Wie soll ich ihr sagen, dass ich mich in letzter Zeit oft so alleine und nutzlos fühle? Schließlich bin ich doch mit ihrem Sohn verheiratet und lebe ein in jeder Hinsicht vollkommen wunderbares Leben.

»Ich mache mir Sorgen um meinen Papa«, sage ich stattdessen, was nicht einmal eine Lüge ist.

Ich habe im Laufe des Abends einige Male bei ihm angerufen, ohne dass er den Hörer abgenommen hat. Wobei auch das nicht unbedingt ungewöhnlich ist, da mein Vater, wenn er am Klavier sitzt, oft das Telefon überhört.

Andererseits hatte er nicht gesagt, ihm sei nicht wohl?

»Wo ist er überhaupt, der alte Zausel?«, fragt Edith und lächelt mich aufmunternd an. Sie meint es nicht böse, denn sie mag meinen Vater und liebt es, sich mit ihm über klassische Musik auszutauschen.

Als ob er es erraten hätte, klingelt in diesem Augenblick mein Handy. Doch es ist nicht mein Vater, der am anderen Ende ist, auch wenn der Anruf von seinem Anschluss kommt.

Es ist seine Nachbarin Traudl Köbitz, die in der Wohnung neben ihm wohnt und ihm hin und wieder einmal bei Besorgungen und Haushaltsangelegenheiten behilflich ist.

»Frau Lisa?« Ihre Stimme klingt merkwürdig und zittert leicht.

Irgendwie habe ich plötzlich ein ganz seltsames Gefühl. Es muss etwas passiert sein, da bin ich mir ganz sicher. Mein Herz klopft aufgeregt.

»Können Sie bitte sofort kommen? Ihr Vater …« Ihre Stimme erstirbt.

Ich lasse alles stehen und liegen und fahre sofort los.

Edith habe ich kurz informiert, sodass sie meine Abwesenheit erklären kann. Falls diese überhaupt jemand bemerkt.

Schon von Weitem sehe ich den Sanitätswagen blinken, der vor dem Mietshaus steht, in dem mein Vater lebt. Aufgeregt empfängt mich Traudl schon unten an der Tür.

»Lisa, wie gut, dass Sie hier sind. Ich habe mir solche Sorgen gemacht …«

Ihre Stimme zittert immer noch.

»Ich wollte Ihrem Vater ein paar Krautkrapfen herüberbringen, die isst er doch so gern. Aber er hat nicht aufgemacht, obwohl ich den Fernseher hören konnte. Dann habe ich ein paar Mal laut geklopft und gleichzeitig geklingelt und auch noch mehrmals angerufen. Aber als überhaupt keine Reaktion kam, habe ich den Schlüssel geholt und bin einfach hinein … und da lag er dann …«

Traudl hat einen Schlüssel zur Wohnung meines Vaters, um in seiner Abwesenheit nach dem Rechten zu sehen und die Blumen zu gießen, wenn er einmal verreist ist.

»Wo ist er jetzt?«, frage ich. Mein Herz rast und ich habe furchtbare Angst.

Traudl deutet auf den Sanitätswagen, aus dem gerade der Notarzt tritt. »Das ist die Tochter«, stellt sie mich ihm vor.

Ich will es nicht hören. Ich möchte mir die Ohren zuhalten. Ich möchte mich in mein Auto setzen und zu der Feier zurückkehren. Ein Glas Champagner trinken und mich in die Arme meines Mannes schmiegen.

Doch ich sehe es an seinen Augen. Seinem ernsten Gesichtsausdruck, als er auf mich zukommt, meine Hand nimmt und sagt: »Es tut mir so leid. Ihr Vater hatte einen Herzinfarkt. Wir konnten leider nichts mehr für ihn tun.«

⁓⊙⁓

Ich habe meine Handtasche vergessen. Wieso kommt mir gerade jetzt dieser blöde Gedanke?

Der Arzt hat mir ein Beruhigungsmittel gegeben und ich sitze bei Traudl in der Küche und trinke eine Tasse Tee. Sie läuft hektisch hin und her und räumt irgendwelche Sachen weg. Als ob mich ihre unaufgeräumte Küche interessieren würde. Aber vermutlich ist diese hektische Aktivität für sie die beste Möglichkeit, das Geschehene zu verdrängen.

»Er lag einfach so da …«, berichtet sie, während sie mir eine Schale mit Keksen hinstellt. »Ich habe versucht, mit ihm zu sprechen, doch es kam nur Unverständliches heraus. Doch dann sagte er auf einmal ›Lisa‹. Und er deutete auf seinen Schreibtisch. Natürlich habe ich erst einmal den Notarzt und Sie angerufen. Aber Ihr Vater hörte nicht auf und sagte immer »Lisa … Lisa … Lisa …« und die ganze Zeit deutete er auf seinen Schreibtisch. Also öffnete ich die Tür des Schreibtisches und darin lag … das hier …«

Traudl nimmt einen Umschlag und ein Päckchen vom Küchentisch und drückt es mir in die Hand.

»Es muss etwas Wichtiges sein, denn er wollte *unbedingt*, dass ich es Ihnen gebe. Jedenfalls habe ich ihn gefragt, was ich damit machen soll, ob ich es Ihnen geben soll, und er hat genickt. Dann stand auch schon der Notarzt da und … alles Weitere wissen Sie.«

Ich kann den Umschlag nicht ansehen, auf der mit der krakeligen Schrift meines Vaters »Lisa« steht. Ich fühle mich wie tot und kann nicht einmal weinen. Ich frage mich, ob ich vielleicht einen Schock habe oder was mit mir los ist. Warum ich die ganze Zeit nur an meine Handtasche denke, die jetzt noch im Schloss Seeheim über dem Stuhl hängt.

Obwohl ich mehrfach versucht habe, Andreas zu erreichen, ist mir dies nicht gelungen. Warum ruft er nicht zurück? Ich kann unmöglich zurück zu dem Fest und weiterlächeln, als sei nichts geschehen. Mein Vater ist gerade gestorben. Mein großer, unverwüstlicher Vater. Mein Held. Der immer alles für mich getan hat. Ich kann es nicht fassen, dass er nie wieder seine Arme um mich legen wird. Dass er mich nie wieder »meine kleine Krabbe« nennen wird. Dass er nie wieder ein Lied für mich spielen wird. Seine Lieder sind verstummt, seine Melodie verklungen. Nie wieder wird er Menschen Freude bereiten können, wenn seine Finger über die Tasten des Klaviers gleiten, als sei es weiche Seide, die er berührt.

Auf einmal wird mir übel. Ich kann nicht länger hier sein und umarme Traudl, die vergeblich versucht, mich davon abzubringen, mich hinter das Steuer zu setzen, und trete hinaus in die sternenklare Nacht.

Als ich beim Schloss Seeheim ankomme, ist der Parkplatz bis auf wenige Autos leer. Andreas' BMW steht noch da. Doch wo ist er? Im Raum, in dem noch eben die ganzen Menschen fröhlich gegessen, getrunken und gefeiert haben, ist niemand außer den Servicemitarbeitern, denen man ansieht, dass sie lieber zu Hause sein möchten, als zu später Stunde Aufräumarbeiten zu versehen.

Als sie mich erblicken, grüßen sie freundlich und informieren mich, dass sie die Blumengestecke und Tischkarten in einen großen Karton geräumt und diesen im Flur für mich bereitgestellt haben. Ich nicke und bedanke mich mechanisch und greife nach meiner Handtasche, die einsam über meinem leeren Stuhl hängt. Der ganze Abend kommt mir auf einmal so unwirklich vor. War ich überhaupt dabei?

Gerade, als ich wieder in mein Auto einsteigen will, sehe ich ihn. Oder besser gesagt, sie.

Andreas geht die kleine Treppe, die vom Garten in das Restaurant führt, hinauf. In seinem Arm befindet sich Sonja, eine Champagnerflasche schwenkend. Ihr ohnehin kurzes Top ist aus dem Rock gerutscht und sie ist barfuss. Sie lacht und wirft ihre blonde Mähne nach hinten, während sie versucht, es Andreas gleichzutun und unfallfrei die Treppe nach oben zu gehen. Sie bleiben stehen und küssen sich lange und intensiv, seine Hand wandert unter ihren Rock und streichelt ihren nackten Po ... Mir wird schlecht. Offenbar haben die beiden den Rest des Abends mit Champagner am See ausklingen lassen.

Während mein Vater gestorben ist.

4. KAPITEL:
ABSCHIED

Der Schmerz über den Tod meines Vaters stellt alles in den Schatten, was ich je zuvor an Leid erlebt habe und rückt alles andere in meinem Leben in den Hintergrund. Alles, was mir in den letzten Wochen noch wichtig erschien, ist zu einer bedeutungslosen Nichtigkeit geworden. Selbst die Tatsache, dass es offensichtlich ist, dass mich Andreas mit Sonja betrügt. Ich brauche nicht zu fragen, ich weiß seit jenem Abend, dass etwas zwischen den beiden läuft. Das erklärt nun auch seine ständige Abwesenheit zu Hause und seine häufige Anwesenheit im Büro in letzter Zeit.

Das heißt, wenn er überhaupt immer im »Büro« war. So langsam bin ich mir darüber nicht mehr so sicher.

Aber was heißt schon »sicher«? Ich dachte, mein ganzes Leben sei sicher. Ich fühlte mich geborgen und aufgehoben in dieser vertrauten Umgebung, die mein Zuhause war. Inmitten einer Familie, die im Begriff war, auseinanderzubrechen. Dabei hatte ich es doch schon längst gespürt … meine Zweifel, meine Unsicherheit, ja … mein ganzes Unglücklichsein … nun macht das alles Sinn. Es war nicht nur die Leere, die mich ergriffen hat, seitdem Ann-Sophie aus dem Haus war und Tim seinen eigenen Weg beschritt. Es war auch nicht der Gedanke an die Zukunft, der mich die ganze Zeit belastet hat, weil ich nicht wusste, wie ich in dieser mein Leben gestalten wollte. Es war dieses untrügliche Gefühl, das ich in mir trug und das mir schon lange heimlich einflüstern wollte, dass ich schon bald »alleine« sein würde. Dass mein Ehemann, der mir geschworen hatte, in guten und in schlechten Tagen mit mir zusammenzubleiben, mich im Stich lassen würde. Für eine Frau mit blonder Mähne in kurzen Röcken, die unsere Tochter sein könnte.

Andreas streitet natürlich alles ab und ist der Meinung, ich mache »ein Drama daraus«.

Derselben Meinung ist zu meiner Enttäuschung auch Tina, meine sogenannte beste Freundin. Natürlich versucht sie, mir Mitgefühl und Halt zu geben, weil ich gerade meinen Vater verloren habe. Doch was Andreas angeht, hat sie eine ganz andere Meinung als ich.

»Ach, Lisa, nun komm schon. Das machen sie doch alle«, war ihr einziger Kommentar, als ich in der Nacht nach dem Geburtstag zu ihr floh, weil ich es zu Hause nicht aushielt und um mich bei ihr auszuheulen.

Nachdem mein Mann nicht nach Hause kam und mir nicht den Trost und die Schulter zum Anlehnen geboten hatte, weil diese bereits einer anderen gehörte.

Tina hatte sofort ein Bett für mich bezogen und Tee gekocht, in den sie viel Rum hineingab. Sie hielt mich in den Armen, als die Tränen endlich kamen.

Auf einmal weinte ich um alles … meine verlorene Ehe, meine Zukunft, von der ich keine Ahnung hatte, wie sie aussehen würde … aber vor allem um meinen Vater, der nie wieder für mich da sein würde.

Ich hatte Tina alles erzählt und gehofft, sie würde mit mir gemeinsam auf die bösen Männer schimpfen und mir mit ihrer unerschütterlichen Stärke ein Stück Zuversicht für die Zukunft schenken. Irgendetwas in der Art, dass es ohne Mann ohnehin viel besser sei oder etwas ähnlich Tröstliches in diesem Zusammenhang. Doch diesen Gefallen tat sie mir nicht, im Gegenteil. Sie ermutigte mich, Andreas zu verzeihen und mein »normales« Leben wieder aufzunehmen.

»Geh in dein tolles Heim zurück und genieße dein Leben, Lisa. Vergiss nicht, du hast wenigstens einen Ehemann, im Gegensatz zu mir«, sagte sie, während sie eine neue Packung Taschentücher aus dem Schrank nahm. »Andreas wird dich nie verlassen. Das mit dieser Sonja ist nur eine kleine Affäre. Männer brauchen so etwas, damit sie sich jung und begehrenswert fühlen. Sie wollen sich bestätigt fühlen, so sind sie nun einmal ... sie sind Jäger. Aber dafür gibt man doch sein Leben nicht auf. Schau mich an. Ich muss für alles alleine sorgen und mein Leben selbst auf die Reihe bekommen. Du hast dagegen einen Mann, der für dich da ist. Und daran wird sich nichts ändern. Warte nur ab ... das mit Sonja geht vorbei und dann macht ihr beide die schöne Reise nach Venedig, die du ihm geschenkt hast. Vorher erholst du dich erst einmal ein wenig. Wie wäre es mit einem Wellness-Wochenende?«

Ich konnte es nicht fassen.

Wie oft hatte ich mir ihre Klagen über ihren derzeitigen Liebhaber geduldig angehört und versucht, ihr zu raten und beizustehen. Und was rät sie mir, nun, da ich ein einziges Mal ihre Hilfe brauche? Die Affäre meines Mannes zu akzeptieren und einfach »abzuwarten«. Und meine gesicherte Existenz nicht aufzugeben, um mich in das überaus anstrengende und zugleich in »meinem Alter« zugleich höchst fragwürdige Abenteuer des Arbeitslebens zu stürzen, während es sich Sonja in unserer Villa gemütlich machte.

Doch ich befolgte Tinas Rat natürlich und kehrte in unser »trautes Heim« zurück. Was blieb mir auch anderes übrig?

Auch wenn ich ganz und gar nicht davon überzeugt bin, dass sie recht hat. Ich kann doch nicht so tun, als sei das alles nicht geschehen. Allerdings überrascht es mich, dass ich nicht so verletzt über diese Affäre bin, wie ich es vielleicht sein sollte. Ich bin traurig und enttäuscht, aber der eigentliche Schmerz ist nur der über den Tod meines Vaters. Hat dieser vielleicht den anderen überlagert? Oder liebe ich Andreas am Ende nicht mehr?

Ich sitze alleine in unserem herrlichen Wohnzimmer in dem großen Sessel mit dem Blick durch die Glasfront in den Garten und beobachte ein paar Enten, die gerade an Land gekommen sind und in unserem Garten spazieren gehen.

Nach der Beerdigung sind alle nach Hause gegangen, auch Andreas ist schon wieder im Büro oder wo auch immer. Gerade heute hätte er für mich da sein müssen. Was auch immer in der letzten Zeit geschehen ist und wie auch immer es um unsere Ehe bestellt sein mag, er ist doch immer noch mein Mann. In den vergangenen Tagen habe ich mir so oft gewünscht, alles wäre nur ein schlechter Traum. Heute Nacht, als ich wieder einmal nicht schlafen konnte, hatte meine Hand die seine gesucht. Ich wollte in seinen Armen liegen und Trost finden, wenn auch nur bei alltäglichem, flüchtigem Sex. Doch Andreas tätschelte nur meinen Arm und murmelte: »Schlaf endlich, Lisa.«

Konnte er sich nicht denken, wie schwer es mir fiel, meinen Vater zu Grabe zu tragen? Ich fühlte mich so allein wie noch nie in meinem Leben.

Doch ich überstand diesen gefürchteten Tag, auch ohne seine Schulter zum Anlehnen. Wenn auch nur mit der doppelten Dosis Beruhigungstabletten.

Nur wenige Menschen waren gekommen, um sich von Heinz zu verabschieden, doch alle waren voller Mitgefühl und versuchten, etwas Trost zu schenken.

Tim war an meiner Seite und stützte mich, als ich die letzte

Rose in das offene Grab warf. Gerade ist er mit seinen beiden Freunden und einem Kofferraum voller Taschen und Musikinstrumenten losgefahren. Er hatte selbstverständlich seine Abreise nach Dresden verschoben, um bei der Beerdigung seines Großvaters dabei zu sein. Ich sehe in seinen Augen, dass auch er sehr traurig über den Tod seines Opas ist.

Die beiden verband die große Liebe zur Musik und ich bedaure so sehr, dass mein Vater nicht mehr erfahren hat, dass Tim in Weimar Musik studieren wird.

Vor seiner Abreise hatte Tim mich gefühlte 1.000 Mal gefragt, ob es denn auch wirklich für mich in Ordnung sei, dass er an seinem Plan festhalte. Als ob ich ihn zurückgehalten hätte. Für ihn fängt ein neuer Lebensabschnitt an, auf den er sich freut.

Aber was wird aus mir? In den letzten Tagen gab es so viel zu tun mit der Organisation der Beerdigung, dass ich gar nicht zur Besinnung kam. Doch nun sitze ich hier und werde mir der Leere bewusst, die in meinem Inneren herrscht und die mir trotz der vielen Beruhigungsmittel Schmerzen verursacht.

In den Händen halte ich den Brief, der meinem Vater offenbar so wichtig war, dass Traudl ihn mir unbedingt geben musste. Das Päckchen, das sie mir ebenfalls überreichte, trägt den Namen »Alma« und liegt ungeöffnet auf dem Tisch.

Mit zitternden Händen öffne ich den Umschlag und beginne zu lesen:

»Meine kleine Krabbe.

Wenn du diesen Brief liest, dann werde ich vermutlich nicht mehr bei dir sein. Es wird dir ungewöhnlich vorkommen, dass ich dir einen Brief schreibe, aber es gibt da etwas, das mir auf der Seele liegt und das ich – jetzt, da ich alt bin und viel Zeit zum Nachdenken habe – gerne bereinigen möchte. Das heißt, falls es überhaupt möglich ist, Dinge zu bereinigen, die in der Vergangenheit geschehen sind. Wenn man, wie ich, zu viel Zeit verstreichen ließ, ist es unter Umständen vielleicht zu spät. Und dennoch muss ich es versuchen, vorher kann ich keinen Frieden finden.

Weißt du noch, wie ich dich immer meine »kleine Krabbe« nannte? Natürlich weißt du das. Du bist es schließlich immer noch, mein Kind, und wirst es immer sein.

Wir beide haben unser Leben ganz gut hingekriegt, nicht wahr?

Ich bin stolz auf dich, mein Mädchen. Das wollte ich dir schon lange einmal sagen. Obwohl du ohne Mutter aufgewachsen bist, bist du selbst eine großartige Mutter geworden. Und eine gute Ehefrau, was ich, ich gebe es zu, angesichts deines Mannes immer etwas verwunderlich fand. Es ist kein Geheimnis, wir mögen uns nicht besonders. Natürlich hat er von Anfang an gut für dich gesorgt. Und er gab dir etwas, das du selbst in deiner Kindheit und Jugend so schmerzlich entbehrt hattest: eine Familie.«

An dieser Stelle laufen mir die Tränen herunter. Nein, Papa, du irrst dich. Ich habe nichts schmerzlich entbehrt, ich hatte doch dich.

»Ich habe euch nicht oft besucht, wie du weißt. Aber wenn, dann hatte ich immer das Gefühl, dass du glücklich bist in deiner kleinen, heilen Welt. Auch wenn ich mir oft jemanden für dich gewünscht hätte, der ein wenig liebevoller zu dir ist und deine Seele berührt. Kennt Andreas deine Träume? Ich kannte die Träume deiner Mutter, Lisa. Und darum ließ ich sie gehen. Ich wusste, ich würde sie nie glücklich machen können. Sie brauchte mehr, die große Bühne …

die weite Welt. Denke immer daran: Sie hat nur mich verlassen, nicht dich.«

Das stimmt nicht. Auch dieses Mal hat mein Vater nicht recht. Sie hat genauso *mich* verlassen, nicht nur ihn und die provinzielle Enge unserer Mietwohnung.

So, wie mein Vater schreibt, hat er geahnt, dass mich dieses Gefühl des Verlassen-Werdens quält, seitdem ich ein Kind war. Obwohl er doch immer für mich da war und sein Bestes gegeben hat, mir Vater und Mutter zugleich zu sein.

Mir hat es an nichts gefehlt und doch war tief in mir drin dieses miese Gefühl: dass mich meine Mutter zurückgelassen und einfach vergessen hatte. Weil ich nicht in ihre Welt gepasst habe.

»Vielleicht denkst du, ich wäre deshalb unglücklich gewesen, aber so war es nicht«, lese ich weiter. *»Ich wusste, dass es das Beste so war. Und ich glaube, wir beide sind auch ohne sie gut zurechtgekommen, nicht wahr? Es war jedenfalls nicht so, dass ich eine Frau als Mutterersatz für dich suchen musste. Mit der Hilfe deiner Oma haben wir unser Leben doch gut im Griff gehabt. Für mich war immer klar, dass ich nur dann eine neue Frau in mein Leben lassen würde, wenn es wirklich passen und ich mich noch einmal richtig verlieben würde.*

Dies ist nur ein einziges Mal geschehen ... doch ich war unvorsichtig und habe dieses Glück verdorben.

Aus diesem Grund möchte ich dich, meine kleine Krahhe, um einen letzten Gefallen bitten. Du erinnerst dich doch sicher an unsere schönen Ferien in deiner Kindheit auf Sylt? Ich möchte, dass du noch einmal dorthin fährst. In das Ferienhaus von Johann Johannsen, in dem wir beide immer Urlaub gemacht haben. Bitte versuche, Alma zu finden ... und übergebe ihr das Päckchen, auf dem ihr Name steht.

Ich habe sie in dem letzten Sommer, den wir beide auf Sylt verbrachten, näher kennengelernt und sie wurde mir sehr wichtig. Doch dann ist etwas geschehen, das ich mir nicht verzeihen kann. Darum musst du sie unbedingt finden. Damals war ihr Name Alma Matthiesen und sie lebte in List auf Sylt. Es ist viele Jahre her und sie hat sicher geheiratet, also wird ihr Nachname womöglich ein anderer sein. Vielleicht lebt sie auch gar nicht mehr in List ... oder überhaupt auf Sylt. Vielleicht ist sie überhaupt nicht mehr am Leben. Doch bitte versprich mir, sie zu suchen. Es ist mir wirklich sehr, sehr wichtig.

Pass auf dich auf, meine kleine Krabbe. Vergiss nicht, dass dein alter Vater dich sehr geliebt hat und du immer das Wichtigste in meinem Leben warst.

Das Leben wird auch für dich noch viel Schönes bereithalten, da bin ich mir ganz sicher ...

Ich werde immer bei dir sein.

Dein Vater«

∾⊙∾

»Du willst *was*?«, fragt Andreas ungläubig, als ich gerade den letzten Pullover in den Koffer lege. In meiner Erinnerung war es oft recht kühl auf Sylt, also habe ich zu meinem Badeanzug und Shorts auch mehrere Pullover und Jeans, dazu eine warme Jacke und bequeme Schuhe eingepackt. Dazwischen liegt das Päckchen für die geheimnisvolle Alma, vorsichtig inmitten meiner Unterwäsche verstaut.

Ich antworte nicht, sondern hieve stattdessen den Koffer nach unten in den Flur.

Andreas sieht sich suchend in der Küche um. Es gibt nichts zum Abendessen, vermutlich zum ersten Mal in unserer 25-jährigen Ehe. Auch der Kühlschrank ist leer und ich sehe an seinem Gesichtsausdruck, dass ihn das irritiert.

»Ich fahre nach Sylt«, antworte ich nun doch.

»Allein? Warum denn das?« Andreas sieht verärgert aus. Oder anders ausgedrückt: Verunsichert.

»Das habe ich doch schon gesagt: Um den letzten Wunsch meines Vaters zu erfüllen.«

Ich nehme meine Lieblingsjacke von der Garderobe, die schon ziemlich alt ist, mir jedoch ein vertrautes und somit tröstliches Gefühl verleiht.

»Was ist denn das für ein Schwachsinn?«

Andreas lässt sich auf den Sessel fallen, auf dem ich noch vor ein paar Stunden gesessen bin, öffnet eine Bierflasche und trinkt hastig einen Schluck daraus.

»Letzter Wille? Hat dir dein Vater etwa etwas vererbt, von dem wir alle nichts wissen?« Er grinst süffisant.

Auf einmal mischt sich ein anderes Gefühl unter die Traurigkeit über seinen Ehebruch.

Es ist Verachtung.

Ich habe meinen Vater verloren, den Menschen, der mir am meisten neben meinen Kindern bedeutet hat ... und woran denkt er? An ein geheimes Erbe, weiter nichts.

Ich versuche, zu lächeln, doch es gelingt mir nicht.

»Leider nein. Ich fürchte, wenn du mit einem geerbten Haus auf Sylt rechnest, muss ich dich enttäuschen.«

»Als ob dein Vater überhaupt etwas zu vererben gehabt hätte außer diesem alten Klimperkasten, der jetzt in Tims Zimmer herumsteht.«

Andreas schnaubt verächtlich.

»Was also hat es mit diesem geheimnisvollen letzten Willen auf sich, für den du jetzt über 1.000 Kilometer weit fahren willst?«

Aus seiner Stimme höre ich Ungeduld.

»Das muss ich erst selbst herausfinden«, sage ich und öffne die Tür.

»Lisa, ich verstehe, dass dich das alles ein wenig durcheinandergebracht hat«, sagt Andreas auf einmal.

Durcheinandergebracht? Das ist nicht genau das, was ich gerade empfinde.

»Ich war in der letzten Zeit nicht viel für dich da. Aber du weißt doch, wie viel Arbeit das Bodensee-Center mit sich bringt. Ich verspreche dir, sobald ich damit fertig bin, fahren wir beide weg. Von mir aus auch nach Sylt. Ob mit oder ohne letzten Willen. Einverstanden?« Andreas steht auf und macht einen Schritt auf mich zu.

Wollte ich das nicht? Dass Andreas auf mich zukommt und mich in die Arme nimmt? Mir endlich den vermissten Trost spendet und mir sagt, dass er mich liebt und er mich braucht.

Es wäre so einfach, mich jetzt an ihn zu schmiegen und zu spüren, dass da noch etwas ist zwischen uns. Vielleicht könnte wieder alles gut werden. Er ist doch mein Ehemann.

Doch etwas in mir hält mich zurück. Auf einmal weiß ich gar nicht, ob es überhaupt das ist, was ich möchte: Dass alles wird wie früher. Könnte es das überhaupt werden, nach dem, was geschehen ist? In der Nacht, in der mein Vater starb, und auch in der Zeit darauf habe ich mir so sehr Trost von Andreas gewünscht. Aber er war einfach nicht für mich da.

Ich *kann* ihn jetzt nicht umarmen.

»Nein, Andreas ... du verstehst das nicht. Ich muss *jetzt* nach Sylt fahren. Und zwar alleine. Ich muss mir über ein paar Dinge klar werden. Herausfinden, wie es weitergehen soll und was ich wirklich will. Davon abgesehen brauchst du mich doch gar nicht, stimmt's? Du hast deine Tochter, deine Mutter und eine Haushaltshilfe um dich. Und ich bin sicher, dass Sonja dir sehr gerne bei allem ›anderen‹ behilflich sein wird, was du brauchst.«

Ich gehe aus der Tür und auf das Taxi zu, das in der Einfahrt auf mich wartet.

Auch ohne mich umzudrehen, weiß ich, dass er nicht hinterherkommen wird, um mich aufzuhalten.

5. KAPITEL: SYLT

Alma Matthiesen. Der Name kommt mir bekannt vor, aber ich kann ihn nicht einordnen. Ich bin sicher, ich habe ihn schon einmal gehört, doch mein Erinnerungsvermögen gibt mir keinen Anhaltspunkt.

Ich habe ganz vergessen, wie schön die Anfahrt auf die Insel über den Hindenburgdamm ist. Welch ein guter Gedanke, lobe ich mich selbst, mit der Bahn zu reisen. Die ganze Fahrt über habe ich aus dem Fenster gesehen und vor mich hingeträumt. Und mit jedem Kilometer, den ich hinter mir ließ, blieben die Sorgen ein ganz klein wenig zurück. Jedenfalls bilde ich mir das ein. Auch wenn ich mich immer noch schrecklich einsam fühle.

Mein Vater ist nicht mehr da. Der einzige Mensch, dem ich bedingungslos vertrauen konnte, der mich über alles liebte und der mein Rettungsanker in jeder noch so unmöglichen Situation war. Meine Mutter, die mich über diesen Verlust hinwegtrösten könnte, hat mich schon vor vielen Jahren verlassen, weil ich nicht in ihr Leben passte. Und mein Ehemann, mit welchem ich 25 Jahre nicht nur Tisch und Bett, sondern alle Sorgen und alles Glück teilte, ließ mich in meiner schwersten Stunde allein, um sich mit seiner Sekretärin zu amüsieren. Meine Kinder gehen ihre eigenen Wege und meine sogenannte beste Freundin rät mir, alles nicht so ernst zu nehmen, sondern so weiterzumachen wie bisher.

Sowohl Tina als auch Ann-Sophie haben mit wenig Verständnis reagiert, als sie von meiner überstürzten Abreise erfuhren. Doch sie haben mir am Telefon eine gute Reise gewünscht und mich mit allerlei guten Wünschen bedacht. Vermutlich hegen sie die Hoffnung, dass ich nach meiner Heimkehr wieder »normal« beziehungsweise »die Alte« sein werde.

Bestimmt hat ihnen Andreas davon berichtet, dass ich ein wenig »durcheinander« wäre, was angesichts des Todes meines Vaters ja kein Wunder sei. Die gute Nordseeluft würde mir sicher guttun und deshalb habe er mich bei meinem Vorhaben unterstützt. Ich kann es mir richtig vorstellen, wie er seine Verhaltensweise so aussehen ließ, als habe er nur mein Bestes im Sinn. Dabei ist ihm höchstwahrscheinlich egal, wie ich mich gerade fühle. Im Nachhinein glaube ich sogar, dass sein halbherziger Versuch, mich von der Reise abzuhalten, nur dazu diente, sein schlechtes Gewissen zu beruhigen. In Wahrheit wird ihn der Gedanke, von nun an einige gemütliche Schäferstündchen mit Sonja zu verbringen, die nicht der Gefahr der Entdeckung ausgesetzt sind, sicher beflügeln.

Der Himmel ist so groß und so weit. Nachdem wir Niebüll hinter uns gelassen haben, fahren wir einige Kilometer durch die flache norddeutsche Marschlandschaft mit ihren saftigen grünen Wiesen. Nur vereinzelt stehen noch Höfe in dieser zunehmend einsamen Gegend. Dafür drehen sich große Windräder im Takt und viele Schafe stehen auf den Deichen und grasen. Wir lassen das flache Land hinter uns und fahren auf dem Hindenburgdamm, der mitten durch das Wattenmeer führt. Um uns herum nur Wasser und Himmel, fast in der gleichen Farbe … dunkelgrau … passend zu meinen Gedanken.

Stück für Stück kommen wir der Insel näher und so langsam bin ich ein wenig aufgeregt. Schon kann ich leicht verschwommene Konturen erkennen, in der Ferne einen Leuchtturm. Das muss Kampen sein.

Ich kuschele mich fester in meine Jacke und denke daran, wie ich als Kind mit Papa in unserem Auto auf dem Autozug saß, voller Erwartungen und Vorfreude auf die Ferien, die wir auf der Insel verbringen wollten.

Bis Niebüll waren wir mit dem Auto gefahren und dort auf den Autozug, der uns ebenso wie jetzt die Bahn, über den Hindenburgdamm nach Sylt bringen sollte. So wie jetzt waren wir müde nach der langen Fahrt, saßen im Auto, aßen unser letztes Reisebrot und tranken Limo, aufgeregt und in freudiger Erwartung auf die kommenden Ferientage.

Mein Vater hatte Sylt sehr geliebt und stets behauptet, nirgends könne er sich so gut erholen wie auf dieser Insel.

Umso verwunderlicher, dass wir nie wieder unseren Urlaub dort verbrachten.

Wann hatten wir damit aufgehört?

Mit ungefähr zehn oder elf Jahren war ich das letzte Mal dort, erinnere ich mich. Danach fuhren wir immer nach Italien … Angeblich, weil es nicht so weit vom Bodensee entfernt und die Sommer dort sonniger und heißer waren.

Doch ich erinnere mich an unseren letzten gemeinsamen Sommer auf Sylt, der vermutlich der heißeste war, den man je auf Sylt erlebt hat. Wir waren täglich am Strand gewesen und kehrten brutzelbraun nach Hause zurück. Meine Schulfreunde hatten mir angesichts meiner Bräune nicht geglaubt, dass wir an der Nordsee im Urlaub gewesen waren. Es war der Sommer, in dem ich auf das Gymnasium kam, jetzt erinnere ich mich wieder.

Mein Vater hatte in seinem Brief an mich von etwas geschrieben, das er verdorben und nie wieder gutgemacht hatte. Was kann das nur gewesen sein?

Nun, ich werde es schon noch herausbekommen. Erst muss ich diese Alma finden, dann wird sich alles sicher klären.

Der Zug fährt auf die Insel und ich betrachte die ersten kleinen Reetdachhäuser von Morsum, Archsum und Keitum, die einladend und gemütlich aussehen. Es ist bereits Abend und in den meisten Fenstern brennt ein kleines Licht. Langsam bricht der Abend über die Insel herein. Kein Wunder, ich bin ja auch den ganzen Tag unterwegs gewesen.

Auf einmal bemerke ich, dass mein Magen knurrt. In den letzten Tagen habe ich sehr wenig gegessen und ich beschließe, mir gleich ein Fischbrötchen zu kaufen, wenn ich ankomme. Durch den Kummer der letzten Zeit habe ich einige Kilos verloren, das scheint das einzig Gute daran zu sein.

Gleich beim Verlassen des Zuges in Westerland empfängt mich der typische Nordseewind, der mich beinahe umwirft, und lautes Möwengeschrei. Die Luft riecht nach Salz … ich bin am Meer.

Ich bleibe einen Augenblick stehen, schließe die Augen und lasse mir den frischen Wind um die Nase wehen. Was für ein Gefühl, auf Sylt zu sein und die herrlich frische Luft zu atmen.

Das hier ist also Westerland, der zentrale Ort der Insel, der ziemlich in der Mitte liegt und von dem aus man alles gut erreichen kann. Doch irgendwie erinnere ich mich kaum an diese quirlige kleine Stadt. Nur daran, dass mein Vater und ich damals manchmal zum Kurkonzert an der Konzertmuschel waren. Und einmal im Kino, als es geregnet hat, in irgendeinem Disneyfilm. Auch daran, dass ich hier den ersten Hamburger meines Lebens gegessen habe, weil es hier schon einen MacDe gab, der in Konstanz erst viel später kommen sollte.

Zum Nachtisch gab es für mich in einem kleinen Lokal leckeren Milchreis mit Zimt und Zucker, während mein Vater sich ein Glas Wein gönnte und die vielen Menschen beobachtete, die damals schon durch die kleine Fußgängerzone schlenderten.

Seltsam, mit den gemütlichen kleinen Orten Morsum, Archsum und Keitum und den vielen kleinen niedlichen Reetdachhäusern, die ich eben noch aus dem Zugfenster gesehen habe, hat Westerland so gar nichts gemeinsam.

Es wirkt modern auf mich, die Häuser sind eine wilde architektonische Mischung aus schlicht langweiliger Nachkriegs-, friesischer und alter Bäderarchitektur.

Wo soll ich denn jetzt hin? Direkt neben dem Bahnhof warten zahlreiche Busse und Taxen, doch ich beschließe, mich erst einmal ein wenig umzusehen, bevor ich mich auf den Weg nach Kampen mache.

Vor dem Bahnhof stehen riesengroße, knallgrüne Skulpturen. Sie sollen wohl eine Familie darstellen, die sich gegen den Wind stemmt. Das muss ich auch gerade, der Wind kommt von vorne und hat eine unglaubliche Kraft.

Vom Bahnhof aus gehe ich über die Straße in die kleine Fußgängerzone in der Friedrichstraße, von der ich noch weiß, dass sie direkt an der Strandpromenade endet. Obwohl es doch schon recht spät und außerdem ziemlich kühl ist, sitzen überall vor den kleinen Restaurants in der Friedrichstraße gut gelaunte Urlauber, die den Abend bei einem Glas Bier oder Wein gemütlich ausklingen lassen. Andere bummeln Hand in Hand und betrachten die vielen Schaufenster der kleinen Geschäfte, die allerlei schicke Mode, Tee, Schmuck oder maritime Accessoires bereithalten. Ich beschließe, in den nächsten Tagen wiederzukommen, um selbst einen solchen Bummel zu genießen. Doch bevor ich mich gleich auf die Suche nach einem Taxi und den Weg nach Kampen mache, muss ich unbedingt erst einmal das Meer sehen. Ich kann es schon riechen, das Wasser und das Salz … und vor allem kann ich es schon rauschen hören.

Am Ende der Fußgängerzone steht stolz das alte »Hotel Miramar«, von dem aus man ganz bestimmt einen wunderbaren Meerblick hat ebenso wie aus den großen Hochhäusern, die leider nicht gerade als das schönste Beispiel moderner Architektur gelten, jedoch der Stadt Westerland auf sonderbare Weise ihr unverwechselbares Gesicht gegeben und ganz bestimmt Dutzenden von Urlaubern schöne Urlaubstage mit bezahlbarem Meerblick geschenkt haben.

Am liebsten würde ich gleich an den Strand gehen, die Schuhe ausziehen und den weichen Sand zwischen den Zehen fühlen. Doch mein Koffer hindert mich daran, die kleine Treppe zum Strand hinunterzugehen, und so bleibe ich stattdessen auf der kleinen Promenade und gönne mir ein Glas eisgekühlten Weißwein zu meinem Fischbrötchen. Vor mir liegt der endlose weiße Strand mit seinen weißen Strandkörben, so weit das Auge reicht. Ich habe Glück und finde ein Plätzchen in einem der Strandkörbe, die auch hier auf der Promenade stehen, und lasse den Blick über den hellen Sand und das weite Meer streifen. Die Brandung ist einfach unbeschreiblich. Weiße Schaumkronen zieren das dunkle Wasser und unglaublich hohe, wilde Wellen treffen auf den Strand. Auf einmal ist alles ganz weit weg. Ich fühle mich wie eines der Millionen Sandkörner und würde mich am liebsten vom Wind über das Meer tragen lassen, direkt in den Sonnenuntergang. Doch dabei fällt mir ein, dass ich mich langsam auf den Weg machen muss, damit ich nicht zu spät in der kleinen Pension von Johann Johannsen in Kampen ankomme. Als ich das Zimmer gebucht habe, hatte mich am Telefon eine energische Emmi Peters deutlich darauf hingewiesen, dass ich unbedingt anrufen müsse, falls meine Anreise nach 22 Uhr erfolge. Es war gar nicht so einfach gewesen, überhaupt noch ein Zimmer zu bekommen. Frau Peters hatte vorwurfsvoll gesagt, dass normalerweise die Gäste ihr Zimmer bereits ein Jahr im Voraus buchen und ich großes Glück hätte, da gerade jemand abgesagt habe. Das Zimmer sei im Übrigen winzig klein und direkt unter dem Dach, das sogenannte »Spatzennest«, und verfüge über kein eigenes Bad. Das Bad sei in der Etage darunter und ich müsse es mit zwei Damen teilen, die dort ein Doppelzimmer gebucht hätten. Na, wunderbar. Was hatte sich mein Vater nur dabei gedacht, dass ich ausgerechnet in diesem Haus wohnen sollte? Es gibt auf Sylt so viele neue und moderne Ferienwohnungen und Hotels, da hätte ich sicher eine komfortablere Unterkunft gefunden. Aber vielleicht dachte er, die Erinnerungen an die Urlaube in meiner Kindheit würden mir etwas Glück schenken. Also hatte ich das »Spatzennest« gebucht, und zwar gleich für vier Wochen. Zu Hause hielt mich ohnehin nichts mehr. Nach dem Tod meines Vaters, Tims Abschied nach Dresden und der Feststellung, dass meine Ehe am Ende ist, war ich schließlich froh, allem entfliehen zu können.

Das »Spatzennest« war ursprünglich von einem Mädchen gebucht worden, das in einem Café in Kampen als Kellnerin arbeiten wollte, sich jedoch offenbar kurzfristig anders entschieden hatte.

»Wie die jungen Mädels so sind … Gedanken wie die Frösche«, hatte Emmi Peters gelacht.

»Mein Glück«, hatte ich geantwortet und offen gelassen, ob ich nach den geplanten vier Wochen den Aufenthalt sogar noch verlängern wolle.

Alles hängt davon ab, wann ich Alma finden werde.

Im Moment fühle ich mich zum ersten Mal in den ganzen letzten Wochen wieder ein kleines bisschen besser. Als ob der frische Wind mich wieder lebendig machen würde, und das, obwohl ich eine elfstündige Zugfahrt hinter mir habe.

»Weißt du, wohin?«, klingt auf einmal die Musik aus der Musikmuschel, in der ein Orchester aus Ungarn spielt.

Tja, wenn ich das wüsste, denke ich und wische mir eine Träne aus dem Augenwinkel.

Nicht nur, dass ich nicht weiß, wie meine Zukunft aussieht … das Lied ist die Titelmelodie aus dem Film »Doktor Schiwago« und meines Vaters Lieblingslied.

⁓⊚⌁

»Wohin soll die Fahrt denn gehen, junge Frau?«, fragt mich nun auch noch der freundliche Taxifahrer, der gerade meinen Koffer in den Wagen wuchtet. Ich freue mich über das »junge Frau«, auch wenn er mich beim Einsteigen etwas komisch gemustert hat, was vermutlich mit dem schweren Koffer zusammenhängt. Sicher fragt er sich, ob ich Steine oder gar eine Leiche darin transportiere, dabei sind es doch »nur« ein paar Klamotten für die nächsten vier Wochen.

»Nach Kampen, ins ›Heidehüs‹«, sage ich. »Straße und Hausnummer habe ich leider vergessen, aber ich werde das Haus sicher wiedererkennen.«

Hoffe ich jedenfalls. Schließlich ist es schon sehr lange her ... 37 Jahre, um genau zu sein.

»Zu wem wollen Sie denn?«, fragt der freundliche Mann.

»Johann Johannsen«, antworte ich, auch wenn ich nicht glaube, dass ihm der Name etwas sagen wird.

»Sagen Sie das doch gleich.« Der Fahrer biegt in eine Seitenstraße ein.

»Dass die Insel so klein ist, dass die Taxifahrer alle Einwohner kennen, hätte ich nun wirklich nicht gedacht«, lache ich.

»Alle nicht ... aber Johann Johannsen kennt man hier schon. Er ist zwar schon ein bisschen betagt, aber immer noch ganz gut drauf für sein Alter. Johann hat lange Zeit im Sylter Shanty-Chor die schönsten Solos gesungen.« ›Sonne über Sylt ...‹, fängt er auf einmal an zu singen.

»Meine Mutter war bei allen Konzerten, so wie alle anderen jungen Damen hier auf der Insel«, erzählt er weiter.

»So, so ... dann war Johann Johannsen wohl so etwas wie ein Popstar hier auf Sylt?«, grinse ich.

»Kann man so sagen. Man kennt ihn eben, den Johann. Ja, er muss wohl früher schon sehr gut ausgesehen haben. Aber er hatte keine Weibergeschichten ... nein, nicht, was Sie denken. Er war doch verheiratet, und zwar mit einer echten Schönheit, was man sich so erzählt. Außerdem betreibt er den kleinen Kiosk direkt vor der Heide, und das schon seit über 50 Jahren. Dort hält er mit den Einheimischen und Urlaubern so manchen Klönschnack ab und unterhält alle mit seinen kleinen Sylt-Geschichten. Aber das werden Sie ja auch noch herausfinden. Sind Sie zum ersten Mal auf Sylt?«

Ich berichte, dass ich als Kind mit meinem Vater öfter die Ferien hier verbrachte, aber leider schon viel zu lange nicht mehr auf der Insel war und mir vieles daher vollkommen neu vorkommt.

»Nun, das ist ja auch so. Ist einiges in der Tat neu hier«, sagt der Taxifahrer.

»Es wird so viel gebaut. *Zu* viel für meinen Geschmack. Aber Sylt ist eben Sylt und da wollen alle hin. Also wird gebaut und gebaut ... exquisite Ferienhäuser, schicke Hotels und Appartements ... alles für die Urlauber, nichts für die Einheimischen. Na gut, mir soll's ja recht sein, ich verdiene schließlich an den Touristen.«

Während er sich darüber auslässt, dass es früher wesentlich ruhiger und gemütlicher auf der Insel zuging, sehe ich aus dem Fenster und freue mich über den schönen Abendhimmel.

Wir fahren aus der lebendigen Stadt Westerland heraus und auf einmal gibt es nur noch wenige Häuser und viel Grün. In einiger Entfernung sehe ich mitten auf der Wiese den Leuchtturm von Kampen blinken. Die ganze Gegend kommt mir so still und lieblich vor, dass ich überhaupt nicht verstehe, was der Taxifahrer meint. Wir fahren am Golfplatz vorbei durch Braderup hindurch, den kleinen Ort am Wattenmeer, in dem beinahe ebenso viele bezaubernde Reetdachhäuser stehen wie in Kampen. Für meine Begriffe viel zu schnell, biegt das Taxi in einen kleinen Weg ein, der zum Wattenmeer und zur Heide führt ... wir sind gleich da. Eigentlich möchte ich mich lieber noch ein wenig in die Polster des Wagens lehnen, der Stimme des Taxifahrers lauschen und die romantischen Häuser betrachten, deren gepflegte Vorgärten von mit Rosen bewachsenen Steinwällen eingesäumt sind.

»Da sind Sie ja endlich«, begrüßt mich die laute Stimme einer Frau, die auf den Stufen vor dem »Heidehüs« steht.

Das tief gezogene Reetdach wirkt wie eine riesengroße Mütze auf dem kleinen Klinkergebäude, welches von dunklen Eiben, Kiefernbäumen und einem Steinwall eingesäumt wird. Üppige Hortensienbüsche zieren links und rechts die kleine Treppe, die zu dem beleuchteten und überaus einladend wirkenden Eingang führt.

Der Taxifahrer verabschiedet sich grinsend und wünscht mir einen schönen Urlaub. Und falls ich mal wieder ein Taxi bräuchte ... er steckt mir seine Visitenkarte zu. Ich sehe das als Kompliment, auch wenn ich ahne, dass es nur geschäftlich gemeint ist. Knut Knudsen, was für ein lustiger Name.

Zu der Frauenstimme gehört eine kleine, rundliche Dame, die in einem knallgelben Jogginganzug steckt und etwa Mitte bis Ende 60 sein dürfte. Ihr beige-blondes Haar ist in kleinen Locken um ihr Gesicht gelegt und ihr Lächeln ist im Gegensatz zu ihren Worten überaus freundlich.

»Eine halbe Stunde später hätten Sie Pech gehabt, da wären wir im Bett gewesen.«

»Du vielleicht«, ertönt die tiefe Stimme eines Mannes hinter mir.

»Johann. Bist du etwa so lange im Kiosk gewesen?«, fragt die unbekannte Dame, die zweifelsohne Emmi Peters sein muss.

Doch Johann Johannsen gibt ihr keine Antwort, sondern nimmt seine Elbsegler-Mütze ab und gibt mir die Hand.

»Moin«, sagt er lächelnd und ich verstehe, was der Taxifahrer eben gemeint hat.

Johann Johannsen ist ein stattlicher Mann mit weißem Haar und blauen Augen, der selbst jetzt noch, mit ungefähr Mitte 70, ein sehr attraktiver Mann ist. In seiner Jugend muss er eine Wucht gewesen sein. Kein Wunder hatte er so viele weibliche Fans bei seinen Auftritten mit dem Sylter Shanty-Chor.

Doch was meint er mit »Moin«? Guten Morgen? So betagt kann er doch nicht sein, dass er nicht wüsste, dass es bereits später Abend ist.

»Guten Abend, mein Name ist Lisa Wendler«, sage ich und ärgere mich auf einmal über mein zerknittertes Outfit und die zerzauste Frisur.

»Das haben wir uns schon gedacht«, antwortet die Frau im Jogginganzug, die mir nun aber doch die Hand hinstreckt und sich tatsächlich als Emmi Peters vorstellt.

Ob sie Johanns Freundin ist?, frage ich mich im Stillen. Irgendwie passt sie nicht so recht zu ihm. Sie hat etwas Derbes, Einfaches an sich, während er mich in seiner Vornehmheit an einen alten Kapitän zur See erinnert.

»Na, nun kommen Sie schon herein.«

Frau Peters schiebt mich durch die Tür ins helle Innere. Der Flur hat in der Tat etwas von einem Kapitänshaus. Auf der antiken Kommode steht ein großes weißes Segelschiff und auch auf allen Bildern an den Wänden finden sich Motive, die von der Seefahrt handeln. Schiffe, Anker und immer wieder das große, weite Meer.

Ganz dunkel erinnere ich mich, dass ich hier schon einmal war. Das Interieur scheint sich in den letzten 30 Jahren jedenfalls nicht verändert zu haben.

»Sie haben eine weite Reise hinter sich, nicht wahr?«

Auf einmal ist der Vorwurf aus Frau Peters Stimme verschwunden.

»Ja, ich komme ganz aus dem Süden, vom Bodensee.«

»Oha. Das ist ja einmal quer durch Deutschland. Ich hoffe, Sie haben etwas gegessen unterwegs? Ich könnte Ihnen höchstens ein Leberwurstbrot anbieten.«

Ihre plötzliche Mütterlichkeit rührt mich. *Das* hätte ich in einem modernen Hotel wohl kaum erlebt.

Ich bedanke mich und erzähle von dem leckeren Lachsbrötchen, dem ich eben nicht widerstehen konnte.

Über eine kleine Holztreppe gelangen wir in das obere Stockwerk. Hier sind vier Zimmer mit Nummer versehen, nur eines nicht. Emmi Peters klärt mich auf, dass dies das Badezimmer sei, welches ich mit den beiden »anderen netten Damen« teilen müsse, was hoffentlich kein Problem für mich sei. Alle anderen Zimmer verfügten über ein eigenes Bad, doch unsere beiden Zimmer seien einfach zu klein. Dafür sei der Preis für »Sylter Verhältnisse«, wie sie mehrfach betont, »ja auch unglaublich günstig« und überhaupt könnten wir froh sein, noch ein Zimmer bekommen zu haben. Die beiden anderen Damen auch, schließlich sei ja Hauptsaison und da wüsste man doch, was auf Sylt los sei.

Ich nicke schuldbewusst und schleppe weiter den schweren Koffer nach oben. Nun ärgere ich mich doch, dass ich Johann Johannsens Angebot, ihn nach oben zu tragen, nicht angenommen habe. Worüber er wahrscheinlich mehr als froh war. Ich jedoch wollte nicht daran schuld sein, dass er in seinem Alter womöglich wegen meines Koffers Rückenprobleme bekommt. Also hatte er mir eine gute Nacht gewünscht und war wieder nach draußen gegangen.

Die letzten Stufen zum »Spatzennest« muss ich alleine gehen, denn Emmi Peters überreicht mir den Schlüssel und bleibt unten stehen.

»Frühstück gibt's morgen von acht bis zehn. Um halb elf wird abgeräumt«, lässt sie mich gleich wissen, damit ich auch ja nicht verschlafe.

Die kleine Stiege zum »Spatzennest« ist mehr als eng und es erfordert etwas Geschicklichkeit, den Koffer vor mir her nach oben zu bringen. Oben angekommen, muss ich lächeln. Das wird also mein Zuhause für die nächsten Wochen sein.

Das »Zimmer« besteht eigentlich nur aus einem Doppelbett, das mit geblümter Baumwoll-Bettwäsche bezogen ist, einem Nachtschränkchen mit einer kleinen Lampe darauf, einem winzig kleinen Tisch und dem dazugehörigen Stuhl. Das Bett steht direkt unter einem kleinen runden Fenster, welches ein wenig Mondlicht hereinlässt und sich nicht abdunkeln lässt.

Rechts und links befinden sich Dachschrägen, sodass kein Kleiderschrank gestellt werden konnte. Wo soll ich nur all meine Sachen lassen?

Da entdecke ich eine kleine Tür in der Wand, eine Art Abseite. Hier hängt eine Kleiderstange, auf der ich wenigstens ein paar Sachen aufhängen kann. Den Rest lege ich in das Fach daneben, andere Dinge, die ich nicht sofort benötige, lasse ich erst einmal im Koffer, den ich unter das Bett schiebe.

Im Stillen muss ich lachen. Zu Hause am Bodensee nenne ich ein 300 qm großes Architektenhaus mein Heim und hier habe ich gerade mal ein Bett. Doch der Blick aus dem kleinen Bullauge entschädigt mich für alles. Vor meinem Auge leuchtet lila die Heide und dahinter glitzert silbern das Wattenmeer im Mondlicht. Im Moment möchte ich nirgendwo sonst sein.

Nachdem ich noch einmal die knarrende Stiege nach unten gegangen bin, erkunde ich das Badezimmer. Es ist zwar alt, aber blitzsauber und beherbergt neben einer Dusche und einer Badewanne zwei Waschbecken, wovon eines offensichtlich die beiden Damen annektiert haben und das andere vermutlich nun mir gehört.

Auf einmal bin ich schrecklich müde. Ich weiß nicht, ob es die lange Reise ist oder die Luftveränderung, aber kaum dass ich wieder oben im »Spatzennest« angekommen und in das frisch bezogene, gemütliche Bett gesunken bin, falle ich in einen tiefen, traumlosen Schlaf.

6. KAPITEL:
ETWAS RUHE

Im Grunde ist es unmöglich, das Frühstück zu verschlafen, denn bereits am frühen Morgen wecken mich Sonnenstrahlen, die durch das kleine runde Bullaugenfenster direkt in mein Gesicht scheinen. Mir fällt auf, dass ich zum ersten Mal seit Wochen durchgeschlafen habe. Ich war aber auch ziemlich fertig nach der langen Reise. Es ist so gemütlich in diesem winzigen Raum, das ich noch gar nicht aufstehen mag. Auf einmal erinnere ich mich an etwas in den Ferien in meiner Kindheit. Ich weiß noch, wie ich meinen Vater morgens immer wach gekitzelt und gefragt habe, was wir heute anstellen würden. Er sagte jedes Mal (deshalb habe ich es mir wahrscheinlich auch gemerkt): »Warte doch erst einmal das Wetter ab, Krabbe.«

Vermutlich hatten wir damals ein Zimmer, bei dem man morgens erst die Vorhänge aufziehen musste, um das Wetter zu erkennen. Im »Spatzennest« dagegen kann ich schon im Bett erkennen, dass die Sonne scheint. Was sich allerdings auf Sylt auch recht schnell ändern kann. Ich erinnere mich, dass wir oft frohgemut bei Sonnenschein an den Strand gingen und dort bereits nach kurzer Zeit wieder gehen mussten, weil Regenwolken aufzogen. Genauso konnte es aber auch umgekehrt sein. Ein regnerischer Morgen hieß bei Weitem nicht, dass man den Tag vergessen konnte. Oft verbrachten wir den warmen und sonnigen Nachmittag dann doch noch am Strand.

Mein lieber Vater ... wie gerne wäre ich jetzt hier mit ihm. Er fehlt mir so sehr. Warum habe ich nicht mehr Zeit mit ihm verbracht, als es mir noch möglich war? Ich war doch überhaupt nicht ausgelastet. Sicher hätte er sich gefreut, mich öfter um sich zu haben. Die Kinder und ich waren doch das Einzige, was er hatte.

Bevor mir wieder die Tränen kommen und mich das Schuldgefühl, mich nicht mehr um ihn gekümmert zu haben, niederdrückt, gehe ich nach unten in das Bad, dusche und ziehe mich an. Tiefe Schatten liegen unter meinen Augen und mein Teint ist blass. Die letzten Wochen haben ihre Spuren hinterlassen.

Der Duft nach frisch gebrühtem Kaffee, dem ich noch nie widerstehen konnte, lockt mich nach unten.

Im Erdgeschoss befinden sich neben dem großzügigen Flur die weiße, große Friesenküche, eine Gästetoilette und der Frühstücks- beziehungsweise Aufenthaltsraum für die Gäste, in dem es neben einigen kleinen Tischen auch ein gemütliches Sofa, mehrere Sessel sowie ein Bücherregal und einen Fernseher gibt. Dieses ist wie der Rest des Hauses mit antiken Möbeln sehr gemütlich ausgestattet. Ich nehme mir ein paar der kleinen Prospekte, die auf dem Tisch für die Gäste ausliegen, und gehe durch die weit geöffnete Tür nach draußen auf die Terrasse, wo mich ein leckeres Frühstück und eine gut gelaunte Emmi Peters erwarten.

Überwältigt lasse ich meinen Blick über die Heide und das Wattenmeer schweifen. Nur wenige Schäfchenwolken ziehen über den blauen Himmel, der das Wasser in die gleiche Farbe taucht. Tiefviolett leuchtet dagegen die Heide davor, eine Farbe, die auffallend und beruhigend zugleich auf mich wirkt.

»Guten Morgen, Frau Wendler. Haben Sie gut geschlafen?«, lächelt Frau Peters freundlich, als sie mir den Kaffee einschenkt.

»Wie ein Stein«, antworte ich ehrlich und greife nach einem der leckeren Brötchen auf dem liebevoll gedeckten Tisch. »Aber nennen Sie mich ruhig Lisa.«

»Gerne, ich bin Emmi. Ja, schlafen kann man hier wunderbar, nicht wahr? Das ist unsere gute Luft. Warten Sie ein paar Tage, dann fühlen Sie sich wie neugeboren.«

Eigentlich fühle ich mich jetzt schon besser als in der ganzen letzten Zeit. Der Schlaf und die Luftveränderung scheinen sich tatsächlich bereits positiv auf meinen Körper und mein Gemüt auszuwirken.

Frau Peters oder besser gesagt Emmi verschwindet in der Küche, um mir ein Ei zu kochen. Ich sehe ihr nach und muss lächeln. Sie trägt heute ein rot-weiß getupftes Oberteil zu einer weißen Hose und darüber eine gerüschte Schürze, was sie zwar jugendlich, jedoch noch pummeliger als gestern erscheinen lässt.

»Wohnen Sie eigentlich auch hier?«, frage ich neugierig, als sie mit dem gekochten Ei aus der Küche kommt.

»Nebenan«, erklärt sie lapidar.

Jetzt erst bemerke ich, dass das Haus ein rechtwinkliger Klinkerbau ist, der eigentlich aus zwei Haushälften besteht. Dieser Teil des Hauses wird offenbar an Urlauber vermietet, während der andere privat genutzt wird. Auch wenn das Haus schon ziemlich alt zu sein scheint, besitzt es einen unglaublichen Charme, was nicht zuletzt an der wundervollen Lage am Rande der Heide liegt.

»Johann wohnt unten und ich habe oben mein Reich«, klärt sie mich auf.

Aha, also wohnen die beiden nicht zusammen.

Dabei hatte ich geglaubt, sie wären ein Paar, nachdem sie ihn gestern Abend so besitzergreifend gefragt hatte, wo er so spät noch herkomme.

Nun, manche Paare wohnen ja auch nicht zusammen, weil jeder seine eigenen vier Wände braucht, um einmal allein zu sein. Oder weil der andere schnarcht zum Beispiel. In letzter Zeit habe ich oft von diesen »Living apart together«-Partnerschaften gehört, die mir jedoch immer irgendwie fragwürdig erscheinen.

Dabei fällt mir wieder meine eigene Beziehungssituation ein und mir vergeht der Appetit.

Wie oft habe ich in der letzten Zeit mutterseelenallein in dem großen Haus gesessen und auf meinen Mann gewartet.

Wie soll es denn nur weitergehen mit Andreas und mir? Wird es überhaupt weitergehen?

Doch das muss ich ja jetzt nicht gleich entscheiden. Im Moment bin ich einfach nur froh, hier zu sein. Weit weg von allem, von allen Entscheidungen und der Frage, ob diese Ehe noch zu retten ist, und ob ich das, oder besser: *was* ich eigentlich wirklich will.

Wie auf ein Stichwort klingelt mein Handy. Es ist Andreas und mir fällt ein, dass ich noch nicht einmal Bescheid gesagt habe, dass ich gut angekommen bin.

Dementsprechend vorwurfsvoll klingt seine Stimme: »Lisa, wolltest du dich nicht melden, wenn du auf Sylt angekommen bist?«

»Guten Morgen, Andreas. Ja, ich bin hier gut gelandet …, aber die Fahrt war sehr lang und ich war gestern Abend todmüde …«, entschuldige ich mich.

»Gut, das glaube ich dir gern. Schön, dass alles geklappt hat.«

Andreas macht eine kurze Pause.

»Lisa, weißt du, wo der Safeschlüssel ist? Hast du ihn mitgenommen? Oder Tim vielleicht?«

Ich bin verärgert. Für einen kurzen Moment hatte ich doch tatsächlich geglaubt, es ginge ihm um mich. Ich hätte mir denken können, dass er nur wieder etwas braucht.

Ich kann mir richtig vorstellen, wie Andreas jetzt gerade durch unser Wohnzimmer schreitet, in seinem Designer-Anzug ... oder nein. In der neuen Jeans, hektisch auf die Uhr sehend, weil er eigentlich schon wieder längst im Büro sein wollte und gar keine Zeit für diesen Anruf hat.

»Nein, habe ich nicht«, antworte ich daher ruhig. »Und ich kann mir beim besten Willen nicht vorstellen, warum Tim ihn haben sollte.«

Andreas hat noch nicht einmal gefragt, wie es Tim in Dresden geht. Dabei scheinen die Jungs dort mit ihren beiden Jobs ganz happy zu sein, wie Tim mir durch zahlreiche SMS mitgeteilt hat. Was vermutlich an den hübschen Sächsinnen liegt, die sie inzwischen kennengelernt haben. Aber davon weiß sein Vater vermutlich nichts, es interessiert ihn auch nicht.

Ich habe überhaupt keine Lust mehr, mit Andreas zu sprechen, und tue so, als sei der Empfang furchtbar schlecht. Er verabschiedet sich, ohne mir einen schönen Urlaub zu wünschen, vermutlich hält er das Ganze immer noch für eine Schnapsidee.

Nachdenklich lege ich auf. Ist es das, was einmal bleibt von einer großen Liebe?

Ein Anruf, von dem man sich wünscht, er würde schnell beendet sein und in dem man sich nichts mehr erzählt von seinem Tag?

Ich blättere mehr oder weniger lustlos in den kleinen Prospekten, nehme mir jedoch vor, auf jeden Fall in den nächsten Tagen das Sylter Heimatmuseum in Keitum und die Kirche St. Severin zu besichtigen. Vielleicht werde ich auch eine kleine Schifffahrt zu den Seehundsbänken unternehmen oder einmal um die Südspitze der Insel laufen. Es gibt so viel zu sehen hier. Auch die Uwe-Düne, die höchste Erhebung der Insel, wartet in Kampen auf mich. Ich muss mir unbedingt ein Fahrrad mieten. Dann bin ich unabhängig, auch wenn die Inselbusse hier regelmäßig in alle Richtungen fahren, wie ich einer der Broschüren entnehme.

Aber erst einmal möchte ich die Gegend um meine Unterkunft herum ein wenig erkunden.

»Ich würde gerne einen kleinen Spaziergang Richtung Wattenmeer unternehmen, geht das von hier aus?«, frage ich Emmi.

»Aber natürlich«, sagt sie.

»Das wird Ihnen gefallen. Ist zwar nicht so viel los wie auf der Westseite der Insel, aber die Stille hat ja auch etwas für sich. Unsere Heidelandschaft auf Sylt ist wirklich etwas Besonderes. Das einzigartige Naturschutzgebiet zwischen Braderup und Kampen nennt sich die ›Braderuper Heide‹ und ist für viele Tiere und Pflanzen ein wichtiger Lebensraum«, klärt Emmi mich auf. »Früher gab es ja viel Heide in Norddeutschland. Leider sind sehr viele dieser Heidegegenden heute nicht mehr vorhanden. Auf Sylt befinden sich heute ungefähr 50 Prozent aller Heidelandschaften von ganz Schleswig Holstein«, erzählt sie stolz weiter.

»Verzeihen Sie, wenn ich frage: aber diese Pflanze, die so lila leuchtet ... die nennt man Heide? Oder Erika?«

Emmi lacht. »Die ganze Landschaft nennt man ›Heide‹. Doch es gibt drei unterschiedliche Heidegewächse: im April und Mai blüht die Krähenbeere, im Juli die Glockenheide und was Sie jetzt gerade so schön leuchten sehen, ist die sogenannte Besenheide ... oder Heidekraut. Wie gesagt, hier gibt es viele Pflanzen und Tiere, die inzwischen bedauerlicherweise auf der Roten Liste der vom Aussterben bedrohten Gattungen stehen. Zum Glück gibt es aber Wissenschaftler und Naturschützer, die dieses tolle Naturschutzgebiet pflegen, damit wir und unsere Nachkommen sich hoffentlich noch lange daran erfreuen können.«

»Was heißt ›pflegen‹?«, frage ich neugierig.

»Wird die Heide nicht genutzt oder gepflegt, überaltert und verholzt sie. Aber man kann zum Beispiel alte Heideflächen abbrennen, damit wieder neue Pflanzen nachwachsen können. Oder Schafe darauf weiden lassen ... es gibt verschiedene Möglichkeiten. Hauptsache, es wird nicht alles bebaut, aber das werden die Naturschützer schon verhindern.«

Gerade als Emmi Peters das kleine Frühstücksbuffet abräumen will, betreten zwei Damen unter lautem Gekicher die Terrasse.

»Und dann hat er doch tatsächlich gefragt, ob meine Haarfarbe echt ist«, lacht die eine, die einen tizianroten Schopf ihr Eigen nennt. Sie dürfte um die 40 sein und ist für einen normalen Vormittag eigentlich viel zu aufgetakelt, denn sie trägt zu ihrem weißen Minirock ein schwarzes enges Top und helle Westernboots.

»Wie blöd kann man sein?«, prustet die andere los. Sie hat lange, dunkle, seidige Haare und scheint ein paar Jahre jünger zu sein als ihre Freundin. »Dass das kein echtes Rot ist, würde sogar ein Fuchs erkennen.«

Beide lachen und schaufeln sich die Teller voll, bevor Emmi Peters vorwurfsvoll abräumen kann.

Ich vermute, dass dies die beiden »netten Damen« sind, mit denen ich das Bad teilen darf, und stelle mich kurz vor.

Die rothaarige Elke und ihre dunkelhaarige Freundin Tanja kommen beide aus Hannover, wobei Tanja offenbar eigentlich aus Russland stammt.

Die beiden scheinen sehr nett zu sein, denn schon kurz nach unserer Vorstellung laden sie mich ein, doch öfter etwas mit ihnen zu unternehmen.

Doch ich möchte eigentlich nur meine Ruhe. Ich bin nicht hier, um Party zu machen, sondern um mir über einiges in meinem Leben klar zu werden. Und diese Alma zu suchen, um ihr das Päckchen meines Vaters zu überbringen, was ja eigentlich der Hauptgrund ist. Also erkläre ich den beiden, dass ich nach einem Todesfall erst einmal ein bisschen Zeit für mich brauche, bedanke mich aber für das freundliche Angebot.

»Ist schon in Ordnung. Falls dir aber einmal nach etwas mehr Abwechslung sein sollte, nehmen wir dich jederzeit mit … in die ›Sansibar‹ oder auf die ›Whiskymeile‹«, sagt Elke und schmiert sich noch ein Brötchen mit Marmelade.

»So wird das nichts mit deiner Bikinifigur. Du solltest mal lieber eine von den Algentabletten zu dir nehmen, die ich dir empfohlen habe …«, sagt ihre Freundin Tanja kopfschüttelnd.

Ich verabschiede mich mit einem: »Man sieht sich, Mädels … vielleicht heute Nachmittag am Strand bei dem schönen Wetter«, und laufe los Richtung Wattenmeer.

Der Weg auf den sandigen Wegen durch die Heidelandschaft ist einfach unbeschreiblich schön. Das Wasser glitzert in der Sonne wie silberne Seide. Ich kann förmlich das Summen der Bienen und ein paar Vögel zwitschern hören, ansonsten ist alles still. Nicht so wie gestern Abend, als das Tosen der wilden Wellen und das Geschrei der Möwen alle anderen Geräusche übertönten. Hier ist es bis auf das Vogelgezwitscher himmlisch ruhig und ich lasse mich von dieser Stille einfangen, die auch mein Herz beruhigt. Ich muss an die Worte von Emmi denken, dass in diesem wunderbaren Naturschutzgebiet viele Tiere und Pflanzen vom Aussterben bedroht sind. Ich kann mir sehr gut vorstellen, dass es den Tierchen hier gefällt und danke im Stillen den Naturschützern, dass sie alles tun, um dieses wundervolle Idyll zu erhalten. Es liegt ein wunderbarer Duft in der Luft, den ich nicht einordnen kann und der vermutlich eine Mischung aus Pflanzen, Sommer und Meer ist. Es ist herrlich warm und ich kann schon bald die Jacke ausziehen, die ich vorsichtshalber wegen des Windes angezogen hatte. Ich gehe über kleine hölzerne Treppen und über sandige Wege, bis ich am Watt angekommen bin. Am Wasser ziehe ich meine Schuhe aus und laufe barfuss durch den nassen Sand, der sich ganz weich anfühlt. Schon tauchen die ersten Häuser von Kampen auf und ich beschließe, den Rückweg durch das bezaubernde Dorf und anschließend einen anderen Weg mitten durch die Heide zu nehmen. Hier in Kampen stehen die teuersten Anwesen und die entsprechenden Nobelkarossen davor. Die großen, tief gezogenen Dächer aus Reet »verstecken« die Häuser geradezu und fügen sich vermutlich gerade deshalb so harmonisch in die Natur ein. Ich laufe durch die verwinkelten kleinen Straßen und kann mich nicht satt sehen an den alten historischen Friesenhäusern, aber auch an den modernen neuen Häusern mit ihren gepflegten und traumhaft angelegten Gärten, die sicher einige Gärtner benötigen, um so auszusehen.

Hier scheint nichts dem Zufall überlassen, alles passt zusammen. Ich kann sehr gut verstehen, dass man hier Eigentum besitzen möchte, denn Kampen ist wirklich zauberhaft. Allerdings sollen die Quadratmeterpreise die teuersten in ganz Deutschland sein, wie ja allseits bekannt ist. Wie gut, dass ich mich auch an der wunderschönen Natur erfreuen darf, ohne hier etwas zu besitzen. Im Augenblick bin ich ganz glücklich, dass ich im »Spatzennest« wohnen darf.

Ich schlendere durch die Ortsmitte und werfe einen Blick in die Auslagen der feinen Boutiquen, die hier beheimatet sind. Eine schicke Jeans findet mein Interesse … oje … der Preis übersteigt bei Weitem meine Verhältnisse. Und dieser Kaschmirpullover … die Zahl vor dem Eurozeichen muss doch ein Druckfehler sein, oder?

Ich komme bald wieder nach Kampen, beschließe ich, aber sicher nicht zum Einkaufen, denke ich grinsend. Das überlasse ich dann doch den Besitzerinnen der feinen Häuser in diesem Dorf.

Da ich zurück einen anderen Weg gewählt habe, komme ich auf einmal an einem kleinen weißen Holzpavillon vorbei, der direkt neben dem Parkplatz vor der Heide steht und auf dem in großen roten Buchstaben »Heide-Kiosk« steht. Es gibt ein großes, geöffnetes Fenster, an dem man etwas bestellen, sowie eine kleine Tür an der Seite, von der aus man den Kiosk betreten kann. Das muss der Kiosk von Johann Johannsen sein. Und richtig, er sitzt auf einer grünen Bank, die vor dem weißen Holzhaus steht, und raucht genüsslich eine Pfeife.

Ich erinnere mich dunkel, dass mein Vater mir hier früher manchmal ein Eis und sich selbst eine Zeitung gekauft hat.

»Moin«, grüßt Johann Johannsen freundlich, als er mich sieht.

Obwohl es mittlerweile Nachmittag sein muss, grüße ich freundlich »Moin« zurück und lächle ihn an. Das scheint wohl der Gruß zu jeder Tageszeit auf Sylt zu sein.

»Na, min Deern, hast du dich schon gut eingelebt?«, duzt er mich auf einmal.

»Ja, es gefällt mir sehr gut auf Sylt«, sage ich, während ich die Zeitschriften durchsehe, in der Hoffnung auf etwas Strandlektüre.

Groß ist die Auswahl nicht. Das Angebot reicht von ein paar Zeitschriften über Süßigkeiten, Eis und Getränke. Aber es ist ja auch nur ein Kiosk und kein Supermarkt.

»Was meinen Sie, lohnt es sich, die 109 Stufen auf die Uwe-Düne hochzusteigen?«, frage ich ihn.

»Auf jeden Fall. Von dort oben hast du einen Eins-a-Rundblick über die ganze Insel und bis nach Dänemark. Echt geil, wie ihr jungen Leute heute so sagt.«

Ich muss grinsen, weil er mich als »jung« bezeichnet, dabei gehe ich doch schon stramm auf die 50 zu.

»Warum heißt sie eigentlich so?«, interessiere ich mich.

»Die Uwe-Düne wurde nach dem Sylter Freiheitskämpfer Uwe Jens Lornsen benannt. Er kämpfte im 18. Jahrhundert für ein unabhängiges Schleswig-Holstein. Die Sylter sind sehr stolz auf ihn. Du kannst viel im Museum in Keitum über ihn erfahren«, erklärt er mir.

»Da wollte ich sowieso hin. Können Sie mir sagen, wo ich ein Fahrrad mieten kann?«, frage ich. Ich möchte gerne etwas unabhängiger sein und die Insel ein wenig erkunden.

»Klar kann ich das. Mein Neffe Nils am Ende der Straße hat einen Fahrradverleih. Leider ist er ziemlich erfolglos, weil sich in unsere Straße kaum jemand verirrt. Die meisten mieten ihr Rad gleich in Westerland, wenn sie ankommen. Er wird sich sicher freuen, ein bisschen Umsatz zu machen. Ich besorge dir ein Rad für morgen, wenn das in Ordnung ist. Ich kann allerdings nicht dafür garantieren, dass es geputzt oder gar gewartet ist. Dafür ist es ziemlich billig«, grinst er.

»Oh, das ist wunderbar, vielen Dank«, sage ich. Hauptsache, es fährt.

»Hast du denn schon ein bisschen was von unserer schönen Insel gesehen?«, fragt Herr Johannsen.

»Oh ja, ich war ein wenig zu Fuß in der Heide und am Watt unterwegs.«

Ich erzähle ihm von meinem wundervollen Spaziergang, bei dem ich kaum eine Menschenseele getroffen habe.

»Ich höre immer, Sylt sei die Insel der Schönen und Reichen. Und dass der Tourismus stetig zunimmt und die Einheimischen von der Insel vertreibt. Aber heute habe ich eine solche Ruhe erlebt, dass ich mir das kaum vorstellen kann«, berichte ich.

»Ja, min Deern, das hast du gut gemacht. Sylt hat nicht nur eine Seite. Aber warte nur, du wirst die andere Seite sicher auch noch früh genug kennenlernen. Es ist bannig viel los hier, besonders im Sommer. An manchen Orten tummeln sich unheimlich viele Leute und du wirst Glück haben, wenn du ein freies Plätzchen findest. Aber Sylt hat viele Gesichter und das schönste ist meiner Meinung nach das natürliche und ursprüngliche. Wie schön, dass du es gleich an deinem ersten Tag für dich entdeckt hast. Leider interessieren sich nicht alle Leute dafür, ich vermute sogar, die wenigsten. Ich glaube, vielen kommt es wirklich nur darauf an, im tollen Auto oder schicker Kladage gesehen zu werden oder am Strand vor sich hin zu kokeln. Aber so ist es nun einmal im Leben, die Bedürfnisse der Menschen sind nicht alle gleich.«

»Stimmt es denn, dass so viele Einheimische sich inzwischen hier keine Wohnung oder ein eigenes Haus leisten können und daher aufs Festland übersiedeln?«, frage ich neugierig. Ich habe schon öfter darüber gelesen und auch der Taxifahrer hat ja gestern Abend etwas ganz Ähnliches erzählt.

»Oh, wie ich sehe, hast du auch die Berichte im Fernsehen gesehen«, sagt er und seine Miene verfinstert sich auf einmal. »Ehrlich gesagt, finde ich diese ›Endzeitstimmung‹, die momentan so gerne mit Sylt in Verbindung gebracht wird, richtig blöd. Natürlich ist leider, wie so oft, etwas Wahres dran. Aber, min Deern – und das darfst du einem alten Mann ruhig glauben: Es gibt – wie so oft – nicht nur eine Wahrheit.«

Johann zieht an seiner Pfeife und sagt: »Es ist nämlich genauso wahr wie die Sache mit den Schönen und Reichen. Es gibt so viele Berichte im Fernsehen über Sylt, die einem alle das Gleiche erzählen. Natürlich gibt es hier viele schöne und reiche Menschen. Aber es gibt mindestens ebenso viele nicht so schöne und vor allem nicht so reiche Menschen, die hier fröhlich einen Urlaub auf dem Campingplatz oder in einer Ferienwohnung verbringen. Man muss kein Golfplatz-Besitzer sein, um Urlaub auf Sylt zu machen. Es gibt eben immer noch eine andere Wahrheit.«

Ich habe zu meiner Strandlektüre, ein paar Mode- und ein Klatschmagazin, noch einen Eistee ausgesucht, den ich gleich an Ort und Stelle öffne, weil ich plötzlich Durst habe.

»Aber die Immobilienpreise sind doch wirklich astronomisch, Herr Johannsen«, werfe ich ein.

Er deutet auf eine Bank vor dem Kiosk und wir beide setzen uns.

»Nenn mich Johann«, knurrt er. »Das machen hier alle.«

Er zieht wieder an seiner Pfeife und sagt: »Es stimmt ja, leider. Die Preise sind astronomisch hoch. Doch wie kommt das? Es gilt das Prinzip von Angebot und Nachfrage. Es gibt zu wenig Häuser und zu viele Leute, die suchen. Aber an wem liegt es denn? Viele Sylter sind selbst schuld. Sie verkaufen ihre Häuser lieber an Immobilienhändler als an junge Familien ... diese reißen die alten Häuser, die eigentlich noch vollkommen in Ordnung sind, ab und bauen neue, teure Luxusvillen. Auf diese Weise machen sie doppelt Reibach. Kein Sylter sollte seinen Grund und Boden verkaufen. Doch viele sind geldgierig und es lockt die schnelle Mark.«

Ich muss grinsen bei dem Wort »Mark«. Johann scheint wirklich noch nicht so ganz im Heute angekommen zu sein.

»Das hier ist nicht mehr das Kampen von früher.« Er sieht nachdenklich in die Ferne. »Ich kenne hier kaum noch jemanden. Viele Einheimische haben ihre Häuser verkauft und sind weggezogen. Es sind neue Luxusvillen entstanden, wie ich eben schon sagte.«

Ich denke an die vielen teuren Anwesen, die ich gerade noch bewundert habe, und gebe ihm recht.

»Die sehen ja auch prächtig aus. Das Problem ist nur: Früher haben die Besitzer so wie ich in ihren Häusern selbst gewohnt und die restlichen Zimmer das ganze Jahr über vermietet. Dadurch hatten wir ein richtiges Leben im Dorf. Heute stehen die meisten dieser neuen Villen fast das ganze Jahr leer, weil die Besitzer nur ein paar Wochen im Sommer kommen und es den Rest des Jahres nicht nötig haben, an fremde Leute zu vermieten. Dadurch gibt es unter den Nachbarn keine Gemeinschaft mehr, das Leben im Dorf stirbt aus. Auch die Kaufkraft geht verloren. Wer kauft in den kleinen Läden ein oder bei mir hier im Kiosk, wenn die Ferienzeit vorbei ist? Es lohnt sich nicht mehr. Eigentlich mache ich das nur noch, weil mir zu Hause sonst langweilig ist.«

Johann zieht wieder an seiner Pfeife und ich muss unwillkürlich grinsen. Ich kann mir beim besten Willen nicht vorstellen, dass er nur noch auf der Bank vor seinem Haus sitzt und von der umtriebigen Emmi umsorgt wird.

»Die Sylter sollten bleiben und die Häuser ihren Kindern vermachen, wie es üblich ist. Oder an andere junge Familien verkaufen. Aber davon redet kein Mensch. Es heißt immer nur: die armen Einheimischen müssen aufs Festland fliehen.«

Johann seufzt und blickt nachdenklich in die Ferne. »Natürlich stimmt auch das, leider. Es gibt viel zu wenige Mietwohnungen. Viele der Arbeitskräfte, die hier auf der Insel tätig sind, wohnen auf dem Campingplatz oder tatsächlich auf dem Festland. Kaufen können sie sich keine Wohnung und vermietet wird nur an Feriengäste, weil das mehr Geld bringt. Es zählt eben immer nur das Geld.«

»Aber warum wollen so viele Leute hier Eigentum besitzen, wenn sie nur ein paar Wochen auf der Insel sind? Das macht doch keinen Sinn«, sage ich.

»Oh doch. Sylt bietet eine sichere Rendite. Man kann davon ausgehen, dass man die heute gekaufte Immobilie in zehn Jahren doppelt so teuer wieder verkaufen kann. Weil eben so wenig Ausdehnungsfläche da ist. Das treibt die Preise hoch. Und genau aus diesem Grund können sich viele junge Familien hier kein Häuschen mehr erlauben. Dabei brauchen wir doch genau die. Und nicht noch mehr Golfplätze und Luxushotels. Es wurde sogar schon die Entbindungsstation im Krankenhaus geschlossen, weil nicht mehr genug Babys hier geboren werden. Genauso wie die Grundschule in Hörnum. Vermutlich werden dort auch wieder Luxusappartements gebaut, die dann die meiste Zeit leer stehen, weil sie irgendwelchen Geldsäcken gehören, die sich nicht entscheiden können, ob sie nicht vielleicht doch lieber die Ferien in ihrer Immobilie auf Mallorca verbringen, weil dort das Wetter besser ist.«

Johann sieht ziemlich wütend aus, doch wir können uns leider nicht weiter unterhalten, weil Kundschaft auf ihn wartet. Kundschaft in Turnschuhen und Wanderrucksack, weder schön noch reich der Kleidung nach zu urteilen, aber mit einem glücklichen Lächeln auf dem Gesicht, weil sie gerade dieselbe zauberhafte Natur in der Heide erlebt haben wie ich.

Nachdem ich bezahlt habe, nicke ich Johann noch einmal freundlich zu und mache mich nachdenklich auf den Heimweg.

〜⚬〜

In den nächsten Tagen genieße ich nur das schöne Sommerwetter und lasse mich treiben. Mir fällt auf, dass ich seit 25 Jahren zum ersten Mal ganz allein im Urlaub bin … und tun und lassen kann, was ich will. Ohne Rücksicht auf Mann und Kinder nehmen zu müssen. Es ist ein vollkommen neues Gefühl, was mich einerseits verunsichert, mir jedoch auch eine neue Freiheit verleiht.

Seitdem mir Johanns Neffe Nils das Leihfahrrad gebracht hat, bin ich mobil und erkunde die ganze Insel. Ich finde, dieser Nils ist irgendwie ein komischer Bursche und so ganz anders als sein stattlicher und stolzer Onkel Johann. Es ist schwer zu sagen, wie alt er ist. Ich schätze, er wird so um die 40 sein, auch wenn es möglich ist, dass er viel jünger ist und einfach nur sehr verlebt aussieht. Sein Gesicht prägen tiefe Falten und er trägt sein langes, dünnes Haar zu einem Pferdeschwanz zusammengebunden. Seine Kleidung besteht aus einer schwarzen Lederhose mit passender Lederweste und seine Unterarme zieren mehrere Tätowierungen. Irgendwie macht er einen unglücklichen und erfolglosen Eindruck auf mich. Die 100 Euro, die ich ihm erst einmal für das Fahrrad gegeben habe, hat er jedenfalls ganz schnell eingesteckt und gesagt, ich dürfe das Rad behalten, solange ich wolle. Vermutlich ist der klapprige alte Drahtesel die 100 Euro nicht einmal wert, aber nun kann ich jedenfalls überall hinfahren und bin nicht abhängig von irgendwelchen Buszeiten.

Inzwischen habe ich schon viel von der Insel gesehen. In Wenningstedt, dem kleinen Ort zwischen Westerland und Kampen, habe ich am Kliff ein leckeres Eis gegessen und meinen Blick über den großen Strand mit den vielen weißen Strandkörben Richtung Westerland und über das weite Meer schweifen lassen. Im kleinen Ort Rantum, der südlich hinter Westerland beginnt, bin ich durch die verwunschenen Sträßchen mit den vielen bezaubernden Reetdachhäusern, die teilweise mitten in den Dünen stehen, geschlendert, habe auf dem Deich mit einem Schaf geflirtet und die »Sylt-Quelle«, wo nicht nur Mineralwasser produziert, sondern auch Kunst ausgestellt wird, am Hafen besucht. Hier in Rantum ist die Insel wirklich zerbrechlich dünn. Wenn man auf der Westseite oben an den Dünen steht, hat man nicht nur die Sicht über den tollen Weststrand und die wilde Brandung der Nordsee, sondern kann seinen Blick zum ruhigen Wattenmeer auf der anderen Seite schweifen lassen. Ich bin ganz verzaubert von diesem idyllischen kleinen Ort.

Ich vertrödele so viel Zeit in den bezaubernden Orten, dass ich nie mein ganzes Programm schaffe, das ich mir vorgenommen habe. Dafür ist das Wetter auch einfach zu schön. Die Nachmittage verbringe ich am Strand, lese oder döse einfach im Strandkorb vor mich hin. Ich habe das Gefühl, auf dieser Insel weit weg von allem zu sein, was mir in der letzten Zeit wehgetan hat und fange langsam an, das Leben wieder ein wenig zu genießen. Auch wenn mir bewusst ist, dass ich vor meinen Problemen nur davonlaufe. Nach einer Woche stelle ich erschrocken fest, dass ich noch keinen einzigen Versuch unternommen habe, diese Alma zu finden, wobei das doch der Grund ist, warum ich hier bin.

Doch wo soll ich nur mit der Suche anfangen?

»Fahr doch einfach einmal nach List«, rät mir Tanja, die sich gerade die Nägel dunkellila lackiert. Wir sitzen auf der Terrasse und trinken ein Glas Wein zusammen, welcher mir die Zunge gelockert hat. Auf einmal habe ich den beiden die Geschichte erzählt, die mich hierhergeführt hat.

»Du Arme. Dein Mann ist ein geiler Mistkerl und ich würde ihm in den Hintern treten«, hat Elke eben entrüstet gesagt, als ich ihr von der Geburtstagsfeier und allem, was danach passiert ist, erzählt habe.

Ich muss grinsen, auch wenn die Erinnerung an den Abend nicht gerade lustig ist.

»Hier laufen so viele schnuckelige Kerle herum, such dir einen neuen«, war ihr Rat.

Doch ich habe den beiden erklärt, dass das Letzte, was ich gerade brauchen kann, ein neuer Mann ist.

Erst einmal muss ich herausfinden, wie es mit dem alten weitergeht. Und den letzten Wunsch meines Vaters erfüllen.

»Das kann doch nun wirklich nicht so schwer sein.« Tanja wirft ihre lange Mähne nach hinten. »Sooo groß ist die Insel doch nicht«, sagt sie mit ihrem unverwechselbaren russischen Akzent.

»Aber ich kann doch nicht einfach nach List fahren und irgendwelche Leute fragen, ob sie eine Alma kennen?«, entgegne ich.

»Warum fragst du nicht einmal auf dem Rathaus? Es muss doch so etwas wie ein Einwohnermeldeamt geben?«, rät Elke.

Elke hat sich heute besonders herausgeputzt, denn die beiden wollen in den »Classic Club« nach Westerland zum Tanzen.

Auch wenn ich ihr Outfit – ein grasgrünes, viel zu enges Oberteil zu dem schon bekannten kurzen weißen Jeansrock – ein wenig schräg finde, sieht sie doch gar nicht so schlecht aus. Da die beiden fast nur am Strand lagen, sind sie schon knackig braun. Auch mein Teint hat sich von aschfahl in eine gesunde Bräune verwandelt. Die teuren perlmuttblonden Strähnen sind in der Sonne ganz hell geworden, was meiner Frisur einen lichtvollen Anstrich verleiht und wunderbar zu meinem neuen goldenen Hautton passt.

»Heute Abend gilt's«, sagt Elke und prostet mir zu.

»Was meinst du damit?«, frage ich belustigt.

»Heute Abend finde ich meinen Traummann«, lacht sie.

»Na, dann wünsche ich euch beiden viel Glück«, antworte ich lächelnd.

Ich würde es ihnen wirklich wünschen, so ambitioniert, wie sie ihre Suche nach dem »Traummann« betreiben. Jeden Abend herausgeputzt auf irgendeinem Barhocker sitzend haben sie zwar inzwischen schon einige Männer kennengelernt, aber der »Traummann« war eben noch nicht dabei.

»Ach Lisa, komm doch mit. Was willst du denn hier wieder alleine herumsitzen? Dafür bist du doch viel zu jung und zu hübsch. Oder denkst du etwa an deinen Mann? Wer weiß, was der gerade treibt«, sagt Tanja und stopft ihr weißes, enges T-Shirt in den ebenfalls weißen langen Stufenrock, zu dem sie passend weiße Cowboystiefel trägt. Ihr Aufzug erinnert mich eher an eine Party auf Ibiza, aber vielleicht wird ja auch hier abends so etwas getragen. Ich war schon so lange nicht mehr tanzen, dass ich gar nicht weiß, was man da so anzieht.

Die beiden Mädels haben ja recht. Wer weiß, was Andreas in meiner Abwesenheit alles so macht. Dabei kann ich es mir eigentlich schon denken.

Doch mir fällt auf, dass ich schon eine ganze Weile nicht mehr an Andreas, oder was er gerade treiben könnte, gedacht habe. Sondern im Grunde fast nur an meinen Vater. Wie sehr er es genossen hätte, hier mit mir auf Sylt zu sein. Ach, Papa. Du fehlst mir so sehr. Warum sind wir denn nie wieder zusammen hierhergefahren, denke ich traurig.

Es muss damals etwas vorgefallen sein. Etwas, das ihm so sehr wehgetan hat, dass er nie mit mir darüber sprechen wollte. In seinem Brief an mich hat er geschrieben, dass er etwas getan hat, was er gerne wiedergutgemacht hätte, für das es jetzt zu spät sei. Was mag das nur gewesen sein? Der Schlüssel zu allem liegt bei dieser Alma. Ich muss sie unbedingt finden und erkläre den Mädels, ich müsse morgen früh raus und würde ein andermal mitkommen. Lieber gehe ich heute wie an den meisten Abenden noch einmal durch die Heide zum Watt und lasse mich von der ruhigen und einmaligen Stimmung verzaubern. Und mache auf dem Rückweg einen kleinen Abstecher zu Johanns »Heide-Kiosk«, um wie jeden Abend dort ein klein wenig mit ihm zu plaudern. Der alte Mann weiß so viel über Sylt und das Leben im Allgemeinen zu berichten, dass die Gespräche für mich immer inspirierend und bereichernd sind. Doch allzu spät darf es nicht werden, denn morgen früh stehe ich ausnahmsweise einmal früh auf und mache mich endlich auf die Suche nach Alma.

7. KAPITEL:
DER STRANDKORB-MANN

Am nächsten Morgen wache ich tatsächlich früh auf, obwohl die Sonne heute einmal nicht durch das kleine Bullauge scheint, sondern der Himmel grau und wolkenverhangen ist. Doch ich bin voller Tatendrang und möchte, so früh es geht, los.

Nach einem ausgiebigen Frühstück, welches heute ausnahmsweise drinnen erfolgt, weil es auf der Terrasse zu windig ist, ziehe ich meine alte Jacke über und radele los.

Mein Weg führt mich durch die romantischen Straßen von Kampen und ich fahre durch den »Strönwei«, die sogenannte »Whiskymeile«, wo am frühen Morgen natürlich noch nicht allzu viel los ist. Doch vor meinem geistigen Auge sehe ich die vielen Menschen sitzen, die in den hübschen und schicken Lokalen in dieser berühmten Straße den Tag bei einem Cocktail ausklingen lassen. Sehen und gesehen werden. Auch das gehört zu Sylt, wie man immer wieder hört. Irgendwann werde ich mich auch einmal unter die Leute mischen, doch im Moment steht mir einfach noch nicht der Sinn danach. Stattdessen radele ich weiter und freue mich an den romantischen Häusern. Wieder einmal nimmt mich die großartige Heide- und Dünenlandschaft gefangen, in die Kampen eingebettet ist. An der höchsten Düne halte ich an. Das muss die »Uwe-Düne« sein und ich steige die kleine Holztreppe hinauf. Hier oben hat man wirklich einen fantastischen Ausblick, nicht nur über Kampen, sondern fast über die ganze Insel und das weite Meer. Johann hat nicht übertrieben. Doch ich halte mich nicht allzu lange auf, denn ich möchte weiter. Mein Weg führt mich zum Roten Kliff. Vor dem Restaurant »Sturmhaube«, dem imposanten Reetdachanwesen mit seinem außergewöhnlichen Rundbau, verweile ich doch einen Moment. Der Blick von hier oben die rote Steilküste hinunter auf den weißen Strand und das endlos weite Meer mit seinen weißen Schaumkronen raubt mir für einen kurzen Moment den Atem. Ich schließe die Augen, atme tief ein, breite die Arme aus und fühle mich auf einmal beinahe so frei wie die Möwe, die über mir kreist. Alle belastenden Gedanken der letzten Zeit fallen von mir ab und werden vom Wind über das weite Meer davongetragen. Dann öffne ich die Augen wieder, halte inne und öffne mein Herz für diesen kostbaren Augenblick, um ihn für immer darin zu bewahren. Nur schwer kann ich mich von dem Anblick der tosenden Wellen trennen, denn dieser Moment gehört nur mir ganz allein. Und doch möchte ich auf keinen Fall wieder den ganzen Tag vertrödeln. Ich schaue noch einmal nach rechts an das Ende des Roten Kliffs, wo das wundervolle Anwesen »Kliffende« steht. So nah an der Abbruchkante gelegen, war es sicher in allen Zeiten vom wilden Meer und seinen Sturmfluten bedroht. Doch es liegt vor mir, stolz auf seine zahlreichen prominenten Hausgäste wie Thomas Mann, die im Laufe der Zeit dort ein- und ausgingen, und fast ein wenig trotzig, als ob es sagen wolle: »Sturmflut? Da steh ich doch drüber.«

Johann hat mir erzählt, dass in jedem Jahr durch Wellen und Sturm bis zu einer Million Kubikmeter Sand von der Insel abgetragen werden. Damit das Land nicht verschwindet, werden seit mehr als 40 Jahren mit Schiffen und Baggern sogenannte »Sandvorspülungen« vorgenommen, um den Sand wieder aufzufüllen. Dadurch soll die Westküste erhalten werden können, wenn sich auch Sylt an den Insel-Enden vermutlich verändern wird.

Ich klettere wieder auf mein Rad und halte nur noch einmal kurz an dem kleinen roten Quermarkenfeuer »Rotes Kliff«, um meinen Blick über die Dünen Richtung Kampen schweifen zu lassen. Wie herrlich ruhig das Dorf hinter mir liegt. Wenn es wahr ist, was Johann erzählt, dass viele der wunderschönen teuren Reetdachhäuser nur wenige Wochen und eigentlich fast nur im Sommer bewohnt werden, dann muss es im Winter ja wirklich sehr still hier sein. Eigentlich traurig. In diesem Dorf, das mit seinem Zauber einem Märchenort gleicht, sollte Kinderlachen eine frohe Zukunft versprechen.

Mein Weg führt mich mitten durch die Dünen entlang der alten Inselbahntrasse Richtung List.

Ich habe das Gefühl, in einer vollkommen anderen Welt zu sein. Um mich herum die hohen Dünen, über mir der riesengroße Himmel, komme ich mir vor, als sei ich aus Versehen auf einem anderen Planeten gelandet. Der Wind ist ziemlich frisch und es kostet mich Mühe, dagegen anzuradeln. Ich tröste mich mit dem Gedanken, dass ich ihn auf dem Heimweg dann im Rücken haben werde.

Als ich in List, dem nördlichsten Ort Deutschlands, ankomme, frage ich mich, wie ich denn nun eigentlich vorgehen soll. Hier irgendwo hat diese Alma gelebt, aber in welcher Straße? Ich radele vorbei an heimeligen Reetdachhäusern und hübschen Geschäften und kleinen Lokalen. Am Hafen angekommen, bin ich erstaunt, was hier los ist. Ich kann mich erinnern, dass hier in meiner Kindheit ein ziemlich großer Fischimbiss war, der sich in der Zwischenzeit offensichtlich vervielfältigt hat. Jedenfalls nimmt er nunmehr fast den ganzen Hafen ein.

Die »Alte Bootshalle GOSCH« sieht jedoch mit den vielen maritimen Accessoires und den verführerischen Fischgerichten derart einladend und gemütlich aus, dass ich beschließe, später dort einen kleinen Imbiss einzunehmen.

Ich frage die Frau, die die Fahrkarten für die Schifffahrten zu den Seehundsbänken verkauft, ob sie mir sagen kann, wo ich das Rathaus finde.

»Das Rathaus ist in Westerland. Wir haben hier nur eine Gemeindeverwaltung und die ist im Landwehrdeich 2.«

Ich bedanke mich und bin kurz darauf dort. Eine nette ältere Dame, Frau Wolters, empfängt mich und ich erkläre ihr in wenigen Worten mein Anliegen. Doch es ist enttäuschend. Ich soll mein Gesuch genau begründen und schriftlich einreichen, dazu den genauen Zeitraum angeben, in dem Alma hier in List gewohnt haben soll. Natürlich hatte ich nicht damit gerechnet, sofort Erfolg zu haben, und doch bin ich auf einmal niedergeschlagen. Die nette Dame weist mich freundlich auf den Datenschutz hin und dem kann ich nicht einmal widersprechen. Und dennoch: Ich bin keinen Schritt weiter.

Auch wenn dies weiß Gott keine Belohnung verdient, so gönne ich mir jetzt doch einen leckeren Matjes in der Bootshalle. Während ich den leckeren Fisch genieße, überlege ich: Wir sind das letzte Mal auf Sylt gewesen, kurz bevor ich auf das Gymnasium kam. Das war vor 36 Jahren, also muss es 1980 gewesen sein. In diesem Sommer *muss* etwas geschehen sein, weswegen wir nie wieder hierhergefahren sind. So schlecht sieht es doch gar nicht aus. Ich habe den

Namen und das Jahr, in dem Alma hier gelebt hat – das ist doch schon etwas. Nun muss ich nur noch den schriftlichen Antrag verfassen.

Ich trödele noch ein wenig in der »Alten Tonnenhalle« am Hafen herum und freue mich über die vielen schönen Dinge, die dort angeboten werden. Nach dem Erwerb eines neuen Romans in der dortigen Buchhandlung trete ich ins Freie … und bin überrascht. Der Wind hat alle Wolken weggefegt und die Sonne strahlt vom blauen Himmel.

Welche Kraft die Sonnenstrahlen doch haben. Auf dem Heimweg wird mir richtig warm und ich kann die Jacke ausziehen. Außerdem habe ich das Gefühl, dass ich schon wieder gegen den Wind anradeln muss, was doch eigentlich merkwürdig ist, da er mir auf dem Hinweg auch schon entgegenkam.

Als ich in Kampen ankomme, bin ich völlig erschöpft, auch wenn es nicht einmal zehn Kilometer waren, die ich geradelt bin. Aber einmal ganz abgesehen davon, dass ich vollkommen untrainiert bin, ist es einfach viel zu warm. Und dann dieser Wind. Ich beschließe, den Nachmittag gemütlich im Strandkorb mit meinem neuen Roman zu verbringen.

~⚘~

Wie einfach kann es doch sein, glücklich zu sein, denke ich und stecke die Zehen in den warmen Sand. Ich habe mein Rad abgestellt und bin einfach zum Strand hinuntergegangen, ohne noch einmal im »Spatzennest« vorbeizuschauen. Die Sehnsucht nach einem gemütlichen Strandkorb-Stündchen war einfach so groß, dass ich keine weitere Zeit verlieren wollte.

Leider habe ich gar nicht mehr genug Bargeld, um mir einen Strandkorb auszuleihen, wie ich gerade feststelle. Meine letzten Kröten habe ich in List für den Matjes und den Roman ausgegeben. Ach was, denke ich. Da stehen doch so viele herum, das wird schon keiner merken, wenn ich heute einmal »schwarz« drinsitze. Schließlich habe ich bis jetzt jeden Tag treu und brav die Strandkorb-Miete bezahlt, da wird das nicht so schlimm sein.

Außerdem ist ja bereits Nachmittag und sicher sind schon wieder einige Leute auf dem Rückweg vom Strand. Und in der Tat scheint mir das Glück hold zu sein. Nachdem ich ein kleines Stück durch den warmen Sand gelaufen bin, stehen tatsächlich einige der weißen Körbe einsam und leer herum. Ich suche mir den mit dem schönsten Meerblick aus und setze mich hinein. Oh, wie gut das tut. Ich fühle die Sonne auf der Hand, schmecke das Salz auf den Lippen und habe die Füße in den warmen Sand eingegraben. Ich sitze einfach nur da, lasse meine Gedanken und Träume kommen und gehen wie die Wellen und empfinde nichts als pures Glück.

Das Einzige, was dieses jetzt noch so richtig abrunden würde, wäre ein leckerer Cappuccino oder ein kühler Eistee. Aber man kann schließlich nicht alles haben.

Es ist so warm, dass ich schon nach kurzer Zeit mein T-Shirt ausziehe. Ich habe zwar keinen Bikini an, aber mein BH ist eher sportlich und einfarbig rot, das geht auch. Hier sind viele Frauen sogar »oben ohne«, aber das traue ich mich dann doch nicht so ganz.

Der Roman ist ein bisschen langweilig und schon fallen mir die Augen zu.

Doch kurz darauf spüre ich, dass sich ein Schatten vor die Sonne schiebt.

Ich öffne die Augen und sehe einen Mann mit Strohhut vor dem Strandkorb stehen, der mich ziemlich unverschämt angrinst.

Oh Gott, ich habe doch nicht etwa geschnarcht?, schießt es mir durch den Kopf und ich werde knallrot, vor allem, wenn ich an den BH denke.

Der Typ sieht ziemlich attraktiv aus, bemerke ich. Er verdeckt mit seiner Größe komplett die Sonne und sein gut gebauter Körper steckt in blauen Badeshorts.

»Moin«, sagt er und lächelt mich unverfroren an.

Zum ersten Mal weiß ich, was damit gemeint ist, wenn jemand mit den Augen lächelt. Doch warum steht er hier? Was will er von mir?

Ich lächle einfach zurück und antworte ebenfalls: »Moin.« Dabei ziehe ich mein T-Shirt notdürftig über den BH.

Er steht immer noch da, ohne ein Wort zu sagen. Was erwartet er? Dass ich ihm einen Platz in meinem Strandkorb anbiete?

Ich hebe mein Buch auf, was mir wohl gerade heruntergefallen ist, als ich eingenickt bin, und schaue wieder auf.

Aber da ist er verschwunden … seltsam.

Ich kann mich auf den Roman nicht konzentrieren, sondern denke stattdessen an die lächelnden blauen Augen.

Da sitzt er ja. Im Strandkorb direkt neben mir. Und schaut genau zu mir herüber. Ich stecke die Nase tiefer in das Buch.

Ob er bemerkt hat, dass ich ihn mit den Augen gesucht habe? Um Himmels willen. Ich bin doch eine verheiratete Frau.

Ich bin unruhig und kann mich nun gar nicht mehr auf das Buch konzentrieren. Zum Glück bemerkt er hinter meiner großen Sonnenbrille nicht, dass ich zu ihm rüberschiele.

Er grinst mich doch tatsächlich weiter an. Am besten, ich ignoriere ihn einfach.

Doch da spricht er mich auf einmal an: »Gefällt es Ihnen in meinem Strandkorb?«

Und wieder lächeln die Augen.

»In *Ihrem* Strandkorb?«, wiederhole ich einfallslos.

»Nummer 112, habe ich gemietet«, grinst er und wedelt mit einem Schein, auf der die Nummer »112« steht.

»Oh Gott ... das ... das ... das tut mir leid«, dabei halte ich mein T-Shirt notdürftig über den BH, wobei mir die Sonnenbrille herunterfällt. Hektisch suche ich meine Habseligkeiten zusammen und stehe auf.

»Aber nein, bleiben Sie doch sitzen«, bittet mich der Unbekannte mit den Lächelaugen. »Ich möchte Sie auf keinen Fall vertreiben. Ich sitze hier doch sehr gut in Nummer 116.«

Warum hat er mich dann darauf aufmerksam gemacht, dass ich in seinem Strandkorb sitze? Er hätte doch auch einfach *nichts* sagen können.

»Entschuldigen Sie bitte«, sage ich daher und stapfe, so schnell ich kann, durch den heißen Sand davon. Am Strandaufgang drehe ich mich noch einmal um und bilde mir ein, dass er immer noch in meine Richtung sieht.

∽⊚⌒

Am Abend liege ich im Bett und betrachte das Mondlicht, das einen hellen Schein auf die Bettdecke wirft. Ich denke an den fremden Mann am Strand und wie umwerfend er mit den Augen gelächelt hat. Habe ich mich richtig verhalten, indem ich einfach so davongelaufen bin? Jede andere hätte sich doch sicher gefreut, einen solch attraktiven Mann

kennenzulernen. Wenn ich da an Elke und Tanja denke …
Nur ich muss mich wieder verhalten wie ein kompletter
Vollidiot. Ich bin eben völlig aus der Übung, so lange wie
Andreas und ich schon verheiratet sind. Ich bin nicht einmal zu einem kleinen unverfänglichen Flirt mit einem gut
aussehenden Mann imstande. 25 Jahre lang habe ich keinen
anderen angesehen als meinen Ehemann. Ich hatte auch nie
das Bedürfnis danach, mir war immer mein kleines Familienglück genug. Das hat mein Vater in seinem Brief an
mich schon richtig beschrieben. Doch was hat er geschrieben: »Kennt Andreas deine Träume?«

Kennt er sie?

Welche Träume habe ich denn überhaupt?

Ich würde so gerne noch etwas aus meinem Leben
machen. *Das* wünsche ich mir. Aber davon weiß Andreas
nichts. Er denkt, ich bin zufrieden damit, in dem schönen
Einfamilienhaus herumzusitzen und darauf warten zu dürfen, dass er nach Hause kommt oder die Kinder mich besuchen. Und irgendwann die Enkelkinder. Doch bin ich das?
Es muss doch noch mehr geben im Leben … das kann doch
nicht alles gewesen sein.

Gerade jetzt fehlt mir mein Vater sehr. Ich möchte ihn
anrufen und fragen, was ich mit meinem Leben anstellen soll.

Oder mich einfach nur ausheulen, weil ich glaube, dass
Andreas mich betrügt.

Er würde mich trösten, mich auffangen, mich zum
Lachen bringen, wie er es immer getan hat, wenn ich traurig war. Er würde sagen: »Morgen ist ein neuer Tag, meine
kleine Krabbe. Ein neuer Tag, ein neues Glück.«

Aber ich kann ihn nicht anrufen. Mir seine bedingungslose Liebe und seinen Seelentrost schenken lassen. Weil er
nicht mehr da ist.

Ich weine mich in den Schlaf und wache erst auf, als ich von lauten Stimmen geweckt werde.

Zuerst denke ich, es sind vielleicht Elke und Tanja, die öfter mal angesäuselt etwas lautstark nach einer durchzechten Nacht nach Hause kommen ... doch die Stimmen kommen aus dem Garten. Ich stelle mich auf das Bett und spähe durch das kleine Bullauge. Im Garten sehe ich Johann und seinen Neffen Nils, die lautstark gestikulieren. Sie schreien sich an, doch ich kann nicht verstehen, um was es geht. Da erscheint auf einmal Emmi und schiebt sich zwischen die beiden Männer, die kurz davor sind, sich an den Kragen zu gehen.

Sie nimmt Johann beiseite und zieht ihn zu ihrer Haushälfte. Dabei macht sie eine drohende Gebärde Richtung Nils, der wütend auf den Boden spuckt, die Hände in die Taschen steckt und von dannen zieht.

Lange kann ich nicht einschlafen. Was wohl vorgefallen ist? Dieser Nils ist aber auch ein übler Bursche. Bestimmt wollte er Geld von seinem Onkel und dieser wollte es ihm nicht geben. Vielleicht ist er ja drogen- oder spielsüchtig, denke ich. In Westerland gibt es doch ein Casino. Andererseits sind Gäste wie er dort vermutlich nicht so gerne gesehen.

Ich grübele vor mich hin und falle schließlich in einen unruhigen Schlaf. Ich träume von meinem Vater, der meine Hand nimmt und zu mir sagt: »Sei nicht traurig, ich bin bei dir, meine Krabbe« ... und von einem Mann, der zu mir sagt: »Bleiben Sie ruhig sitzen, mit dem Strandkorb bin ich nicht verheiratet.« – mit einem Lächeln in den Augen.

8. KAPITEL:
PIDDER LÜNG

Am nächsten Tag schreibe ich zunächst mein Gesuch um die Herausgabe der Adresse von Alma Matthiesen, mit allen Daten, die mir bekannt sind. Viele sind es ja leider nicht, und doch erhoffe ich mir wenigstens einen Straßennamen. Ansonsten gehen die vier Wochen um, ohne dass ich einen Schritt weitergekommen wäre.

Natürlich hatte ich auch an das Internet gedacht und mein Glück an einem Computer in der Kurwaltung versucht, leider jedoch ohne Ergebnis. Ich habe eine Familienbank Sylt gefunden, auf der es tatsächlich eine Alma Matthiesen gibt, diese ist allerdings bereits 1874 in Westerland gestorben und kann es damit wohl nicht sein.

Nachdem ich den Brief an die Gemeindeverwaltung eingeworfen habe, belohne ich mich anschließend mit einem kleinen Ausflug mit dem Fahrrad nach Keitum.

Zwar spukt mir der Gedanke an den Strand und an einen Mann mit blauen Augen im Kopf herum, doch ich zwinge mich dazu, in die entgegengesetzte Richtung zu radeln.

Außerdem wollte ich ohnehin in das Heimatmuseum, um etwas mehr über Uwe Jens Lornsen zu erfahren. Zuerst halte ich jedoch an der aus dem 13. Jahrhundert stammenden Kirche St. Severin in Keitum an, die ein klein wenig abseits vom eigentlichen Ortskern steht, und zünde dort eine Kerze für meinen Vater an. Johann hatte mir erzählt, dass der Kirchturm aus dem 15. Jahrhundert stammt und früher als

Seezeichen, an dem sich die Seefahrer orientieren konnten, und später sogar als Gefängnis diente. Johann berichtete mir mit leuchtenden Augen von der Sage um Ing und Dung, zwei wohlhabenden Frauen, die den Turm stifteten. Sie gerieten jedoch in Streit mit der Gemeinde und verfluchten den Turm. Weil sie die Gemeinde für undankbar hielten, sollte die Glocke herabfallen und einen hochmütigen Jüngling und eine eitle Jungfrau erschlagen. Als tatsächlich ein Glockenjunge beim Weihnachtsläuten erschlagen wurde, wurde die Tür zum Turm zugemauert und erst im Jahre 1981 wieder geöffnet. Johann liebt solche Geschichten und ich weiß jetzt auch, was der Taxifahrer meinte, als er sagte, Johann würde sowohl Einheimische als auch Urlauber mit seinem »Klönschnack« unterhalten. Oft steht ein lustiges Grüppchen beisammen, wenn ich von meiner abendlichen Heiderunde zurückkehre, und lauscht den Erzählungen von Johann. Wenn es kalt und windig ist, verirren sich nicht so viele Menschen zu dem kleinen Kiosk, dann ist höchstens einmal Uwe Boysen, ein alter Freund aus dem Shantychor, vor Ort, mit dem Johann ein Bierchen trinkt und sich ein paar Wiener Würstchen teilt, die er auf der elektrischen Kochplatte im Inneren des Kiosks erwärmt.

Ich nehme mir vor, am Abend wieder vorbeizuschauen, da mir Johann die Geschichte von Pidder Lüng versprochen hat und ich ihm zu gerne lausche, wenn er mir Sagen von den alten Syltern erzählt.

Zunächst aber erkunde ich die malerischen Pfade in Keitum. Vorbei an alten Friesenhäusern und wundervoll verwunschenen Gärten, verschlungenen Wegen und alten Bäumen komme ich mir wieder einmal wie in einem Märchendorf vor. Hier könnten auch kleine Feen wohnen oder Zauberinnen, die schöne Prinzessinnen verhexen. Stattdessen erfahre ich im Sylter Heimatmuseum, das in einem Kapitänshaus aus dem 18.Jahrhundert beheimatet ist, viel über die wirkliche Geschichte Sylts, die so gar nichts mit Märchen, Schickimicki-Lokalen oder Schönen und Reichen zu tun hat.

Vielmehr bestand das Leben der Menschen auf Sylt aus harter Arbeit. Bevor durch den Bau des Hindenburgdamms 1927 der Fremdenverkehr so langsam Einzug auf Sylt hielt und dadurch neue Einnahmequellen gesichert wurden, waren die Einheimischen in erster Linie Bauern und Fischer auf der Insel.

Schon vor dem Museum empfängt mich ein Wal-Skelett, was darauf hinweist, wovon die Sylter im 17. und 18. Jahrhundert gelebt haben. Von Sylt aus starteten die Kapitäne ins Nordmeer, um Wale zu fangen ... viele von ihnen kehrten nicht zurück.

Ich muss an »Moby Dick« denken, die Geschichte über den »verfluchten Wal«. Aber ich denke vor allem an die vielen Frauen und Familien, die ihre Männer und Väter monatelang auf See wussten und keine Ahnung hatten, ob sie sich lebend wiedersehen würden.

Heutzutage kann man sich das gar nicht mehr vorstellen, da man ständig über E-Mail, WhatsApp oder SMS mit allen Lieben in Kontakt ist.

Wie stark gerade auch die Damen zu damaliger Zeit gewesen sein mussten.

Der Walfang scheint den Syltern Wohlstand beschert zu haben, denn es werden neben Ölgemälden auch wertvoller Schmuck und edle Trachten in dem kleinen Museum ausgestellt.

Nach diesem überaus interessanten Ausflug in die Sylter Vergangenheit spaziere ich ein wenig weiter durch das hübsche Dörfchen und werfe hin und wieder einen Blick in eine der exklusiven Boutiquen, die hier ansässig sind. So dörflich der Ort zunächst wirken mag, die Geschäfte sprechen eine eigene Sprache. Es sieht jedenfalls nicht danach aus, als könnte ich mir hier ein neues Outfit gönnen. Dabei fällt mir ein, dass ich sowieso noch zur Bank wollte, und radle aus diesem Grund in das quirlige Westerland.

Nun kann ich den restlichen Tag in der gemütlichen Fußgängerzone verbringen. Die vielen, hübschen Geschäfte laden wirklich wunderbar zum Bummeln ein. In einem kleinen Laden erstehe ich eine enge Jeans, die der teuren aus Kampen ziemlich ähnlich sieht, aber viel erschwinglicher ist. Lange Zeit stöbere ich in einem Buchladen herum und lese in das ein oder andere neue Buch hinein. Eine junge Frau bittet die Verkäuferin um einen Lesetipp und diese empfiehlt ihr einen Krimi, der seit Wochen auf der Bestsellerliste steht. Seltsam, ich hätte ihr etwas ganz anderes geraten. Mit ihrem langen romantischen Hippiekleid ist die Leserin ein verträumter Typ, der sicherlich eine schöne Liebesgeschichte gefallen würde, vielleicht sogar etwas aus dem Fantasy-Bereich. Auf einmal denke ich an meine Arbeit früher. Wie viel Freude ich daran hatte, selbst neue Bücher zu entdecken und die Menschen zu beraten. Ihnen schöne Geschichten zu empfehlen, die nicht auf der Bestsellerliste, sondern unentdeckt im Regal stehen. Das würde ich so gerne wieder tun.

Ob es möglich wäre, in meinen alten Beruf zurückzukehren? Aber bin ich dazu nicht viel zu alt? Bestimmt sind die jungen Frauen heute viel besser ausgebildet. Man hört doch auch immer, dass man ab Mitte 40 auf dem Arbeitsmarkt praktisch »tot« ist. Während ich meinen Überlegungen nachhänge, stoße ich auf einmal auf eine kleine Boutique mit dem Namen »Claudia« und entdecke dort so viele schöne Blusen und Kleider zu erschwinglichen Preisen, dass ich mich gar nicht entscheiden kann. Schließlich wähle ich einen neuen bunten Badeanzug mit Blumenmuster und ein weißes Kleid mit Lochstickerei, welches zwar meine Bräune vorteilhaft zur Geltung bringen wird, von dem ich jedoch noch nicht weiß, wann ich es tragen soll. Die meiste Zeit trage ich hier doch Jeans oder Shorts.

In einem anderen Geschäft erstehe ich ein gelbes Haarband, damit mir die Haare nicht immer so im Gesicht herumfliegen, etwas Tee mit dem Namen »Leuchtfeuer« und eine Kerze in Form einer Krabbe ... zur Erinnerung an meinen Vater.

Zur »Belohnung« gönne ich mir in einem Café in der Strandstraße eine Tasse heiße Chili-Schokolade, an der ich mir den Mund verbrenne, weil jemand lauthals »Huhu. Lisa.« ruft. Elke und Tanja sind offenbar auf die gleiche Idee gekommen und haben den Tag mit Shoppen verbracht. Ich möchte eigentlich gar nicht wissen, was in den ganzen Tüten steckt, die sie mit sich herumtragen, aber ich werde natürlich unverzüglich umfassend informiert. Elke zieht mit den Worten: »Ist der nicht süß« einen gelben String-Bikini aus der Tasche und hält sich das Oberteil stolz vor die Brust.

»Ist das überhaupt deine Größe?«, frage ich leicht amüsiert.

»Das muss so«, antwortet sie. »Soll doch sexy aussehen.«

Tanja verdreht die Augen und grinst. Sie nimmt stolz einen Karton mit neu erworbenen Römer-Sandalen aus der Tasche.

Ich finde sie potthässlich, behalte aber meine Meinung für mich.

Nun wollen die beiden natürlich wissen, was ich erworben habe, und ich zeige stolz mein weißes Kleid mit der Lochstickerei.

»Oh, là, là«, wird es bewundert. »Nun *musst* du aber mit uns mitkommen, wenn wir das nächste Mal tanzen gehen.«

»Mal sehen«, weiche ich aus.

Doch der Nachmittag mit den beiden aufgedrehten Frauen klingt launig bei Prosecco und Friesentorte aus und Elke erzählt mit leuchtenden Augen von einem tollen Typen namens Frieder, der gute Chancen hat, endlich der »Traummann« zu sein.

»Jedenfalls sieht er ziemlich gut aus, ist witzig, charmant und Geld scheint er auch zu haben«, lacht Elke.

Ich bin gespannt und würde der netten Elke eine neue Liebe von Herzen gönnen. Zumal sie nach ihrer Scheidung vor 3 Jahren nicht allzu viel Glück mit den Männern hatte.

Ob es mir etwa auch so ginge, wenn ich mich von Andreas trennen würde? Würde ich für den Rest meines Lebens alleine bleiben?

Wenn ich daran denke, wie einsam ich mich in der letzten Zeit in unserem großen Haus gefühlt habe, kann es aber eigentlich nicht viel schlimmer kommen.

Am Abend, als mich mein üblicher Spaziergang wieder einmal durch die ruhige Heide führt, bemerke ich erneut, dass ich Andreas eigentlich kein bisschen vermisse, seitdem ich hier bin.

Was ist nur mit mir los? Liebe ich ihn denn gar nicht mehr? Wir haben doch so viel zusammen erlebt und zusammen aufgebaut. Hat die letzte Zeit, in der Langeweile und Schweigen vorherrschte, etwa alles zerstört, woran ich die letzten 25 Jahre geglaubt habe?

Ich kann nicht verhindern, dass dieselben Gedanken immer wiederkommen. Dabei würde ich so gerne unbeschwert mein Leben genießen, wie Elke und Tanja das tun. Am liebsten würde ich die Gedanken, sobald sie auftauchen, einfach löschen ... wie man etwas am Computer löscht, das einem nicht mehr gefällt.

»Warum so mürrisch, min Deern?«, fragt mich Johann, als ich den Weg zu seinem »Heide-Kiosk« einschlage.

»Ach, ich denke nur nach«, antworte ich ausweichend.

»Das Nachdenken bringt meist nix. Meiner Erfahrung nach nützt nur Handeln«, sagt er.

»Wenn das so einfach wäre ...«, seufze ich.

»Ach, min Deern ... Sylt heilt alles. Auch die Seele.«

Johann legt den Arm um mich, eine vertraute Geste, die mich an meinen Vater erinnert. Bevor mir die Tränen kommen, fragt er mich lächelnd: »An manchen Tagen hilft vielleicht ein Bier?«

»Nein, danke ... das schmeckt mir nicht so«, winke ich dankend ab.

»Wie wäre es dann mit einer Tasse Tee?«

Als ich freudig nicke, geht er hinein und setzt mit einem altmodischen Wasserkessel Teewasser auf.

Irgendwie kommt er mir heute jedoch nicht so fit und gesund wie üblich vor. Seine Hände zittern und sein sonst so stolzer Gang ist gebeugt.

»Ist alles in Ordnung bei Ihnen?«, frage ich daher besorgt. Immerhin ist er ja nicht mehr der Jüngste. Wie alt er genau ist, weiß ich gar nicht, aber Mitte 70 wird er sicher sein, wenn nicht ein paar Jahre älter.

Als der Kessel pfeift, gehe ich schnell hinein, um den Tee für uns zuzubereiten. Die Teedose steht neben ein paar Tassen fein säuberlich auf einem Regal, aber ansonsten könnte hier wirklich besser aufgeräumt sein. Und das ist noch die Untertreibung des Jahrhunderts. Einige Zeitungspakete stehen verschnürt und unausgepackt auf dem Boden herum.

»Soll ich Ihnen vielleicht ein wenig helfen ... mit den Zeitungen und so?«, frage ich ihn, als ich mit dem Tee wiederkomme.

»Nun fang du auch noch an. Als ob es nicht reicht, dass mir Emmi und Nils die Hölle heiß machen. Die wollen doch nur, dass ich den Laden hier dichtmache.«

Auf einmal tut er mir leid. Sein Kiosk ist doch sein Leben. Hier ist er wichtig und wird von den Gästen für seine Geschichten geliebt.

»Um Himmels willen, nein. Das meine ich doch nicht. Ich dachte nur ... diese vielen Pakete am Boden – ich könnte mir denken, dass es vielleicht ein wenig beschwerlich für sie ist, sie aufzuheben. Und dass Sie vor lauter Gästen gar nicht zum Auspacken kommen. Mir dagegen ist oft so langweilig ... ich mag einfach nicht immer am Strand liegen«, lüge ich schnell.

Doch er durchschaut mich und zieht misstrauisch eine Augenbraue hoch. »Wirklich?«

»Ja, es müsste ja nicht den ganzen Tag sein. Morgens nach dem Frühstück vielleicht ein Stündchen? Ich hätte ein wenig Abwechslung und nicht immer ein solch schlechtes Gewissen, wenn ich hier jeden Abend ein Glas auf Ihre Kosten trinke. Von der gratis Syltinformation ganz zu schweigen. Apropos, da fällt mir ein ... Sie wollten mir noch von Pidder Lüng erzählen.« Ich liebe die alten Geschichten von Johann, ob sie nun alle wahr sind oder nicht.

»Also wenn du unbedingt willst, min Deern.« Grinsend schiebt Johann seine Elbsegler-Mütze nach hinten, so dass sein weißes Haar zur Geltung kommt.

»Dann morgen um zehn. Aber wir räumen zusammen auf, einverstanden? Und ich sorge für die Verpflegung. Und nun zu Pidder Lüng: Es gab einmal eine Zeit, da war Sylt unter dänischer Herrschaft. Die Sylter mussten zähneknirschend Steuerabgaben an die dänischen Steuereintreiber entrichten. Pidder Lüng war ein mutiger Sylter Fischer, der sich dagegen auflehnte. Eines Tages saß er gerade mit seinen Eltern in ihrer Fischerhütte in Hörnum und es gab Grünkohl. Da kam der dänische Steuereintreiber in Begleitung von bewaffneten Landsknechten und einem Priester und forderte brutal Abgaben von der Familie. Als Pidder ihm dies verweigerte, spuckte der Steuereintreiber einfach in den Topf mit Grünkohl. Darauf wurde Pidder wütend, rief: ›Wer in den Kohl spuckt, der soll ihn auch fressen.‹ und drückte das Gesicht des Steuereintreibers so lange in den dampfenden Kohl, bis sich dieser nicht mehr rührte.

Du kannst dir vorstellen, dass er nach dieser Aktion fliehen musste. Von diesem Tag an zog er ruhelos über das Meer und wurde zu einem Seeräuber.

Als er nach Sylt zurückkehrte, wurde er vor Gericht gestellt und mit seinen Kameraden auf dem Galgenhügel bei Munkmarsch getötet. War das nicht eine mutige Aktion? Oh Mann.« Johann grinst schelmisch.

»Aber auch ganz schön brutal …«, werfe ich ein, als ich an den Kopf des Mannes im Grünkohl denke.

»Ja, das waren eben harte Zeiten damals. Es gibt ein Gedicht von Detlef von Liliencron:
›Frei ist der Fischfang,
frei ist die Jagd,
frei ist der Strandgang,
frei ist die Nacht,
frei ist die See, die wilde See,

an der Hörnumer Reede.
Liewer düd aß Slaawe.
Lieber tot als Sklave.‹«
So wie Johann das Gedicht zitiert, mit dem Blick in die Ferne gerichtet, kann ich verstehen, was er meint. Auch wenn es nur eine Sage ist: Ich glaube, die Sylter waren schon immer ein stolzes Volk und haben das, was ihnen lieb und teuer war, tapfer verteidigt ... auch wenn sie es mit dem eigenen Leben bezahlen mussten.

So stolz sieht auch Johann gerade aus. Selbst wenn alle glauben, er sei zu alt, um diesen kleinen Kiosk zu betreiben, wird er nicht aufgeben, bis er hier rausgetragen wird ... da bin ich ganz sicher.

9. KAPITEL:
RÜM HART

Am nächsten Morgen halte ich mein Versprechen ein und helfe Johann, seinen »Heide-Kiosk« aufzuräumen.

Obwohl es ziemlich viel zu tun gibt, macht die ganze Sache richtig Spaß, zumal mich Johann mit kleinen Geschichtchen, reichlich Kaffee und einem superleckeren Gebäck, das er »Bürgermeister« nennt, erfreut.

Ich packe alle Zeitungspakete aus und sortiere diese in die vorgesehenen Regale. Ich finde auch eine Kiste mit Ansichtskarten, die noch nicht einmal ausgepackt sind.

»Die schreibt doch heute sowieso niemand mehr«, knurrt Johann, als ich sie auf dem Bord neben der Kasse ordentlich aufstelle.

»Ich schon«, sage ich und schreibe zum Beweis gleich drei: eine an Tim, eine an Ann-Sophie und eine an Tina.

Auf einem der hinteren Regale entdecke ich plötzlich das Foto einer Frau. Sie ist bildschön, hellblond und hat eine Wahnsinnsfigur. Das Schönste aber an ihr ist ihr Lächeln. Sie trägt einen hellen Pullover und hält den Kopf leicht schräg zur Seite geneigt. Ganz offensichtlich ist sie sehr verliebt in den Fotografen, denn so lächelt man nur aus Liebe.

»Wer ist das?«, frage ich neugierig.

Plötzlich wird Johann ganz unruhig. Schnell nimmt er mir das Foto aus der Hand und betrachtet es lange, ohne ein Wort zu sagen.

Er sieht auf einmal sehr traurig aus und ich befürchte schon, etwas Falsches gesagt oder getan zu haben. Da antwortet er endlich: »Das ist meine Frau Annemarie« und legt das Foto zurück.

Ich traue mich nicht, weiter zu fragen, doch er erzählt von sich aus: »Sie ist schon lange tot. Genauer gesagt, seit zehn Jahren.«

»Oh, das tut mir leid«, sage ich und meine es auch so.

Sie muss ihm wirklich sehr viel bedeutet haben, wenn er immer noch so traurig über ihren Verlust ist.

Heimlich betrachte ich das Foto noch einmal, als Johann draußen ist. Dieses Lächeln, es galt *ihm*. Das vermisst er sicher noch heute.

Nach noch nicht einmal einer Stunde sieht der kleine Kiosk auf einmal richtig aufgeräumt und ansprechend aus. Zum Abschluss hänge ich noch eine gelb-rot-blaue Fahne auf, die ich hinten im Karton gefunden habe: »Rüm Hart – Klar Kimming« steht zweizeilig darauf.

Diese Fahne hängt auch an vielen Häusern hier auf der Insel.

»Was heißt das?«, frage ich neugierig.

»Weites Herz ... klarer Horizont«, grinst Johann.

Genau so fühle ich mich, wenn ich oben auf der Düne stehe und auf das weite Meer hinausblicke. Dieser Spruch passt aber auch irgendwie auf Johann. Ich glaube, er hat ein großes Herz und gleichzeitig den klaren Blick für das Wesentliche.

Während wir auf der Bank draußen vor dem Haus unseren Kaffee und unseren »Bürgermeister« genießen, hält auf einmal ein großer schwarzer Geländewagen auf dem kleinen Parkplatz vor der Heide.

»Oh nein, der hat mir gerade noch gefehlt«, seufzt Johann.

»Wer ist das?«, frage ich, doch Johann geht in den Kiosk hinein und ruft mir zu: »Sag, ich bin nicht da.«

»Das kann ich nicht. Er hat uns beide doch gesehen«, antworte ich.

Der Mann, sehr gut gekleidet und um die 50, kommt auf mich zu.

»Moin. Johann auch da?«, fragt er.

Bevor ich noch etwas sagen kann, kommt Johann aus dem Kiosk heraus und sagt: »Ole, welche Überraschung. Aber du hättest dich nicht extra herbemühen müssen. Die Antwort lautet: ›Nein‹.«

»Wenn du schon nicht zu mir kommst, Johann, dann muss ich eben zu dir kommen. Du weißt ja, wie das ist mit dem Berg und dem Propheten … ha, ha, ha, ha. Können wir uns vielleicht irgendwo anders in Ruhe unterhalten?«, fragt er mit einem Seitenblick auf mich.

»Ich wollte sowieso gerade gehen«, lüge ich und stehe auf.

»Nix da. Wir sind hier noch nicht fertig. Und ich kann mich nicht erinnern, mit Herrn Jensen einen Termin vereinbart zu haben. Oder?«

Johann nimmt seine Elbsegler-Mütze ab, was einem Abschiedsgruß gleich kommt, und geht in seinen Kiosk zurück.

Der Mann, den er Ole Jensen nannte, stapft zu seinem Auto zurück, wobei ihm anzusehen ist, dass er sich von dem Treffen heute mehr versprochen hat.

»Wer war das?«, frage ich neugierig.

»Nenn ihn einfach Hyäne. Richtig heißt er Ole Jensen. Er hat schon einigen Syltern ihr Haus oder Grundstück abgeschnackt, aber meines bekommt er nicht«, knurrt Johann.

»Er will Ihr Haus kaufen?«, frage ich.

»Ja, und er bietet mir ein Vermögen dafür. Es soll ein neues Golfhotel entstehen, direkt vor der Heide. Mit allem Pipapo. Damit die Golfer noch schneller am Golfplatz sind.«

Beim Gedanken an ein weiteres großes Hotel in dieser idyllischen Lage wird mir ganz anders. Was wird aus den urigen Häusern?

»Einige der Nachbarn haben schon verkauft. Das Geld lockt eben ... das sagte ich dir ja schon. Aber mich nicht. Was soll ich in meinem Alter denn noch mit so viel Geld? Das können die sich sonst wohin stecken. Mein Haus kriegen die nicht. Nur über meine Leiche.«

Komisch, dass ich gerade an Nils denken muss. *Der* wüsste wahrscheinlich schon, was er mit dem Geld anfangen soll. Ob sie darüber neulich Nacht so laut gestritten haben?

Möchte Nils seinen Onkel vielleicht zum Verkauf überreden, damit er selbst auch etwas von dem Kuchen abhaben kann? Möglich wäre es.

⁓⊙⁓

Am Nachmittag ist es so heiß, dass ich meine weitere Entdeckungsreise der Insel auf ein andermal verschiebe und stattdessen die Strandtasche packe. Ausgestattet mit Sonnenmilch, einem großen von Emmi geliehenen Strandtuch, meinem neuen Roman, den Klatschzeitschriften und meinem neuen Badeanzug mache ich mich auf den Weg nach Kampen an den Strand. Dieses Mal miete ich auch einen Strandkorb, Nummer 46. Hier kann ich es mir so richtig gemütlich machen und muss keine Angst haben, wieder vertrieben zu werden.

Ich schließe die Augen und genieße das Gefühl der warmen Sonne auf meiner Haut. Um mich herum herrscht reges

Treiben. Viele Pärchen und Familien verbringen den herrlichen Tag am Strand.

Auf einmal erinnere ich mich: an meinen Vater, der hinter seiner Zeitung im Strandkorb ein Nickerchen hielt, an die Familie im Strandkorb nebenan, die ich so sehr beneidete, weil die Kinder zu zweit waren und neben einem Vater auch noch eine Mutter hatten, welche ihre Kinder pausenlos mit Keksen und Limo versorgte.

Nach kurzer Zeit waren die Kinder, Martina und Bernd, und ich die dicksten Freunde. Sie wohnten ganz in der Nähe von uns in einem Ferienhaus und wir verbrachten fast die ganzen Ferien zusammen. Ich war oft bei den beiden, weil sie so tolle Spielsachen hatten.

Hat mein Vater etwa in dieser Zeit die geheimnisvolle Alma kennengelernt und sich in sie verliebt? Es muss ja so gewesen sein, denn ich kann mich gar nicht daran erinnern, dass einmal eine Frau mit uns zusammen war. Mein Vater ließ den Abend öfter mit anderen Feriengästen und einem Gläschen Wein auf Johanns Terrasse ausklingen. Ich lag schon lange im Bett, wenn er endlich nach oben kam. Meist las ich noch so lange, bis mir die Augen zufielen, was allerdings schnell geschah, weil mich die gute Meeresluft schon damals müde machte.

Ich beobachte die kleinen Kinder vor mir, die im Sand buddeln, und denke an die wunderbaren Strandtage, die Andreas und ich mit unseren Kindern verbrachten. Es scheint alles so lange her zu sein, als sei es in einem anderen Leben gewesen. Leider waren wir nie gemeinsam an der Nordsee, denn Andreas verbrachte die Ferien immer lieber in einem schicken Ferienklub im Süden.

Wie schön es doch sein kann, sich einfach so treiben zu lassen, denke ich. Die Leute um mich herum lesen, dösen im

Strandkorb oder stürzen sich in die Wellen, die auch heute wieder ziemlich hoch an den Strand brechen.

Ob ich es auch einmal wagen soll? Warum eigentlich nicht?

Das Wasser ist kühl und erfrischend. Zunächst traue ich mich nur bis zu den Knien hinein, doch dann wage ich mich weiter vor, um ein wenig zu schwimmen. Auf einmal erwischt mich eine Welle und drückt mich hinunter.

Ich tauche nach oben, doch die nächste Welle kommt schon herangerollt. Bevor sie mich jedoch wieder umwerfen kann, schwimme ich in sie hinein und lasse mich wieder von ihr zurücktragen. Es ist herrlich. Ich fühle mich wie ein Kind, das gerade erst gelernt hat, alleine zu schwimmen. Über mir die Sonne, liege ich im Wasser, das sich anfühlt wie kühle Seide. Das Meer scheint nicht nur meinen Körper, sondern auch meine Seele zu erfrischen, denn so ein Glücksgefühl habe ich schon lange nicht mehr erlebt. Wie hat Johann gesagt: »Sylt heilt auch die Seele.« Wie recht er doch hat.

Im windgeschützten Strandkorb zurück, wärme ich mich auf und lasse Haut und Haare von der warmen Sonne trocknen. Ich schließe die Augen und höre nur noch das Rauschen des Meeres und das Geschrei der Möwen. Auf einmal ist alles gut und ich lasse mich einfach nur vom Wind streicheln.

Nach einiger Zeit wird mir jedoch langweilig und ich beschließe, einen kleinen Spaziergang zu unternehmen und ein paar Muscheln zu suchen.

»Zufällig« komme ich am Strandkorb 112 vorbei, doch er ist leer.

Warum bin ich so enttäuscht? Es war doch nur eine kurze Begegnung. Vielleicht ist der Mann mit dem Lächeln in den Augen ja schon abgereist.

Ich gehe weiter und stopfe unterwegs die zahlreich gefundenen Muscheln in die Taschen meiner Shorts, die ich einfach über den Badeanzug gezogen habe.

Da scheint ein Strandlokal zu sein ... »Buhne 16«.

Davon habe ich auch schon gehört. Hier sollen sich viele Surfer tummeln und abends legendäre Partys stattfinden. Aber man kann auch einfach ganz lässig nach einem langen Strandspaziergang gemütlich etwas essen oder trinken, so wie ich jetzt.

Auf einmal merke ich, dass ich Durst habe, und freue mich darüber, dass ich ein paar Münzen in meine Badetasche gesteckt habe.

Das kleine Holzlokal in den Dünen sieht auf den ersten Blick nicht so mondän aus, wie es sein Ruf vermuten lässt. Hier sollen schon Gunter Sachs, Curd Jürgens und viele andere Prominente gefeiert haben? Vermutlich ist es die einzigartige Lage mitten in den Dünen, das Gefühl, dem Meer so nahe zu sein wie nirgends sonst. Holztische stehen wie zufällig im Sand, Bänke davor, auf der Menschen in Badekleidung die Füße in den Sand stecken. Man wird nicht bedient, sondern holt sich selbst ein Getränk am Ausschank. Das Mädchen vor mir bestellt Rhabarbersaftschorle, das sieht sehr lecker aus, also wähle ich dasselbe.

Ich suche mir ein Plätzchen an einem der Tische und genieße das kühle, erfrischende Getränk. Doch gerade als ich mich gesetzt habe, sehe ich jemanden auf die Theke zulaufen.

Der »Strandkorb-Mann«. Er holt sich auch etwas zu Trinken, das heißt, er wird gleich hier zwischen den Tischen auftauchen. Wie sehe ich nur aus?

Das Bad im Meer hat meine Frisur total zerstört und mein ganzes Make-up heruntergewaschen.

Ich schleiche mich hinter das Lokal zur Toilette und versuche, meine Haare wenigstens ein bisschen zu ordnen. Doch wenn ich ehrlich bin, gefalle ich mir besser als neulich nach dem teuren Friseurbesuch. Die Sonne und das Salzwasser haben die Haare erheblich gebleicht und meine goldene Gesichtsfarbe lässt meine hellgrauen Augen strahlen. Ich fühle mich nicht nur viel jünger als noch vor ein paar Wochen, ich sehe auch so aus.

Ich atme tief durch und gehe zurück zu meinem Platz. Heimlich lasse ich die Augen schweifen, doch der »Strandkorb-Mann« ist verschwunden. Verflixt. Warum bin ich nur zur Toilette gegangen. Jetzt ist er weg. Wahrscheinlich hat er sich nur etwas zu Trinken geholt und ist zurück an den Strand.

Aber warum mache ich mir überhaupt so viele Gedanken um ihn?, denke ich. Ich bin verheiratet. Und er ist wahrscheinlich mit seiner Frau oder seiner Familie hier. Ein solcher Mann ist kein Single.

Und überhaupt, ich bin doch nicht hier, um mir einen Mann zu angeln.

Wütend nehme ich einen großen Schluck von meiner Schorle.

War da nicht vorhin noch mehr drin? Egal.

Ein Schatten legt sich über mich und eine samtene Stimme sagt: »Moin.«

Der »Strandkorb-Mann«.

Das Lächeln in seinen Augen bewirkt, dass ich mich an der Schorle verschlucke.

Er grinst und fragt: »Darf ich?«

Und noch ohne mein Nicken abzuwarten, sitzt er mir gegenüber und sieht mir direkt in die Augen.

Verlegen wende ich den Blick ab und trinke noch einen großen Schluck.

»Darf ich auch mal?«, fragt er.

Also, was soll das denn jetzt?, denke ich. Das ist ja schon ein bisschen frech, einfach so aus meinem Glas trinken zu wollen.

Ich schiebe es ihm trotzdem herüber, es ist ja kaum noch etwas darin.

»Ist nämlich eigentlich mein Glas«, sagt er und grinst wieder.

Sein Glas? Aber ... wieso ...?

Ich sehe unter den Tisch ... nein, da stehen nicht meine Flipflops. Und auch die Badetasche ist da nicht mehr. Ich sehe zum Tisch nebenan ... unter dem sowohl meine Schuhe als auch meine Tasche liegen ... und auf dem mein volles Glas Rhabarbersaftschorle steht.

Ich habe mich, als ich von der Toilette kam, offenbar im Tisch vertan und aus Versehen an seinen Tisch gesetzt, während er ebenfalls auf dem Klo war.

Oh Gott, ist mir das peinlich.

»Oh bitte ... entschuldigen Sie ... das war ein Versehen ... das tut mir so leid.«

Ich springe auf und will zum Nachbartisch, doch er hält mich zurück.

»Das muss es nicht«, sagt er und lächelt wieder mit den Augen. »Im Gegenteil. Ich finde, das kann doch kein Zufall sein, oder?«

Doch ich gehe zu meinem Platz, nehme das Getränk und stelle es vor ihn. »Hier bitte. Ich habe ihr ganzes Glas ausgetrunken, das wollte ich nicht. Ich habe einfach den Tisch verwechselt ...«

Mir ist das Ganze so schrecklich peinlich.

Ich schnappe meine Tasche, rufe ihm »Schönen Tag noch.« zu und eile davon, ohne darauf zu hören, dass er mich bittet, doch zu bleiben.

Ganz sicher bin ich feuerrot. Was muss er nur von mir denken? Das ist nun schon das zweite Mal, dass ich mich völlig idiotisch verhalte. Wer weiß, wer das noch alles mitbekommen hat? Nichts wie weg hier und zurück in mein vertrautes »Spatzennest«.

Doch mein Heimweg führt mich ganz selbstverständlich zu Johann und seinem »Heide-Kiosk«.

Er sieht irgendwie müde aus heute und hat tiefe Schatten unter den Augen.

»Na, min Deern, gar nicht am Strand bei dem schönen Wetter?«, fragt er lächelnd.

»Doch, da war ich.«

Ich lasse mich neben ihn auf die kleine Bank fallen und richte meinen Blick wie er auf das ruhige Watt. Wie anders es hier doch ist. Das quirlige Treiben am Strand mit den vielen Badenden, die tosende Brandung, das Möwengekicher ... nichts davon ist hier zu hören. Ich liebe diese Stille und den Duft der Heide.

»Alles in Ordnung?«, fragt Johann.

Ich seufze. »Ach, nein«, gebe ich zu. »Halten Sie es für möglich, dass man sich vor einem Menschen komplett zum Idioten machen kann?«, frage ich.

»Als Frau? Nein.« Er schüttelt den Kopf und grinst. »Oder vielleicht doch. Aus Liebe vermutlich schon. Aus Liebe macht man sich immer zum kompletten Idioten.«

Ich muss jetzt auch grinsen.

»Wer ist ein kompletter Idiot?«, ertönt eine Stimme.

»Du natürlich«, antwortet Johann.

»Setz dich, Uwe.«

»Moin«, begrüßt mich Uwe.

Uwe Boysen war viele Jahre Kommissar bei der Kripo und ist jetzt im Ruhestand, wie mir Johann berichtet hat.

Auch ihm ist der »Ruhestand« zu ruhig und zu langweilig, weswegen er öfter auf einen kleinen Klönschnack am Kiosk vorbeikommt. Sonst würde ihn seine Berta zu sehr mit Beschlag belegen, wie er schmunzelnd erzählt.

Zum Glück lenken mich die beiden mit ihren launigen alten Geschichten ein wenig von meinem Missgeschick ab. Sie sprechen hauptsächlich von den vielen Auftritten, die sie gemeinsam mit dem Shanty-Chor erlebt haben.

»Wir vermissen immer noch deine Stimme«, sagt Uwe.

»Hmmm … das mag wohl sein. Aber ich hab einfach wenig Zeit«, antwortet Johann.

Ich nehme mir vor, beim nächsten Auftritt des Shanty-Chors in der Musikmuschel unbedingt dabei zu sein, und bitte Johann, mich zu begleiten.

Er sagt erfreut zu, und doch bemerke ich, dass er ganz blass und sein Gang leicht schwankend ist, als er in den Kiosk geht, um für Uwe ein Bier zu holen.

Ob er sich etwa Gedanken macht über Ole Jensen und das geplante Hotelprojekt?

─⊙─

Elke und Tanja haben es geschafft, mich zu überreden, auf einen Cocktail mit ihnen in das »Gogärtchen« in der »Whiskymeile« zu gehen. Obwohl ich nicht wirklich Lust dazu habe, finde ich mich selbst schon wenig später an der Außenbar dort auf einem Barhocker wieder und bestelle einen »Sex on the Beach« Cocktail. Ich habe keine Ahnung, wie der schmeckt, verlasse mich jedoch auf die beiden, die ja nun schon mehr »Nightlife Erfahrung« vorweisen können.

Eigentlich bin ich nur mitgekommen, um mich von meinem Erlebnis in der »Buhne 16« abzulenken. Wie konnte ich mich nur derart blöd benehmen? Ich kann es immer noch nicht fassen. Nun bin ich aber froh, dass ich mit den Mädels mitgekommen bin, denn es ist wirklich nett hier.

Es läuft entspannte Loungemusik und überall stehen Windlichter, die angenehmes Licht verbreiten. Die großen Schirme tun ihr Übriges, dass man sich wohlfühlt. In diesem hübschen Lokal hat schon so manche Prominenz gefeiert und ich kann durchaus verstehen, warum. Bereits nach dem zweiten Cocktail möchte man gar nicht mehr aufstehen, so gemütlich ist es hier. Vor allem macht es Spaß, die Leute zu beobachten, die entweder in ihren schicken Autos mehrfach die »Whiskymeile« herunterfahren oder an all den kleinen Restaurants vorbeispazieren, um sich entweder im »Gogärtchen«, im »Odin«, im »Rauchfang« oder im »Pony's«, der legendären Nachtbar, niederzulassen. Manche der Damen trägt die tollen Jeans, die ich in der Auslage bewundert habe, zusammen mit einem angesagten Kaschmirpullover oder einer schicken Windjacke mit Pelzbesatz, dazu eine der Designerhandtaschen, die ich ebenfalls im Schaufenster hier um die Ecke gesehen habe, mit Stolz und Würde spazieren. Irgendwie ähneln sie einander sehr, auch von den Frisuren her ... mittellang, blond und glatt geföhnt. Die Herren, meist in dunklem Jackett, weißem Hemd, farbigen Jeans und teuren Schuhen, haben den mit einer unschätzbar teuren Uhr bestückten Arm lässig um ihre schönen Begleiterinnen gelegt, von denen man dagegen das Alter schwer einschätzen kann. Zwischen 25 und 55 ist alles drin. Manche der Damen trägt statt oder in der Handtasche ein kleines Hündchen spazieren, wieder andere haben über ihre helle Steppjacke noch einen Kaschmirpullover gelegt und die Ärmel nach oben geschoben, damit man das Goldarmband ihrer Armbanduhr erkennen kann.

Meine teure Uhr habe ich in der Pension gelassen, weil der Verschluss nun endgültig ruiniert ist und ich Angst habe, sie zu verlieren. Stattdessen trage ich eine weiße Plastikuhr mit der Insel darauf, die ich neulich in der »Tonnenhalle« in List erstanden habe. Dazu habe ich die neue No-Name-Jeans aus Westerland an und meine alte Lederjacke, was mich irgendwie zum Außenseiter hier macht. Doch das sind Elke und Tanja schließlich auch. Die beiden wirken beinahe exotisch zwischen all den anderen Frauen, deren Outfit sich irgendwie zu gleichen scheint, denn Elke trägt ein ausgeschnittenes, schwarzes Kleid, das ihre sexy Oberweite betont, aber wie immer eine Spur zu eng ist, und Tanja einen bunten Overall mit hohen Absätzen. Dadurch wirken die beiden wie Paradiesvögel.

»Warum hast du das tolle neue Kleid nicht an?«, fragt mich Elke.

»Bei dem kalten Wind?«, frage ich zurück.

»Wir gehen doch noch tanzen. Im ›Pony's‹ wird es später ganz schön heiß«, sagt Tanja und klimpert mit den falschen Wimpern.

Ich verschweige, dass ich gar nicht die Absicht habe, dorthin mitzukommen. Genau genommen bin ich schon leicht angeheitert von den beiden Cocktails.

So kommt es, dass ich den beiden von meinem Erlebnis in der »Buhne 16« erzähle und sie wollten sich ausschütten vor Lachen.

»Meine Güte. Wenn das so ein toller Typ ist, hättest du dranbleiben sollen«, meint Elke, sieht mich dabei aber gar nicht an, sondern flirtet mit den Augen mit dem Typen hinter mir.

»Wozu? Mein Leben ist auch ohne Affäre schon aufregend genug im Moment«, sage ich.

»Wirklich?«, fragt Tanja und wirft ihre lange Mähne nach hinten, um einen Mann, den sie im Auge hat, zu beeindrucken.

»Was ist denn eigentlich mit deinem Traummann Frieder? Warum bist du heute nicht mit ihm zusammen?«, frage ich Elke.

Dieses In-Szene-Setzen der beiden geht mir langsam auf den Wecker.

»Ach, hör mir auf mit dem«, berichtet sie. »Wir waren doch gestern verabredet. Bei Tageslicht sah ich die Haare, die büschelweise aus seinen Ohren und seiner Nase wuchsen. Aber das war nicht das Schlimmste. Es stellte sich heraus, dass sein »Zuhause am Meer« aus einem Wohnwagen auf dem Campingplatz besteht, in dem er den ganzen Nachmittag mit seinen Kumpels Karten spielte und ein Bier nach dem anderen trank. Ich bin einfach gegangen, das haben die wahrscheinlich bis heute nicht bemerkt«, lacht sie.

»Ich dachte, er sei so charmant und ein erfolgreicher Geschäftsmann?«, frage ich.

»Sagen tun sie alle viel. Glauben kannst du nur die Hälfte. Wenn überhaupt …«

Irgendwie klingt das reichlich desillusioniert.

Als die beiden Männer hinter mir, mit denen Elke und Tanja die ganze Zeit gezwinkert haben, herüberkommen, wird es Zeit für mich, zu gehen. Auch wenn der Abend nett war, stelle ich fest, dass dieses Herumgeflirte einfach nicht zu mir passt. Außerdem langweilt mich das Gerede der Vierergruppe neben mir, die sich den ganzen Abend lautstark über nichts anderes als Golfplätze, Golflöcher, Golfmode und Golfschläger unterhält. Als eine der Damen nach dem geschätzten vierten Pils weit ausholt, um einen Golfschlag zu demonstrieren, durch den sie letztendlich ein Turnier in

Südafrika für sich entscheiden konnte, und mir dabei mein Cocktailglas gegen die Zähne schlägt, bezahle ich und verabschiede mich, auch wenn Elke und Tanja mich unbedingt überreden wollen, mit ihnen die Nacht zum Tag zu machen. Ich stelle fest, dass dies hier im Gegensatz zur romantischen Heide einfach nicht meine Welt ist. Kein Wunder ist meinem Ehemann das Zusammensein mit mir zu langweilig, sodass er sich eine Jüngere suchen muss.

In meiner Tasche findet sich zum Glück die Telefonnummer des netten Taxifahrers Knut Knudsen, der mich am ersten Abend zu Johanns Haus gefahren hat, und so liege ich schon bald in meinem geliebten »Spatzennest« und falle in einen tiefen Schlaf.

10. KAPITEL:
DIE PUKEN

In der Nacht wecken mich wieder laute Stimmen. Ich versuche, aus dem Bullauge zu spähen, doch ich kann nur eine dunkle Gestalt von hinten in Lederhose und -weste erkennen, die gerade vom Garten zum Parkplatz geht. Nils. Wer ist der andere Mann?

Ich stehe auf und schleiche auf Zehenspitzen eine Etage tiefer, um aus dem Fenster dort auf den Parkplatz sehen zu können. Als ich kurz darauf die Rücklichter eines davonfahrenden dunklen Geländewagens sehe, bin ich mir sicher: Das kann nur Ole Jensen gewesen sein. Was wollte er hier? Noch dazu zu solch später Stunde? Was führen die beiden im Schilde?

Ich liege ewig wach, wälze mich hin und her und wache erst auf, als mein Handy klingelt.

Es ist Andreas, der mich fragt, ob ich noch lebe.

Seine Stimme ist so vertraut und ich möchte ihm so gerne von allem erzählen. Von den gewaltigen Wellen am Meer und den Seefahrern, die vor vielen Jahren zum Walfang aufgebrochen sind. Von den stolzen Syltern, die es heute noch gibt und die nicht bereit sind, ihr Eigentum zu verkaufen, damit neue Luxusherbergen entstehen können. Ich möchte ihm erklären, was es mit »Rüm Hart« auf sich hat und wie schön die Heide in der Sonne leuchtet.

Doch Andreas hört mir nicht zu. Er berichtet von seinem Bauprojekt Bodensee-Center, mit dem es schleppend vorangeht, und von Ann-Sophie, die neuerdings ständig schlechter Laune ist. Außerdem ist die Putzfrau krank, mit anderen Worten: »Wann kommst du endlich wieder?«

Obwohl es mir einerseits guttut, vermisst zu werden, frage ich mich, ob er wirklich *mich* vermisst, oder nur diejenige, die seinen Alltag organisiert, wie sie es immer treu und brav getan hat.

Ich kuschele mich noch einmal in die Kissen und sage: »Andreas, ich muss mir über ein paar Dinge klar werden, die mich in der letzten Zeit unglücklich gemacht haben. Es tut mir gerade sehr gut, hier auf Sylt zu sein. Ich habe das Gefühl, dass mein Kopf hier frei wird. Ich brauche einfach ein paar klare Gedanken, bitte versteh das doch.«

»Mein Gott, Lisa. Als ob du hier am See keine klaren Gedanken bekommen könntest. Wie lange soll das denn noch dauern? Andere Paare haben auch einmal eine Krise. Wir werden sie schon überwinden. Aber nicht, wenn du noch länger fort bist.«

Irgendwie hat er ja recht. Ein Paar-Problem kann man nur zusammen lösen. Die Sache ist nur, will ich das überhaupt? In den letzten Tagen und Wochen habe ich mich eigentlich sehr gut gefühlt, ohne Andreas. Um ehrlich zu sein, habe ich kaum an ihn gedacht. Und wenn, dann waren es nicht die liebevollen und guten Gedanken, die ich in den ganzen Jahren unserer Ehe mit ihm verband.

»Ich brauche Zeit, Andreas«, sage ich daher ausweichend. »Außerdem muss ich doch noch den letzten Willen meines Vaters erfüllen.«

»Hast du das etwa immer noch nicht gemacht? Was tust du dort die ganze Zeit?« Seine Stimme klingt ungeduldig und verärgert. »Was ist das überhaupt Geheimnisvolles, das du auf Sylt für deinen Vater zu erledigen hast?«

Ich kann es ihm nicht sagen. Ich *möchte* es ihm nicht sagen. Mein Vater hatte eine geheime Liebe. Eine Frau, die ihm viel bedeutet hat. Ich habe Angst, dass Andreas das wieder nur lächerlich machen würde, wie alles im Leben meines Vaters. Auf einmal wird mir klar, warum ich Andreas nicht vermisse. Weil er mich in der schlimmsten Stunde meines Lebens, als mein geliebter Vater gestorben ist, allein gelassen hat.

Ich weiche aus und beende das Gespräch. Es macht mich traurig, dass wir beide offenbar etwas Wichtiges verloren haben. Das Gefühl, für den anderen bedingungslos da zu sein. Die Gedanken und Gefühle des anderen zu spüren. Ob das wiederkommen kann?

Im Bad treffe ich auf ein heilloses Chaos. Offenbar haben Elke und Tanja gestern Abend eine besondere Beauty-Zeremonie abgehalten, denn überall steht ihr Krempel herum. Das Schlimmste aber ist, dass sie kein einziges sauberes Handtuch für mich übrig gelassen haben. So langsam bin ich leicht genervt von diesem Bad-Sharing.

Ich schlüpfe in ein T-Shirt und eine Jogginghose und gehe in der Hoffnung nach unten, auf Emmi zu treffen, die mir mit einem sauberen Handtuch aushelfen kann. Doch sie ist nicht mehr da. Kein Wunder: Es ist halb zwölf. Ich habe lange geschlafen und dann auch noch mit Andreas telefoniert. Nun gibt es kein Frühstück mehr, so ein Mist.

Ich gehe nach nebenan und klopfe am Nachbar-Hausteil.

Emmi öffnet und begrüßt mich: »Moin, Sie Langschläferin. Ich habe extra bis elf auf Sie gewartet, aber dann musste ich weiter. Waren Sie aus gestern Abend?«, begrüßt sie mich freundlich.

»Nicht sehr lange, aber ich habe schlecht geschlafen. Es war ein bisschen laut ...«

»Oh, das waren sicher wieder unsere Partygirls, nicht wahr?«, zwinkert sie mir zu.

»Nein, es waren Männerstimmen, die mich geweckt haben …«, berichte ich.

»So, so … Männerstimmen … Das werden wohl die Puken gewesen sein«, lacht Emmi und bittet mich herein. »Ich kann Ihnen aber nur einen Kaffee anbieten, Frühstück gibt es nicht mehr.«

Aus der Küche duftet es verführerisch nach gebratenem Fisch. Offenbar bereitet Emmi gerade schon das Mittagessen für Johann vor. Daher lehne ich die angebotene Tasse Kaffee ab, ich will sie nicht aufhalten. Außerdem ist es noch nicht zu spät, um irgendwo eine Kleinigkeit frühstücken zu gehen.

»Die Puken?«, frage ich amüsiert.

»Ja, die Puken. Das sind unsere freundlichen kleinen Hausgeister«, grinst Emmi. »Danach ist doch unsere Straße benannt. Wir haben alle mindestens einen von diesen kleinen Geistern bei uns wohnen. Sie kommen nur nachts heraus, und das ist es wahrscheinlich, was Sie gehört haben.«

Nein, ich habe sicher keinen kleinen Hausgeist gehört. Sondern zwei Männer, wovon einer eine Lederhose getragen und der andere einen Geländewagen gefahren hat.

»Aber vor den Puken müssen Sie sich nicht fürchten. Sie sind sehr liebenswert und tun nichts Böses. Dafür muss man sie allerdings auch belohnen und Ihnen hin und wieder Grütze mit Butter kochen.« Emmi zwinkert mir zu.

Entweder spinnt sie oder ich. Hausgeister, so ein Blödsinn. An die habe ich schon seit »Pumuckl« nicht mehr geglaubt.

Viel eher glaube ich, dass hier etwas Merkwürdiges im Gange ist, behalte aber meine Meinung für mich.

»Na, dann weiß ich auch endlich, wer immer meine Handtücher klaut und nass macht«, sage ich lachend. »Deshalb bin ich nämlich hier. Ob Sie mir wohl mit ein bis zwei frischen Handtüchern aushelfen würden?«

»Oh, aber natürlich«, sagt Emmi. »Ich habe Ihnen zwar ein Dutzend ins Bad gelegt, aber ich weiß schon ... wo drei Frauen beschäftigt sind, da sind die schnell alle. Warten Sie doch bitte einen Augenblick, ich muss nur eben den Fisch herunterdrehen, damit er nicht anbrennt, dann gehe ich gleich in die Waschküche. Zum Glück habe ich heute eine ganze Ladung Handtücher gewaschen, die muss ich nur eben aus dem Trockner nehmen.«

Emmi verschwindet und ich sehe mich ein wenig um. Auch dieser Teil des Hauses ist mit alten Möbeln, Bildern vom Meer und Schiffsmodellen überaus behaglich eingerichtet.

Ich höre Musik, die vermutlich aus dem Radio oder von einer CD kommt ... tiefe Männerstimmen, die von Schiffen, Möwen, Freiheit und der Sehnsucht nach dem Meer singen. Das ist sicher der Sylter Shanty-Chor.

Neugierig betrete ich das Wohnzimmer. Es muss Johanns sein, denn Emmi hatte mir ja erzählt, er würde »unten« und sie »oben« wohnen.

Der Blick aus dem großen Fenster ist atemberaubend. Direkt hinter der Terrasse liegt eingesäumt von ein paar Kiefern der große tiefviolette Teppich der Heide, der bis zum silbern leuchtenden Wattenmeer reicht.

Ein großer Sessel steht vor dem Fenster, neben einem kleinen Schreibtisch.

Hier scheint Johann wohl immer Zeitung zu lesen, denn sie liegt zerfleddert daneben. Auf dem Schreibtisch stehen mehrere Bilder in silbernen Rahmen.

Neugierig betrachte ich sie. Sie zeigen immer wieder dieselbe Frau mit dem bezaubernden Lächeln ... Annemarie.

Auf einem ist sie mit einer anderen Frau, die ein ähnliches Lächeln hat, zu sehen. Die beiden stehen auf der Terrasse mit der Heide im Hintergrund. Derselbe Hintergrund, den ich jetzt auch sehe. Auf einem anderen Bild sieht man Annemarie, die auf Johanns Schoß sitzt. Die beiden blicken sich verliebt an.

»Hier sind Sie. Da sind Ihre Handtücher.«

Ich habe gar nicht gemerkt, dass Emmi hereingekommen ist, so vertieft war ich in die Bilder.

Erschrocken stelle ich den Silberrahmen zurück auf den Schreibtisch.

»Bitte verzeihen Sie. Ich wollte nicht unhöflich sein«, sage ich betroffen, weil ich hier einfach so eingedrungen bin.

»Aber nein«, lächelt Emmi freundlich. »Ich bin sicher, Johann hätte sich über Ihren Besuch gefreut. Er erzählt doch so gerne ein wenig, besonders den jungen Damen. Aber leider hängt er ja nur noch in diesem blöden Kiosk herum. Keine Ahnung, was er da immer so macht. Geld wirft das doch nicht ab, wenn Sie mich fragen«, nörgelt sie.

Wie gut kennt Emmi Johann denn? Sie sollte doch wissen, dass es Johann nicht ums Geld geht. Der Kiosk ist seine Aufgabe. Der Grund, sich morgens anzuziehen und das Haus zu verlassen. Er hat Spaß daran, mit den Menschen zu plaudern, die einen Heidespaziergang machen und die ruhige Seite Sylts entdecken wollen. Es macht ihm Freude, Ihnen Sylt von der natürlichen Seite näherzubringen und Wissenswertes und Lustiges über die Insel zu verraten.

»War das Johanns Frau?«, frage ich, obwohl ich es ja bereits weiß, um jedoch vom Thema Kiosk abzulenken.

»Ja, das war sie. Annemarie.«

Emmi nimmt das Foto in die Hand, das Annemarie mit dem hellen Pullover und dem zauberhaften Lächeln zeigt. Es ist das gleiche Bild, das Johann auch in seinem Kiosk hat und das er vermutlich immer dann herausholt, wenn er sich gerade einsam fühlt.

»Er hat sie wohl sehr geliebt«, sage ich und Emmi nickt.

»Sie war aber auch sehr schön ...«, und das meine ich ernst. Ich habe selten eine Frau gesehen, die eine solch natürliche und zugleich vornehme Ausstrahlung hat.

»Ja, das war sie. Und einiges jünger als er. 15 Jahre. Wir sind zusammen zur Schule gegangen, Annemarie und ich.«

Somit weiß ich jetzt auch, wie alt Emmi ist ... ungefähr 60. Ich hätte sie zehn Jahre älter geschätzt, aber das liegt vielleicht an ihrer Körperfülle und der altmodischen Frisur.

»Woran ist sie denn gestorben?«, frage ich neugierig. Wenn ihr Tod schon zehn Jahre zurückliegt und sie 15 Jahre jünger war als Johann, kann sie doch höchstens 50 gewesen sein. Ob sie krank war?

»Ach, das war eine Tragödie. Ein schrecklicher Unfall. Sie war noch so jung ...« Emmi stellt mit bekümmertem Gesichtsausdruck das Foto zurück.

»Was ist denn passiert?«, will ich nun genau wissen.

»Das weiß niemand so genau. Es war eine regnerische und stürmische Nacht. Annemarie war mit dem Rad unterwegs. Aus irgendeinem Grund muss sie gestürzt und vom Rad gefallen sein. Ein Autofahrer hat sie überfahren ... Er hat wohl vor lauter Sturm und Regen nicht genau gemerkt, was passiert ist. Er hat den Rückwärtsgang eingelegt und ist ... noch einmal über sie drübergefahren.«

Emmi wird ganz blass bei ihren eigenen Worten und reißt die Augen weit auf.

Ich schlage entsetzt die Hand vor den Mund.

»Ja, ist das nicht furchtbar? Sie ist auf offener Straße verblutet. Bis sie endlich gefunden wurde, war es schon zu spät ... es war ja kein Mensch bei dem Wetter unterwegs. Was das Schlimmste war: der Fahrer des Wagens beging Fahrerflucht und wurde nie gefunden.«

Emmi seufzt.

»Wieso war sie denn bei einer solchen Wetterlage überhaupt noch so spät mit dem Rad unterwegs?«, frage ich. Mir reicht der Wind ja tagsüber schon manchmal ... aber nachts, noch dazu bei Regen, würde mich niemand auf den Drahtesel kriegen, das steht fest.

»Tja, wenn man das wüsste. Johann war mit dem Wagen beim Shanty-Chor. Es muss sie etwas aus dem Haus gelockt haben, was keinen Aufschub duldete. Aber was das war, haben wir nie herausgefunden. Schrecklich, einfach schrecklich«, seufzt Emmi noch einmal.

»Das muss ja furchtbar für Johann gewesen sein«, sage ich betroffen.

»Ja, es war ein Schock ... für uns alle, aber natürlich besonders für ihn. Jeder mochte Annemarie. Monate-, wenn nicht jahrelang durften wir nicht über diesen Abend sprechen, niemand durfte das. Und selbst heute ... nun ja. Sprechen Sie ihn lieber nicht auf Annemarie an«, rät sie mir.

Ich schüttele den Kopf und verrate nicht, dass ich das ja schon getan habe, neulich im Kiosk.

Aber Johann hat sich in der Tat sehr merkwürdig verhalten, als ob er nicht über Annemarie reden wollte.

Wahrscheinlich hat er ihren Tod nie verwunden, weil die beiden so eine große Liebe verband. Ehrliche Liebe kann der Tod eben nicht auslöschen.

»Sie waren damals auch schon hier im Haus, als der

Unfall passierte?«, frage ich, obwohl Emmi ja gerade sagte, dass es für »sie alle« ein Schock gewesen sei.

»Oh ja, ich bin schon seit 15 Jahren hier. Wie gesagt, Annemarie und ich waren Schulfreundinnen. Wir trafen uns damals zufällig auf dem Markt in Westerland. Ich war frisch geschieden und mein kleines Handarbeitsgeschäft war gerade pleitegegangen. Sie können sich vorstellen, wie ›down‹ ich war. Ich wusste einfach nicht, wie es weitergehen sollte. Da meinte Annemarie, sie würden dringend jemanden suchen, der sich um die Zimmervermietung kümmert. Was für ein Segen. Und seitdem bin ich hier.«

Ich denke, dass es auch für Johann ein Segen ist, dass Emmi hier ist. Wie hätte er nach dem Tod seiner Frau all das hier bewältigen sollen? Obwohl Emmi mir etwas von dem Fisch anbietet, der »gleich fertig« sei und überaus lecker duftet, bedanke ich mich, nehme die Handtücher und trete hinaus in den frischen Nordseewind.

                                          ✿

Der große Pott Milchkaffee ist schon fast leer und mein leckeres Frühstück beinahe aufgegessen. Ich lasse den Blick über das Wattenmeer schweifen und genieße die Ruhe im verwunschenen Garten der »Kupferkanne«. Emmi hat mich hierhergeschickt, weil es hier besonders leckeres Frühstück gibt, und auch, weil die »Kupferkanne« in Kampen ein Muss für alle Urlauber auf Sylt ist.

In dem wundervollen Garten, in dem es viele kleine Nischen mit Holztischen hinter großen Hecken und Büschen gibt, fühle ich mich wieder einmal wie verzaubert. Kein Wunder, dass die Menschen bereits in der Bronzezeit gerade diese Landschaft auswählten, um ihre Anführer in großen Hünengräbern zu bestatten. Das Gebäude der »Kupferkanne« liegt beinahe versteckt in einem kleinen Kiefernwäldchen und ist ein halb in die Erde eingelassener ehemaliger Flakbunker, wie ich der Geschichte in der Speisekarte entnehmen kann.

»Ein besonderer Ort, nicht wahr?«, vernehme ich eine Stimme vor mir.

Der »Strandkorb-Mann.« Das kann doch nun wirklich kein Zufall mehr sein.

Er grinst. »Haben Sie vielleicht noch ein Plätzchen frei für mich? Alle anderen Tische sind belegt.«

Ich sehe mich um. Er hat recht, der ganze Garten sitzt voller Menschen, die sich an Kaffee und Tee, Riesenstücken Blechkuchen, aber vor allem an der wundervollen Aussicht auf das silberne Watt erfreuen.

»Gerne«, sage ich und weise auf den Teakholzstuhl an meinem Tisch. Ich nehme mir fest vor, mich heute nicht wieder so idiotisch zu benehmen.

Er grinst und bestellt auch einen Pott Kaffee.

»Der geht auf mich«, höre ich mich sagen. »Das mit Ihrer Schorle gestern ist mir furchtbar peinlich«, schiebe ich schnell nach.

Er lächelt, wieder mit dem Mund und den Augen. »Das muss es nicht. Mir passiert ständig so etwas. Ich hatte mich gefreut, Sie wiederzusehen. Aber dann sind Sie so schnell verschwunden …«, sagt er.

»Es war mir einfach zuuu peinlich«, grinse ich.

»Umso schöner, dass wir uns heute wiedertreffen«, lacht er zurück. »Ich glaube, es wird Zeit, dass ich mich vorstelle. Sven Carstens, ich komme aus Hamburg.«

Freundlich hält er mir seine Hand hin.

Er trägt keinen Ehering, wie ich feststelle.

»Lisa Wendler aus Konstanz am Bodensee«, erwidere ich sein Lächeln und schüttele seine Hand.

Er streckt die langen Beine aus und trinkt genießerisch einen Schluck von seinem Kaffee.

»Ist es nicht herrlich hier?«

»Oh ja, der Garten ist einfach zauberhaft.«

»Waren Sie schon einmal im Gebäude?«, fragt er und erklärt auf mein Kopfschütteln: »Es ist wirklich urig. Man kann sich gut vorstellen, dass früher in den kleinen verwinkelten Gängen, die mit Kerzenschein erhellt waren, amüsante und verrückte Künstlerpartys stattfanden. Heute ist es ein sehr gemütliches Café mit einer eigenen Backstube. Den Pflaumenkuchen müssen Sie übrigens unbedingt probieren«, erzählt er.

»Ein andermal vielleicht. Ich habe gerade erst gefrühstückt«, gebe ich zu.

»Oh, jetzt erst? Dann gehören Sie wohl auch zu den Nachtschwärmern in der ›Whiskymeile‹, die mich nachts vom Schlafen abhalten?«

»Aber nein«, sage ich und erzähle, dass ich gestern Abend zum ersten Mal im »Gogärtchen« war, und das auch nur, weil mich meine Zimmernachbarinnen dazu überredet haben.

Ich frage ihn, ob er etwa im »Strönwai« wohne oder warum er sonst vom Schlafen abgehalten würde?

»Ich habe eine kleine Ferienwohnung im Bergentenweg gemietet. Der liegt direkt hinter dem ›Strönwai‹ und da kann man nachts schon das eine oder andere Mal das Gelächter aus den Gaststätten hören«, grinst er.

»Aber schlimm ist das nicht. Meist macht mich die Meeresluft so müde, dass ich schlafe wie ein Stein. Wo wohnen Sie? Oder darf ich Du sagen? Wir sind ja immerhin schon beinahe ›alte Bekannte‹.«

»Gerne. Ich wohne im ›Heidehüs‹, das ist – wie der Name schon sagt – am Rande der Heide nahe dem Wattenmeer.«

»Die Heide ist wunderschön, nicht wahr? Diese Ruhe dort ... welch ein Gegensatz zur lebendigen Westseite. Du machst dort Urlaub?«, fragt er.

»Ja und nein. Ich genieße zwar meine Ferien, aber eigentlich habe ich die Aufgabe, auf der Insel etwas zu erledigen«, erzähle ich ihm.

»Da geht es dir wie mir, Lisa. Ich verbinde auch gerade das Angenehme mit dem Nützlichen.«

Wieder lächelt er und dieses Lächeln verursacht ein angenehmes Kribbeln unter meiner Haut.

»Ich bin Projektentwickler und habe ein paar Termine auf der Insel. Was kann es Schöneres geben, als die Zeit dazwischen am Strand zu verbringen? Und was machst du so in Konstanz?«, fragt Sven.

Wovon soll ich ihm erzählen?

Von meinem langweiligen Leben als Hausfrau?

Davon, dass ich keine sinnvolle Beschäftigung mehr habe, seitdem die Kinder aus dem Haus sind? Dass sich mein Tagesablauf hauptsächlich darum dreht, mir ein Abendessen für meinen Mann auszudenken, welches er dann ohnehin nicht mit mir einnehmen wird, weil er viel zu spät aus dem Büro oder dem Schlafzimmer seiner Geliebten kommt?

Oder soll ich ihm davon erzählen, dass mich Schuldgefühle plagen, weil ich – obwohl ich so viel Zeit habe – so wenig davon mit meinem alten Vater verbracht habe, als es noch möglich war?

Ich starre auf meinen Milchkaffee und weiß keine Antwort.

»Ich bin gerade dabei, mich neu zu orientieren. Sylt hilft mir dabei«, gestehe ich nach einer kurzen Pause.

»Das kommt mir bekannt vor«, gibt Sven auf einmal zu. »Mir tut die Insel gerade auch sehr gut.«

Ich winke dem Kellner, um die Rechnung zu bezahlen.

»Sag mal, Lisa ... wollen wir das nächste Treffen wirklich dem Zufall überlassen? Es war schön, mit dir zu reden. Vielleicht können wir das ja wiederholen?«, schlägt Sven auf einmal vor. Dabei strahlen mich seine blauen Augen an, was zu einem komischen Flattern in meiner Magengrube führt.

Ich bin unsicher. Wohin soll das führen? Ich kann mich doch nicht einfach so mit einem anderen Mann treffen. Andererseits möchte ich es gern. Außerdem: Was hat Andreas sich in den ganzen letzten Wochen gedacht, als er mich alleine zu Hause sitzen ließ?

»Es muss ja nicht in einem Lokal sein. Wir könnten uns auch am Strand treffen«, schlägt Sven weiter vor.

»Wie wäre es mit einem schönen Spaziergang ... von Kampen nach Wenningstedt zum Beispiel?« Er lässt nicht locker: »Heute um 17 Uhr am roten Kliff?«

»Einverstanden.« Ich lächle zurück und wundere mich über das Grummeln in meiner Magengegend. Ob etwas mit dem Frühstück nicht in Ordnung war?

⁓☙⁓

Mein Heimweg führt mich wie so oft bei Johann vorbei.

Eigentlich wäre ich gerne mit ihm allein, um ihm von Sven zu erzählen. Irgendwie habe ich Vertrauen zu dem alten Mann, er erinnert mich an meinen Vater. Doch Johann ist nicht allein, Uwe Boysen ist wieder da, der sich über seine Frau Berta beschwert. Berta wollte ihn zur Gartenarbeit zwingen, weswegen Uwe eine Geschichte erfand, dass er Johann im »Heide-Kiosk« helfen muss. Die beiden sitzen auf der grünen Bank vor dem Kiosk und plaudern.

Doch Johann hört Uwe nur halb zu. Er wirkt zerstreut, beinahe benommen, und ist ebenso blass wie gestern.

»Was kann ich für dich tun, min Deern?«, fragt er jedoch erfreut, als er mich sieht.

»Gar nichts. Ich komme aus der ›Kupferkanne‹ und wollte eigentlich nur Hallo sagen«, antworte ich.

»Aber mir kannst du ein Bier bringen, wenn du schon so fragst«, sagt Uwe und Johann macht sich auf den Weg in die kleine Hütte. Dabei ist sein Gang wieder unsicher und leicht schwankend.

Besorgt sehe ich ihm nach.

Auch Uwe scheint zu bemerken, dass es Johann nicht so gut geht. »Was ist denn los mit ihm?«, fragt er mich. »Ist er krank?«

»Nicht, dass ich wüsste. Johann sieht ein wenig blass aus, nicht wahr?«, antworte ich.

»Das ist die Untertreibung des Jahrhunderts. Normalerweise schmeißt den Alten so schnell nichts aus der Kurve. Jedenfalls habe ich ihn nicht mehr so gesehen, seit damals Annemarie gestorben ist.«

»Annemarie? Kannten Sie sie?«, frage ich neugierig.

Irgendwie interessiert mich das Schicksal dieser schönen Frau, die offenbar Johanns große Liebe war.

»Welche Frage. Natürlich kannte ich Annemarie. Jeder kannte sie. Sie war Johanns Frau. Und eine echte Schönheit. Aber nicht nur das, Annemarie war auch überaus nett und sympathisch. Alle mochten sie.«

Genau das Gleiche hat auch Emmi erzählt. »Es muss furchtbar für Johann gewesen sein, als sie den schrecklichen Unfall hatte«, sage ich.

»Oh, ja ... das war es wohl. Er hat sich lange nicht davon erholt. Am schlimmsten war dieses üble Gerede ...«, berichtet Uwe.

»Gerede?« Nun bin ich neugierig.

»Ach, wie das immer so ist, wenn etwas passiert. Die Leute freuen sich doch, wenn sie etwas zu schnacken haben. Vor allem, wenn es nicht sie selber betrifft. Annemarie mochten zwar alle ..., aber manche Frauen waren ganz schön neidisch auf sie. Weiberkram eben. Da wird jemandem schnell einmal etwas angehängt.«

»Was meinen Sie damit? Und welche Frauen? Die der anderen Männer aus dem Shanty-Chor?«, frage ich, in der Hoffnung, dass Johann nicht so schnell wiederkommt.

»Alle möglichen Frauen. Ach, es wurde ja schon vor ihrem Tod viel über sie geredet. Irgendjemand hatte das Gerücht aufgebracht, Annemarie hätte ein Verhältnis. Was natürlich totaler Blödsinn war. Aber wie das immer so ist ... irgendwann fragten die Leute sich, ob nicht vielleicht doch etwas an dem Gerede dran sein könnte. Ich habe nie daran geglaubt und das habe ich auch Johann gesagt. Doch es wurde immer mehr dazugedichtet. Auf einmal hatte man Annemarie überall gesehen ... mit diesem anderen Mann. Schließlich fing sogar Johann an, den Mist zu glauben. Obwohl ich ihm immer gesagt habe, dass er auf den Schwachsinn nix geben soll ..., weil da gar nix dahintersteckt.

Und dann war sie auf einmal nachts alleine mit dem Rad unterwegs ..., als Johann beim Shanty-Chor war. Was hatte sie da zu suchen, noch dazu bei Sturm? Das hat das Gerede natürlich noch mehr angeheizt.«

»Hmm ... das ist schon ungewöhnlich. Es muss sehr wichtig für sie gewesen sein«, denke ich laut.

»Glaube ich auch«, nickt Uwe. »Sonst hätte sie das Haus sicher nicht verlassen. Schon gar nicht mit dem Fahrrad, an dem auch noch das Licht kaputt war.«

»Das Licht an ihrem Rad war kaputt?«, frage ich.

»Ja. Johann hat mir irgendwann einmal bei einem Bierchen unter Tränen erzählt, dass er es schon lange reparieren wollte. Er machte sich solche Vorwürfe, dass er es nicht getan hatte und fühlte sich mitverantwortlich für ihren Tod. Wie auch immer, Annemarie hat das Geheimnis, warum sie überhaupt unterwegs war, mit ins Grab genommen. Was für ein schrecklicher Tod. Sie muss gestürzt sein. Und dann kam auf einmal dieses Auto, das sie bei diesem furchtbaren Wetter und ohne Licht nicht gesehen hat. Ist einfach so über sie drübergefahren.«

»Ja, und gleich zweimal. Wie schrecklich«, sage ich betroffen.

»Zweimal?«, fragt Uwe. Er richtet nachdenklich den Blick in die Ferne.

»Na, das Auto ist doch noch mal rückwärtsgefahren … wie furchtbar«, sage ich und bei dieser Vorstellung bekomme ich eine Gänsehaut.

»Sie sind ja gut informiert …«, grinst Uwe plötzlich.

»Das hab ich von Emmi. Die weiß doch nun wirklich alles, was auf der Insel läuft«, grinse ich schief zurück, obwohl mir nach dieser schlimmen Geschichte wahrhaftig nicht zum Lachen zumute ist. »Armer Johann. Das muss wirklich alles sehr schlimm für ihn gewesen sein.«

»Was war schlimm … und vor allem für wen?«, fragt Johann, der gerade mit Bier und heißen Würstchen aus dem Kiosk kommt.

»Na, für den Wirt vom ›Kliffkieker‹. Ich erzähle gerade der jungen Dame, wie damals die Sturmflut einen Teil vom

Wenningstedter Kliff und auch einen Teil der Gaststätte mit sich riss«, improvisiert Uwe schnell und zwinkert mir zu.

Die beiden Männer verspeisen in Ruhe ihre Würstchen und freuen sich darüber, Uwes Frau ausgetrickst zu haben. Doch ich bin in Sorge um Johann. Sein Blick ist getrübt und seine Hände zittern. Irgendetwas stimmt nicht mit ihm.

～⊚～

Er steht schon da, als ich komme, sieht mir jedoch nicht entgegen, sondern hat den Blick in die Ferne gerichtet. Das gibt mir Gelegenheit, ihn in Ruhe zu betrachten, wenn auch nur von der Seite. Er hat die Hände in die Taschen seiner Jeans gesteckt und blickt auf das endlos weite Meer. Obwohl sein Blick ruhig ist, liegt doch viel Sehnsucht und auch etwas Trauriges in ihm, was ihn noch anziehender für mich macht. Als er mich erblickt, lächelt er.

Den ganzen Nachmittag habe ich darüber nachgedacht, ob ich zu diesem Treffen gehen soll.

Ich wollte Sven wiedersehen. Und auch wieder nicht, weil ich Angst davor hatte. Doch kurz vor fünf wurde ich auf einmal so unruhig, dass ich nicht anders konnte, als die Shorts in eine lange Hose zu tauschen, mir das Haar zu kämmen und die Lippen nachzuziehen. Fast hatte ich Angst, er könne bereits weg sein, weil ich mir so lange Zeit gelassen hatte mit meiner Überlegung. Doch ich hätte es wissen müssen, dass er auf mich wartet. Ganz ruhig, mit dem Blick in die Ferne ...

»Lisa. Wie schön, dass du da bist. Komm, es ist herrlich heute am Strand.«

Er hat recht. Obwohl es nicht so warm ist wie in den letzten Tagen und der Wind ordentlich aufgefrischt hat, ist die Stimmung fantastisch. Vielleicht auch gerade deswegen, denn große Wellen mit weißen Schaumkronen brechen an den Strand. Wir haben die Schuhe ausgezogen und laufen ganz dicht an der Brandung entlang. Die Luft ist so herrlich rein und frisch und ich fühle mich auf einmal ganz wunderbar. Nachdem wir uns ein wenig darüber ausgetauscht haben, was wir bereits auf Sylt gesehen und erlebt haben, laufen wir schweigend nebeneinander her. Es ist ein angenehmes Schweigen, keines, bei dem man nicht weiß, was man sagen soll, oder bei dem man sich unbehaglich oder gelangweilt fühlt.

Sven kennt sich gut aus auf der Insel, weil er schon sehr oft hier war. Es ist von Hamburg aus ja auch nicht sehr weit. Ich betrachte ihn von der Seite ... Schwer zu sagen, wie alt er ist. Um die 50 würde ich schätzen, aber ich kann es nicht genau sagen, weil er so viele Lachfältchen um die Augen hat.

Er ist so ganz anders als Andreas, welcher eine unmittelbare Präsenz hat, die einen gefangen nimmt, sobald man ihm gegenübertritt. Andreas ist ein Mann, der weiß, was er will ... und das spürt man auf Anhieb. Sven ist ruhiger und nachdenklicher, fast ein wenig geheimnisvoll ..., aber das mag daran liegen, dass ich ihn kaum kenne.

Nachdem wir einige Zeit gegangen sind, kommen wir plötzlich an einem Strandlokal vorbei: »Wonnemeyer«.

»Wollen wir etwas trinken?«, fragt mich Sven.

Es sieht einladend aus, dieses kleine Lokal, das direkt am Strand steht. Außerdem meldet sich mein Magen, aber ich bin mir nicht sicher, ob es wirklich Hunger ist.

Wir haben Glück und finden einen Tisch in der ersten Reihe. Es ist so schön hier, dass es fast wehtut. Weh, weil ich das Gefühl habe, es nicht verdient zu haben, auf einmal so glücklich zu sein.

Ich weiß nicht, was es ist ... dieser Blick auf die tosenden Wellen, die an den Strand brechen, das warme, windgeschützte Plätzchen in der Sonne ... das Glas Roséwein, das auf einmal vor mir steht ... der attraktive Mann, der mich mit seinen Augen anlächelt ... oder einfach nur alles zusammen.

»Bist du verheiratet?«, fragt Sven plötzlich.

Er hat meinen Ring gesehen, also macht es keinen Sinn, ihm etwas anderes zu erzählen. Das will ich auch gar nicht. Irgendetwas in mir treibt mich dazu, von mir zu berichten.

»Ja«, gebe ich daher zu und hoffe doch insgeheim, dass dies nicht gleich das Ende unserer Bekanntschaft sein wird.

Sven sieht mir direkt in die Augen. »Schade.«

Ich senke den Blick. Vermutlich fragt er sich gerade, warum eine verheiratete Frau mit einem anderen Mann spazieren geht.

War es das jetzt etwa schon mit uns?

»Und du?«, frage ich leicht nervös. Gleichzeitig denke ich: Was heißt da »mit uns«? Was soll das werden? Eine Affäre von zwei unglücklich Verheirateten? Dazu bin ich nicht geschaffen. Doch was sollen diese Überlegungen? Wir machen einen Spaziergang und trinken ein Glas Wein zusammen, weiter nichts.

»Meine Frau und ich haben uns getrennt«, sagt er und irgendwie bin ich auf einmal erleichtert.

»Das tut mir leid«, höre ich mich stattdessen sagen. »Vor Kurzem erst?«, frage ich neugierig nach.

»Vor einem halben Jahr.«

»Darf ich fragen, was schiefgegangen ist?«, will ich von ihm wissen.

»Das Übliche. Wir haben uns auseinandergelebt. Aber nein ... es war meine Schuld. Ich habe viel zu viel gearbeitet.

Meine Frau meint, ich hätte nie Zeit für sie und würde mich überhaupt nicht dafür interessieren, was sie beschäftigt.«

»Das kommt mir bekannt vor«, gebe ich ehrlich zu.

»War es denn so? Hast du dich nicht mehr für sie interessiert?«

Sven denkt lange nach. »Doch, das habe ich. Ich habe es zumindest versucht. Aber ich hatte so viel zu tun. Dafür hat *sie* sich jedoch nicht interessiert. Sie machte ›um ihre innere Leere zu füllen‹ einen Malkurs auf Mallorca und traf dort ›zufällig‹ einen Mann wieder, mit dem sie zusammen zur Schule gegangen war, Rüdiger. Zu Hause in Hamburg war ihr nichts mehr recht und wir stritten uns nur noch. Dann zog sie plötzlich aus, ›um sich selbst zu finden‹ …, das heißt, um sich ungestört mit Rüdiger zu treffen.«

Er wirkt traurig. Ich sehe ihm an, dass er nicht wollte, dass es so weit kommt.

»Und bei dir? Dein Mann lässt dich einfach so alleine nach Sylt fahren?«, fragt er mich.

Ich weiß nicht, warum – vielleicht ist es der Wein, vielleicht aber auch die Tatsache, dass er sich auch mir geöffnet hat – auf jeden Fall erzähle ich ihm, einem Wildfremden, meine Geschichte.

Wie alleine ich in der letzten Zeit war, weil mein Mann so viel gearbeitet hat.

Wie banal sich das auf einmal anhört.

»Insofern verstehe ich deine Frau nur zu gut«, sage ich.

Ich berichte von dem Gefühl, dass in unserer Ehe nur noch Gleichförmigkeit und Langeweile herrscht und keiner sich mehr richtig für den anderen interessiert. Doch auch davon, dass ich etwas dagegen tun wollte, aber feststellen musste, dass sich mein Mann für eine andere Variante entschieden hatte.

»Für ihn ist das ja auch gar nicht so schlecht«, sagt Sven und grinst, nachdem er die ganze Geschichte gehört hat. »Er hat eine junge Geliebte und eine tolle Frau zu Hause, die auf ihn wartet. Warum soll er daran etwas ändern? Nein, im Ernst, Lisa. Bei euch ist es noch nicht zu spät ... dein Mann will sich doch gar nicht von dir trennen. Du kannst um eure Ehe kämpfen.«

Will ich das überhaupt?

»Das ist es nicht alleine«, sage ich auf einmal. Und erzähle von meinem Vater, der mich alleine großgezogen hat, weil meine Mutter ihn – nein, uns – verlassen hat, als ich noch klein war. Und den ich in seiner schlimmsten Stunde alleine gelassen habe.

Während ich von Papa erzähle, laufen mir auf einmal die Tränen herunter. Sven nimmt meine Hand, das Lächeln in seinen Augen ist verschwunden.

»*Einmal* hätte ich meinen Mann gebraucht. Doch er hat mich im Stich gelassen. Wegen seines Bauprojekts, seiner jungen Freundin oder was auch immer«, bricht es aus mir heraus. »Das kann ich ihm irgendwie nicht verzeihen.«

»Lass dir Zeit, Lisa. Ich glaube, du bist wütend, weil du dich allein gelassen fühlst. Aber eigentlich bist du nur furchtbar traurig.« Mitfühlend sieht er mich an.

Ja, ich bin wütend. Wütend und traurig.

»Das hätte dein Vater sicher nicht gewollt. Du machst ihn nicht wieder lebendig, wenn du dir oder deinem Mann die Schuld daran gibst. Im Gegenteil, dein Vater wollte vermutlich immer das Beste für dich. Und er würde sich nichts sehnlicher wünschen, als dass du glücklich bist. Das wirst du auch wieder sein. Wie heißt es so schön: ›Auf den Flügeln der Zeit fliegt die Traurigkeit davon.‹«

Vielleicht hat er ja recht. Wie kommt es, dass er mich so

gut versteht? Seine Worte sind tröstlich und hüllen mich ein wie eine warme Jacke im kalten Wind.

»Ich bin seinetwegen hier, Sven«, erzähle ich auf einmal.

»Seinetwegen?«, fragt er.

»Mein Vater bat mich in einem Brief, ihm einen letzten Wunsch zu erfüllen, der ihm sehr am Herzen lag.«

»Und welcher ist das?«, fragt er.

»Ich muss Alma finden. Die Frau, die er einmal sehr geliebt hat.«

»Wie romantisch.« Sven lächelt mich an, mit dem Mund und mit den Augen.

Dabei fällt mir auf, dass er noch immer meine Hand hält. Und ich mir wünsche, dass er sie nicht wieder loslässt.

11. KAPITEL:
EINE HEISSE SPUR ZU ALMA

In den nächsten Tagen verbringen Sven und ich viel Zeit miteinander. Obwohl das Wetter nicht mehr ganz so sonnig und warm ist wie in der letzten Zeit und meist ein kalter Wind bläst, sind wir viel mit dem Rad unterwegs oder machen lange Spaziergänge am Strand.

An einem sonnigen Tag mit watteweichen Wolken radeln wir gemeinsam zum Morsum-Kliff, das ganz im Osten der Insel kurz vor dem Hindenburgdamm liegt. Wir lassen Munkmarsch und Keitum hinter uns und radeln an großen Bauernhöfen vorbei und an Schafen, Kühen und Pferden, die gemeinsam friedlich auf den grünen Weiden grasen. Wie anders, wie ländlich dieses Sylt doch ist als das Sylt mit den schicken Promilokalen oder den teuren Edelboutiquen.

»Wusstest du, dass hier drei Erdschichten nebeneinander liegen, die zwischen drei und acht Millionen Jahre alt sind?«, fragt mich Sven, als wir am Kliff stehen, das wegen seiner beeindruckenden Farbenpracht auch »Buntes Kliff« genannt wird.

Für die geologischen Dinge habe ich mich noch nie sonderlich interessiert, daher verneine ich. Doch das über 20 Meter hohe Kliff beeindruckt mich, auch wenn der Blick auf das ruhige Wattenmeer nicht so spektakulär ist wie vom »Roten Kliff« in Kampen auf das wilde Meer.

Hinter dem Kliff schließt sich wieder eine großartige Heidelandschaft an, die Morsumer Heide, und diesmal bin ich es, die Sven berichten kann, was ich von Johann über die Heide gelernt habe. Zum Beispiel, dass es hier äußerst seltene Pflanzen wie zum Beispiel Lungenenzian und sogar eine Orchideenart gibt und viele Seevögel hier brüten. Hier leben unzählige Insekten und Schmetterlinge, weswegen die Heide ein einzigartiges Wunderwerk der Natur ist und unter Naturschutz steht.

»Eigentlich mag ich die Westküste viel lieber«, sagt Sven, als habe er meine Gedanken eben über das »Rote Kliff« erraten. »Ich finde es so beeindruckend, wenn die großen Wellen an den Strand brechen.«

»Das geht mir genauso«, sage ich. »Der Blick auf das weite Meer ist einfach atemberaubend. Und doch habe ich mich inzwischen auch in die ruhige und liebliche Wattseite verliebt. Ehrlich gesagt bin ich hier inzwischen fast öfter unterwegs als am Weststrand, weil man so schön zur Ruhe kommen kann. Vielleicht ist es ja gerade dieser Kontrast, der Sylt so besonders macht. Man kann hier das Raue, Wilde genauso finden wie das Schicke und Lebendige … Aber auch absolute Ruhe, Einsamkeit und »Natur pur«, so weit das Auge reicht. Und das alles innerhalb weniger Kilometer, manchmal sogar innerhalb eines Ortes. Denk nur an Kantum, Hörnum und natürlich Kampen. Vielleicht ist Sylt deshalb derart anziehend für so viele unterschiedliche Menschen.«

»Damit hast du sicher recht«, gibt Sven zu. »Auf der Insel kann jeder das finden, was er in seinem Urlaub braucht – egal, ob Trubel oder Ruhe«, setzt er hinzu.

»Das Dumme ist nur, dass der Trubel immer mehr zu werden scheint. Wie es aussieht, finden die Einheimischen kaum noch Raum zum Leben, weil immer mehr Platz für die Urlauber geschaffen wird«, sage ich.

»Du hast dich also auch schon von dieser Negativ-Stimmung anstecken lassen?«, fragt Sven und lächelt.

»Nicht unbedingt. Aber man hört doch so viel in den Medien. Johann sagt, ein bisschen was Wahres ist schon dran«, sage ich.

»Dieser Johann scheint ja ein echter Experte zu sein.«

Sven grinst und ich kann die kleinen Fältchen um seine Augen sehen. Ich möchte sie mit den Fingern berühren und nachzeichnen …

»Ich bin ja auch hier, um für einen großen Investor ein paar Projekte zu sondieren«, unterbricht er meine Gedanken. »Aber es ist gar nicht so einfach, überhaupt an Grundstücke zu kommen. Das Interesse der Investoren ist zwar groß, doch die Insel wird ja nicht gerade größer und es gibt keine Ausdehnungsflächen«, erzählt er.

»Welcher Art sind denn die Projekte?«, frage ich neugierig.

Doch Sven gibt mir keine Antwort darauf, sondern sagt stattdessen: »Meiner Meinung nach ist das eine Projekt bereits zum Scheitern verurteilt, weil das vorhandene Grundstück nicht ausreicht und im Augenblick nicht mehr dazugekauft werden kann. Ein ›zukünftiger‹ Erbe hat zwar ein Grundstück zum Kauf angeboten, was ihm allerdings noch gar nicht gehört. Es steht in den Sternen, wann und ob er es überhaupt erben wird. Außerdem kündigt sich auch noch Ärger mit den Naturschützern an, also sehe ich in dieser Sache eher schwarz. Ein anderes größeres Projekt sieht dagegen sehr gut aus, aber bevor es nicht in trockenen Tüchern ist, will ich mal lieber noch nicht frohlocken.«

Wieder lacht er mit den Augen. Der Wind fährt durch Svens blondes Haar und am liebsten möchte ich auch hindurchstreichen.

Irritiert über meine merkwürdigen Gefühle, gehe ich ein Stück weiter und bestaune die Hünengräber.

»Wollen wir langsam zurück?«, fragt Sven, den Blick gen Himmel gerichtet. »Es sieht nach Regen aus.«

Große, dunkle Wolken sind auf einmal aufgezogen und wir schaffen es gerade bis in das beschauliche Keitum, als die ersten Tropfen fallen. Doch wir entdecken eine Möglichkeit, dem Regen zu entfliehen, und stärken uns im »Tee-Kontor« mit einem Kännchen Friesentee und leckerem hausgemachtem Teegebäck.

»Dein Vermieter scheint ja viel zu wissen über Sylt«, sagt Sven und grinst mich über seine Teetasse hinweg an.

Wir sitzen in gemütlichen Sesseln und lassen unseren Blick aus dem Fenster in die Weite über die sattgrünen Wiesen schweifen. Dazu Himmel, so weit das Auge reicht … Auch wenn dieser inzwischen grau statt blau ist.

»Johann? Oh ja. Er ist ein absolutes Original. Ich glaube, es gibt niemand, der sich hier so gut auskennt wie er. Dabei ist er am liebsten in seinem ›Heide-Kiosk‹ und erzählt ›Klönschnack‹ und alte Sagen über die Insel«, grinse ich.

Ich erzähle Sven, was mir Johann über den mutigen »Pidder Lüng« und Emmi von den kleinen Hausgeistern, den Puken, erzählt hat.

»Das glaubst du natürlich alles«, lacht Sven.

»Nicht alles«, grinse ich. »Aber manche Geschichten sind wahr. Zum Beispiel die von Uwe Jens Lornsen, der für ein freies Schleswig-Holstein gekämpft hat. Von dem hast du doch sicher schon gehört?«

Als Sven verneint, muss ich ihn unbedingt noch einmal

ins Heimatmuseum begleiten, damit auch er etwas über die Walfänger und die Sylter Inselgeschichte erfährt.

»In diesem Friesenkleid würdest du toll aussehen«, sagt Sven und zeigt auf die alte Tracht.

»Meinst du wirklich?«, frage ich und lächle.

Er sieht mich ernst an und streicht mir zärtlich über das Gesicht.

Ich weiß, er sollte das nicht tun. Ich weiß, ich sollte mir nicht wünschen, dass er es tut. Mir wünschen, dass er mich küsst. Ich bin verheiratet und auch er ist nicht frei.

Sein Gesicht ist mir auf einmal ganz nah, seine Lippen berühren sanft die meinen für einen kurzen, flüchtigen Augenblick. Mein Herz rast ... Wir sollten das nicht tun.

Wir sind nur Freunde, rede ich mir ein, wende mich ab und gehe zum nächsten Ausstellungsstück.

Am nächsten Tag verabreden wir uns in Wenningstedt, wo wir den etwa 5.000 Jahre alten Denghoog, das größte begehbare Steinzeitgrab Schleswig-Holsteins, sowie die kleine romantische Friesenkapelle am Dorfteich in Wenningstedt besichtigen.

Sven ist schon da, als ich völlig außer Atem mit dem Fahrrad ankomme.

Sein Blick ist wieder abwesend, fast traurig ... Doch als er mich sieht, lächelt er.

Dieses Lächeln macht ihn so jung. Er kommt auf mich zu und umarmt mich.

»Dein Johann hat dir sicher erzählt, dass die Kirche auch ›Fliesenkapelle‹ genannt wird?«, fragt mich Sven, als wir hineingehen.

»Nein, warum?«, frage ich lachend.

Doch dann sehe ich das Mosaik aus Delfter Kacheln,

die wie in so vielen alten Friesenhäusern den Altarraum der Kirche zieren.

Die Kirche ist klein, aber in ihrer Schlichtheit wunderschön. Ich zünde eine Kerze für meinen Vater an, dann setzen wir uns für einen Moment an den idyllischen kleinen Dorfteich.

Ich fühle mich wohl mit Sven, seine Anwesenheit tut mir gut. Obwohl wir uns ja noch gar nicht lange kennen, fühle ich mich ihm seltsam vertraut.

Ich erzähle ihm so viel von mir, all die Dinge, die mich bewegen. Dabei habe ich das Gefühl, er hört mir nicht nur zu, sondern nimmt mich auch ernst.

»Das habe ich schon lange nicht mehr getan …, mit einer Frau auf einer Parkbank sitzen, meine ich«, grinst er. »Ich komme mir vor wie ein Rentner.«

Ich denke daran, dass auch Andreas und ich lange nicht gemeinsam auf einer Bank saßen und innig vertraut auf den See schauten.

»Rentner haben es gar nicht so schlecht«, sage ich darauf. »Ich jedenfalls finde es gar nicht so übel, hier mit dir zu sitzen.«

Sven sieht mir direkt in die Augen, was mir eine Gänsehaut verursacht. Ob er mich wieder küssen wird? Ich wünsche es mir und doch weiß ich, dass es falsch ist.

Doch Sven küsst mich nicht, sondern sagt stattdessen traurig: »Du hast recht. Man sollte sich viel mehr Zeit für solche kleinen Glücksmomente nehmen. Ich fürchte, ich habe viel falsch gemacht. Wenn ich meiner Frau mehr Zeit geschenkt hätte, hätte sie mich vielleicht nicht verlassen.«

Ich sehe Sven an, dass er noch immer darunter leidet. Es muss ein herber Schlag für ihn gewesen sein, dass seine Frau einfach so gegangen ist.

Aber geht man wirklich »einfach so«? Ich denke eher, dass eine Trennung ein ganz langer Prozess ist, der schon beginnt, bevor man ihn überhaupt realisiert.

Trotzdem freue ich mich über diesen Vertrauensbeweis. Sicher erzählt er nicht jedem davon.

»Ich verstehe dich gut. Ich weiß ja nicht, was genau bei euch passiert ist. Aber ich weiß, wie es sich anfühlt, wenn man verlassen wird. Man sucht den Fehler bei sich«, sage ich.

»Dein Mann hat dich doch gar nicht verlassen. Gut, er hat sich eine Freundin gesucht, aber er ist immer noch bei dir«, antwortet Sven.

»Ich meine nicht meinen Mann.«

Auf einmal erzähle ich Sven von meiner Mutter. Das ist etwas, das nur ganz wenige Menschen von mir wissen. Weil ich mich immer geschämt habe. Weil ich immer dachte, ich hätte etwas falsch gemacht, sonst wäre sie nicht einfach so gegangen. Wenn ich nur ein lieberes, braveres Kind gewesen wäre …

»Du solltest diese Schuldgefühle nicht haben«, sagt Sven. »Deine Mutter ist nicht weggegangen, weil du nicht gut genug warst. Sie hat dich geliebt …«

»Das bezweifle ich.«

»Doch, bestimmt. Aber vermutlich hat sie ihren Beruf und ihre Freiheit mehr geliebt als die Enge des trauten Heims. Du solltest ihretwegen keine Schuldgefühle haben. Ich denke sogar eher, dass sie sehr viel mehr Schuld gegenüber euch empfindet. Sicher quält sie das.«

»Ach, das glaube ich nicht. Sonst hätte sie in all den Jahren sicher versucht, Kontakt zu mir aufzunehmen.«

»Du hast doch nichts vermisst, Lisa. Nach allem, was ich über deinen Vater gehört habe, hat er doch alles getan, um dir Vater und Mutter zugleich zu sein. Wie du selber oft sagst, hattet ihr eine tiefe Beziehung und ein gutes Leben zusammen. Das haben viele ›normale‹ Familien nicht.«

Sven sieht mir wieder in die Augen, was die Schmetterlinge in meinem Bauch tanzen lässt.

»Dafür bin ich auch sehr dankbar. Und trotzdem … Ich habe immer gedacht, es lag an mir«, antworte ich. »Ich dachte, wenn ich schön brav bin … und angepasst … und gut in der Schule …, dann kommt sie vielleicht irgendwann wieder. Irgendwann wollte ich allerdings gar nicht mehr, dass sie wiederkommt. Es war zu spät.«

»Ich glaube, dieses ›brav und angepasst Sein‹ hat dich für dein ganzes Leben geprägt, Lisa. So wie ich das sehe, hast du stets versucht, für deinen Mann und deine Kinder alles zu geben. Wo bist du dabei geblieben?«, fragt er.

»Das wüsste ich auch gern«, lache ich.

»Vielleicht wird es Zeit, es herauszufinden?«, sagt Sven. Er lächelt mich an und sein Blick trifft mich mitten ins Herz.

Am Nachmittag fahren wir nach Hörnum, dem südlichsten Ort der Insel. Wir holen uns zwei Krabbenbrötchen und setzen uns auf eine Bank unterhalb des rot-weißen Leuchtturms.

»Man kann den Leuchtturm besichtigen … möchtest du?«, fragt Sven.

»Was ist denn das für eine Frage?«, lache ich.

Der Blick vom Turm über die Insel und das Meer muss spektakulär sein. Doch wir haben Pech … Man kann den Leuchtturm nur mit Führung besichtigen und die letzte war um 12 Uhr.

»Wie schade«, sage ich betrübt.

»Das holen wir nach«, bestimmt Sven und sieht mir wieder in die Augen. »Spätestens dann, wenn wir heiraten.«

Ich sehe ihn verständnislos an.

Er lacht: »Das war ein Witz. Wir sind doch beide schon verheiratet.«

Schade, denke ich und wundere mich über meine seltsamen Gedanken.

»Man kann sich da oben tatsächlich trauen lassen? Wie romantisch«, sage ich.

»Weißt du was, Lisa? Ich habe eine Idee. Bist du schon einmal um die Südspitze der Insel herumgelaufen?«

Wir laufen am Strand entlang um die sogenannte »Hörnum-Odde«, die am stärksten den Gezeiten ausgesetzt ist. Hier wird einem deutlich bewusst, wie gierig Wind und Wasser an der Insel »nagen« und sie immer kleiner werden lassen. Der Blick auf das freie Meer und die beiden Nachbarinseln Amrum und Föhr ist jedoch großartig, und wir brauchen keine Worte, weil wir wahrscheinlich dasselbe empfinden. Ich erinnere mich, dass ich schon einmal hier war, vor langer Zeit und mit meinem Vater. Der Gedanke an ihn macht mich auf einmal wieder traurig und sofort spürt Sven die Veränderung in mir. Als er vorsichtig nachfragt, gebe ich zu, wie sehr mir mein Vater doch fehlt.

»Ich wünschte, ich hätte mir mehr Zeit für ihn genommen. Ich habe oft unnütze Dinge getan, statt mit ihm einen Kaffee zu trinken oder einmal spazieren zu gehen. Manchmal habe ich einen Anruf bei ihm hinausgezögert, weil ich wusste, er würde mir nur wieder erzählen, was er heute gegessen hat oder was er auf dem Klavier gespielt hat. Er hat ja nicht mehr viel erlebt und sich immer so sehr über meinen Anruf gefreut. Ich wünschte, ich könnte noch einmal seine Stimme hören und ihm sagen, dass ich ihn liebhabe. Dass ich ihm dankbar bin, dass er immer für mich da war. Doch es geht nicht mehr, es ist zu spät …«

Ich schlucke die Tränen herunter, damit Sven mich nicht weinen sieht.

»Mir ging es mit meinem Vater genauso«, sagt er.

»Ich war immer viel zu sehr beschäftigt und habe praktisch nur gearbeitet. Mein Vater hatte einen Traum, den er sich selbst nie erfüllt und von dem er mir immer erzählt hat: Er wollte einmal mit einem Cabriolet durch die Alpen nach Italien fahren. Als er starb, wünschte ich mir so sehr, ich hätte ihm diesen Traum erfüllt. Es hätte mich nicht viel gekostet. Nur ein bisschen Zeit. Zeit, die ich mit vielen anderen Leuten verbrachte, die mir nichts bedeutet haben und zu denen ich heute nicht einmal mehr Kontakt habe. Geschäftstermine, private Urlaube … Ich selbst war natürlich in Italien, aber ohne ihn. Was meinst du, wie oft ich mir das vorgeworfen habe? Dass ich ihn viel zu selten besucht oder wenigstens angerufen habe.«

Sven sieht auf einmal auch traurig aus. »Ich glaube, so wie uns geht es den meisten Menschen, wenn sie jemanden verlieren, den sie sehr geliebt haben, Lisa. Hinterher wünscht man sich, man hätte sich mehr Zeit genommen oder wenigstens öfter gesagt, wie wichtig einem dieser Mensch ist. Ich glaube, es ist vermutlich normal, weil wir alle so sehr in unserem Alltag feststecken. Ich bin mir ganz sicher, dass dein Vater wusste, dass du ihn sehr lieb hattest, Lisa. Glaub mir, dein Vater wollte, dass du glücklich bist. Das würde er sich auch jetzt für dich wünschen …« Sven streicht mir eine Haarsträhne aus dem Gesicht und sieht mich liebevoll an.

»Ich weiß«, sage ich. »Und doch fühle ich mich mies, weil er so viel für mich getan hat und ich das Gefühl habe, dass ich ihm so wenig zurückgegeben habe. Deshalb muss ich unbedingt seinen letzten Willen erfüllen und diese Alma finden, verstehst du das?«

»Sehr gut sogar. Aber jetzt vergiss bitte einmal diese blöden Schuldgefühle. Du bist eine so liebevolle Frau, Lisa. Wer wusste das besser als dein Vater? Aus diesem Grund, vielleicht aber auch noch aus einem anderen, wollte er unbedingt, dass *du* diese Alma aufsuchst. Sie muss deinem Vater sehr wichtig gewesen sein«, sagt Sven.

»So wichtig, dass er sie nie vergessen hat. Vielleicht hat er ja wirklich etwas getan, was er später bereute. Dann konnte er es nicht mehr ungeschehen machen, weil inzwischen zu viel Zeit vergangen war. Ich vermute, er möchte Alma jetzt um Verzeihung bitten, weil er sonst keinen Frieden findet«, meint Sven.

»Das ist genau der Grund, warum ich sie unbedingt finden möchte«, sage ich. »Aber ich trete auf der Stelle. Vielleicht habe ich mir bisher nicht genug Mühe gegeben.«

»Du hast meiner Meinung nach alle Möglichkeiten ausgeschöpft. Aber ich denke auch noch einmal darüber nach. Vielleicht finden wir ja einen anderen Weg. Ich werde dir jedenfalls sehr gerne dabei helfen. Ich merke ja, wie wichtig es dir ist.«

Seit langer Zeit fühle ich mich selbst wieder ein kleines bisschen »wichtig«, weil mir so ein toller Mann wie Sven seine Aufmerksamkeit schenkt. Es ist, als würde er meine Gedanken kennen und könne sie nachempfinden, so seltsam sich das anhören mag.

Wie jedes Mal, wenn wir uns verabschieden, zögere ich den Moment hinaus, weil ich mich gar nicht von ihm trennen mag.

Kaum ist er weg, vermisse ich ihn schon. Dabei habe ich das Gefühl, dass es ihm ebenso geht. Er sieht mich oft so liebevoll an, dass mir ganz warm ums Herz wird.

Wenn wir zusammen sind, geht es mir einfach gut und ich empfinde nichts als Zufriedenheit. Ich bin mir nicht einmal sicher, ob Zufriedenheit nicht vielleicht sogar das Wichtigste im Leben ist.

Viel wichtiger als die ganz großen Glücksmomente, die so rar und so flüchtig sind.

Doch bis auf die beiden Momente, als Sven bei Wonnemeyer meine Hand nahm und mich im Heimatmuseum überraschend küsste, hat er nicht noch einmal versucht, mir näherzukommen, was mich irgendwie verunsichert. Vermutlich wollte er mich nur trösten, weil ich ihm vom Verlust meines Vaters erzählte.

Es kann mir doch ganz recht sein, dass er keine Annäherungsversuche macht, sage ich mir selbst. Wir sind nur Freunde, weiter nichts.

Schließlich will ich doch keine Affäre anfangen. Meine ganze Lebenssituation ist schon kompliziert genug, da muss ich mir nicht auch noch eine schwierige Liebesgeschichte antun.

Und doch fühle ich mich unglaublich stark von Sven angezogen, wie ich mir selbst eingestehen muss. Seine einfühlsame und ruhige Art tut mir gut und streichelt meine Seele, ohne meinen Körper zu berühren. Es ist so schön, mit ihm zu reden, zu lachen …, aber auch zu schweigen.

Doch mir ist bewusst, dass unsere »Freundschaft«, oder was auch immer das zwischen uns ist, nur eine fragile Seifenblase ist, die schon bald – am Ende des Urlaubs – verpufft sein wird.

Vielleicht ist es ja gerade das, was mich reizt. Die Tatsache, dass wir schon bald wieder getrennte Wege gehen und in unser jeweiliges Leben zurückkehren werden, macht es auch irgendwie spannend. In der Nacht liege ich im Bett und träume davon, wie Sven meine Hand gehalten hat. Wie er mich geküsst hat. Ich fühle seine weichen Lippen auf meinen und wünsche mir, dass er mich noch einmal küsst. Ich denke ständig an ihn, wie er lächelt ... mit den Augen.

Ich frage mich: Was wäre, wenn ...? Was wäre, wenn ich ihn auch einfach küssen würde? Wenn seine Hand, die meine so zärtlich berührte, meine Haut so sanft streicheln würde wie der Wind? Was wäre, wenn wir einfach alles hinter uns ließen ... und uns leichtsinnig auf eine Sommer-Liebelei einlassen würden? Die wir nach den Ferien einfach vergessen würden ...

Nein, dafür sind wir beide nicht geschaffen, schimpfe ich mit mir.

Und trotzdem träume ich voller Sehnsucht von ihm, abends im Bett, wenn der Mond durch das kleine Bullauge auf mein Kissen scheint.

»Lisa?«, weckt mich eine laute Stimme, die an die Tür vom »Spatzennest« klopft.

Emmi.

»Erstens muss ich gleich das Frühstück abräumen. Wenn Sie sich nicht beeilen, dann ist alles weg. Und zweitens hat die Gemeindeverwaltung List angerufen und nach Ihnen gefragt. Eine Frau Wolters meinte, sie hätte schon ein paar Mal die von Ihnen angegebene Handynummer angerufen, aber die müsse wohl falsch sein. Sie sollen zurückrufen.«

Mit einem Satz bin ich aus dem Bett. Nach einer kurzen Katzenwäsche rufe ich sofort Frau Wolters zurück, noch ehe ich unten beim Frühstück bin.

Frau Wolters fragt, ob ich nach List kommen könne. Natürlich kann ich das.

Elke und Tanja sitzen verschlafen beim Frühstück. Ob sie auch der militärische Weckruf hierhergeführt hat?

»Was machen die Traummänner?«, frage ich belustigt. Ich bin in Hochstimmung: Erstens wegen der vergangenen Tage mit Sven und zweitens, weil es offenbar eine Spur zu Alma gibt.

Tanja verdreht die Augen und macht eine Bewegung mit dem Daumen nach unten.

»Ich glaub, das wird in diesem Urlaub nix mehr. In ein paar Tagen geht es nach Hause«, lacht Elke, deren Laune offenbar durch nichts zu erschüttern ist.

»Aber was soll's? Wir hatten unseren Spaß. Es hätte ja durchaus sein können, dass man einmal einen tollen Kerl trifft. Es sollte wohl nicht sein, dass ich hier jemanden finde. Ob ich mich mal bei einer Partnerbörse im Internet anmelden soll?«, fragt sie sich scheinbar selbst.

»Wenn das für dich der richtige Weg ist … Es finden sich ja viele Paare heutzutage im Netz. Ich bin allerdings mehr für das persönliche Kennenlernen«, antworte ich.

Dabei hätte ich der sympathischen Frau eine neue Liebe wirklich von Herzen gegönnt.

Mir fällt ein, was sie mir neulich über das Ende ihrer Ehe erzählt hatte. Ihr Mann Rolf saß monatelang nur mit der Bierflasche vor dem Fernseher und stand allen Vorschlägen seitens Elke, doch mal wieder etwas gemeinsam zu unternehmen, resistent und uninteressiert gegenüber.

Auf einmal war Rolf kaum noch daheim und der Platz vor dem Fernseher verwaist. Rolf war angeblich nur noch im Fitness-Studio, er kaufte sich neue Kleidung und einen teuren Duft. Elke wurde misstrauisch und schnüffelte ihm nach. Als sie herausfand, dass er seit Monaten ein Verhältnis mit einer anderen hatte, stellte sie ihn vor die Wahl: »Sie oder ich.«

Rolf überlegte eine ganze Weile und fragte dann: »Bis wann willst'n das wissen?«

Am selben Tag packte Elke ihre Sachen und zog aus. Doch viel mehr Glück hatte sie seither nicht in der Liebe.

»Apropos ›persönliches Kennenlernen‹ ... Hast du eigentlich den Strandkorb-Mann mal wieder gesehen?«, fragt Tanja.

»Oh ja.« Und schon erzähle ich von unserer Begegnung in der »Kupferkanne« und davon, dass wir uns inzwischen schon ein paar Mal getroffen haben.

»Das darf nicht wahr sein ... Wir rüschen uns jeden Abend auf und geben alles, um einen Typen zu finden ... und du? Benimmst dich wie ein Volltrottel – Entschuldige, aber ist doch wahr. – Und ausgerechnet *du* kriegst einen Kerl an die Angel.«

Obwohl Elke und Tanja lachen, kann ich doch erkennen, dass sie neidisch sind. Mir fällt wieder ein, was Uwe gestern über die neidischen Frauen erzählt hat, und ich weiß auf einmal, was er meint.

»Moment mal, von ›an der Angel haben‹ kann ja wohl kaum die Rede sein«, verteidige ich mich. »Zwischen uns ist nix. Wir gehen nur spazieren ...«

»Ja, ja ...›spazieren‹«, lacht Elke und zwinkert verschwörerisch. »Genieße es doch einfach. Das Leben ist zu kurz, um Trübsal zu blasen. Und denke daran, was dein Mann wohl gerade macht.«

Mein Mann ... Andreas. An ihn habe ich in der Tat sehr selten gedacht.

»Moin.« Johann hebt leicht die Hand zum Gruß.

Ich sehe ihm zu, wie er langsam über die Wiese auf sein Haus zugeht. Sein Gang ist wieder schwankend, die Schultern hängen müde herunter. An der Tür empfängt ihn Emmi und nimmt ihn liebevoll am Arm. Die beiden gehen hinein und die Tür schließt sich.

Ich wundere mich.

Normalerweise ist Johann um diese Zeit immer in seinem Kiosk. Ob er wirklich krank ist? Hoffentlich nicht. Vielleicht muss er ja zum Arzt?

Emmi wird sich sicher um ihn kümmern. Wie gut, dass sie da ist.

Ich nehme mir vor, später einmal nach ihm zu sehen. Aber erst muss ich nach List.

Auf der Gemeindeverwaltung in List erfahre ich zu meiner Enttäuschung nicht allzu viel über Alma. Nur, dass sie von 1972 bis 1985 in der Dünenstraße gelebt hat, danach ist sie offenbar unbekannt verzogen.

Doch die nette Frau Wolters, der ich die Geschichte der geheimen Liebe meines Vaters erzählt habe, will mir helfen.

»Im Süderhörn wohnt eine alte Dame … Frau Brodersen. Sie hat schon immer auf Sylt gelebt und kennt ziemlich sicher auch Ihre Alma«, verrät sie mir und zwinkert mir »Viel Glück« zu.

Das Haus von Frau Brodersen ist schnell gefunden. Es ist ein kleiner Klinkerbau mit einem gepflegten Vorgarten.

»Guten Tag, Frau Brodersen. Bitte entschuldigen Sie die Störung. Ich komme gerade von Frau Wolters von der Gemeindeverwaltung. Sie meinte, Sie kennen hier alle Leute und ich suche jemanden, der vor vielen Jahren ganz in der Nähe von Ihnen gewohnt hat. Vielleicht können Sie mir ja weiterhelfen?«, frage ich die kleine, ältere Dame.

Doch Frau Brodersen ist nicht sehr gesprächig. Sie sieht mich misstrauisch an, als ich mich vorstelle und nach Alma frage. Sie bittet mich nicht einmal herein, und so bleiben wir an der Tür des alten Friesenhäuschens stehen.

»Warum wollen Sie wissen, was aus Alma geworden ist?«, fragt die zierliche Frau Brodersen.

Ich erzähle von meinem Vater und seinem letzten Wunsch.

»Die beiden müssen sich sehr nahegestanden haben«, erkläre ich.

»Es war ihm wichtig, dass ich Alma etwas überbringe.«

»So, so. Sehr nahegestanden …«

Frau Brodersen macht ein nachdenkliches Gesicht.

»Wann soll das gewesen sein?«, fragt sie schließlich.

»Im Sommer 1980, denke ich.«

»Denken Sie. Wissen tun Sie es aber nicht genau? Ihr Vater wird Ihnen doch davon erzählt haben, wenn Sie seine Bitte erfüllen sollen?«

Frau Brodersen traut mir nicht, das sehe ich.

»Es tut mir leid, ich kann Ihnen nicht helfen«, sagt sie auf einmal.

»Oh …, wie schade«, antworte ich und versuche, mir meine Enttäuschung nicht anmerken zu lassen.

»Ich weiß nur, dass Alma vor vielen Jahren von einem Mann das Herz gebrochen wurde. Sie war so ein Sonnenschein … Doch danach war sie nicht mehr dieselbe«, sagt Frau Brodersen auf einmal. »Wenn dieser Mann Ihr Vater gewesen sein sollte, würde Alma ganz sicher kein Lebenszeichen von ihm wollen.«

Sie seufzt, dann setzt sie plötzlich doch noch hinzu: »Alma hat ein paar Jahre später nach Dänemark geheiratet. Ich weiß nicht, was aus ihr wurde. Wir haben uns nicht wiedergesehen. Tut mir wirklich leid. Tschüß«, sagt sie, und noch bevor ich mich für diese dürftige Information bedanken kann, geht sie in ihr Haus zurück und schließt die Tür hinter sich.

Sie hat ja recht, denke ich. *Was* will ich eigentlich hier? Wenn mein Vater tatsächlich Alma verlassen und somit ihr Herz gebrochen hat (und davon muss ich im Moment leider ausgehen), ist es verständlich, dass sie nichts mehr von ihm wissen will. Was hat er sich nur dabei gedacht, mir diese Aufgabe zu übertragen.

Auf einmal finde ich die romantische Geschichte dieser geheimnisvollen Liebe gar nicht mehr so romantisch und schön, sondern nur noch peinlich. Ich bin niedergeschlagen und nicht einmal das leckere Fischbrötchen am Lister Hafen vermag mich aufzumuntern.

Neben mir sitzt ein älteres Paar auf der Bank, das sich an einem leckeren Eis erfreut. Sie genießen stillschweigend ihr Mahl, ohne zu reden. Ein stilles Glück.

»Sag mal, Hans-Joachim, der Seenotrettungskreuzer da drüben, der heißt Pidder Lüng«, sagt die Frau auf einmal. »Weißt du, was das bedeutet oder wer das ist?«

»Keine Ahnung«, antwortet er.

Die beiden sehen nicht so aus, als würden sie alles, was sie nicht wissen, bei »Google« nachschauen, darum mische ich mich ein: »Ich weiß, wer Ihnen ganz wunderbar die Geschichte von ›Pidder Lüng‹ erzählen kann. Machen Sie einen kleinen Spaziergang in Kampen durch die Heide zum Watt. Wenn Sie am ›Heidekiosk‹ vorbeikommen, fragen Sie nach Johann Johannsen. Er weiß, wer Pidder Lüng war ...«

»Oh, wie nett ... Das machen wir«, freuen sich die beiden. Sie bedanken sich für den Tipp, lächeln mich freundlich an und winken mir noch nach, als ich wieder zu meinem Rad zurückgehe.

Wie zufrieden das Paar auf mich gewirkt hat. Es herrschte ein harmonisches Einverständnis zwischen den beiden, eine heitere Gelassenheit, wie sie nur Paare haben, die schon lange zusammen sind.

Warum ist es Andreas und mir nicht gelungen, diesen Zustand gemeinsam zu erreichen?

Warum können wir nicht ganz gemütlich miteinander alt werden?

Diese Gedanken machen mein Herz auch nicht wirklich froh.

Ich bin niedergeschlagen, weil ich es nicht geschafft habe, den letzten Willen meines Vaters zu erfüllen. Was will ich eigentlich noch hier? Am besten, ich breche meine Zelte ab und fahre nach Hause.

Doch bei diesem Gedanken werde ich noch trauriger, denn was ich dort mit meinem Leben anfangen soll, weiß ich noch viel weniger.

Plötzlich klingelt mein Handy ... Es ist Sven.

Mein Herz klopft so laut, dass ich hoffe, dass man es nicht hören kann.

»Lisa, wie geht es dir?«, fragt seine samtweiche Stimme, die mir sofort ein Kribbeln in der Magengrube beschert.

»Im Moment würde ich mich am liebsten ins Meer stürzen«, antworte ich wahrheitsgemäß.

»Aber doch hoffentlich nur, um darin zu baden? Alles andere wäre doch wirklich mehr als bedauerlich. Um nicht zu sagen: eine Tragödie«, nimmt er mich auf den Arm.

Ich muss lächeln, denn es geht mir schon viel besser, und das nur, weil ich seine Stimme höre.

»Schön, dass du anrufst«, sage ich darum und schließe die Augen, damit ich mich noch besser auf seine Samtstimme konzentrieren kann.

»Ich denke an dich, Lisa. Den ganzen Tag schon …« Sven lacht verlegen.

Ich verrate ihm nicht, dass es mir genauso geht. Dass es mir jeden Tag so geht, seitdem ich das erste Mal das Lächeln in seinen Augen gesehen habe.

»Was hältst du davon, wenn wir heute Abend Essen gehen?«, fragt er mich plötzlich. »Ich würde dich gerne einladen, denn mein Geschäftstermin lief ausgesprochen gut.«

»Tja, wenn das so ist …«, lache ich. »Dann müssen wir das ja feiern. Wo möchtest du denn gerne hin?«

»Um ehrlich zu sein, bin ich nicht ganz so vertraut mit den feinen Lokalen hier auf der Insel. Bis jetzt war ich meist beim Fisch-Imbiss«, lacht er.

Da geht es ihm wie mir. Ich liebe diese unkomplizierte und ungezwungene Atmosphäre dort. Man muss sich nicht schick machen, sondern kann gleich direkt vom Strand aus Essen gehen und dabei aufs Meer sehen.

»Heute Abend soll es aber etwas Besonderes sein. Ich lasse mir etwas einfallen und hole dich um 19 Uhr ab. Wäre das in Ordnung für dich?«

»19 Uhr? Ja, das lässt sich einrichten«, lache ich.

Als ob ich den ganzen Tag Termine hätte. Dabei freue ich mich riesig. Der Tag ist auf einmal so viel heller und schöner als noch vor wenigen Minuten. Den Gedanken, dass dies ja eine richtige »Verabredung« sein könnte, schiebe ich ganz weit nach hinten.

Mein Heimweg führt mich wie meist an Johanns »Heide-Kiosk« vorbei. Doch da ist niemand … Es hängt ein selbst geschriebenes Schild an der Tür: »Wegen Krankheit geschlossen.«

Oh nein, also ist Johann offenbar doch ernsthaft krank.

Niemals sonst würde er freiwillig den »Heide-Kiosk« geschlossen halten.

Ich muss unbedingt nach ihm sehen, denn der alte Mann ist mir in der letzten Zeit sehr ans Herz gewachsen.

Kurz darauf klopfe ich an der Tür zu seinem Haus. Drinnen höre ich Johanns laute Stimme, jedoch kann ich keine Antwort hören. Er scheint zu telefonieren und überdies sehr aufgebracht zu sein: »Ich hab euch schon 100.000 Mal gesagt, dass ich *nicht* verkaufe. Ich gebe mein Grundstück nicht her, damit hier so ein blödes Golfhotel gebaut werden kann. Wann kapiert ihr das endlich? Mit Geld lasse ich mich nicht einfangen. Das brauche ich nicht mehr. Das ›Heidehüs‹ und der ›Heide-Kiosk‹ werden bleiben, solange ich lebe. Und wenn ich mal nicht mehr bin …, bevor *ihr* es bekommt, vermache ich alles der Kirche.«

Wen meint er denn mit »ihr«? Nils vielleicht? Hat er eine Frau oder Freundin? Oder macht er gemeinsame Sache mit Ole Jensen? Es ist ziemlich eindeutig, dass Nils große Geldprobleme hat und von einem Erbe nur profitieren kann. Ich bin mir ziemlich sicher, dass Nils keine Skrupel hätte, den Grund an die Immobilienfirma von Ole zu verkaufen. Dann hätte er seine Schäfchen im Trockenen.

Ich muss grinsen, als ich die Worte von Johann: »Bevor *ihr* es bekommt, vermache ich alles der Kirche«, vernehme. Das klingt ganz nach Johann.

Rüm Hart. Er ist ein aufrechter, stolzer Mann, der weiß, was er will und sich die Butter nicht vom Brot nehmen lässt.

Was wird jedoch geschehen, wenn Johann einmal wirklich »nicht mehr ist«? Ich hoffe sehr, dass er noch lange lebt und sich sowohl an seinem Haus als auch am »Heide-Kiosk« erfreuen kann.

Er öffnet mir mit tiefen Schatten unter den Augen. Er

sieht leicht verwirrt aus, die Haare sind zerzaust und sein Gesicht hat eine unnatürlich rote Farbe. Sicher die Aufregung. Und nun komme ich auch noch an.

»Entschuldigen Sie bitte die Störung«, sage ich daher. »Aber ich war am ›Heide-Kiosk‹ und habe das Schild gelesen …«

»… und da hast du den ollen Johann und seinen Tee vermisst, nicht wahr, min Deern?«

Emmi taucht auf und will Johann ins Innere des Hauses ziehen. »Du solltest dich doch hinlegen, Johann«, sagt sie vorwurfsvoll.

»Das mach ich doch gleich«, antwortet er ihr mit einem Lächeln. »Aber erst trinken wir beide eine schöne Tasse Tee …, die Bodensee-Deern und ich. Bringst du uns welchen, Emmi?«

Unter lautem Gezeter bewegt sich Emmi widerwillig in die Küche und Johann bittet mich auf die Terrasse.

»Frauen«, schimpft er. »Immer meinen sie zu wissen, was gut für einen ist.«

Ich lächle ihn an und sage: »Es ist doch schön, dass Sie jemanden haben, der sich um Sie kümmert.«

»Oh ja, die Emmi kümmert sich schon. Sie meint es ja gut mit mir …« Er macht eine kleine Pause. »Manchmal ein bisschen ›zu gut‹. Wir sind schließlich nicht verheiratet.«

Warum eigentlich nicht?, frage ich mich im Stillen.

Mal abgesehen davon, dass sie nicht unbedingt wirklich zusammenpassen, hat er in Emmi doch eine große Stütze hier im Haus.

Sicher konnte Johann seine Annemarie nicht vergessen und wollte sie nicht einfach durch eine andere ersetzen.

»Was für ein fantastischer Ausblick«, sage ich. Das Leuchten der Heide in der Sonne des späten Nachmittags berührt mein Herz. »Ich konnte mich gar nicht mehr daran erinnern. Dabei hat mein Vater doch so oft davon erzählt.«

»Dein Vater?«, fragt mich Johann.

Als uns Emmi den Tee einschenkt, lädt er sie ein, sich doch auch zu uns zu setzen. Doch Emmi lehnt ab, weil sie noch einkaufen und das Abendessen vorbereiten muss.

»War er denn auch schon auf Sylt?« Johanns Hand zittert, als er die Tasse zum Mund führt.

»Aber ja«, erzähle ich.

»Wir haben doch in Ihrem Haus Ferien gemacht, als ich noch ein Kind war. Mehrere Sommer hintereinander. Das ist der Grund, warum ich wieder hier bin«, strahle ich ihn an.

»So?«, fragt Johann.

Bei den vielen Menschen, die in den vergangenen Jahrzehnten hier Urlaub gemacht haben, kann er sich sicher nicht an jeden Namen und jedes Gesicht erinnern.

»Wie ist ... bzw. war denn der Name deines Vaters?«

»Heinz Hoffmann. Aber ich denke nicht, dass Sie sich an ihn oder uns erinnern werden.«

Johann denkt eine ganze Weile nach, dann wiederholt er: »Heinz Hoffmann?«

Er blickt nachdenklich in die Ferne, fast, als würde ihm dort das Gesicht meines Vaters erscheinen. »Oh doch. Ich erinnere mich. Sogar sehr gut«, sagt er plötzlich.

»Wirklich? Mein Vater hat Sylt so sehr geliebt. Es ist so schade, dass wir nie wieder zusammen hiergekommen sind.«

»Nein, das ist es nicht«, sagt Johann und sein Gesicht nimmt einen ernsten Ausdruck an.

»Es war besser so. Gut, dass Heinz Hoffmann *nie* wiedergekommen ist.«

Ich traue mich fast nicht zu fragen, doch ich *muss* es wissen: »Warum ist es gut, dass mein Vater nie wieder hier war?«

Doch Johann schweigt und blickt nur ausdruckslos in die Ferne ...

In diesem Moment betritt Emmi den Raum und ich habe das Gefühl, als habe sie an der Tür gelauscht.

»Nun ist es aber Zeit. Johann, du musst dich wirklich hinlegen. In einer Stunde kommt Doktor Detlefsen und bis dahin musst du unbedingt noch ruhen.«

Zu mir gewandt sagt sie: »Bitte entschuldigen Sie, Lisa. Aber Johann ist wirklich sehr angeschlagen. Vielleicht kommen Sie ja ein andermal wieder.«

Ich verabschiede mich von Johann, doch er beachtet mich nicht. Es kommt mir so vor, als sei er in der Welt seiner Erinnerungen versunken.

Nachdenklich lege ich mich im »Spatzennest« auf mein Bett und denke über Johanns seltsames Verhalten nach.

Was ist hier los? Was ist geschehen, dass es besser war, dass mein Vater nie wieder in dieses Haus nach Sylt gekommen ist? Ob er am Ende der geheimnisvolle Liebhaber Annemaries war?

Das kann doch nicht sein: Wir waren zuletzt vor 36 Jahren hier. Annemaries schrecklicher Unfall ist 10 Jahre her. Damals wurde ihr eine Liebschaft angedichtet. Das kann jedoch unmöglich mein Vater gewesen sein.

Und doch hat etwas, das in Verbindung mit meinem Vater steht, Johann sehr verärgert. Das konnte ich seinem Verhalten mehr als deutlich entnehmen. Was kann das nur gewesen sein?

Während ich noch grüble, stelle ich fest, dass es höchste Zeit ist, mich für die Verabredung mit Sven fertig zu machen. Was ich anziehen werde, steht ja schon fest: das neue weiße Kleid.

Das Wetter könnte nicht besser dazu geeignet sein. Es ist ein wunderschöner Sommerabend und noch immer herrlich warm. Selbst der typische Wind ist heute warm und angenehm, sodass ich nachher nur ein kleines Strickjäckchen mitnehmen muss. Das einzige Problem sind die Schuhe. Am besten würden natürlich hohe Pumps zu dem Kleid passen, doch die habe ich nicht dabei. Somit müssen eben die obligatorischen Ballerinas herhalten, was den Gang nicht unbedingt schöner macht.

Warum mache ich mir darüber überhaupt Gedanken? Das hier ist schließlich kein Date. Sven möchte einen Geschäftserfolg mit mir feiern, nichts weiter.

Nun muss ich mich aber beeilen, ich habe nur noch eine halbe Stunde im Bad. Doch die Tür ist verschlossen ... Mist. Wahrscheinlich ist Elke darin oder Tanja ... oder alle beide. Sicher haben sie wieder vor, auszugehen. Bis jetzt hatte ich ja überhaupt kein Problem damit ..., aber ausgerechnet heute möchte ich selbst gerne einmal das Bad benutzen.

Ich klopfe an die Tür, zuerst zaghaft, dann etwas lauter.

Niemand antwortet. Kein Wunder, drinnen rauscht der Fön.

Doch so schnell gebe ich nicht auf. Ich klopfe weiter, in der Hoffnung, dass mich bald jemand hören wird.

Meine Hoffnung wird jedoch erst nach einer Viertelstunde erfüllt. Tanja steckt den Kopf mit dem frisch gewaschenen Schopf aus der Tür und fragt beleidigt: »Was ist denn los? Kann man nicht mal in Ruhe duschen?«

Mir kommen beinahe die Tränen. »Tanja, es geht um Leben und Tod. Ich werde in einer Viertelstunde abgeholt ... von dem Strandkorb-Mann.«

»Oh. Sag das doch gleich. Das ist ja ein Notfall.« Mit einem Satz hüpft sie pudelnackt aus der Tür. »Bedien dich ruhig an meinen Schminksachen«, grinst sie. »Ich werde den jungen Mann inzwischen ein wenig unterhalten.«

Das hatte ich befürchtet.

So schnell ich kann, hüpfe ich unter die Dusche und male mich an. Bei der Wärme, die inzwischen hier drinnen durch das ständige Duschen und Föhnen entstanden ist, verläuft jedoch das ganze Make-up in Sekundenschnelle.

Mist, und heute wollte ich einmal gut aussehen. Es bleibt keinerlei Zeit, um die Haare zu glätten, doch die wilde Mähne steht mir gar nicht so schlecht.

Das weiße Kleid passt wie erwartet wunderbar zu meinem goldenen Teint …, na bitte. Geht doch.

Ich schlüpfe in die Ballerinas, schnappe meine Tasche und renne die Treppe herunter. Vor der Tür steht ein großer, schwarzer Mercedes mit Hamburger Kennzeichen. Ob das Svens Wagen ist? Durch den Aufenthaltsraum kann ich auf die Terrasse sehen. Dort sitzt Sven, umrahmt von Emmi, Tanja und Elke, die ihn anlächeln. Tanja kann es nicht lassen, ihre schwarze Mähne nach hinten zu werfen und verführerisch ein Bein über das andere zu schlagen. Emmi gießt Sven aus einem großen Krug eisgekühltes Wasser ein und Elke setzt sich so kerzengerade hin, dass ihr beachtliches Dekolleté zur Geltung kommt. Doch eigentlich habe ich nur Augen für ihn. Sven sieht so gut aus heute Abend. Auch seine Haut hat eine wunderbare Tönung angenommen, was sein helles Haar und die blauen Augen nur noch mehr hervorhebt.

Er trägt ein weißes Hemd, dessen Ärmel lässig nach oben gekrempelt sind, und schwarze Jeans, dazu teure Lederschuhe. Er hat sich schick gemacht, denke ich. Extra für mich.

Ich bleibe stehen und sehe ihn einen Augenblick nur an.

Da entdeckt er mich, als habe er meinen Blick gespürt, und für einen kurzen, wunderbaren Moment treffen sich unsere Augen.

Dann steht er auf und geht mir entgegen.

»Lisa. Du siehst toll aus«, sagt er und nimmt meine Hand.

»Donnerwetter. Ist das etwa das Kleid aus dem Ausverkauf?«, scherzt Elke. »Erstaunlich. Fast so erstaunlich wie die Tatsache, dass du in dieser kurzen Zeit das Bad verlassen konntest«, lacht Tanja.

Doch ich sehe ihr an, dass es ihr lieber gewesen wäre, wenn ich noch eine Weile gebraucht hätte und sie noch mehr Zeit mit dem gut aussehenden Mann neben mir hätte verbringen können.

Meiner Verabredung, denke ich stolz.

Wir wünschen den Damen einen schönen Abend und gehen hinaus in den herrlichen Sylter Abend.

»Ich dachte, wir versuchen es einmal im Fährhaus«, schlägt Sven vor, als wir im Auto sitzen. »Da soll es sehr gut sein, habe ich gehört.«

Ich genieße die Fahrt durch das bezaubernde Braderup nach Munkmarsch, wo sich das »Fährhaus« am Hafen befindet.

Ich weiß, dass es sich hierbei um ein Luxus-Hotel handelt und denke voller Entsetzen an meine alte Handtasche und die biederen Ballerinas. Doch sowohl im »Fährhaus Restaurant«, als auch in der »Käpt'n Selmer Stube«, die sich in dem weißen Holzhaus im viktorianischen Stil mit geschnitzten Giebeln befindet, gibt es kein einziges freies Plätzchen für uns. Man sieht uns befremdet an, weil wir nicht reserviert haben.

Doch mir macht das nichts aus, ich würde überall mit

Sven hingehen. Zum Essen natürlich. Dabei grummelt mein Magen schon wieder so merkwürdig, wahrscheinlich bekomme ich gar keinen Bissen hinunter.

Wir versuchen es noch bei ein paar anderen Restaurants, von denen Sven »nur Gutes« gehört hat ... Im Seepferdchen »Samoa«, bei Jörg Müller, in der »Alten Friesenstube«, im Landhaus Stricker und im Hotel »Stadt Hamburg«. Doch nirgends gibt es einen freien Tisch.

»Ich Idiot. Ich hätte reservieren sollen. Wie blöd kann man sein? Es ist doch Hauptsaison«, sagt Sven zerknirscht. »Dabei wollte ich dich so gerne heute einmal richtig schön ausführen.«

»Ach, das ist doch gar nicht schlimm«, sage ich. »Wenn ich ehrlich bin, machen mich diese feinen Restaurants nur nervös. Und Hunger habe ich auch keinen großen ...«

»Trotzdem. Es sollte so ein schöner Abend werden und ich habe alles vermasselt.«

Sven ist wütend auf sich selbst, das sehe ich. Dabei macht es mir wirklich nichts aus, dass wir jetzt »nur« durch die Fußgängerzone schlendern, statt in einem Gourmet-Restaurant feine Speisen zu dinieren.

Der Abend ist so herrlich, überall sitzen die Menschen glücklich vor den kleinen Lokalen und freuen sich an den sommerlichen Temperaturen, die schon fast südländisch anmuten und sicher auf Sylt nicht allzu oft zu genießen sind.

In der Musikmuschel auf der Promenade haben sich ca. 20 Männer in weißen Hosen und blau-weißen Fischerhemden und Elbseglermützen, wie sie auch Johann trägt, versammelt. Das muss der Sylter Shanty-Chor sein. Kraftvolle dunkle Männerstimmen singen Lieder von der Seefahrt und dem großen, weiten Meer und werden von den zahlreichen Zuhörern begeistert beklatscht.

»Ich habe eine Idee«, sagt Sven plötzlich und seine Miene hellt sich auf. »Wollen wir ein wenig zum Strand hinuntergehen und den Sonnenuntergang anschauen? Für einen Restaurantbesuch ist es inzwischen zu spät, fürchte ich.«

»Sehr gerne.« Ich freue mich. Am Meer ist es doch an diesem herrlichen Abend sowieso viel schöner als in irgendeinem Lokal.

»Würde es dir etwas ausmachen, schon vorzugehen?«, fragt Sven, als wir bereits an der Promenade sind. »Ich sollte noch … du weißt schon.«

»Natürlich nicht. Ich suche mir ein Plätzchen in einem der Strandkörbe und werde meinen Schal heraushängen, damit du mich findest«, grinse ich.

Sicherheitshalber habe ich meinen pinkfarbenen Pashmina-Schal mitgenommen. Auf Sylt kann man ja nie wissen, ob nicht doch zu später Stunde der Wind um die Ecken pfeift.

Nachdem ich ein Plätzchen in einem der schneeweißen Strandkörbe gefunden habe, hänge ich ihn an der Seite heraus, damit Sven mich nicht lange suchen muss. Außer uns sind unglaublich viele Menschen auf die Idee gekommen, den wunderbaren Abend am Strand zu verbringen, denn die Strandkörbe sind fast alle besetzt.

Hinter mir auf der Promenade höre ich die tiefen Männerstimmen des Sylter Shanty-Chors aus der Musikmuschel. »Sonne über Sylt«, singen sie und das wundervolle, romantische Lied berührt mich zutiefst.

Die Sonne steht schon ziemlich tief und fast befürchte ich, dass Sven den Sonnenuntergang nicht miterleben wird, so lange, wie er wegbleibt. Ob er jemanden getroffen hat? Oder mich nicht findet … trotz des flatternden Schals?

Doch da ist er ja … bepackt mit einer großen Tüte.

»Wie gut, dass in Westerland die Geschäfte so lange auf haben«, sagt er. »Das nenne ich touristenfreundlich.«

»Was hast du denn alles eingekauft?«, lache ich, als er die große Tüte auspackt.

»Räucherfisch. Krabben- und leckeren Heringssalat. Käse, Weintrauben, Baguette ... und ... Wein. Und Schokolade zum Nachtisch.«

Sven hat an alles gedacht, sogar an Plastikbesteck und Becher und Teller, die er im Fischimbiss zu seiner Ware dazubekam.

»Wow. Ich liebe Picknick«, freue ich mich.

Die Sachen sind so lecker, dass kein Gourmetrestaurant der Welt mithalten könnte.

Besonders bei dieser Kulisse. Der Sonnenuntergang ist so schön, dass er schon fast kitschig ist. Der weiße Sand leuchtet hell im sanften Schein der roten Sonne, die eben im Meer versinkt. Um uns herum stehen die Leute auf und fotografieren mit ihren Handys. Ich lasse mein Handy stecken und möchte stattdessen diesen Moment für immer in meinem Herzen behalten.

Schon bald, nachdem die Sonne untergegangen ist, wird der Strand auf einmal leer. Die meisten Leute scheinen also nur wegen des Sonnenuntergangs hier gewesen zu sein und gehen nun nach Hause oder kehren in eines der vielen hübschen Lokale auf dem Heimweg ein.

Stille senkt sich über das Meer und den noch immer von der Hitze des Tages warmen Strand. Sven und ich sitzen nach wie vor im Strandkorb, weil wir uns nicht lösen können vom sanften Rauschen der Wellen, von denen ich mich am liebsten in den Schlaf wiegen lassen möchte.

Sven schiebt einen anderen Strandkorb an unseren heran, so dass wir nun beinahe ein kleines »Strandhaus« haben.

Ich bin leicht beschwipst von dem köstlichen Wein und fühle mich leicht und beschwingt wie schon lange nicht mehr. Ich bin aufgeregt an der Seite dieses attraktiven Mannes, der mir immer wieder tief in die Augen sieht und wie zufällig meine Hand berührt. Die Spannung zwischen uns ist derart intensiv, dass ich sie spüren kann. Gleichzeitig fühle ich mich beschützt in unserem »Strandhaus«, wie in einem Kokon, der den Rest der Welt ausgesperrt hat.

Auf einmal nimmt Sven meine Hand, was mir eine Gänsehaut verursacht.

»Du bist eine ganz besondere Frau, Lisa. Und ich mag dich, sehr sogar«, sagt er und sieht mir direkt in die Augen. Sein Blick geht mir tief unter die Haut. »Ich hätte nicht gedacht, dass ...«

»Was hättest du nicht gedacht?« frage ich ihn, als er nicht weiterspricht, und lächle.

»Als ich nach Sylt gekommen bin, wollte ich eigentlich nur die Geschäftstermine hinter mich bringen und ein bisschen am Strand chillen. Eine Frau kennenzulernen, war nicht geplant.«

Mir geht es ganz genauso. Verlieben stand auch bei mir nicht auf dem Plan. Und doch flattern die Schmetterlinge wie verrückt in meinem Bauch.

»Die letzten Tage waren das Beste, was ich in der ganzen letzten Zeit erlebt habe«, sagt Sven.

Sanft streichelt er mit seiner Hand über meine. Dann lässt er sie plötzlich los, streicht über mein Haar und mein Gesicht. Als er mich endlich küsst, vergesse ich alles um mich herum ... sogar den schönen Strand und das weite Meer.

Sven streichelt sanft mein Gesicht, meinen Hals, meine Arme, was ein Prickeln auf meiner Haut verursacht. Ich möchte, dass er nicht aufhört damit und schließe genießerisch die Augen.

Wann habe ich zuletzt dieses intensive zärtliche Gefühl gespürt? In den ganzen letzten Jahren war niemand so liebevoll zu mir, vor allem Andreas, mein Ehemann, nicht.

»Lass uns baden gehen«, sagt Sven plötzlich und löst sich aus meinen Armen.

»Baden? Jetzt?«, frage ich irritiert.

Ich möchte lieber in seinen Armen liegen und mich streicheln lassen.

Es ist mittlerweile dunkel und das Meer rauscht in sanften Wellen wie dunkle Seide auf uns zu.

»Ja, komm. Es ist wunderbar ... du wirst sehen«, lacht Sven.

»Aber ich habe keinen Badeanzug dabei ...«, gebe ich zu bedenken.

»Den brauchst du hier nicht.« Schon ist er bis auf den Slip ausgezogen.

Er sieht so gut aus, so unfassbar sexy mit seinen breiten Schultern und den schmalen Hüften.

Ich denke nach, aber nur ganz kurz. Wann habe ich zuletzt so etwas Verrücktes getan? Habe ich überhaupt schon einmal so etwas Verrücktes getan? Hastig ziehe ich das Kleid aus und werfe es achtlos in den Sand.

Sven lässt auch noch seinen Slip fallen und ich tue es ihm gleich.

Er nimmt mich bei der Hand, betrachtet mich und sagt zärtlich: »Du bist wunderschön.«

Als er die Worte ausspricht, empfinde ich sie auf einmal auch.

Dann laufen wir beide los und stürzen uns wie die Kinder in die Wellen. Das Meer fühlt sich kühl auf der Haut an, doch nicht so kalt wie erwartet. Es ist herrlich und ich fühle mich wunderbar jung.

Nach ein paar Minuten lassen wir uns von den Wellen zum Strand zurücktragen.

An Land ist mir aber nun doch kalt und ich klappere mit den Zähnen. Natürlich haben wir kein Handtuch dabei und müssen uns von der glücklicherweise immer noch warmen Abendluft trocknen lassen.

»Ich glaube, ich muss dich wärmen«, grinst Sven und zieht mich an sich.

Er küsst mich so leidenschaftlich, dass mir tatsächlich ganz heiß wird. Noch bevor ich darüber nachdenken kann, ob es richtig ist, was wir gerade tun, sinken wir in den weichen Sand. Seine zärtlichen Hände sind überall auf meinem Körper und er küsst mir das Salz von den Lippen. Ich liege ihn seinem Arm, höre seine zärtliche Stimme und atme den männlichen Duft seiner Haut, der verführerischer ist als Schokolade. Ich möchte Sven einatmen, fühlen, in mir spüren.

Auf einmal gibt es nur noch uns, den riesengroßen Himmel, den weiten Strand und das endlose Meer. Als wir uns endlich vereinen, bin ich so glücklich wie nie zuvor.

12. KAPITEL:
DAS ENDE?

Lange kann ich nicht einschlafen, weil ich so verwirrt bin. Wie hat Sven so schön gesagt: »Eine Frau kennenzulernen war nicht geplant.«

Auch ich hätte als Letztes erwartet, einen Mann wie Sven zu treffen. Verlieben stand nicht auf dem Plan. Und nun?

Ich kann an nichts anderes denken als an ihn. Und unsere wunderschöne Nacht am Strand, als er mich immer wieder zärtlich gestreichelt hat. Meine Haut riecht nach seiner, am liebsten würde ich mich nie mehr waschen.

Wenn ich an Elke, Tanja und unser gemeinsames Bad denke, ist dieser Gedanke ja auch gar nicht so abwegig.

Unruhig wälze ich mich hin und her. Als ich endlich eingeschlafen bin, wecken mich Stimmen, die aus dem Garten zu kommen scheinen. Diesmal sind sie jedoch nicht laut, sondern leise und verschwörerisch. Zuerst halte ich es für einen Traum, doch es sind eindeutig zwei Männer, die sich unterhalten. Ich recke mich aus dem kleinen Bullauge, kann jedoch niemanden erkennen. Ob das wieder Nils mit dem unbekannten Mann ist? Ist es etwa Ole Jensen und die beiden hecken etwas Heimtückisches aus?

Ich kann nicht anders, ich schlüpfe in die Sachen, die direkt vor dem Bett liegen, und schleiche die Treppe herunter.

Doch zu spät. Im Garten ist niemand mehr ...

Auf dem Hof steht ein knallroter Sportwagen, der eben

noch nicht da war. Ob neue Gäste angekommen sind? So spät? Um 10 Uhr ist bei Emmi doch immer Anreiseschluss.

Als ich ganz um das Haus herumgelaufen bin, sehe ich noch die Rücklichter eines davonfahrenden dunklen Wagens. Von hinten sieht er aus wie Svens Mercedes, in dem ich noch vor einer Weile gesessen bin.

Doch das kann ja nicht sein. Sven hat mich zwar heimgefahren, wollte aber hinterher gleich nach Hause. Sicher schläft er schon längst. Nein. Das tut er nicht. Mein Handy blinkt … eine Nachricht von Sven. Er schickt ein Foto von mir im Strandkorb mit den Picknick-Leckereien. Auf dem Bild schenke ich ihm ein Lächeln, das für sich spricht.

Es folgt eine Aufnahme von dem wunderschönen Sonnenuntergang, den wir noch eben zusammen am Strand von Westerland betrachtet haben. Und der Text: »Unvergesslich. So wie du …«

Mein Herz klopft wie verrückt und die Schmetterlinge in meinem Bauch fangen wieder zu tanzen an. So habe ich mich nicht mehr gefühlt, seitdem ich 17 war. So jung … so lebendig … so »liebenswert«. Ich fühle mich wirklich wert, geliebt zu werden, und das ist etwas, das ich schon lange nicht mehr empfunden habe. Natürlich weiß ich, dass meine Kinder mich lieben. Aber wann hat mir zuletzt ein Mann gesagt, dass ich schön und begehrenswert bin? Ich? Die Mutti, die sich immer um alles gekümmert hat und immer für alle da war … und die dabei schon lange übersehen wurde?

Mit einem glücklichen Lächeln kuschele ich mich in die Kissen. Ich halte noch immer das Handy in den Händen, als wäre es Svens Hand. Ich kann es nicht loslassen … Ich möchte diese wunderbare Botschaft mit in die Nacht nehmen, in mein Herz und in meine Träume.

Trotzdem schleichen sich düstere Gedanken ein.

Wenn die Puken keinen Mercedes und keinen roten Sportwagen fahren, dann gehörten die Stimmen eben nicht zu den lustigen kleinen Hausgeistern, sondern zu richtigen Männern.

Warum haben sie geflüstert? Was geht hier vor, das niemand wissen darf?

Am nächsten Morgen fühle ich mich wie gerädert. Mal ganz abgesehen von dem wenigen Schlaf bin ich total durcheinander.

Als hätte er es geahnt, ruft Andreas an.

Ausgerechnet heute. Was soll ich ihm sagen?

»Lieber Andreas, es macht mir nichts mehr aus, dass du mich nicht mehr siehst«? »Es macht mir nichts mehr aus, dass du mit deiner Sekretärin schläfst«? »Es macht mir nichts mehr aus, weil ich jemanden getroffen habe, der mich so mag, wie ich bin. Stell dir vor: Er findet mich ›wunderschön‹. Das glaube ich dir, dass du dir das nicht vorstellen kannst. Aber es ist so. Dieser Mann hat mich geküsst, dass ich alles um mich herum vergessen habe. Sogar dich und Sonja. Er hat mich nicht nur geküsst …, sondern noch viel mehr. Es war so unfassbar schön. Diese Zärtlichkeit habe ich schon so lange vermisst.«

Das sage ich natürlich nicht. Stattdessen reibe ich mir den Schlaf aus den Augen und gähne ins Telefon: »Moin, Andreas.«

Und, als Erinnerung an unser nettes Mittagessen im »Il Boccone« in Konstanz vor Kurzem: »Was verschafft mir die Ehre deines Anrufs?«

Nachdem wir ein paar Belanglosigkeiten ausgetauscht haben, fragt er auf einmal provozierend: »Na, Lisa …, hast du nun endlich den ›letzten Willen‹ deines Vaters erfüllt?«

Mist, dabei fällt mir wieder ein, dass ich in Sachen Alma überhaupt nichts erreicht habe. Wie es aussieht, ist die Gute vor mehr als 20 Jahren nach Dänemark gezogen, um dort zu heiraten. Sicher hat sie – im Gegensatz zu ihm – meinen Vater längst vergessen und ihr Glück gefunden, während er ihr bis zu seinem Tode nachgetrauert hat.

»Noch nicht«, sage ich ausweichend.

Ich brauche Andreas ja nichts von meiner Niederlage zu erzählen, darüber würde er sich nur wieder lustig machen.

»Was heißt da ›noch nicht‹?«, fragt er.

»Soll das etwa heißen, du wirst noch länger auf Sylt bleiben?«

»Andreas, ich habe dir doch gesagt, dass ich Zeit brauche. Für mich. Um nachzudenken, wie und ob es überhaupt mit uns weitergehen soll«, antworte ich, auch wenn ich weiß, dass ihm die Antwort nicht gefallen wird.

»Hör mal zu, Lisa«, sagt er, wie erwartet, überaus ärgerlich. »Ich finde, es reicht langsam. Wenn du eine Midlife-Crisis hast oder in den Wechseljahren bist, dann ist das deine Sache. Wenn du aber ein Problem mit *mir* hast, solltest du es auch mit *mir* klären und nicht wochenlang auf einer Insel herumhängen und Party machen.«

»Party machen? Wer sagt denn, dass ich hier Party mache? Das ist doch kompletter Unsinn«, versuche ich mich zu verteidigen.

Wenn ich jedoch an den gestrigen Abend denke, hat er ja gar nicht mal so unrecht. Obwohl das eher eine Party zu zweit war …

»Woher soll ich wissen, dass *du* nicht jeden Abend Party machst?«, frage ich ihn daher, um von mir abzulenken.

Doch Andreas durchschaut mich und ist nicht bereit, auf den Vorwurf einzugehen. »Lisa, das führt doch zu nichts.

Komm nach Hause und lass uns reden«, lenkt er plötzlich ein.

»Noch nicht, Andreas. Ich muss hier erst etwas ... zu Ende bringen. Ich melde mich, bis bald«, sage ich und lege auf.

Zu Ende bringen? Habe ich das wirklich gesagt? Was meine ich damit?

Will ich das mit Sven wirklich zu Ende bringen? Wo es doch gerade erst begonnen hat? Und ich zum ersten Mal seit langer Zeit wieder glücklich bin?

Wie immer, wenn mir Glück unerwartet zuteil wird, habe ich das Gefühl, es nicht verdient zu haben. Ich würde so gerne mit jemandem darüber reden. Aber der Einzige, mit dem ich das könnte, wäre mein Vater. Doch er ist tot. Ich kann mich einfach nicht damit abfinden.

Papa, ich vermisse dich so sehr. Ich habe so viele Fragen an dich. Nicht nur, was diese Alma und dich, sondern auch, was mein eigenes Leben angeht, denke ich.

Wie es aussieht, muss ich zum ersten Mal mein Leben alleine in den Griff bekommen. Ich kann mich weder hinter meinem Vater noch hinter meinem Ehemann verstecken, sondern muss alleine eine Entscheidung treffen.

Einen Anruf bei meiner Freundin Tina kann ich mir sparen. Was sie mir raten würde, kann ich mir sehr gut vorstellen: »Lisa, mach es dir doch nicht so schwer. Genieße diese Sommerliebe und kehre anschließend nach Hause in dein normales Leben zurück.«

Automatisch schlage ich den Weg zum »Heide-Kiosk« ein. Wie gerne würde ich jetzt mit Johann ein wenig plaudern ... und wenn es nur über die Insel wäre. Doch die Tür ist noch immer verschlossen. Zu Hause mag ich ihn nicht schon wieder stören, nachdem ihn mein Besuch gestern so aufgeregt hat.

Was mag er nur damit gemeint haben, dass es besser für meinen Vater war, nie wieder nach Sylt zurückzukehren? Das muss ich unbedingt noch herausfinden, bevor ich die Insel verlasse. Denn ich muss sie verlassen, es gibt keinen Grund mehr zu bleiben.

Oder vielleicht doch?

Ich konnte meines Vaters letzten Willen nicht erfüllen und werde Alma wohl nie finden. Der Gedanke, Sylt und damit auch Sven zurücklassen zu müssen, macht mich unglaublich traurig.

Ich wähle Svens Nummer, denn ich habe auf einmal große Sehnsucht, seine Stimme zu hören. Doch er geht nicht ran ...

Ich bin durcheinander. Nicht nur wegen der vergangenen Nacht, auch wegen Andreas' Anruf und der Frage, ob ich wirklich nach Hause fahren soll.

Ich gehe zum Haus zurück, hole mein Rad und strampele los. Die frische Luft kühlt meine Wangen und ich fühle mich gleich viel besser. Schon bald sind die trüben Gedanken aus meinem Kopf verschwunden und fliegen mit dem Wind um die Wette.

In Rantum halte ich an und gönne mir einen Cappuccino in der »Strandmuschel«, direkt in den Dünen. Ich schaue auf mein Handy, doch Sven hat weder zurückgerufen noch eine Nachricht geschickt. Ich bin ein klein wenig irritiert. Hat ihm der letzte Abend vielleicht doch nicht dasselbe bedeutet wie mir? Bereut er ihn am Ende vielleicht schon?

Andererseits ist sein Verhalten nicht so ungewöhnlich. In den letzten Tagen habe ich ihn öfter nicht erreicht und immer erst viel später einen Rückruf erhalten. Vermutlich hängt das mit seinen Geschäften hier auf der Insel zusammen. Er ist ja schließlich, wie er sagte, nicht nur zu seinem Vergnügen hier.

Ich lehne mich zurück und schicke meine Träume auf die Reise in die weißen Wolken, die über dem blauen Meer treiben. Erfrischt von meiner kleinen Pause, radele ich kurze Zeit später durch die einmalige und teilweise bizarr anmutende Dünenwelt Richtung Hörnum. Schon bald komme ich an der legendären »Sansibar« vorbei, deren Parkplatz schon jetzt gerammelt voll ist. Wie mag er dann erst am Abend aussehen? Sicher ist in diesem tollen Strandlokal, von dem ich schon viel gehört habe, jeden Abend wahnsinnig viel los.

Wie würde Johann sagen: »Sylt hat eben nicht nur eine Seite. Da gibt es die wunderbare Natur und viele einsame Plätze am Strand oder am Wattenmeer ..., aber auch das aufregende Nachtleben in der ›Whiskymeile‹ oder der ›Sansibar‹.«

Ich denke daran, wie Sven und ich gestern lange erfolglos ein Plätzchen in einem der schicken Restaurants gesucht und dann das für uns allerschönste Plätzchen im Strandkorb gefunden haben. Selten hat mir ein Mahl besser geschmeckt als dieses gemeinsame Picknick.

Mein Herz klopft, als ich daran denke, wie Sven und ich im Sand gelegen haben. Wie gut seine Haut geduftet hat.

Doch halt ... Wen sehe ich auf dem »Sansibar«-Parkplatz?

Ich steige vom Rad ab und versuche, die beiden Männer besser erkennen zu können. In einiger Entfernung sehe ich sie am Ende des Parkplatzes stehen. Ich bin nicht sicher, ob ich sie wirklich erkennen will ... und doch gibt es keinen Zweifel: Ein weißes Hemd, lässig in die Jeans gesteckt ..., ein blonder, vom Wind zerzauster Schopf ..., ein charmantes Lächeln ... es ist Sven.

Der andere ist völlig eindeutig Ole Jensen, breit grinsend.

Die beiden schütteln sich die Hände ..., danach geht jeder zu seinem Auto: Ole zu seinem schwarzen Geländewagen und Sven zu seinem dunklen Mercedes. Welcher genau so aussieht wie jener, der gestern Abend vom Parkplatz des »Heidehüs« weggefahren ist.

Was haben die beiden hier in der »Sansibar« gemacht? Ob Ole etwa der »überaus erfolgreiche Geschäftstermin« ist, den wir gestern feiern wollten?

Mein Herz rast – diesmal jedoch nicht, weil ich verliebt, sondern aufgeregt bin.

Mir fällt auf, dass ich Sven gar nicht konkret danach gefragt habe, welchen Geschäften er hier auf der Insel eigentlich nachgeht. Wie dumm von mir.

Er hat mir nur erzählt, dass er »Projektentwickler« sei ...

Oh ja ... jetzt dämmert es mir. Ich kann mir gut vorstellen, welcher Art das »Projekt« ist, das er hier entwickeln soll: Das großartige Golfhotel-Projekt in der Heide, das Ole Jensen plant.

Schnell steige ich auf mein Rad und fahre weiter Richtung Hörnum, in der Hoffnung, dass Sven in die andere Richtung nach Westerland fährt und mich nicht bemerkt.

Ich bin so wütend. Wütend auf mich selbst.

Ich habe Sven vertraut ... und was macht er? Gestern saß er noch auf Johanns Terrasse mit dem wundervollen Heideblick und hat sich von Emmi bewirten lassen. Und heute trifft er sich mit *dem* Mann, der dort ein klotziges Golfhotel plant.

Wer weiß, wer da noch involviert ist in diese Sache. Ganz bestimmt dieser zwielichtige Nils. Da passt es doch sehr gut, dass ich ausgerechnet in Johanns Haus wohne und mich ein wenig mit dem alten Mann angefreundet habe. Das habe ich Sven doch alles erzählt. Vielleicht dachte er, dass er durch mich besser an Johann herankommen würde. Oder dass ich vielleicht sogar Johann zum Verkauf überreden könnte, weil er mir vertraut.

Vor lauter Wut kommen mir die Tränen. Wahrscheinlich hatte Sven gar kein echtes Interesse an mir. Wie hat er noch gleich gesagt: »Eine Frau kennenzulernen, war nicht geplant.« Aber nun passt es doch ganz gut in seine Pläne, dass diese Frau ausgerechnet bei dem Mann wohnt, dessen Unterschrift noch fehlt bei dem Großprojekt.

Wie konnte ich so dumm sein. Was habe ich mir eingebildet? Dass sich so ein toller Mann für die unscheinbare und langweilige Hausfrau Lisa interessiert?

Eben noch war ich glücklich und verliebt ... und nun laufen mir die Tränen herunter. Es sollte wohl einfach nicht sein. Ich habe geglaubt, Sven hätte echtes Interesse an mir als Frau. So aufmerksam, wie er mir zugehört hat ... Dabei ist er nicht besser als Andreas und hat auch nur seine Geschäfte im Kopf. Hauptsache, man kann Leute kennenlernen ..., ein Netzwerk bilden und daraus Profit schlagen.

Sven kann mir in Zukunft gestohlen bleiben.

⁓⁕⁓

Zurück im »Heidehüs« erwartet mich eine Überraschung. Zuerst muss ich jedoch wissen, wie es Johann geht.

In dem Moment, als ich mit dem Fahrrad in den Weg einbiege, der zum »Heidehüs« führt, prescht auf einmal ein roter Sportwagen so nah an mir vorbei, dass ich den Lenker zur Seite ziehen muss, um nicht mit ihm zusammenzustoßen. So ein Flegel. Dann erkenne ich ihn ... es ist Nils. Wie in aller Welt kommt er zu einem solchen Auto?

Der Wagen sieht außerdem genauso aus wie der, den ich gestern Abend auf dem Hof gesehen habe. Aber vielleicht täusche ich mich ja auch.

Ich bin immer noch total erschrocken, als ich an der Haustür klopfe.

»Ich wollte fragen, wie es Johann geht«, sage ich zu Emmi, die mir öffnet.

Sie möchte mich jedoch nicht zu ihm lassen: »Johann schläft.«

Da höre ich seine Stimme laut aus der Wohnstube: »Komm herein, min Deern.«

Johann liegt auf dem Sofa und sieht blass aus.

»Entschuldigen Sie, wenn ich Sie störe ...«, sage ich. »Ich weiß, Sie hatten eben schon Besuch.«

»Besuch? Nein, nur Nils war hier.«

»Den meine ich doch. Kann es sein, dass er ein neues Auto hat?«

»Ja. Einen Alfa«, sagt Johann grimmig. »Als er ob er den hier brauchen würde. Er kann ja nicht einmal ein Fahrrad einladen. Ich weiß auch nicht, woher er das Geld dafür hat ... vielleicht hat er es sich ja selbst gedruckt.« Johann schließt die Augen.

»Geht es Ihnen nicht gut?«, frage ich daher besorgt.

»Ging schon mal besser«, antwortet Johann mit einem schwachen Lächeln. »Die Pumpe wahrscheinlich. Hat ja schon einige Jahre auf dem Buckel.« Er grinst schwach. »Aber morgen geht der Kiosk wieder auf«, flüstert er mir zu.

Emmi, die gerade hereinkommt, um Johann seine Tabletten zu bringen, verdreht die Augen. »Du sollst dich schonen, hat Doktor Detlefsen gesagt«, nörgelt sie.

»Schonen kann ich mich auch in der Heide. Alles andere ist mir zu langweilig«, schimpft Johann dagegen.

Emmi geht wieder hinaus. Aus der Küche zieht ein verführerischer Duft nach Bratkartoffeln.

»Was fehlt Ihnen denn genau?«, frage ich.

»Ach, das weiß der alte Quacksalber auch nicht. Hat mir Blutdrucktabletten aufgeschrieben. Und ausruhen soll ich mich. So 'n Quatsch. Ist vermutlich das Alter. Wahrscheinlich gebe ich bald den Löffel ab.«

»Sagen Sie doch so etwas nicht.«

Ich muss an meinen Vater denken und es wird mir ganz weh ums Herz.

»Hören Sie, Johann …, ich weiß nicht, was damals vorgefallen ist und warum Sie böse sind auf meinen Vater …«, fange ich an.

»›Böse‹ ist nicht ganz das richtige Wort. Wütend war ich auf ihn. Aber das ist alles längst vergangen und vergessen«, knurrt der alte Mann.

»Möchten Sie mir nicht sagen, was damals geschehen ist?«, frage ich ihn.

»Warum? Ich dachte, dein Vater hätte das längst getan. Wenn *er* nicht mit dir darüber gesprochen hat, sollte ich es sicher auch nicht tun. Ich denke, du solltest dich nicht damit belasten. Man kann die Vergangenheit nicht ungeschehen machen. Man kann sie nur akzeptieren und ihren Frieden mit ihr schließen.«

»Ich würde es trotzdem gerne wissen«, bleibe ich hartnäckig. »Meinen Vater kann ich doch leider nicht mehr fragen.«

»Na gut, wenn es sein muss. Aber nicht heute. Sobald ich mich besser fühle.«

Na bitte: Das ist doch schon mal was.

Als hätte sie schon wieder gelauscht, kommt Emmi auf einmal herein und komplimentiert mich nach draußen. Ich bin schon beinahe an der Tür, da sagt sie plötzlich: »Fast hätte ich es vergessen: Da wartet Besuch auf Sie. Nebenan auf der Terrasse.«

Sven?

Ich will ihn gar nicht sehen. Sonst müsste ich ihn nur fragen, ob er den Plan für das neue Golfhotel schon fertig hat.

Doch zu meiner großen Überraschung ist es nicht Sven, der auf mich wartet, sondern: »Ann-Sophie ... Was machst du denn hier?«

Ich freue mich riesig, meine Tochter zu sehen, und wir fallen uns in die Arme.

»Ach, Mama. Ich hab dich so vermisst und da bin ich einfach in den Zug gestiegen und losgefahren ...«, sagt sie lächelnd.

Ann-Sophie hat mich vermisst? Das ist in der Tat eigenartig. Von Tim hätte ich eine solche Aktion viel eher erwartet, doch dieser schickt nach wie vor nur spärliche SMS, dass es ihm gut gehe und er den Sommer in Dresden genieße.

Ann-Sophie sieht blass aus, doch das ist nach der langen Fahrt ja kein Wunder.

Dagegen macht sie mir ein Kompliment: »Mama. Was hast du gemacht? Du siehst toll aus.«

»Das muss an der Luft hier liegen, Liebes. Und am Meer ... das tut einfach unbeschreiblich gut.«

»Das kann ich sehen, Mama. Wie schön.«

Wieder umarmt sie mich. Seit wann ist sie so anhänglich? Normalerweise hat sie doch nur ihren Jan und ihr Studium im Kopf.

Ich streiche ihr über das Haar, weil ich mich so sehr freue, sie zu sehen.

»Bist du sehr müde?«, frage ich sie.

»Ein bisschen schon. Aber nicht *zu* müde«, lacht sie.

»Wunderbar. Ich muss dir nämlich unbedingt das Meer zeigen.«

Kurz darauf stehen wir am »Roten Kliff« und ich kann sehen, wie beeindruckt Ann-Sophie von diesem grandiosen Ausblick auf den endlosen weißen Strand mit den vielen weißen Strandkörben und das weite Meer ist.

»Wow …, das ist ja der Hammer«, ruft sie begeistert aus.

Wir gehen den kleinen Weg hinunter zum Strand und ziehen die Schuhe aus.

»Mein Gott, ist das schön hier«, jubelt Ann-Sophie und breitet die Arme aus. Wie hübsch sie aussieht mit ihren feinen Gesichtszügen und dem langen, dunklen Haar.

Langsam gehen wir am Wasser entlang, krempeln die Säume unserer Jeans nach oben, damit die Wellen unsere Füße umspielen können. Ann-Sophie bückt sich immer wieder, um Muscheln zu sammeln.

»Hast du Hunger?« frage ich sie.

»Und wie.«

Wenige Minuten später gelangen wir zum Strandrestaurant »La Grande Plage« und suchen uns dort einen Platz in der Abendsonne. Wir bestellen Matjes mit Bratkartoffeln und freuen uns einfach, dass wir zusammen sind.

Doch meine Gedanken wandern auch immer wieder zu dem gestrigen Abend und dem romantischen Picknick mit Sven. Wie glücklich ich mich mit ihm gefühlt habe.

»Wann kommst du endlich nach Hause, Mama?«, fragt mich Ann-Sophie und ich muss meine Gedanken an Sven unterbrechen.

»Bald«, sage ich ausweichend. »Wie lange kannst du auf Sylt bleiben, Liebes?«

Vielleicht können wir ja gemeinsam nach Hause fahren?

Bei diesem Gedanken krampft sich mein Herz zusammen. Eigentlich möchte ich noch gar nicht nach Hause.

»Leider nur das Wochenende. Ich mache doch gerade mein Praxissemester bei Papa im Büro und du weißt ja, wie er ist. Man darf nicht unpünktlich sein.« Ann-Sophie verdreht die Augen.

Es überrascht mich, denn die beiden sind doch sonst ein Herz und eine Seele. »Ist alles in Ordnung, Ann-Sophie?«, frage ich daher.

»Ja, schon«, sagt sie und lächelt schief.

Trotz des Lächelns sieht sie bedrückt aus. Irgendetwas stimmt nicht, das merke ich. Auch, dass Ann-Sophie hier ist, ist mehr als ungewöhnlich.

»Wir haben nur manchmal Streit in letzter Zeit. Papa ist immer so gereizt. Das liegt bestimmt daran, dass du so lange weg bist«, sagt sie nun vorwurfsvoll.

Interessant. Bis jetzt dachte ich eigentlich, meine Abwesenheit würde außer dem Postboten niemandem so richtig auffallen.

Ann-Sophie wirft noch einen Blick in die Speisekarte und bestellt einen Milchreis mit Zimt und Zucker zum Dessert. Auch das ist ungewöhnlich, sonst achtet sie immer sehr auf ihre schlanke Figur.

»Und mit Jan und dir? Ist alles in Ordnung?«, frage ich neugierig, als der Kellner die Süßspeise serviert hat.

»Hmmmm.« Ann-Sophie sieht mich nicht an, sondern verspeist mit viel Appetit ihren Milchreis.

Auf dem Heimweg kommen wir wieder in den Genuss eines wundervollen Sonnenuntergangs.

»Wie schön es hier ist«, staunt Ann-Sophie noch einmal.

Wir setzen uns einen Moment in einen Strandkorb und genießen schweigend dieses Schauspiel der Natur.

»Mama ...«, beginnt Ann-Sophie plötzlich.

»Du bekommst ein Kind«, stelle ich fest.

»Woher weißt du das?«, fragt sie. In Ann-Sophies Augen schimmern Tränen.

»Ach, Liebes. Mütter wissen so etwas«, sage ich. Ich lege den Arm um sie und sie schnieft an meiner Schulter.

»Ich *musste* unbedingt mit dir darüber reden und deshalb ...«

»Deshalb bist du hergekommen, ich weiß. Das war genau richtig, Liebes.«

»Ach, Mama, ich weiß einfach nicht weiter ...«, gibt sie zu.

»Weiß Jan schon davon?«, frage ich sie.

»Ja.«

»Und? Was sagt er dazu?«, will ich wissen.

»Er ist total aus dem Häuschen und freut sich riesig.«

»Aber das ist doch super«, sage ich und freue mich auch.

»Nein, ist es nicht. Mir ist das alles zu viel, Mama. Ich bin einfach noch nicht so weit ... Ich will noch kein Kind. Mein Studium ist noch nicht einmal fertig ... Und danach? Ich habe doch nicht so lange gelernt, um anschließend Windeln zu wechseln«, bricht es aus ihr hervor.

»Was willst du stattdessen tun?«, frage ich ängstlich, weil ich fürchte, dass Ann-Sophie ihre Entscheidung bereits getroffen hat.

»Was wohl? Mama, ich *kann* jetzt kein Kind bekommen. Es ist einfach nicht der richtige Zeitpunkt.«

»Den richtigen Zeitpunkt gibt es nicht, mein Schatz. Einmal ist man mitten in der Ausbildung, dann hat man gerade eine neue Stelle gefunden oder es ist nicht der richtige Mann ...«, sage ich. »Ist *das* vielleicht dein Problem: Glaubst du, Jan könnte nicht der Richtige sein?«, frage ich sie.

»Aber nein. Jan ist ein Schatz, das weißt du doch. Wir lieben uns sehr ..., aber ...«

»Was aber?«

»Aber ich wollte die ›normale‹ Reihenfolge einhalten: Erst Studium, dann Hochzeit, dann Karriere machen, *dann* Baby. Verstehst du das denn nicht?«

Ich denke an mich selbst, als ich von meiner Schwangerschaft erfuhr. Ich war damals jünger als Ann-Sophie jetzt und war überglücklich.

Doch ich denke auch an meine eigene Mutter, die keine Mutter sein wollte. Was, wenn Ann-Sophie auch so jemand ist? Würde sie ihr Kind genauso verlassen, wie es meine Mutter getan hat? Wäre es wirklich gut für so ein kleines Würmchen, wenn es fühlte, dass es eigentlich gar nicht gewollt ist?

Ich nehme Ann-Sophies Hände und sehe ihr fest in die Augen. »In welcher Woche bist du?«, frage ich sie.

»In der siebten.« Sie schluckt, wahrscheinlich kommen ihr wieder die Tränen.

»Ann-Sophie ..., ich möchte dir nicht vorschreiben, was du zu tun hast. Es ist dein Leben. Doch ich möchte dich um etwas bitten: Überlege es dir gut und triff keine vorschnelle Entscheidung, die du vielleicht später bereust, Liebes. Du hast noch Zeit. Doch ganz egal, wie du dich entscheidest: Ich werde immer hinter dir stehen.«

»Ach, Mama«, Ann-Sophie umarmt mich. »Ich hab dich lieb.«

Am nächsten Morgen frühstücken wir zusammen auf der Terrasse, nachdem wir uns das Bett im »Spatzennest« geteilt haben. Wie ein kleines Mädchen hat sich Ann-Sophie an mich gekuschelt und mir immer wieder gesagt, wie gemütlich sie das »Heidehüs« findet. Beim Einschlafen habe ich ihr feines, zartes Gesicht betrachtet und mich gefragt, ob sie wirklich schon reif genug wäre, selbst Mutter zu werden. Andererseits war ich selbst in diesem Alter, als ich sie erwartete. Eines Tages würde sie ihr Mädchen in den Armen halten, so wie ich sie jetzt. Ist das nicht der Sinn unseres Lebens?

Für Emmi ist der weitere Übernachtungsgast kein Problem, sie scheint sich mit mir zu freuen, dass meine Tochter zu Besuch ist. Auch wenn sie schon wieder auf Johann schimpft, der unbedingt den Kiosk aufmachen will, »wo er es doch so gut bei mir zu Hause hat.«

Elke und Tanja erkundigen sich lachend nach dem hübschen »Strandkorb-Mann« und fragen, wie unser »Date« denn so war.

»Mama«, entfährt es Ann-Sophie entrüstet. Doch es gelingt mir, sie zu beschwichtigen. Ich erzähle die Geschichte, wie ich aus Versehen in dem von ihm gemieteten Strandkorb gesessen bin und damit ist die Sache für sie erledigt. Entweder ist sie so mit ihren eigenen Problemen beschäftigt oder sie traut ihrer alten Mutter keinen Seitensprung zu, jedenfalls fragt Ann-Sophie glücklicherweise nicht weiter nach.

Wir verbringen ein wunderschönes und entspanntes Wochenende zusammen, gehen am Meer spazieren, faulenzen im Strandkorb herum und reden, lesen und essen viel.

Ann-Sophie ist genauso begeistert von der leuchtenden Heidelandschaft wie ich und deshalb lassen wir den Tag dort ruhig bei einem Spaziergang ausklingen. Johanns Kiosk ist leider immer noch geschlossen und so langsam mache ich mir wirklich Sorgen um ihn.

Sven ruft einige Male an, doch ich gehe nicht ran. Meine Tochter ist mir im Moment wichtiger, außerdem bin ich noch immer wütend, weil ich ihn mit Ole Jensen gesehen habe.

Ann-Sophie hat sich nach ihrem Gefühlsausbruch am ersten Abend deutlich entspannt und scheint die wunderbare Luft und das Meer ebenso zu genießen wie ich.

Sie ist zwar immer noch der Meinung, ein Baby passe ihr momentan überhaupt nicht in den Kram, jedoch ist sie nicht mehr ganz so schlechter Stimmung. Ich halte mein Wort und überlasse ihr diese wichtige Entscheidung, wobei ich versuche, mit meiner eigenen Meinung hinter dem Berg zu halten, auch wenn sie sich denken kann, wie ich zu dem Thema »Abtreibung« stehe. Aus einiger Erfahrung mit ihr weiß ich, dass ich nur das Gegenteil erreichen würde, wenn ich sie zu etwas überreden würde, was sie nicht will.

Sie muss das Baby wollen. So ein Kind verändert das ganze Leben und bedeutet nicht immer nur pures Glück, sondern auch viel Anstrengung und Entbehrung. Man kann nicht mehr unbeschwert in den Tag hineinleben und spontan handeln, denn man hat die Verantwortung für einen kleinen Menschen. Für mich war das nie ein Problem, weil meine Kinder mein größtes Glück waren. Aber könnte Ann-Sophie auch so eine Mutter sein? Ihre Karriere würde sie nicht aufgeben wollen, da bin ich mir sicher. Dazu hat sie viel zu ehrgeizig daran gearbeitet.

Was wäre die logische Konsequenz, wenn sie das Baby behielte? Ich müsste als Oma einspringen. Doch will ich das überhaupt?

Wenn ich ehrlich bin, nein. Natürlich wäre es schön, hin und wieder so ein kleines Kind verwöhnen zu dürfen. Doch noch einmal die Verantwortung übernehmen und ein

Kind großziehen ... gerade jetzt, da meine eigenen Kinder erwachsen sind? Sollte sich Ann-Sophie für das Kind entscheiden, wäre sie jedoch sicher auf meine Unterstützung angewiesen.

Und natürlich würde sie diese auch bekommen ... Ich habe ihr versprochen, für sie da zu sein, und werde mein Wort, wenn es nötig ist, selbstverständlich halten.

Zum Abschied nehmen wir uns am Bahnhof fest in die Arme.

»Mama, du siehst sehr glücklich aus. Ich glaube, Sylt tut dir gut. Zu Hause warst du in der letzten Zeit oft so unzufrieden und fast ein wenig schwermütig«, sagt Ann-Sophie, als wir auf den Zug warten, der sie zurück zum Bodensee bringen wird.

»Ja, das war ich wohl tatsächlich. Seitdem ich hier bin, fühle ich mich viel jünger und lebendiger«, gebe ich zu. »Weißt du was? Am liebsten würde ich hierbleiben«, entfährt es mir auf einmal.

Jetzt, da ich diese Worte ausgesprochen habe, gestehe ich sie mir selbst zum ersten Mal ein. Es ist wahr. Ich würde am liebsten hierbleiben, auf dieser Insel, fern von allem. Doch man kann nicht einfach so aus seinem alten Leben ausbrechen und davonlaufen. Oder etwa doch?

Wäre das nicht furchtbar egoistisch und rücksichtslos gegenüber all jenen, die bisher mein Leben ausgemacht haben?

»Ach, Mama. Meinst du wirklich, das wäre gut für dich? Was würdest du denn hier machen, so ganz alleine?« Ann-Sophie sieht ernst aus. »Und was wird dann aus Papa? Er vermisst dich auch«, sagt sie nun auch noch.

Obwohl ich mir in diesem Punkt nicht so ganz sicher bin, versuche ich mich an einem Lächeln und sage:

»Ach, vergiss es. Das war doch nicht ernst gemeint. Ich habe es einfach nur so dahingesagt.«

Doch meine Tochter kennt mich zu gut und sieht mich prüfend an.

Der Zug fährt ein und sie nimmt ihren Koffer. »Mama ... es wäre mir natürlich am liebsten, du würdest gleich mit nach Hause kommen. Aber falls du andere Pläne hast ... und deine Zukunft woanders siehst ..., dann habe ich dich trotzdem lieb.« Sie drückt mich fest. »Ich will nur, dass du glücklich bist.«

Die Tränen laufen uns beiden herunter.

»Das wünsche ich mir auch für dich, Liebes ... So sehr.«

»Aber zu Omas 70. Geburtstag nächste Woche kommst du doch?«, fragt sie.

Oh nein, ich habe Ediths Geburtstag ganz vergessen.

»Na klar. Spätestens dann bin ich zurück«, verspreche ich. »Und du denke bitte noch einmal in Ruhe über alles nach, ja?«, bitte ich sie.

Wir umarmen uns noch einmal, bevor sie einsteigt und der Zug den Bahnhof verlässt.

13. KAPITEL:
ALMA RASMUSSEN

Da Johanns Kiosk entgegen seiner Ankündigung noch immer geschlossen hat, mache ich mich auf den Weg zu einem Krankenbesuch im »Heidehüs«. Die Tür steht offen, also gehe ich einfach hinein und rufe laut »Johann? Emmi?« Doch niemand antwortet.

In der Wohnstube ist das Sofa verwaist, aber eine Decke und eine ausgebreitete Zeitung weisen ebenso darauf hin, dass noch vor nicht allzu langer Zeit hier jemand gelegen haben muss, wie die leere Teetasse und die angebissene Scheibe Toast mit Butter auf dem Couchtisch. Emmi hätte schon längst aufgeräumt, wenn sie in der Nähe wäre. Doch wo ist Johann? Es sieht aus, als habe er tatsächlich sein Krankenlager verlassen. Vielleicht musste er zum Arzt? Doktor Detlefsen wäre doch sicher vorbeigekommen, wenn es nötig gewesen sein sollte.

Nachdenklich betrachte ich wieder Annemaries Fotos auf dem Schreibtisch. Es ist seltsam, aber irgendwie berührt mich das Schicksal dieser schönen Frau. Dass sie ein solch schreckliches Ende finden musste, ist einfach nur grausam.

»Wo ist Johann?«, fragt Emmi, die gerade mit frischem Tee und Gebäck zur Tür hereinkommt.

Verlegen stelle ich das Foto wieder zurück an seinen Platz. »Ich weiß es nicht«, gebe ich zu. »Ich wollte ihn besuchen und die Tür stand offen ...«, erkläre ich, dass ich einfach so hier hereingeplatzt bin.

»Typisch«, sagt sie. »Kaum fühlt er sich ein klein wenig besser, muss er schon wieder los. Dabei hat er es doch soo gut hier.«

Ich muss grinsen. Wahrscheinlich ist es Johann ein bisschen zu viel, dass er die ganze Zeit von Emmi derart betüddelt wird.

»Die Geschichte von Annemarie scheint Sie ja sehr zu interessieren«, sagt Emmi. Natürlich hat sie bemerkt, dass ich schon wieder die Fotos betrachtet habe.

»Es ist irgendwie seltsam«, gebe ich daher zu. »Aber es tut mir so leid für die beiden. Sie scheinen so glücklich gewesen zu sein. Und dann reißt das Schicksal sie auf derart schreckliche Weise auseinander.«

»Das Leben ist nicht gerecht«, sagt Emmi da. »Paare gehen auseinander, weil sie sich miteinander langweilen. Andere wieder finden gar nicht erst zusammen. Und die, die sich gefunden haben, werden manchmal durch das Schicksal getrennt«, sagt sie seufzend.

»Wer ist eigentlich die andere Frau auf dem Foto? Sie sieht auch sehr hübsch aus«, frage ich Emmi.

Emmi nimmt das Foto in die Hand und sagt: »Ach, das ist Alma …, Annemaries Schwester.«

Ich bekomme weiche Knie. »Alma?«, frage ich. »Alma Matthiesen?«

»Ja, Alma Matthiesen. So hieß sie früher, bevor sie nach Dänemark geheiratet hat. Woher wissen Sie das?«, fragt mich Emmi.

Ich muss mich setzen. Das gibt es doch nicht. Die ganze Zeit habe ich Alma gesucht. Und dabei war des Rätsels Lösung so nah. Alma ist Annemaries Schwester. Kein Wunder hat mein Vater sie kennengelernt, vielleicht sogar in diesem Haus. Es ist wirklich unglaublich.

Ich hätte nur Johann oder Emmi nach Alma fragen müssen.

Vielleicht gibt es ja doch noch einen Weg, ihr das Päckchen zu bringen? Und wenn ich dafür nach Dänemark fahren muss ...

»Haben Sie vielleicht Ihre Adresse?«, frage ich hoffnungsfroh.

»Oh nein, leider nicht«, bedauert Emmi. »Johann hat sie wahrscheinlich. Aber die beiden haben seit Jahren keinen Kontakt.«

»Warum nicht?« Das ist doch seltsam. Wenn er seine Frau so sehr geliebt hat, müsste er doch froh darüber sein, jemanden zu haben, der ihr auch so nahestand.

»Das weiß ich nicht.« Emmi wird auf einmal hektisch und fängt an, die Unordnung zu beseitigen.

Ich verabschiede mich und mache mich auf die Suche nach Johann. Er ist der Einzige, der mir sagen kann, wo ich Alma finde. Ich bin mir ziemlich sicher, dass ich ihn in der Heide suchen muss, an dem Ort, wo er am liebsten ist.

Vor dem Haus treffe ich Elke und Tanja, die gerade vom Strand kommen.

»Was machen die Traummänner?«, frage ich belustigt.

»Ach, die«, antwortet Tanja genervt. »Selbstgefällige Albtraummänner, sag ich nur.«

»Nun ... *ich* habe jemanden kennengelernt«, sagt Elke geheimnisvoll und zwinkert mir zu.

»Nein. Wo denn?«, frage ich interessiert.

»Im Supermarkt. Eigentlich wollte ich nur etwas zu Trinken kaufen, da spricht mich doch dieser gut aussehende Mann an. Ob ich wüsste, welches Tiefkühlgericht am besten wäre? Als Single müsse man ja selber kochen und jeden Abend alleine Essen gehen wäre auch nicht so prickelnd.«

»Darauf hat sie geantwortet: Man muss ja nicht alleine Essen gehen. Und schon hatte sie eine Verabredung. Hat man Töne?«, fragt Tanja.

»Und alles ohne Styling«, grinst Elke.

»Wie war denn der Abend?«, frage ich sie. So glücklich, wie sie aussieht, gehe ich davon aus, dass er gut verlaufen ist.

»Wunderbar. Jürgen ist so ... normal ... und so nett«, schwärmt sie.

»Nett.« Tanja rollt verächtlich mit den Augen.

Aber mir ist klar, dass sie nur neidisch ist, weil die unscheinbare und mollige Elke einen Mann aufgerissen hat, der ernstes Interesse an ihr zu haben scheint.

»Ausgerechnet jetzt. Wo wir doch morgen heimfahren«, sagt Elke.

»Apropos ... Nehmen wir noch einen Abschiedsschluck zusammen?«

»Vielleicht später«, antworte ich. Erst muss ich mit Johann reden.

»Du wirst deinen Jürgen sicher bald wiedersehen. Wo wohnt er denn?«, sage ich und drücke ihre Hand. Ich freue mich wirklich für sie. Elke hat ein bisschen Glück verdient. Und sie selbst kann einen Mann mit ihrer positiven und herzlichen Art garantiert auch sehr glücklich machen.

»In Berlin. Das sind ja ›nur‹ 250 Kilometer bis Hannover«, seufzt Elke.

»Was macht eigentlich dein Strandkorb-Mann?«, fragt Tanja auf einmal.

Ich bin davon überzeugt, dass sie sich ohne mit der Wimper zu zucken an Sven heranwerfen würde, wenn ich ihr erzählte, dass im Moment Funkstille zwischen uns herrscht.

»Wir sehen uns bald wieder«, sage ich daher ausweichend, auch wenn ich im Moment nicht weiß, ob das tatsächlich der Fall sein wird.

Wer weiß, ob wir uns überhaupt jemals wiedersehen werden.

Er hat nicht noch einmal angerufen, was mich doch zugegebenermaßen enttäuscht. Aber natürlich habe ich es auch nicht bei ihm versucht. Meine Wut über sein Treffen mit Ole Jensen ist zwar etwas verraucht, aber dennoch scheint er nicht der zu sein, für den ich ihn gehalten habe.

Mir wird bewusst, dass ich eigentlich nicht viel über ihn weiß, er dagegen fast alles von mir.

Und doch habe ich das Gefühl, dass zwischen uns etwas ganz Besonderes und Kostbares war.

Bei dem Gedanken an ihn fangen die Schmetterlinge in meinem Bauch wieder an zu tanzen und ich habe auf einmal schrecklich Sehnsucht nach ihm.

Ich gehe nachdenklich durch die duftende Heide und atme tief durch. Die Ruhe tut mir wie immer unglaublich gut und lässt meine Gedanken klar werden.

Ich sehe Johann schon von Weitem. Er sitzt auf einer Bank und schaut aufs Watt. Seine Elbseglermütze nach hinten geschoben und im Mund seine geliebte Pfeife. Emmi würde ausflippen, wenn sie ihn damit sehen würde.

»Störe ich?«, frage ich, aber da ich seine Antwort kenne, setze ich mich neben ihn.

»Aber nein, min Deern.« Er lächelt. Blass ist er.

»Ich dachte mir, dass Sie hier irgendwo sein müssen.«

»Ja, ich bin ausgebüxt. Das war mir zu viel Trara zu Hause. ›Johann nimm deine Pille, Johann trink deinen Tee …‹« Er grinst verschmitzt.

»Das habe ich mir gedacht«, sage ich. Emmi meint es ja wirklich gut. Aber sie übertreibt es auch hin und wieder.

Lange sitzen wir schweigend nebeneinander und genießen die Stille.

»Du musst bald los, min Deern?«, fragt er plötzlich.

»Ja, bald. Woher wissen Sie das?«, frage ich ihn.

»Ach, nur so ein Gefühl«, antwortet er.

»Hast du denn auf Sylt gefunden, was du gesucht hast?«, fragt Johann und zieht an seiner Pfeife.

Das habe ich. Ich habe den Wind gefunden, der meine trüben Gedanken vertrieben hat. Ich habe Stille gefunden, obwohl an manchen Orten schon sehr viele Leute sind. Ich habe großartige Natur gesehen und in meinem Herzen gespürt ... So wie in diesem Augenblick, als das Watt silbern in der Sonne glänzt. Ich habe Gespräche gefunden, mit aufrichtigen und stolzen Menschen wie Johann oder lustigen Urlauberinnen wie Tanja und Elke und tiefgründigen und einfühlsamen wie Sven. Ich habe Liebe gesehen, in den Augen von Annemarie und Johann auf den Fotos ... und in den Augen von Sven, als er mich am Strand mit Trauben gefüttert und mir das Salz von den Lippen geküsst hat.

Nur eines habe ich nicht. Ich habe Alma nicht gefunden, obwohl sie der Grund meines Kommens war.

»Johann ... Sie sagten, es wäre gut, dass mein Vater nicht mehr nach Sylt gekommen ist«, sage ich. »Das hat etwas mit Alma zu tun, nicht wahr?«

Er sieht mich an. »Wie kommst du darauf?«

»Weil ich sie suchen soll. Ich soll ihr ein Päckchen übergeben, das hat sich mein Vater von mir gewünscht.«

Misstrauisch hebt Johann eine Augenbraue. »So, so. Ein Päckchen? Nach dieser langen Zeit?«

»Was ist denn damals geschehen?«, frage ich, in der Hoffnung, dass er mir diesmal mehr erzählen wird.

»Hat er dir das wirklich nie erzählt?«

»Dann würde ich wohl kaum fragen.«

Johann sieht mir an, dass mir die ganze Sache wirklich wichtig ist und berichtet: »Dein Vater und Alma lernten sich im ›Heidehüs‹ kennen. Ihr wart im Urlaub hier und Alma besuchte ihre Schwester Annemarie, wie so oft. Die beiden kamen sich näher und verliebten sich.«

»Davon habe ich damals nichts gemerkt«, sage ich.

»Nein, das hast du nicht. Du hattest Freunde, mit denen du spieltest. Alma und dein Vater trafen sich auch meist abends, wenn du schon im Bett warst. Annemarie und ich hatten dann immer ein Auge und ein Ohr, falls du aufwachen solltest. Bist du aber nie. Irgendwie war es deinem Vater wichtig, dass du nichts mitbekommen solltest. Ich glaube, er war noch sehr geschockt, dass deine Mutter euch damals verlassen hatte, und wollte dir keine neue Mutter präsentieren, solange er sich nicht wirklich sicher mit Alma war. Die beiden waren aber sehr verliebt und passten zusammen wie die Faust aufs Auge. Als ihr nach Hause musstet, gaben sie sich ein Versprechen: Wenn sie sich nicht vergessen würden und in einem Jahr immer noch zusammen sein wollten, würden sie zusammenbleiben und euch Mädchen davon erzählen.«

»Euch?«

»Ja, Alma hatte auch eine kleine Tochter. Von einer Urlaubsbekanntschaft, die es nicht so ernst mit ihr gemeint hatte. Darum war sie ebenso supervorsichtig wie dein Vater. Doch die beiden hielten den Kontakt und schrieben sich ein ganzes Jahr, telefonierten wohl auch sehr viel. Im darauffolgenden Sommer war ihre Liebe eigentlich nur noch stärker geworden. Am Ende der Ferien kauften sie Verlobungsringe und Alma war so glücklich wie noch nie zuvor in ihrem Leben. Doch es gab ein Problem: Dein Vater musste mit dir nach Hause zurück, weil du auf eine weiterführende Schule kamst. Und Alma konnte hier nicht weg. Heinz versprach ihr, so schnell wie möglich eine Lösung zu finden.«

»Und dann?«, frage ich, obwohl ich mir den Rest eigentlich denken kann.

»Er schrieb ihr einen Abschiedsbrief, in dem er die Verlobung löste. Das brach Alma das Herz.«

Oh nein. Das muss furchtbar für sie gewesen sein.

Warum hatte mein Vater nicht den Mut, mit der Frau, die er liebte, ein neues Leben anzufangen?

»Du kannst dir vorstellen, dass Alma sich ziemlich oft bei Annemarie ausgeheult hat. Deshalb war es gut, dass ihr nie wieder hergekommen seid«, knurrt Johann.

»Das tut mir so leid. Können Sie mir sagen, wo ich Alma finde?«, frage ich und fühle mich irgendwie schuldig.

»Ich habe schon seit Jahren keinen Kontakt mehr zu ihr.« Johann richtet den Blick in die Ferne.

»Warum nicht? Ich dachte, Annemarie und Alma standen sich sehr nahe?«, frage ich.

»Gerade deshalb. Wir hatten Streit ... auf Annemaries Beerdigung. Lange Geschichte.«

Ich sehe Johann an, dass er nicht darüber reden möchte.

»Schade. Ich hatte gedacht, ich würde Alma endlich finden. Meinem Vater war es so wichtig. Ich hatte gehofft, dass Sie mir Almas Adresse in Dänemark geben könnten ... Aber wenn Sie selbst keinen Kontakt zu ihr haben ...«

»Richtig. Ich habe zwar gesagt, dass Alma und ich keinen Kontakt mehr haben ...«, sagt Johann auf einmal verschmitzt. »Aber das heißt nicht, dass ich nicht weiß, wo sie ist.« Er grinst.

Mein Herz klopft und ich sehe ihn erwartungsfroh an.
»Ich kann auch einen Mietwagen nehmen und nach Dänemark fahren ... Das ist kein Problem«, sage ich.
»Nach Dänemark? Aber nein ..., das brauchst du nicht. Alma ist hier, auf der Insel«, grinst Johann.
»Aber ich dachte, Alma hätte nach Dänemark geheiratet.«
»Das hat sie auch. Doch die Ehe ging schief ... und Alma kehrte zurück. Leider weiß ich nicht genau, wo sie wohnt, weil wir ja – wie gesagt – keinen Kontakt mehr haben. Aber ich weiß, dass sie vorhatte, nach Hörnum zu ziehen. In die Strandstraße ...«
Ich bedanke mich und will schon aufspringen, auf einmal habe ich es eilig. Doch Johann hält mich zurück.
»Ihr Name ist Alma Rasmussen«, sagt er noch, dann richtet er seinen Blick wieder in die Ferne.

⁓☙⁓

Diesmal nehme ich nicht das Rad, sondern den Bus über Westerland nach Hörnum. Nun, da ich Alma endlich gefunden habe, möchte ich keine wertvolle Zeit mehr verlieren. In der Hand halte ich das Päckchen meines Vaters, auf dem in krakeligen Buchstaben das Wort »Alma« geschrieben steht.
Die Strandstraße in Hörnum habe ich schnell gefunden und mithilfe des Telefonbuchs habe ich sogar die Hausnummer herausgefunden. Ich denke daran, dass ich vor Kurzem mit Sven hier in der Gegend war, als wir den Leuchtturm besichtigen wollten.
Zu meiner Überraschung gehört zu der Hausnummer ein kleiner Blumenladen, an dem ein Schild »Zu verpach-

ten« angebracht ist. Da sich keine Briefkästen an der Vorderseite befinden, betrete ich das Geschäft und eine kleine Glocke ertönt.

Es befinden sich nicht allzu viele Blumen in dem Geschäft, dafür viele Objekte aus Treibholz. Boote, Bilderrahmen, Collagen, Skulpturen und Schilder. Interessiert sehe ich mich um, die Sachen sind wirklich sehr hübsch und passen wunderbar auf die Insel.

»Moin. Was kann ich für Sie tun?«

Eine klare, norddeutsche Aussprache. Die blonde Frau, die lächelnd auf mich zukommt, ist noch genauso schön wie vor 30 Jahren. Ich erkenne sie sofort. Es ist Alma, die mir gegenübersteht.

Das ist sie also, die Frau, die meinen Vater so verzaubert hat, dass er sie nie vergessen konnte. Ich kann ihn gut verstehen. Sie ist groß und schlank und hat etwas Zartes und zugleich Vornehmes an sich, genau wie ihre Schwester Annemarie.

Almas blondes Haar ist kurz geschnitten und sie ist dezent geschminkt. Ihre feinen Gesichtszüge weisen zwar ein paar Fältchen auf, doch ihre Freundlichkeit lässt sie unglaublich jung wirken. Schwer zu sagen, wie alt sie ist. Vielleicht Mitte 60, könnte aber auch Ende 60 sein.

Wahrscheinlich wundert sie sich, dass ich sie so anstarre, und wiederholt erkundigt sie sich deshalb noch einmal: »Wie kann ich Ihnen helfen?«

»Mein Name ist Lisa Wendler und ich verbringe die Ferien im ›Heidehüs‹ in Kampen.«

»Bei Johann Johannsen?« Erstaunt zieht sie eine Augenbraue nach oben.

»Ja. Ich war in meiner Kindheit oft dort ... mit meinem Vater.« Ich mache eine kurze Pause. »Ich komme vom

Bodensee und bin die Tochter von Heinz Hoffmann. Vielleicht erinnern Sie sich an ihn«, sage ich.

Ihr Gesicht nimmt einen fragenden Ausdruck an. »Das tue ich. Und nun? Was wünschen Sie?«

Sie ist nicht direkt unfreundlich, aber offensichtlich auch nicht gerade erfreut, mich zu sehen.

»Mein Vater bat mich, Ihnen das hier zu geben.« Ich nehme das Päckchen aus meiner Tasche und lege es vor sie auf den Tisch.

»Sagen Sie Ihrem Vater, er kann es behalten. Ich will es nicht.« Alma dreht sich um und arrangiert ein paar Blumen in der Vase.

»Das kann ich leider nicht«, antworte ich leise. »Er ist tot.«

Alma hat mir den Rücken zugewandt, doch ich sehe, wie sie zusammenzuckt. Sie muss sich einen Moment sammeln, dann dreht sie sich um:

»Mein Beileid.«

Das ist alles, was sie sagt. Und doch kann ich erkennen, dass sie betroffen ist. In diesem Moment scheint so viel in ihrem Kopf herumzugehen, dass sie gar nicht weiß, was sie sagen soll.

»Mein Vater wollte unbedingt, dass ich Ihnen das Päckchen bringe«, sage ich daher noch einmal.

Doch sie lässt es unbeachtet liegen und wendet sich stattdessen wieder den Blumen zu. »Das haben Sie ja nun getan. Vielen Dank. Auf Wiedersehen.«

Unmissverständlich gibt sie mir zu verstehen, dass meine Anwesenheit hier nicht länger erwünscht ist.

Ich bin enttäuscht. Doch was habe ich erwartet? Dass sie mich zu Kaffee und Kuchen einlädt?

Es muss für sie eine große Überraschung gewesen sein,

mich nach all den Jahren wiederzusehen. Damals war ich ein Kind, das sich nicht einmal an sie erinnert.

Sie dagegen erinnert sich wahrscheinlich schon an mich. Die Nachricht vom Tod meines Vaters hat sie getroffen, das habe ich gesehen. Was sollte sie auch sagen, nach dieser langen Zeit?

Sie muss jetzt wahrscheinlich erst einmal über alles in Ruhe nachdenken und das Päckchen öffnen. Von draußen kann ich durch die Scheibe sehen, dass sie es an sich genommen und mit nach hinten gebracht hat.

Niedergeschlagen, obwohl ich doch meine Aufgabe endlich erfüllt habe, gehe ich zurück zur Bushaltestelle.

Ich habe deinen Auftrag erfüllt, Papa, denke ich.

Ich werde wohl nie erfahren, was in dem Päckchen war. Und was meinen Vater dazu bewogen hat, die Verlobung zu lösen und damit Almas Herz zu brechen.

Während ich wieder einmal, diesmal mit dem Bus statt dem Fahrrad, durch die erhabene Dünenwelt fahre, stelle ich fest, dass ich nun wirklich keinen Grund mehr habe, noch länger auf Sylt zu bleiben.

Meine Zeit hier ist um und das Herz wird mir schwer.

⁃⁃⁃

Die Heide leuchtet nicht so lila wie sonst, das Watt liegt träge und grau statt silbern vor mir und selbst die Vögel scheinen ihr Zwitschern eingestellt zu haben. Einzig die Ruhe ist so beständig wie das Gefühl der Melancholie, das sich in meinem Herzen befindet und in tiefe Traurigkeit verwandelt.

Ich denke an Sven und spüre Sehnsucht. Mit ihm zusammen war alles so leicht. Ich fühlte mich verstanden und aufgehoben. Ich hätte ihn zurückrufen sollen, schließlich hat er es mehrfach versucht. Nun muss er glauben, ich bereue unsere gemeinsame Nacht am Strand von Westerland. Er weiß ja nicht, dass ich ihn mit Ole Jensen gesehen habe.

Aber vielleicht habe ich ihm unrecht getan. Nur, weil ich von Andreas enttäuscht bin, habe ich auch von Sven gedacht, er hätte kein echtes Interesse an mir. Ich würde so gerne noch einmal mit ihm reden und in seine lächelnden Augen sehen.

Ich muss unbedingt wissen, ob auch von seiner Seite her echte Gefühle im Spiel waren. Wenn nicht, dann kann ich in Ruhe abreisen.

Unbewusst oder auch nicht habe ich den Weg vom Watt in die Ortsmitte nach Kampen eingeschlagen. Der Abend ist ruhig und im »Strönwai« ist noch nicht allzu viel los. Es weht ein kühler Wind und es lässt sich schon erahnen, dass es mit den lauen Sommernächten bald vorbei sein wird.

Der Bergentenweg liegt tatsächlich direkt hinter der »Whiskymeile« und doch herrscht hier absolute Ruhe. Romantisch verträumt liegen auch hier die Häuser unter ihrer Reetdach-Mütze und hinter ihren grün bewachsenen Steinwällen.

Hoffentlich ist Sven da. Ich möchte ihm auch erzählen, was ich über Alma herausgefunden habe. Und ich muss wissen, welcher Art seine »Projekte« hier auf Sylt eigentlich sind.

Doch im Bergentenweg erlebe ich zum zweiten Mal an diesem Tag eine Enttäuschung.

»Herr Carstensen ist leider heute früh abgereist«, teilt mir die freundliche Dame, die mir die Tür geöffnet hat, bedauernd mit.

»Oh, wie schade«, sage ich niedergeschlagen. Heute Morgen.

Sein letzter Anruf war gestern Abend um 22 Uhr. Sicher wollte er mir »Tschüß« sagen ... oder »Lebewohl«. Vielleicht aber auch »Auf Wiedersehen«?

Ich bin versucht, Sven anzurufen ... Doch meine Hand zögert.

Eigentlich hat er ja ganz schön schnell aufgegeben und ist einfach so abgehauen. Er hätte ja auch noch einmal bei mir im »Heidehüs« vorbeikommen können, statt einfach so sang- und klanglos zu gehen.

Ich bin zu stolz, um ihm hinterherzulaufen. Und zu verheiratet.

Nun gibt es erst recht keinen Grund mehr für mich, auf Sylt zu bleiben. Ich teile Emmi mit, dass ich morgen abreisen werde und packe meine Sachen.

Sanft fällt das Mondlicht durch das kleine Bullauge und ich kann lange nicht einschlafen. Ich denke an Johann, der immer noch sehr blass und krank aussieht. Was wird aus dem »Heidehüs« und seinem Kiosk, falls er ernsthaft erkrankt ist?

Ich hoffe sehr, dass Johann sich bald wieder erholen und noch lange hier Hausherr sein wird.

Am nächsten Morgen gehe ich zu Emmi in die Küche, um meine Rechnung zu begleichen. Klein und rundlich steht sie in ihrer weiß-blauen Küchenschürze am Herd und brät Spiegeleier für die neuen Gäste, die gerade angekommen sind.

Ich erfahre, dass Elke und Tanja heute schon ganz früh abgereist sind.

Ach nein ..., die beiden habe ich ganz vergessen. Dabei wollten wir doch noch einen »Abschiedsschluck« zusammen trinken.

Emmi übergibt mir eine handgeschriebene Notiz mit den Handynummern der beiden, dann geht sie an das Telefon im Flur, das schon eine ganze Weile lang klingelt.

»Falls du einmal in Hannover sein solltest. Oder wieder im ›Heidehüs‹ und Interesse an einer ›Bad-WG‹ hast. Wir vermissen deinen tollen Fön nämlich jetzt schon … Smiley. Küsschen Elke und Tanja. P. S.: Schnapp dir den ›Strandkorb-Mann‹, bevor es eine andere tut. Falls du kein Interesse an ihm haben solltest, bitte Tanjas Nummer geben …«

Ich muss grinsen.

Emmi kehrt zurück und meint, das Telefongespräch sei für mich. Für mich?

»Frau Wendler? Hier ist Alma Rasmussen«, höre ich eine warme Stimme.

Ich bin erstaunt. Alma?

»Es tut mir leid, dass ich gestern so unhöflich zu Ihnen war. Aber … ich war so geschockt …, nach all den Jahren etwas von Heinz zu erfahren.« Ihre Stimme stockt.

»Das kann ich gut verstehen«, sage ich daher.

»Aber … wenn Sie möchten …, dann besuchen Sie mich doch noch einmal. Ich würde Sie gerne auf eine Tasse Tee einladen. Wann passt es Ihnen?«, sagt sie freundlich.

»Oh …, eigentlich bin ich gerade auf dem Sprung. Mein Urlaub ist leider zu Ende …«

Ich überlege einen Moment.

»Aber ich könnte natürlich einen Zug später nehmen. Wenn es Ihnen also gleich recht wäre?«

»Natürlich, sehr gerne. Kommen Sie einfach vorbei. Ich bin zu Hause, der Blumenladen hat heute geschlossen. Gehen Sie einfach um das Haus herum. Bis gleich.«

Schon hat sie aufgelegt.

Emmi ist so beschäftigt mit der Zubereitung des Frühstücks, dass sie offenbar gar nicht gemerkt hat, dass es Alma war, die mit mir sprechen wollte.

Ich begleiche die Rechnung und hole meinen Koffer. Wehmütig betrachte ich das kleine »Spatzennest«, das mir in den letzten Wochen Zuflucht und Heimat zugleich war.

Bevor ich den freundlichen Taxifahrer Knud Knudsen anrufe, gehe ich noch einmal den geliebten Weg zu Johanns »Heidekiosk«.

Vor mir liegt der duftende, violette Heideteppich, über mir gibt es nur den endlosen Himmel und dieses helle Licht, das auf das sanfte Blau des Wassers fällt. Ein paar kreisende Vögel und Gräser, die sich sanft im Wind zwischen den lila Polstern der Heide bewegen … Noch einmal genieße ich die Stille hier, die mein Herz so sehr verzaubert hat.

Johann sitzt auf der grünen Bank vor dem Kiosk mit seiner Pfeife, die immer brennt.

»Es ist Zeit, min Deern«, sagt er und lächelt nicht. »Zeit, zum Abschiednehmen, nicht wahr?«

Ich nicke. »Das alles hier wird mir sehr fehlen.« Ich mache eine traurige Bewegung mit dem Arm, die die Heide, das Watt, die Reetdachhäuser und auch Johanns Kiosk mit einschließt.

»Viele Urlauber sagen ja, sie kommen wegen der schönen Natur nach Sylt. Aber dann reden sie nur über all die tollen Lokale, Läden und die Prominenten, die hier waren und die sie gesehen haben«, grinst Johann. »Ich glaube, bei dir ist das anders, Lisa. Man muss die Natur und das Einsame schon lieben, wenn man so wie du hier jeden Tag mutterseelenallein in der Heide herumläuft«, sagt er und zwinkert mir zu.

Er hat recht.

»Sylt hat mir sehr gutgetan«, gestehe ich.

»Und dich verändert«, sagt Johann. »Als du hier ankamst,

warst du blass und ernst. Zurückhaltend, fast schüchtern. Und zutiefst traurig ...«

Er hat recht. Traurig bin ich immer noch. Mein Vater ist tot und wird nie wiederkommen. Aber ich habe das Gefühl, dass ich ihn so langsam loslassen kann, damit er seinen Frieden finden kann. Auch wenn er für immer in meinem Herzen sein wird.

Was aus mir und Andreas werden soll und ob es überhaupt einen Weg für uns geben wird, weiß ich zwar immer noch nicht. Doch das werde ich schon herausfinden, wenn ich wieder am Bodensee bin.

Ich fühle mich so viel stärker und zuversichtlicher als an dem Tag, als ich in das »Heidehüs« kam.

»Die Insel verändert die Menschen«, sagt Johann, als habe er meine Gedanken erraten. »Sie sind bei ihrer Abreise andere als die, die sie bei ihrer Ankunft waren. Es ist, als ob das Meer und die Natur hier eine heilende Kraft hätten. Ebbe und Flut ..., so ist auch das Leben. Manchmal muss man etwas gehen lassen. Wie bei Ebbe kommt einem das Leben dann öde und leer vor. Doch dann kommt die Flut und bringt etwas Neues mit, das unser Leben reich macht wie das Meer den Strand.«

Johann macht eine Pause und blickt auf die ruhige See.

Dann sagt er plötzlich: »Ich kann nicht sagen, was es ist ..., aber etwas Besonderes schwebt hier in der Luft. Und damit meine ich nicht nur das überaus gesunde Meeresklima, das gibt es woanders auch. Nein ..., die Insel hat etwas Magisches, das den Menschen einfach guttut. Weißt du noch, was ich dir einmal sagte: Sylt heilt auch die Seele. Das trifft bei dir zu, nicht wahr?«

»Ich denke, ja. Es geht mir tatsächlich sehr viel besser. Aber was ist mit Ihnen?«

Johann sieht noch immer schwach und kränklich aus.

»Ich bin ein alter Mann, min Deern. Ist doch normal, dass man da mal ein kleines Wehwehchen hat. Aber so schnell gebe ich den Löffel nicht ab. Weißt du, was Gunter Sachs einmal gesagt hat? Den habe ich ja öfter mal getroffen, als wir beide noch schmucke Jungs waren ...« Johann grinst schon wieder.

»Wirklich? Unglaublich. Dann sind Sie ja doch so etwas wie ein Promi-Kenner?«, lache ich.

»Nun, ein paar bekannte Gesichter habe ich im Laufe der Jahre schon auf der Insel gesehen. Mit vielen geredet und mit so manchem sogar ein Bierchen getrunken. Das bleibt ja nicht aus, wenn man in Kampen wohnt. Im Vertrauen: Viele von diesen bekannten Persönlichkeiten sind in Wirklichkeit ganz ›normal‹..., normaler als so mancher ›Möchtegern‹.

Aber zurück zu Gunter Sachs, der die Insel ja ebenfalls sehr geliebt hat. Er soll einmal gesagt haben: ›Poeten sahen Venedig und wollten sterben. Ich sah jenes Eiland im Norden und wollte ewig leben‹. Siehst du, und so geht es mir. Was soll ich denn schon im Himmel, wenn ich hier auf dieser Bank sein kann?«

Johann grinst und ich muss ihn in diesem Moment einfach umarmen. Ich habe diesen alten Mann wirklich in mein Herz geschlossen.

»Willst du wirklich schon gehen, min Deern? Das ›Spatzennest‹ ist noch frei ...«

»Ich komme wieder.« Und in diesem Moment wird mir klar, dass das ernst gemeint ist.

Kurze Zeit später gebe ich Nils das geliehene Fahrrad zurück. Er schlurft in der gewohnten Lederkluft um die Ecke und grinst mich schief an.

»Hättest du ruhig noch behalten können«, meint er großzügig.

»Danke, aber ich fahre nach Hause«, antworte ich.

Der Typ ist mir irgendwie unsympathisch. Unglaublich, dass er derselben Familie entstammt wie Johann. Ich fühle seinen Blick in meinem Rücken, als ich zurück zum »Heidehüs« gehe, um meinen Koffer zu holen, und es ist mir unangenehm.

Während ich auf das Taxi warte, sehe ich auf einmal Uwe Boysen auf seinem alten Fahrrad Richtung »Heidekiosk« radeln. Ich winke ihm zu, worauf er die Richtung ändert und mit dem Rad meine Richtung einschlägt.

»Ich möchte mich verabschieden«, sage ich und reiche ihm die Hand.

»Geht es nach Hause?«, fragt er und nimmt seine Elbsegler-Mütze ab.

»Ja, leider. Ich habe mich auf Sylt sehr wohlgefühlt«, erzähle ich auch ihm.

»Das sieht man dir an. Da gibt es wohl nur eins: Wiederkommen.« Uwe lacht. »Ist Johann im Kiosk oder zu Hause?« fragt er.

»Er ist auf der grünen Bank«, lächle ich.

»Das Krankenlager liegt ihm nicht so.« Er grinst.

»Es ist seltsam. Aber als ich angekommen bin, kam er mir noch richtig fit vor. In den letzten Wochen scheint er jedoch von Tag zu Tag mehr abzubauen«, sage ich auf einmal besorgt.

»Ja, das ist mir auch schon aufgefallen. Zumal Johann eigentlich sonst nichts aus der Kurve wirft. Ich kann mir nicht vorstellen, dass ihm das Alter auf einmal so schnell zusetzt. Irgendetwas stimmt da nicht …«, antwortet Uwe.

»Ich weiß, es hört sich vielleicht blöd an …, aber Johann ist mir sehr ans Herz gewachsen«, sage ich.

»Er mag dich auch. Vielleicht, weil er keine eigenen Kinder hatte? Sicher hätte er gerne eine Tochter wie dich gehabt«, antwortet Uwe.

»Und was ist mit Nils? Er ist doch sein Neffe. Verstehen sich die beiden nicht?«, frage ich.

»Ach, das kann man so nicht sagen. Nils' Mutter, Johanns Schwester, ist früh gestorben, soviel ich weiß. Der Vater bekam kurz darauf Krebs und folgte ihr. Da hat sich Johann Nils ein wenig angenommen. Aber Nils war immer schwierig. Trotzdem unterstützt ihn Johann finanziell, das ist er seiner Schwester wohl schuldig. Und mit dem Fahrradverleih kann Nils ja kaum seinen Lebensunterhalt verdienen.«

»Wenn Nils der einzige Verwandte von Johann ist, dann wird er sicher auch einmal das Haus erben, oder?«, erkundige ich mich.

»Vermutlich ja. Warum fragst du?«

»Ich weiß nicht … Aber irgendetwas Seltsames ist hier im Gange. Johann wurde schon mehrfach von Ole Jensen bedrängt, seinen Grund und Boden in Kampen zu verkaufen. Doch Johann weigert sich hartnäckig.«

»Ich weiß. Das habe ich auch schon mitbekommen. Doch solange Johann hier das Sagen hat, wird sicher nichts verkauft.«

Ich weiß nicht, warum, aber auf einmal berichte ich Uwe von den nächtlichen Stimmen im Garten und davon, dass ich Nils mehrfach mit Ole Jensen gesehen habe. Und dass Nils, der angeblich so wenig Geld hat, auf einmal ein neues Auto fährt. Von Sven sage ich erst einmal nichts.

»Du meinst, Nils plant, nach Johanns Tod alles zu versilbern? Das würde ihm ähnlich sehen«, sagt Uwe darauf.

»Ich weiß nicht … Ich will ja niemanden zu Unrecht verdächtigen. Aber komisch ist es schon.«

»Du hast recht, komisch ist das«, sagt Uwe.

»Eigentlich geht es mich ja gar nichts an ... Aber ich weiß, wie viel Johann das ›Heidehüs‹ und sein Kiosk bedeuten.«

»Keine Sorge, liebe Bodensee-Deern. Ich werde ein Auge auf den alten Knaben haben.«

Das beruhigt mich. Zum Glück gibt es ja auch noch Emmi, die mehr als nur »ein Auge« auf Johann hat. Sie wird schon dafür sorgen, dass es ihm gut geht und er wieder richtig gesund wird.

⁕

Im Garten von Almas kleinem Häuschen steht zwischen blühenden Hortensienbuschen und vereinzelten Rosensträuchern ein weißer Strandkorb. Umrahmt von gelbem Sonnenhut und weißem Steinkraut finden sich auch hier die beeindruckenden Treibholz-Skulpturen, die ich schon in ihrem Blumenladen bewundert habe.

Alma bittet mich herein, auf der Terrasse sei es zu kühl.

Es gibt keinen Zweifel, der Herbst steht vor der Tür.

Almas Wohnzimmer ist mit hellen Möbeln und bunten Bildern gemütlich eingerichtet.

Treibholzdekorationen runden das Gesamtbild harmonisch ab.

»Haben Sie die selbst gemacht?«, frage ich sie.

»Oh nein, ich wünschte, ich könnte so etwas. Aber leider fehlt mir auch die Zeit dazu. Alles, was Sie sehen, hat meine Tochter selber hergestellt.«

»Ihre Tochter? Sie ist eine Künstlerin«, rufe ich bewundernd angesichts eines Spiegels, dessen Rand aus Treibholz gestaltet ist.

»Oh ja, meine Merle ist eine echte Künstlerin«, sagt Alma stolz und bietet mir einen Platz an ihrem gemütlichen Tisch an.

Sie sieht mich eine ganze Weile lang prüfend an, dann sagt sie auf einmal: »Ich freue mich, dass Sie noch einmal hergekommen sind. Auch wenn ich eigentlich jede Erinnerung an Heinz aus meinem Leben verbannt habe.« Nachdenklich blickt sie aus dem Fenster.

»Ich weiß, er hat Ihnen wehgetan und das tut mir sehr leid«, sage ich.

»Wehgetan? Das trifft es nicht ganz.«

Sie steht auf einmal auf, um den Tee zu holen.

»Er hat mir das Herz gebrochen.« Ihre Hand zittert, als sie den Tee eingießt. »Lesen Sie das. Es ist Ihr Vater und Sie sollten wissen, was damals geschah.«

Sie öffnet das Päckchen, das ich ihr mitgebracht habe, und nimmt viele Briefe heraus. Sie öffnet den obersten, heraus fällt eine Kette. Eine Kette mit einer Krabbe als Anhänger ... genau die gleiche, die mein Vater auch mir geschenkt hat.

Dann überreicht mir Alma den Brief, den mein Vater handschriftlich verfasst hat:

»Liebste Alma,
ich schreibe dir noch einmal, auch wenn ich jetzt schon weiß, dass du diesen Brief wie alle anderen wieder an mich zurücksenden wirst. Und doch muss ich es versuchen. Versuchen, dir meine Gefühle zu erklären, die du nicht verstehen kannst.

Du hast recht: Ich bin ein Feigling. Ich hatte nicht den Mut, mit dir neu anzufangen, auch wenn mein Herz nur dir gehört und immer dir gehören wird. Noch nie hat es in meinem Leben eine Frau gegeben, die mir so viel bedeutet hat wie du.

Und ich habe mir nichts sehnlicher gewünscht, als mit dir und unseren beiden Mädchen eine Familie zu gründen. Eine richtige Familie, in der man abends nach Hause kommt und freudig erwartet wird.

Für Lisa wäre es der Himmel auf Erden gewesen. Endlich eine Mutter zu haben, noch dazu eine so schöne und liebenswerte ...

Auch wenn sie es nie sagt, weiß ich doch, dass Lisa sehr darunter gelitten hat, dass ihre Mutter uns einfach so verlassen hat.

Und das genau ist das Problem ...

Sollte ich sie dieser Gefahr noch einmal aussetzen? Was wäre, wenn du es nicht mit uns aushalten würdest? Wenn es schiefgehen würde mit uns? Was würde aus unseren Kindern? Ich stelle mir täglich diese Frage und bitte dich, es auch einmal zu tun.

Was wäre ich für ein Vater, wenn ich mein Kind dem gleichen Schmerz noch einmal aussetzen würde?

Ich weiß, auch du trägst diese Verantwortung für deine Merle. Mir ist und war immer bewusst, dass du Sylt niemals verlassen würdest. Merle ist auf der Insel zu Hause und braucht ihr gewohntes Umfeld noch mehr als meine Lisa ihren Bodensee.

Wie hätte ich Lisa aus ihrem gewohnten Leben herausreißen sollen, noch dazu gerade jetzt, wo sie auf das Gymnasium kam?

Hier ist ihr Zuhause und hier ist auch mein Platz. So wie dein Platz bei Merle auf Sylt ist.

Ach, Alma ..., mein Herz tut so weh und ich vermisse dich unendlich.

Als ich dir sagte, dass ich dich liebe und für immer mit dir zusammen sein möchte, habe ich nicht gelogen. Jedes Wort war wahr.

Aber ich weiß beim besten Willen nicht, wie das möglich sein soll.

Soll ich jedes Jahr in den Sommerferien zu dir kommen und eine Urlaubsliebe mit dir pflegen? Mal ganz abgesehen davon, dass du so eine Frau nicht bist, glaube ich auch nicht, dass du auf Dauer auf mich warten würdest.

Auch wenn ich nichts so sehr wünsche wie das.

Ich wünsche mir, dass wir doch noch einen Weg finden... und gebe die Hoffnung nicht auf.

Bitte schreibe mir noch einmal, damit ich etwas von dir in den Händen halten kann.

Meine kleine Nordseekrabbe..., ich kann mir nicht denken, dass du mich nie wieder so anlächeln wirst wie an dem Abend am roten Kliff.

Für immer dein
Heinz«

»Das war nicht sein Abschiedsbrief«, sagt Alma, als ich fertig bin. »Der kam schon vier Wochen vorher. Daraufhin habe ich alle anderen zurückgehen lassen.«

»Er hat Sie vermisst«, sage ich.

»Kann sein. Vielleicht hat er seine Entscheidung ja auch bereut...«, seufzt sie. »Aber es war zu spät. Ich habe keinen seiner Briefe angenommen und alle zurückgehen lassen. Dieser ist nur einer von vielen... Er hat sie alle aufbewahrt, sie sind hier drin...« Alma zeigt auf das Päckchen.

»Aber warum haben Sie die Briefe nicht behalten? Haben Sie ihn denn nicht auch vermisst?«, frage ich neugierig.

»Oh doch, natürlich. Ich habe ihn sogar sehr vermisst.

Aber er hat mir das Herz gebrochen ... Ich wollte nicht, dass das Ganze von vorne anfängt und noch einmal das Gleiche geschieht.«

Alma sieht nachdenklich aus dem Fenster, dann beginnt sie zu erzählen: »Alles begann im Jahr zuvor. Ich besuchte meine Schwester Annemarie und saß mit ihr im Garten. Da kam dieser unglaublich gutaussehende Mann um die Ecke und sagte, er hätte für sich und seine Tochter ein Zimmer gebucht. Wir sahen uns in die Augen ... und – so blöd es sich anhört – ich wusste, wir gehören zusammen.«

Alma macht eine kurze Pause.

»Kurzum: wir verliebten uns rettungslos ineinander. Aber Heinz war vorsichtig. Seine kleine Tochter Lisa, also Sie, war schon einmal enttäuscht worden. Er wollte ihr nicht vorschnell eine neue ›Mutter‹ präsentieren, sondern erst sicher sein, dass das zwischen uns etwas Ernstes von Dauer wäre. Also schlossen wir einen Pakt: Wir wollten uns ein Jahr nicht wiedersehen. Sollten wir bis dahin immer noch starke Gefühle füreinander haben, sollte es für immer sein. Meine Gefühle für Heinz waren so stark, dass ich bis ans Ende der Welt mit ihm gegangen wäre. Das Jahr war um und wir sahen uns wieder. Heinz ging es wie mir und wir waren so glücklich, dass wir die ganze Welt hätten umarmen können. Trotzdem hielten wir unsere Liebe vor euch Kindern geheim. Wir wollten erst einen richtigen Plan haben, wie es weitergehen sollte. Am Ende des Sommers konnten wir uns nicht voneinander trennen. Heinz machte mir einen Heiratsantrag und wir kauften in Keitum Verlobungsringe.

Er musste zurück, denn die Ferien waren um und Sie mussten zur Schule. Bis zum Ende des Jahres wollte Heinz sich Zeit lassen, um eine Stelle auf Sylt zu finden ... und um Ihnen zu sagen, dass wir heiraten und Sie beide nach Sylt umziehen würden. Stattdessen hörte ich auf einmal kaum noch etwas von ihm. Nach ein paar Wochen kam dann sein Brief ... Der Brief, in dem er mir mitteilte, dass er nicht kommen würde. Er könnte seine Tochter nicht aus ihrem Leben am Bodensee herausreißen und wäre der Verantwortung für ein weiteres Kind nicht gewachsen.«

»Warum hat er Sie nicht gefragt, ob Sie zu ihm zum Bodensee kommen würden?«, frage ich.

»Das hatte er schon zuvor, sogar mehrfach. Aber er wusste, dass es mir nicht möglich war.« Alma steht auf und tritt vor das Fenster.

»In seinem Brief stand unmissverständlich, dass sich unsere Wege trennen würden. Wir hätten das Glück gehabt, eine solche Liebe erleben zu dürfen, aber die Umstände sprächen einfach gegen uns ... blabla. Ich war am Boden zerstört. All meine Träume und Hoffnungen auf ein gemeinsames Familienglück waren mit einem einzigen Brief zerstört. Dass er sich nicht einmal die Mühe gemacht hatte, es mir ins Gesicht zu sagen, fand ich besonders schlimm. Ich schrieb ihm zurück, dass er ein erbärmlicher Feigling sei und ich in meinem ganzen Leben nie wieder etwas mit ihm zu tun haben wollte. Als Beweis, dass es mir ernst war, legte ich die Kette mit der Krabbe bei, die er mir geschenkt hatte, als er mir zum ersten Mal seine Liebe gestand.«

»Das war aber hart«, entfährt es mir. »Hätten Sie sich denn nicht noch einmal aussprechen können?«

»Was gab es da noch zu besprechen? Er hatte es mir schriftlich gegeben, dass er weder mich noch eine gemeinsame Zukunft wollte. Glauben Sie, eine Frau wartet auf einen Mann, der ihr das Herz gebrochen hat?«

Auf einmal dreht Alma sich um und in ihren Augen schimmern Tränen.

»Ich erwartete ein Kind von ihm. Ich hatte mich so sehr darauf gefreut. Auf das Kind, unsere Hochzeit, auf unsere gemeinsame Familie. Und er? War zu feige, ein neues Leben mit mir anzufangen.«

»Sie waren schwanger«, entfährt es mir. »Wusste mein Vater davon?«, frage ich.

Alma schüttelt den Kopf. »Nein, und er hat es auch nie erfahren. Ich wollte es ihm sagen, wenn wir uns wiedersehen und eine gemeinsame Wohnung suchen, wie es geplant war.«

»Was wurde denn aus dem Baby?«, frage ich, obwohl ich es mir denken kann.

Eine Träne kullert Almas Wange herunter. »Was hätte ich denn tun sollen? Ein zweites Kind alleine großziehen?«

»Wenn mein Vater davon gewusst hätte, dann ...«

»Was, dann? Dann wäre er doch nach Sylt gekommen? Die Probleme wären doch immer noch dieselben gewesen.«

»Ich bin sicher, es hätte sich eine Lösung gefunden«, sage ich.

Mein Vater war nicht nur ein mehr als pflichtbewusster Mensch, sondern auch der liebevollste Vater, den es gibt. Ganz bestimmt hätte er sich der Verantwortung gestellt und doch noch versucht, mit Alma zusammen zu sein.

»Ich wollte nicht, dass er denkt, dass ich ihn mit dem Kind zu einer Hochzeit zwingen wollte, nachdem er mich bereits abgeschrieben hatte«, sagt sie.

Ganz schön stur, denke ich so bei mir.

»Und dass Sie mit Merle an den Bodensee ziehen, wäre keine Option für Sie gewesen?«, frage ich stattdessen laut.

»Nein, das war einfach nicht möglich. Merle ist nicht ... wie andere ... Sie braucht ihr gewohntes Umfeld ... ihre Ruhe ...«, antwortet Alma leise.

Sie geht zur Tür und sagt: »Kommen Sie. Ich stelle Ihnen Merle vor.«

Wir laufen um das Haus herum zu einer Art Garage, die jedoch offensichtlich eine Werkstatt geworden ist. Eine Werkstatt, in der die schöne Treibholzkunst entsteht, die ich eben noch bewundert habe.

»Merle, ich möchte dir jemanden vorstellen. Das ist Lisa vom Bodensee.«

Merle streckt mir freundlich die Hand hin und sagt: »Moin.«

Sie ist etwas jünger als ich, vielleicht Anfang 40 ... oder vielleicht noch jünger. Merle trägt eine Jeanslatzhose und ein geringeltes Hemd und ihre kurzen Haare stehen kreuz und quer vom Kopf ab.

Und auf einmal glaube ich zu wissen, warum mein Vater Angst vor der Verantwortung für die neue Familie hatte ... Warum er diese schwerwiegende Entscheidung traf, die sein Herz zerreißen und die er sein ganzes Leben bereuen sollte ... Warum er die Frau verließ, die er von ganzem Herzen liebte. Und warum Alma ihm das nicht verzeihen konnte.

Es war nicht nur meinetwegen, weil ich die Schule nicht wechseln sollte. Mein Vater hatte Angst, er würde mit dem neuen Leben auf Sylt nicht zurechtkommen.

Er hatte Angst, zwei kleine Mädchen (von dem dritten Kind wusste er ja gar nichts) würden leiden müssen, wenn diese neue Familie auch wieder zerbrechen würde.

Sein kleines Mädchen Lisa ... und die kleine Merle, die geistig behindert ist.

14. KAPITEL:
EIN NEUER ANFANG?

»Sauerstoffmangel bei der Geburt«, erklärt Alma, als sie meinen fragenden Blick bemerkt. »Es waren nur ein paar Minuten. Merle ist geistig ein Kind geblieben und wird mich immer brauchen. Sie ist sehr anhänglich und öffnet ihr Herz fremden, unbekannten Menschen nur schwer. Damit kam schon ihr leiblicher Vater nicht klar. Und dein Vater hatte wohl auch Angst vor der Verantwortung. Nun, ich kann es ihm nicht einmal verdenken.«

Ich schon. Gerade mein Vater, der Zeit seines Lebens so liebevoll war und mir beigebracht hat, dass nur die inneren Werte der Menschen zählen, soll sich gedrückt haben?

Vielleicht hätte er nur etwas mehr Zeit gebraucht.

»Sie waren das Wichtigste in seinem Leben«, spricht Alma weiter, als wir wieder im Haus sind und sie uns noch einmal Tee nachschenkt. »Er wollte auf keinen Fall, dass Sie unglücklich werden. Sie hatten schon genug unter dem Fortgehen Ihrer Mutter gelitten.«

»Also bin ich schuld, dass aus uns allen keine große Familie wurde?«, frage ich leicht gereizt.

»Aber nein, so meinte ich das nicht. Ich glaube – nein, heute *weiß* ich, nachdem ich all seine Briefe gelesen habe, dass wir beide uns von Herzen geliebt haben. Aber es gab eben nicht nur uns beide …, sondern noch zwei kleine Mädchen, die uns brauchten und für die wir verantwortlich waren. Wir konnten nicht so einfach aus unserem Leben ausbrechen und über 1.000 Kilometer entfernt neu anfangen. Schuld? Wer hat an so etwas Schuld? Ihr Vater, der zu zögerlich war ... oder ich, die zu stolz war, nach seinem Abschiedsbrief noch einmal auf ihn zuzugehen?

Ich war auch nicht mutig genug. Heute weiß ich das. Und heute weiß ich auch, dass wir es hätten schaffen können. Unsere Gefühle füreinander waren stark genug. Aber heute ist es zu spät ... und Heinz ist tot.«

Sie legt sich selbst die Kette mit der Krabbe um und sagt mehr zu sich selbst: »Ich habe auch einen Fehler gemacht. Einen großen sogar. Das Leben gibt uns manchmal eine zweite Chance und dann sind wir zu blind, sie zu ergreifen.«

Ich muss auf einmal an Sven denken, an seine einfühlsame Art, mir zuzuhören.

Habe ich auch eine zweite Chance verdient?

»Stattdessen habe ich aus Trotz und weil ich nicht länger alleine sein wollte, irgendwann einen anderen geheiratet. Magnus war Fischer und aus Esbjerg. Das war nicht so weit von Sylt entfernt wie der Bodensee.« Alma lächelt. »Doch Magnus wollte nur mich, nicht Merle. Immer öfter sprach er davon, dass ich sie in ein Heim geben sollte. Schließlich hatten wir nur noch Streit und ich kehrte nach Sylt zurück. Aber warum erzähle ich Ihnen das eigentlich alles?«, fragt sie mehr sich selbst als mich.

»Ich glaube, weil ich Sie an Heinz erinnere. Und weil wir ja fast eine Familie geworden wären«, antworte ich.

In diesem Moment stelle ich mir vor, wie schön es gewesen wäre. Eine »Mutter« zu haben, mit der ich über Schulprobleme, Liebeskummer oder einfach nur über allgemeinen Mädelskram wie Mode und Kosmetik hätte sprechen können. Eine Schwester zu haben, die immer da gewesen wäre.

Ich glaube nicht, dass die Liebe meines Vaters zu mir kleiner geworden wäre, nur weil er eine Frau an seiner Seite gehabt hätte. Im Gegenteil, ich glaube, er wäre glücklich geworden … mit seiner kleinen Familie: der schönen, stolzen Alma und uns beiden Mädchen. Mein Vater war nie hochtrabend oder anspruchsvoll, ihm genügte stets das kleine Glück. Was die anderen Leute dachten, war ihm ohnehin egal.

»Schade, dass es nicht so weit gekommen ist«, sage ich zu Alma und meine es ernst.

Sie steht auf und schließt mich in die Arme. »Das finde ich auch. Lass uns Du sagen, Lisa.«

Sie sieht mich mit einem schiefen Lächeln an. Wahrscheinlich hat sie gerade dasselbe gedacht wie ich.

»Du fährst heute schon?«, fragt sie.

Ich sehe auf die Uhr. »In einer Stunde geht mein Zug. Aber ich komme ganz bestimmt wieder. Ich würde euch gerne wieder besuchen, wenn ihr wollt«, verspreche ich.

»Wir bringen dich zum Bahnhof«, entscheidet Alma spontan und ruft nach Merle.

Unterwegs sieht Merle schweigend aus dem Fenster und antwortet mir nicht, obwohl ich sie einige Male anspreche. Alma hat ja gesagt, dass sie Fremden gegenüber sehr zurückhaltend ist.

»Wie geht es Johann?«, fragt mich Alma.

»Ich glaube, nicht sehr gut. Er schiebt es zwar auf das Alter, aber ich fürchte, dass er ernsthaft krank ist.«

»Johann und krank? Das kann ich mir nicht vorstellen«, sagt Alma. »Was fehlt ihm denn?«

»Er klagt ständig über Kopfschmerzen und Schwindel. Dabei ist er sehr blass und oft schwankt er beim Gehen. Manchmal habe ich das Gefühl, dass er gar nicht richtig ›da‹ ist, wenn du weißt, was ich meine«, versuche ich zu erklären.

»Oh, das hört sich ja nicht gut an.« Alma ist betroffen.

»Warum habt ihr eigentlich keinen Kontakt mehr?«, frage ich neugierig.

»Ach, das war eine dumme Sache ...«, antwortet sie mir nachdenklich. »Als ich nach Sylt zurückkam, war Annemarie eine große Stütze für mich«, berichtet sie. »Wir waren viel zusammen und Annemarie kam mir immer so zufrieden und glücklich vor.«

Denselben Eindruck habe ich auch auf den Fotos von ihr gewonnen.

»Irgendwann erzählte sie mir von Spannungen und Schwierigkeiten mit Johann. Das war vollkommen ungewöhnlich, denn normalerweise waren die beiden wirklich ein Herz und eine Seele. Ich habe Annemarie immer um diesen tollen Ehemann beneidet. Sie hatte das, was ich nie erreicht habe ... eine glückliche Ehe. Johann hat Annemarie vergöttert, vielleicht auch, weil sie so viel jünger als er und so schön war. Aber nicht nur deshalb ... Die beiden verstanden sich einfach super.«

Alma schüttelt den Kopf, als ob sie etwas in der Vergangenheit nicht begreifen könne.

»Doch auf einmal kam mir Annemarie verzagt und unsicher vor. Ich sprach sie darauf an und sie meinte, sie fühle sich irgendwie ständig beobachtet und verfolgt. Sie habe Johann davon erzählt, doch der habe sie nur ausgelacht und gemeint, sie habe zu viel von den Puken, den kleinen Hausgeistern, gelesen. Aber Annemarie fühlte sich unwohl, besonders wenn sie alleine am Watt oder in der Heide spazieren ging. Dann kamen auf einmal diese Gerüchte auf ... böse Gerüchte.«

»Dass Annemarie einen Liebhaber hatte?«, frage ich.

»Ja, genau. Woher weißt du davon?«

»Das hat mir Johanns Freund Uwe erzählt. Die beiden waren wohl zusammen im Shanty-Chor.«

»Uwe Boysen, ja, den kenne ich.« Alma nickt.

»Uwe hat mir allerdings erzählt, dass das alles nur dummes Gerede war und eigentlich niemand so richtig wusste, wer das Gerücht überhaupt aufgebracht hatte«, ergänze ich.

»Offensichtlich hat sich Johann jedoch von dem Geschwätz anstecken lassen. Er fing an, Annemarie nachzuspionieren und ihr Dinge zu unterstellen, die sie nie getan hatte. Annemarie wurde dadurch total unsicher und unglücklich«, seufzt Alma. »Deshalb hatten wir auf Annemaries Beerdigung einen Riesenstreit. Ich warf Johann vor, dass er Annemarie nicht vertraut und sie mit seinem Verhalten in den Tod getrieben hatte.«

Alma scheint in ihren Handlungen und ihrer Unversöhnlichkeit tatsächlich manchmal etwas extrem zu sein. Ich kann mir gut vorstellen, dass Johann nach diesem Gefühlsausbruch mehr als nur sauer auf Alma war.

»Aber es ist doch wahr. Warum war sie damals bei diesem Wetter überhaupt mit dem Rad unterwegs? Es muss etwas mit *ihm* zu tun gehabt haben, denn einen Liebhaber hatte sie nicht, das hätte sie mir erzählt. Wer weiß, ob das Ganze überhaupt ein Unfall war.«

»Was soll es denn sonst gewesen sein?«, frage ich nach dieser ungeheuren Vermutung. »Ich denke, Annemarie war so beliebt? Wer hätte Grund gehabt, ihr etwas Böses anzutun? Johann wäre sicher der Letzte gewesen, der sich ihren Tod gewünscht hätte. Er leidet ja heute noch darunter. Uwe hat mir erst neulich erzählt, dass Johann sich solche Vorwürfe gemacht hat, weil er vergessen hatte, das Licht an Annemaries Fahrrad zu reparieren. Er dachte, wenn der Fahrer des Unglücksautos sie rechtzeitig gesehen hätte, wäre der Unfall vielleicht gar nicht passiert«, sage ich.

»Das Licht an Annemaries Rad war kaputt? Das wusste ich ja gar nicht. Ein Grund mehr, auf Johann böse zu sein, nicht wahr?«, fragt Alma und ihre Lippen sind auf einmal nur noch ein schmaler Strich.

»Ich weiß nicht. Wenn das Wetter wirklich so schlecht war, dann hätte das Licht an ihrem Rad vermutlich auch nicht viel genützt«, sage ich.

Doch Alma sieht nachdenklich aus. »Ach, es ist so lange her«, seufzt sie auf einmal. »Und wir können es nicht ungeschehen machen, leider. Damals war ich wütend, weil mir vieles merkwürdig vorkam. Aber vielleicht habe ich ja auch Gespenster gesehen, weil ich durch Annemaries plötzlichen Tod so geschockt war. Sicher ist es das Beste, die Vergangenheit ruhen zu lassen ...«, sagt Alma.

»Vielleicht solltet ihr beide euch einmal aussprechen, Johann und du«, schlage ich vor. »Ich glaube nämlich, dass ihr beide Annemarie sehr geliebt habt und sie heute noch vermisst. Da solltet ihr euch nicht zusätzlich auch noch Vorwürfe machen. Entschuldige, aber das ist meine Meinung«, sage ich.

»Dann muss aber Johann auf *mich* zukommen«, sagt Alma und setzt hinzu: »Und das wird er wohl nicht. Wir sind eben beide Sturköppe.«

»Das Gefühl habe ich auch«, antworte ich lächelnd. »Denke noch einmal darüber nach, Alma. Bevor wieder so viel wertvolle Zeit vergeht. Vergiss nicht: Johann geht es nicht gut. Man weiß ja nie ...«

Ich bedanke mich bei Alma und Merle dafür, dass sie mich zum Bahnhof gebracht haben und steige in den Zug.

Bevor sich die Türen schließen, gibt Merle mir etwas, das sie schon die ganze Zeit in ihren Händen gehalten hat. Es ist der Bilderrahmen aus Treibholz, den sie vorhin hergestellt hat.

Ich weiß auch schon, welches Bild ich in diesen stellen werde. Mein Lieblingsfoto von der Heide.

―⁂―

Aus dem Zugfenster betrachte ich wehmütig die Häuser von Westerland, die grünen Wiesen mit ihren Kühen und Pferden, die Kirche von St. Severin und die Reetdachhäuser von Keitum und Morsum. Der Zug fährt auf den Hindenburgdamm und Meter für Meter entfernen wir uns weiter von Sylt. Mir ist so schwer ums Herz, nicht nur, weil ich mich von der Insel verabschieden muss, sondern auch, weil ich ein Gefühl habe, als hätte ich mich von meiner Familie getrennt.

Dabei fahre ich doch gerade zu ihr.

Alma und Merle wären jedoch beinahe meine Familie geworden, und damit auch Johann, denke ich.

Wenn mein Vater nur etwas mutiger gewesen wäre. Aber wer weiß, wie dann alles gekommen wäre …

Es ist seltsam, wie sich durch eine einzige Entscheidung das Leben so vieler Menschen verändern kann. Hätten die beiden zueinander gefunden, wären wir vielleicht alle sehr glücklich miteinander geworden. Vielleicht aber auch nicht … das wissen wir ja nicht.

Auf jeden Fall hätte ich Andreas nie kennengelernt und müsste mir jetzt keine Gedanken um meine Ehe machen.

Andererseits hätte ich dann auch viele schöne Erlebnisse am Bodensee nicht gehabt und vor allem nicht meine beiden wunderbaren Kinder.

Ich freue mich sehr auf Tim, der sicher auch beim Geburtstag seiner Großmutter dabei sein wird und auf Ann-Sophie. Wozu sie sich wohl entschlossen haben mag? An Almas Verhalten habe ich deutlich gespürt, wie sehr es eine Frau auch viele Jahre danach noch beschäftigt, wenn sie sich gegen ein Kind entscheidet. Ich hoffe sehr, dass Ann-Sophie nicht diesen unwiderruflichen Schritt wagen wird.

Und ich frage mich, wie Andreas reagieren wird, wenn ich auf einmal wieder da bin. Ob er sich überhaupt freuen wird?

Gleichzeitig schleichen sich auch immer wieder Gedanken an Sven in meinen Kopf. War es Schicksal, dass wir uns nicht wiedergesehen haben? Sollte es nicht sein? Oder waren wir beide ebenso wie mein Vater und Alma zu ängstlich und zu zögernd, um uns auf etwas Neues einzulassen ... Weil wir nicht wissen, wie es ausgehen wird?

Hätten wir uns nicht eine Chance geben sollen, statt die Sache im Sande verlaufen zu lassen, bevor sie richtig begonnen hat?

Während der Zug durch das Wattenmeer auf das Festland zurollt, ahne ich, dass mir eine Entscheidung bevorsteht. Entweder es gelingt mir, Sven zu vergessen und unserer Ehe noch einmal eine Chance zu geben, oder ich muss einen Neuanfang alleine wagen. Werde ich dazu mutig genug sein?

Spät am Abend komme ich in Konstanz an. Es ist so viel wärmer als noch heute Morgen auf Sylt und ich ziehe meine Jacke aus.

Auch heute herrscht quirliges Treiben hier und ich habe Mühe, ein Taxi zu finden. Natürlich könnte ich Andreas oder Ann-Sophie anrufen, doch ich möchte erst einmal in Ruhe zu Hause ankommen.

Das Haus ist dunkel, es scheint niemand da zu sein. Vermutlich ist Andreas noch im Büro.

Ich gehe hinein und bringe meinen Koffer nach oben. Obwohl ich todmüde bin und das Bett mehr als einladend aussieht, gehe ich wieder hinunter und betrachte unser riesengroßes, blitzblankes Wohnzimmer. Es sieht gar nicht so aus, als würde hier jemand wohnen.

Wie ein Foto aus einer »Schöner-Wohnen-Zeitung«.

Welch ein Unterschied zum kleinen »Spatzennest«... oder Johanns gemütlicher kleiner Wohnstube.

Ich streife die Schuhe ab und gehe in die Küche, um mir ein Glas Wein zu holen. Auch hier ist alles blitzeblank ... Ob Andreas immer essen geht? Im Kühlschrank sind auf jeden Fall nicht viele Lebensmittel. Dafür einige Flaschen Meersburger Spätburgunder, von dem ich mir ein Glas einschenke. Ich gehe hinaus auf die Terrasse. Die Stimmung ist wunderschön: Der spätsommerliche Garten liegt gepflegt vor mir, die Lichter auf der anderen Seite des Sees funkeln.

Ich setze mich ins Gras und fühle mich auf einmal schrecklich ... allein.

Es ist komisch, ich war ja die ganze letzte Zeit auf Sylt auch allein ... und dennoch habe ich mich kein einziges Mal so gefühlt.

Warum fühle ich mich jetzt so? Warum bin ich nicht glücklich, zu Hause zu sein?

Vielleicht bin ich ja nur müde nach der langen Fahrt.

Das Garagentor brummt – Andreas kommt heim. Doch ich bleibe sitzen, statt meinem Mann entgegenzugehen.

Ich höre ihn hereinkommen, seine vertrauten Schritte im Flur. Er geht in die Küche, vermutlich, um sich ein Bier zu holen. Ich höre ihn am Telefon sprechen, er lacht und spricht mit leiser, warmer Stimme. Also kein Geschäftsgespräch, denke ich und schaue weiter auf den dunklen See vor mir.

Andreas tritt auf die Terrasse und ich stehe auf.

Jetzt erst sieht er mich und beendet sofort sein Telefonat.

»Lisa. Meine Güte, hast du mich erschreckt. Was machst du denn hier?«, fragt er.

»Ich wohne hier. Schon vergessen?«, frage ich lächelnd und gehe auf ihn zu.

Er umarmt mich. »Schön, dass du da bist.«

Er hält mich eine Armeslänge auf Abstand und sagt: »Gut siehst du aus. Hast du dich erholt?«

Er stellt mir diese Frage, als sei ich zur Kur gewesen. Ich lächle weiter.

»Morgen ist Mamas Geburtstag«, klärt er mich auf.

»Ich weiß«, sage ich. »Deshalb bin ich ja hier.«

»Nur deshalb?«, fragt er und zieht eine seiner Augenbrauen hoch, wie immer, wenn er einer Sache nicht traut.

Ich kenne jede seiner Gesten, all seine Bewegungen. Andreas ist mir so vertraut wie niemand sonst auf der Welt. Und doch ist er mir in diesem Moment fremd.

»Was ist aus uns geworden, Andreas?«, frage ich ihn.

»Ach, Lisa. Jetzt geht das wieder los. Ich hatte gedacht, du würdest auf Sylt ein wenig zur Ruhe kommen. Und zum Nachdenken«, sagt er ungeduldig und geht hinein, um die Weinflasche und noch ein Glas für sich zu holen.

Wir setzen uns an den großen Tisch, an dem 12 Personen Platz finden und den wir gekauft haben, damit unsere Kinder später einmal mit ihren Partnern und Kindern sowie unsere Freunde mit uns daran feiern können.

»Das bin ich auch, Andreas. Ich habe viel nachgedacht. Mir ist klar geworden: Wir haben uns irgendwie aus den Augen verloren...«

»Lisa, das ist doch bei allen Paaren so, die lange zusammen sind«, sagt Andreas. »Man kann doch nicht diese Verliebtheitsphase ein Leben lang bewahren und ständig Händchen halten.«

»Kann man nicht?«, frage ich. »Warum nicht?« Ich denke an das ältere Paar im Hafen von List.

»Bitte, Lisa, jetzt tu doch nicht so. Du willst mir doch nicht sagen, dass du noch genauso verliebt in mich bist wie vor 25 Jahren. Ein anderes Gefühl tritt an diese Stelle ... Vertrautheit. Das Gefühl, sich auf jemand verlassen zu können, das ist doch viel mehr wert.«

Er hat ja recht. Vertraut ist Andreas mir noch immer. Aber kann ich mich auf ihn verlassen?

Kann ich mich auf mich selbst verlassen ... Darauf, dass meine Gefühle für ihn noch immer so stark sind wie früher und sich nur verändert haben?

»Kennt Andreas deine Träume?«, hat mein Vater in seinem Brief an mich gefragt. Ich glaube, Andreas weiß überhaupt nicht, was mich bewegt. Darum sage ich es ihm, jetzt ist ein guter Zeitpunkt.

»Andreas, ich kann so nicht weitermachen. Ich fühle mich so ... nutzlos. Eigentlich bin ich nur dein Anhängsel und warte darauf, dass du irgendwann nach Hause kommst.«

»Das verstehe ich«, sagt er zu meiner Überraschung. »Ich gebe zu, ich habe dich oft allein gelassen. Aber du weißt ja, das Bodensee-Center ...«

»Es ist doch nicht nur das Bodensee-Center. Als ob du dir auch ohne das mehr Zeit für mich nehmen würdest«, sage ich.

»Was meinst du damit? Für wen mache ich das denn alles? So eine Firma aufzubauen und zu leiten, ist doch kein

Zuckerschlecken. Während du es dir immer schön gemütlich gemacht hast, habe ich dafür gesorgt, dass es uns gut geht«, antwortet er aufgebracht.

»Das weiß ich doch, Andreas. So habe ich es auch gar nicht gemeint. Ich wollte dir keinen Vorwurf machen ...«

»Ach nein? Was soll ich denn dann bitte schön deiner Meinung nach tun? Nachmittags mit dir im Liegestuhl liegen oder Eisessen gehen?«

Er versteht mich einfach nicht.

»Darum geht es nicht, Andreas. Aber es muss sich etwas ändern. Wir leben doch komplett nebeneinander her. Du bemerkst es doch nicht einmal, wenn ich nicht da bin ...«, sage ich, auch wenn ich mich bemühe, den Vorwurf aus meiner Stimme zu nehmen.

»Oh doch. Wenn ich mich richtig erinnere, habe ich dich mehrfach auf Sylt angerufen, während du dich kein einziges Mal bei mir gemeldet hast. Wer interessiert sich denn jetzt nicht für wen?«

Unruhig läuft Andreas hin und her.

»Ich glaube, es hilft uns nicht, wenn wir uns gegenseitig Vorwürfe machen«, sage ich, um die Situation zu beruhigen.

»Nein, bestimmt nicht«, Andreas seufzt. »*Was* willst du eigentlich, Lisa? Ich meine, schau dich doch mal um. Es geht dir doch gut. Viel besser als den meisten Frauen. Was fehlt dir denn?«

Ja, was fehlt mir denn?

Mir fehlt Wärme, Zärtlichkeit, eine Hand, die meine hält. Doch Andreas' Hand hält nur sein Weinglas.

Ich nicke. Ich bin traurig, denn ich weiß ja selbst gerade nicht, was mit mir los ist.

»Ich glaube, du brauchst nur eine Aufgabe«, sagt Andreas auf einmal. »Seitdem die Kinder groß sind, fehlt dir etwas ...«

Er hat recht, es gibt diese Leere in mir, seitdem Ann-Sophie und Tim eigene Wege gehen. Eine Leere, die Andreas nicht füllen kann und nicht füllen mag.

Ich nicke wieder.

»Weißt du was? Warum schaust du dich nicht nach einer Beschäftigung um? Du brauchst ja nicht gleich voll einzusteigen. Vielleicht ein Halbtagsjob? Bernhards Frau Moni war auch immer so langweilig. Die arbeitet jetzt in einer Boutique und ist seitdem viel ausgeglichener. Wie wäre so etwas? Du könntest auch mit Tennis spielen anfangen, dann hätten wir etwas Gemeinsames.«

Andreas ist ganz begeistert. Er hat die Lösung für unsere Probleme gefunden.

Indem wir meine »Langeweile« bekämpfen und eine Beschäftigungstherapie für mich ausdenken, finden wir wieder zueinander.

Ich kann nicht glauben, dass er das ernst meint. Aber es rührt mich, wie glücklich er auf einmal aussieht.

Plötzlich bin ich unglaublich müde.

Ich sage daher: »Lass uns morgen darüber reden«, und gehe zu Bett.

Andreas kommt erst sehr viel später nach. Aber ich bin so erschöpft, dass ich auch das nur am Rande wahrnehme.

○○○

»Lisa ... Wie schön, dich zu sehen.« Edith nimmt mich fest in die Arme. »Wir haben dich alle so sehr vermisst. Aber toll siehst du aus, das muss ich schon sagen.

Um Jahre verjüngt ... unglaublich.«

Ich trage das weiße Kleid, das ich in Westerland gekauft und an dem letzten Abend mit Sven getragen habe.

Ich denke ständig daran und kann diesen Abend nicht vergessen.

»So gut wie *du* kann ich gar nicht aussehen«, lache ich.

»Herzlichen Glückwunsch zum Geburtstag, meine Liebe. Wie machst du das nur? Hast du ein Rezept dafür, so jung zu bleiben ... Wenn ja, dann verrate es mir bitte.«

Es stimmt, Edith sieht wirklich besonders jugendlich aus heute Abend in ihrem schicken Hosenanzug aus fließender Seide. Ich bin so dankbar, dass es sie gibt, und ich drücke sie fest.

»Ein Rezept habe ich leider nicht. Aber ich glaube, Glücklichsein hilft auf jeden Fall.«

Sie sieht mich misstrauisch an. Edith kennt mich zu lange und zu gut, um ihr etwas vormachen zu können.

»Konntest du denn deine Mission auf Sylt erfüllen?«, fragt sie mich.

Seltsam, dass Andreas mich das gar nicht gefragt hat, denke ich.

»Ja, zum Glück. Es sieht so aus, dass mein Vater vor vielen Jahren eine große Liebe auf Sylt hatte. Aber offenbar fehlte ihm der Mut für einen Neuanfang ... Das hat er wohl sein Leben lang bereut«, erzähle ich Edith offen. Ich weiß, dass alles, was ich ihr sage, auch bei ihr bleibt.

»Wie bedauernswert. Ich hätte es deinem Vater wirklich gegönnt, ein neues Glück zu finden. Du weißt, ich mochte ihn sehr. Und erst seine Musik ... hach. Wenn er nur heute hier sein könnte.«

Ich weiß, was sie meint. Wir sind im Konstanzer Hotel »Riva« und trinken einen Aperitif mit Blick auf den See. Um uns herum sind all jene gut gekleideten und froh gelaunten Menschen, die gekommen sind, um Ediths 70. Geburtstag mit uns zu feiern.

Auf einmal erscheint ein gutaussehender junger Mann und setzt sich ans Klavier.

Tim.

Er spielt »Mit 66 Jahren« von Udo Jürgens und hat den Text für die Oma auf »Mit 70 Jahren« geändert.

Er ist so unfassbar gut, dass nicht nur Edith, sondern auch alle anderen Tränen in den Augen haben. Mein Sohn. Wie stolz sein Großvater auf ihn wäre.

Ach, Papa. Warum kannst du nicht bei uns sein? Aber vielleicht bist du das ja …, denke ich.

Edith freut sich so sehr, als er anschließend noch »Happy Birthday, liebste Oma« singt.

»Mama. Du siehst toll aus«, sagt auch er, als er mich umarmt.

»Erzähle. Ich will alles wissen. Wie es in Dresden war …, was deine Musik macht … und überhaupt.«

Wie schön es ist, ihn zu sehen.

Doch Tim vertröstet mich: »Später. Erst muss ich dir jemanden vorstellen.«

Er verschwindet und kehrt kurze Zeit wieder.

»Das ist Lene.«

Eine dunkelhaarige Schönheit mit sächsischem Dialekt wünscht mir höflich einen guten Abend.

Ich freue mich und denke daran, dass Andreas Tim wegen seiner Sensibilität und seiner Musikbegabung schon des Öfteren für schwul gehalten hat. Nun wird er neidisch sein auf die Schönheit an der Seite seines Sohnes.

Meine Hoffnung, die junge Dame in den nächsten Tagen etwas näher und besser kennenzulernen, erfüllt sich allerdings nicht.

»Wir bleiben nur bis morgen. Lene und ich wollen noch ein paar Tage an die Ostsee fahren, bevor es in Weimar losgeht«, erzählt mein Sohn.

»Studieren Sie auch in Weimar?«, frage ich sie.

Sie lacht. »Nein, ich mache eine Ausbildung bei der Leipziger Messegesellschaft«, sagt sie.

»Das ist nur eine Stunde bis Weimar ...«, sagt Tim.

»Wie schön. Das passt ja prima«, freue ich mich für die beiden.

»Dir scheint es ja gut gefallen zu haben auf Sylt ... hat jedenfalls Ann-Sophie erzählt«, sagt Tim auf einmal.

»Ja, es stimmt. Diese Insel hat mir einfach nur gutgetan«, erzähle ich.

»Ann-Sophie war auch total begeistert. Sie hat soo geschwärmt ... vom Meer ... der roten Grütze mit Sahne ... von den Krabbenbrötchen ... vom Milchreis mit Zimt und Zucker ...«

»So verfressen bin ich nun auch wieder nicht«, höre ich hinter mir eine Stimme.

»Oh doch«, sagt Jan und nimmt mich fest in den Arm.

Ann-Sophie sieht glücklich aus und zwickt Jan in die Seite.

Als die anderen in ein Gespräch über das letzte Seenachtsfest in Konstanz vertieft sind, flüstert sie mir zu: »Ich muss mit dir reden, Mama«, und wir gehen ein Stück am See entlang.

»Ich habe nachgedacht. Und mit Jan geredet. Und ...«

»Und?«

»Und wir haben beschlossen, dass wir es versuchen wollen«, sagt sie strahlend.

Mir kommen die Tränen. Ich drücke meine zarte Tochter ganz fest. »Ach, Liebes ... Ich habe so gehofft, dass du dich so entscheiden würdest.«

»Ich hab ein bisschen Angst, Mama«, sagt sie leise. »Aber ich habe daran gedacht, was du gesagt hast ... von wegen ...

der richtige Zeitpunkt ist *nie* da ... das stimmt wahrscheinlich. Jan hat ohnehin von Anfang an gesagt: ›Kein Problem, Süße ... Wir machen das schon.‹ Also habe ich mir gedacht: Warum sollen wir das nicht hinkriegen, was so viele vor uns geschafft haben? Vielleicht ist sogar jetzt der richtige Zeitpunkt: Wir sind beide viel zu Hause, um zu lernen ..., somit kann sich einer von uns immer um das Baby kümmern. Und später, wenn ich bei Papa im Büro bin, kann ich das Würmchen vielleicht mitnehmen oder ich mache Home Office ... oder vielleicht bekommt auch Jan gar nicht gleich eine Stelle und kann erst einmal zu Hause bleiben ... oder wir wechseln uns einfach ab.«

»Ach, Ann-Sophie. Ich bin ja so froh. Natürlich bin ich auch für dich da ... Wann immer du mich brauchst«, verspreche ich.

»Wir kriegen das hin.« Ann-Sophie nickt zuversichtlich.

»Weiß dein Vater schon, dass er Großvater wird?«, frage ich.

»Noch nicht«, grinst Ann-Sophie. »Wir wollen es ihm heute sagen.«

⁓⦵⦵

Spät am Abend liege ich im Bett und sehe aus dem geöffneten Fenster. Die Sterne funkeln und die Nacht ist noch immer warm. Doch der kleine Nebelhauch auf dem See lässt erahnen, dass der Herbst vor der Tür steht.

Ich kann nicht schlafen und gehe mit einem Glas Milch nach draußen auf die Terrasse.

Andreas und ich haben nach der Feier miteinander geschlafen. Es hat sich gut angefühlt, wie immer in den all den Jahren. Vertraut und unaufgeregt, der normale Sex zwischen zwei Menschen, die schon lange jeden Zentimeter des anderen auswendig kennen.

Danach schmiegte ich mich in Andreas' Arme und fragte ihn, ob er spontan mit mir an die Riviera fahren würde, so wie früher. Doch er war müde und drehte sich mit einem: »Gute Nacht, Oma« auf die Seite.

Oma. Er hat dieses Wort kein bisschen zärtlich oder liebevoll ausgesprochen, eher abfällig.

Warum denke ich jetzt an Sven? An seine zärtlichen Hände? An das Lächeln in seinen Augen?

Lange sitze ich auf der Terrasse und träume vor mich hin.

Auf einmal wird mir klar: Ich glaube, ich liebe Andreas nicht mehr. Nicht mehr so, wie ich es getan habe in all den Jahren zuvor … bedingungslos und ohne jeden Vorbehalt.

Er ist mir vertraut und wird immer einer der wichtigsten Menschen in meinem Leben sein. Aber er gibt mir nicht das, was ich brauche.

Mir wird bewusst, dass ich schon lange an einer ungestillten Sehnsucht leide, die er mir nicht erfüllen kann. Der Sehnsucht nach Liebe, nach emotionaler Zuwendung, nach Zärtlichkeit.

So oft habe ich mir mehr Nähe gewünscht und ihn darum gebeten. Habe Vorschläge gemacht, wie wir unsere gemeinsame Zeit mehr und besser genießen könnten. Seine Antwort war Schweigen oder – wie gerade erst gestern – ich solle mich mehr mit mir selbst beschäftigen.

Natürlich hänge ich nach all den Jahren an ihm und auch an allem anderen hier. Mein Platz, mein Zuhause ist doch hier. Wo soll ich denn sonst hin?

Seufzend blicke ich auf den dunklen See, als könne mir dieser meine Traurigkeit nehmen.

Vielleicht hat Andreas ja recht. Vielleicht nehme ich mich selbst einfach zu wichtig.

Wahrscheinlich ist es in allen anderen langjährigen Ehen ähnlich und die Paare machen eben das Beste daraus, indem sie in ihrem Beruf und ihrer »Oma-Opa-Rolle« aufgehen oder sich ein neues Hobby zulegen.

Was bleibt, wenn die Liebe geht? Ein Haus? Ein Urlaub? Ein Leben, mit dem man sich arrangiert?

Wahrscheinlich sollte ich das auch tun. Mich damit abfinden, dass wir uns gegenseitig nicht mehr viel geben, und mich stattdessen darüber freuen, dass ich so ein gutes und sorgenfreies Leben habe.

Ich stelle die Tasse in die Küche und gehe zurück ins Bett.

Morgen werde ich in die Stadt gehen und mir eine Teilzeitstelle suchen. Ich würde so gerne wieder etwas mit Büchern machen ... Vielleicht ist es ja wirklich nur das, was mir fehlt.

15. KAPITEL:
BEINAHE ZU SPÄT

Noch fahren die weißen Schiffe der Bodenseeflotte über den See und sitzen die Urlauber in den Straßencafés, um die letzten Tage des Spätsommers zu genießen. Doch die Farben der Blumen und Bäume sind gedämpft und weisen darauf hin, dass auch diese Tage bald zu Ende sein werden. Vielleicht genießen wir sie gerade deshalb so sehr, weil wir wissen, dass sie besonders und kostbar sind und schon bald ihrem unwiderruflichen Ende entgegengehen.

Doch wie hat Johann über Ebbe und Flut gesprochen: Manchmal muss man etwas gehen lassen, damit etwas Neues entstehen kann. Genauso ist es mit der Natur. Nur wenn sie in den Winterschlaf und zur Ruhe geht, kann sie uns im Frühling wieder mit neuer Pracht erfreuen.

Auch ich genieße den heutigen Tag, weil ich nicht weiß, wie viele dieser Sommertage uns noch bleiben. Ich habe mir einen Cappuccino bestellt und esse ein mit Himbeermarmelade gefülltes Croissant dazu, während um mich herum am Hafen lebendiges Treiben herrscht. Ich beobachte gerne die Menschen und freue mich an dem Trubel, der eigentlich zu jeder Jahreszeit in Konstanz vorhanden ist. Ich bin mit Tina verabredet und da kommt sie auch schon, wie üblich schick angezogen und ein wenig gestresst.

»Puh ..., es ist immer noch soo warm«, stöhnt sie. »Dabei ist doch schon September. Wann hört die Hitze in diesem Jahr endlich auf?«

Sie lässt sich auf den Platz neben mich fallen und bestellt erst einmal ein Glas Prosecco.

»Das brauch ich jetzt. Du kannst dir nicht vorstellen, was bei uns los ist«, seufzt sie.

»Oh doch, das kann ich«, sage ich mit einem Blick auf die vielen Menschen um uns herum.

»Gut siehst du aus«, sagt Tina und lässt anerkennend ihren Blick über meine neue Jeans schweifen.

»Danke, gleichfalls«, sage ich und meine es ehrlich.

»Wie ich sehe, geht es dir viel besser. Du scheinst deine kleine Krise überwunden zu haben, das freut mich wirklich«, sagt sie.

Meine kleine Krise? So haben es also alle wahrgenommen? Eine kleine Krise der wohlstandsverwöhnten Vorstadthausfrau in den Wechseljahren?

Ich muss grinsen.

»Es geht mir gut«, sage ich nur. In gewisser Hinsicht stimmt es ja auch. Außerdem habe ich das Gefühl, dass mich Tina ohnehin nicht versteht.

Sie ist viel zu beschäftigt, mir von ihrem anstrengenden Job und ihrem neuen Lover zu erzählen. Im Nu ist ihre Mittagspause um und sie hat mich noch nicht einmal nach meiner Syltreise gefragt.

Als wir uns beim Abschied umarmen, fragt sie lediglich: »Was hast du heute noch vor, bei dem schönen Wetter?«

Ich berichte, dass ich vorhabe, mir Arbeit zu suchen.

»Arbeit? Warum das denn? Andreas verdient doch nun wirklich genug ... Mach dir lieber ein schönes Leben. Hach, wie gerne würde ich das tun. Also bis bald, Süße.«

Und schon schwebt sie auf ihren neuen Sandalen davon.

Ich schlendere ein wenig durch die Innenstadt und betrachte die neue Herbstmode in den vielen kleinen

Geschäften. In dem Buchladen in der Innenstadt halte ich mich lange auf, doch ich traue mich nicht zu fragen, ob Unterstützung gebraucht wird. Lediglich den Namen der Inhaberin finde ich heraus und beschließe, erst einmal von zu Hause aus bei ihr anzurufen.

Ich weiß nicht, warum ich so zögerlich bin, aber irgendetwas hält mich zurück, gleich nach einem Job zu fragen. Dabei ärgere ich mich über mich selbst, denn eigentlich war das doch mein Vorhaben und der Grund, warum ich überhaupt in die Stadt gegangen bin.

Was soll ich nun mit dem Rest des Tages anfangen? Nach Hause gehen und lesen? Im Garten arbeiten?

Ziellos lasse ich mich durch die Stadt treiben. Und auf einmal sehe ich sie: Sie sitzen in einem Café am Münster und Sonjas lange Mähne leuchtet golden in der Septembersonne. Sie ist Andreas zugewandt und hat eine Hand auf seinen Arm gelegt. Er sieht ihr direkt in die Augen und hat keinen Blick dafür, was um ihn herum geschieht. Dann küsst er sie zärtlich. Sie wirft kokett das Haar nach hinten und schenkt ihm ein bezauberndes Lächeln, wie es nur Verliebte tun.

~⁂~

Ich lasse die Tür hinter mir zufallen. Auf dem Küchentisch liegt ein Brief an Andreas, in dem steht, dass ich vorerst nicht wiederkommen werde.

Er wird sich daran gewöhnen, dass ich nicht da bin ... So wie ich mich in all den letzten Jahren daran gewöhnt habe, dass er nicht da war. Eigentlich hatte Andreas sich doch schon lange aus dieser Ehe verabschiedet, ich wollte es nur nicht bemerken. Vielleicht war ich ihm ja wirklich langweilig geworden und ich hätte schon viel früher die »Beschäftigungstherapie« beginnen sollen, statt immer vorwurfsvoll auf ihn zu warten.

Nun gebe ich mir schon selbst die Schuld, dass er sich eine andere gesucht hat.

Dabei haben wir uns auseinandergelebt und den Zeitpunkt verpasst, an dem wir etwas hätten dagegen tun können. Als ich es versucht habe, war es schon zu spät ... Da hatte er sich bereits ausgeklinkt.

Für ihn ist die Situation wirklich nicht so schlecht, denke ich. Sven hat sich ja auch ähnlich ausgedrückt. Bei dem Gedanken an ihn werde ich noch trauriger.

Andreas hat alles: Eine tolle Karriere, einen großen Freundeskreis, eine junge sexy Geliebte *und* eine Ehefrau, die in das Haus passt wie das Sofa und auf diesem allzeit auf ihn wartet. Warum soll er daran etwas ändern?

Aber mir genügt das nicht mehr.

Wenn ich ehrlich bin, wusste ich schon auf Sylt, dass unsere Ehe am Ende ist. Ich habe Andreas dort doch gar nicht vermisst. Ich habe mir etwas vorgemacht und geglaubt, ich könnte vielleicht unsere Ehe retten, wenn ich wieder nach Hause zurückkehre. Doch es war zu spät und das endgültige Scheitern lässt mich traurig werden.

Was soll ich noch hier?

Hier gibt es kein Meer, das mit der Flut ein neues Leben für mich bringt. Doch wo soll ich hin?

Bevor ich diese Frage zu Ende gedacht habe, bin ich schon am Bahnhof und kaufe eine Fahrkarte nach Sylt. Dort werde ich in Ruhe darüber nachdenken können, wie mein Leben in Zukunft aussehen soll.

Sylt wird meine Seele wieder heilen, da bin ich ganz sicher. Das hat die Insel schon einmal getan.

Es wird gut sein, Johann wiederzusehen, und Emmi. Und Alma und Merle. Am besten, ich rufe gleich an, um nachzufragen, ob das »Spatzennest« noch frei ist.

Doch der Akku meines Handys ist leer ... und ein Ladekabel habe ich natürlich in der Eile nicht eingepackt. Ich wollte nur weg, so schnell wie möglich. Der Gedanke, Andreas am Abend wiederzusehen und über meine zukünftige Halbtagsbeschäftigung zu reden, hatte mir Übelkeit verursacht.

So ein Mist. Nun kann ich weder ein Zimmer reservieren noch mich von Ann-Sophie verabschieden. Tim und Lene sind heute schon ganz früh an die Ostsee aufgebrochen, er wird mich also nicht vermissen.

Ann-Sophie werde ich dann eben von Sylt aus anrufen. Ich hoffe nur, dass ich noch ein Zimmer bekomme, wenn ich so spät heute Abend ankommen werde.

Ich weiß ja, wie Emmi ist. Keine Anreise nach 22 Uhr. Notfalls muss ich mir eben woanders ein Zimmer suchen.

Glücklicherweise habe ich ja noch die Telefonnummer des freundlichen Taxifahrers in meiner Tasche, vielleicht kann er mir weiterhelfen. Vorausgesetzt, ich finde so etwas wie einen Münzfernsprecher.

Es kommt mir seltsam vor, dass ich noch vor zwei Tagen die gleiche Zugfahrt in die andere Richtung unternommen habe.

Habe ich die letzten beiden Tage wirklich erlebt? Auf einmal kommt mir alles so surreal vor. Als ob das gar nicht *mein* Leben war, in das ich zurückgekehrt bin. Vielleicht war das ja auch so.

Kilometer für Kilometer bewegt sich der Zug weiter Richtung Norden. Als wir gegen Abend in Hamburg ankommen, steige ich aus und atme bereits hier die frische Luft.

Ich muss in Altona umsteigen und mein Anschlusszug nach Sylt fährt erst in zwei Stunden. Ich schließe meinen Koffer in ein Schließfach ein und bummle ein wenig durch die Geschäfte.

Auf einmal habe ich eine Idee. Sie ist total verrückt, und doch habe ich das Gefühl, dass es das Beste ist, was ich je getan habe.

Ich winke ein Taxi heran und sage: »Elbchausee in Blankenese.«

»Welche Nummer? Die Elbchausse ist nicht gerade klein«, fragt der Taxifahrer genervt.

Wie üblich habe ich mir die Nummer nicht gemerkt, aber ich glaube, es war 140. Oder 142? Oder 143?

In der Elbchaussee wohnt Sven und beim Gedanken an ihn klopft mein Herz wie verrückt. Er hat mir erzählt, dass er nach der Trennung von seiner Frau eine schöne Dreizimmerwohnung gefunden hat und sich freuen würde, wenn ich ihn dort einmal besuchen würde.

Aber was wird er sagen, wenn ich wirklich so unvermittelt vor ihm stehe? Ob er sich überhaupt freuen wird? Nachdem ich seine Anrufe nicht beantwortet habe und er so plötzlich abgereist ist, hat er doch wahrscheinlich gar kein Interesse mehr an mir. Was für eine blöde Idee von mir. Ich bin auf einmal total verunsichert.

Vielleicht ist er ja gar nicht zu Hause? Ich kann nicht einmal vorher anrufen, weil ja mein Handy aus ist.

Wir fahren durch den Hamburger Nieselregen, in dem die hanseatischen Häuser jedoch nicht weniger schön und vornehm aussehen. Je näher wir der Elbchaussee kommen, desto nervöser werde ich. In meine Aufregung mischt sich jedoch auch große Freude darauf, ihn wiederzusehen. Seine strahlenden blauen Augen, sein Lächeln, seine zärtlichen Hände.

»140 haben wir jetzt. Ist es hier?«, fragt der Taxifahrer und hält kurz an.

»Warten Sie bitte einen Moment.« Ich blicke aus dem Fenster.

Aus einem der nächsten Häuser, einem gepflegten Mehrfamilienhaus, sehe ich auf einmal ein Paar treten. Der Mann hält schützend einen Regenschirm über die schöne Frau an seiner Seite und geleitet sie sicher durch den Nieselregen zu ihrem schicken, schwarzen BMW-Cabriolet.

Sie hat lange, dunkle Haare und ist sicher mindestens zehn Jahre jünger als der blonde, groß gewachsene Mann an ihrer Seite.

Sven.

Bevor sie einsteigt, umarmen sich die beiden innig.

»Ist das jetzt hier oder sollen wir weiterfahren?«, fragt der Taxifahrer ungeduldig.

»Fahren Sie bitte zurück zum Bahnhof«, sage ich traurig.

»Aber Sie wollten doch zur Elbchaussee 140«, antwortet er gereizt.

»Das war leider ein Irrtum«, sage ich und wir fahren zurück durch den dunklen Regen.

Es ist schon dunkel, als der Zug über den Hindenburgdamm Richtung Sylt rollt. Umgeben von Wasser träume ich den Lichtern der Insel entgegen. Als der Zug spät am Abend in Westerland einläuft, empfängt mich der vertraute frische Wind und ich muss sofort meine warme Jacke anziehen, die ich glücklicherweise eingepackt habe. Es sieht so aus, als seien hier die lauen Sommernächte bereits Vergangenheit, während es zu Hause am Bodensee noch immer brütend heiß war.

Doch ist mein »Zuhause« wirklich noch dort? Bei Andreas ganz sicher nicht mehr. Vielleicht könnte ich mir eine kleine Wohnung in Konstanz nehmen?

Nun, das brauche ich heute Abend ja nicht mehr zu entscheiden. Viel wichtiger ist, dass ich hier auf Sylt erst einmal eine Bleibe finde.

Von einem Münzfernsprecher am Bahnhof aus rufe ich den freundlichen Taxifahrer Knut Knudsen an und er erinnert sich sofort an mich.

»Das ging ja schnell«, lacht er. »Die meisten Sylt-Urlauber kommen ja wieder. Aber nach zwei Tagen schon … Das ist rekordverdächtig. Ich nehme mal an, die Fahrt geht wieder zum ›Heidehüs‹?«

»Zum ›Heidehüs‹«, bestätige ich ihn. »Das glaube ich gern, dass die meisten Gäste wiederkommen. Sylt ist wirklich ein Traum«, ergänze ich.

»Immer gradeaus … Richtung Norden … liegt eine Insel im Meer …«, trällert der Taxifahrer das Lied des Sylter Shanty-Chors »Sonne über Sylt«. »Wenn du sie findest, verlierst du dein Herz … und kommst immer wieder hierher«, singt er weiter.

»Bei Sylt ist das so eine Sache … nicht alle verlieren ihr Herz«, unterbricht er seinen Gesang und erzählt: »Die Insel spaltet die Geister: Die einen, die hier zum ersten Mal den frischen Wind erleben, kaufen sich fröstelnd eine Jacke und einen Schal, sitzen trotzdem frierend im Strandkorb und schimpfen mit sich selbst, dass sie nicht Mallorca gebucht haben. Die kommen nie wieder. Die anderen, die zum ersten Mal den Wind erleben, freuen sich über die frische Luft, kaufen sich auch eine Jacke, aber stemmen sich damit gegen den Wind und gehen fröhlich am Strand spazieren oder stürzen sich glücklich in das wilde Meer. Die kommen jedes Jahr wieder.«

Er lacht.

»Und nun gibt es noch eine dritte Sorte.« Er dreht sich lächelnd zu mir um. »Die haben die Insel gerade verlassen, da kaufen sie schon die Rückfahrkarte und sind wieder da.«

Im Nu sind wir am »Heidehüs« angelangt, das träumend unter seiner großen Reetdachmütze in der Heide liegt.

Bei Johann und Emmi ist alles dunkel und niemand öffnet auf mein Klingeln und Klopfen.

Oh nein. Sie werden doch noch nicht schlafen? Doch wären dann nicht die Rollladen in den Schlafzimmern geschlossen und die Vorhänge zugezogen? Es sieht eher aus, als sei niemand zu Hause.

Das Nachbarhaus mit den Gästezimmern ist abgeschlossen und ich habe natürlich keinen Schlüssel. Es wusste ja niemand, dass ich komme. Wie hätte ich denn anrufen sollen? So ein Mist aber auch, dass mein Handy gerade unterwegs den Geist aufgegeben hat.

Natürlich hätte ich vom Hamburger Bahnhof aus anrufen können, sicher hätte es dort einen Münzfernsprecher gegeben. Aber die Nummer vom »Heidehüs« ist in meinem Handy eingespeichert und das ist ja leider aus. Wie auch immer, hätte, wenn und aber bringen mich nun auch nicht weiter.

Was soll ich nun tun? Wie blöd, dass ich den Taxifahrer gleich weggeschickt habe. Er hätte sicher noch ein paar Minuten gewartet. Ich kann ihn nicht einmal anrufen.

Ich werde zu Fuß mit meinem Koffer ins Dorf gehen und dort versuchen, wenigstens für eine Nacht ein Zimmer zu bekommen. Die teuren Hotels haben sicher noch etwas frei, denke ich seufzend. Und doch hätte ich die Nacht viel lieber im »Spatzennest« verbracht.

Falls es überhaupt noch frei ist.

Gedankenverloren gehe ich den kleinen Weg entlang, über mir leuchten die Sterne. Der Wind lässt die Zweige in den Büschen und Bäumen rauschen und gibt mir ein vertrautes Gefühl. So seltsam es sein mag, ich fühle mich hier, obwohl ganz allein mitten in der Natur, mehr zu Hause als noch heute Morgen in unserem tollen Eigenheim.

Dennoch habe ich ein komisches Gefühl.

Um diese Zeit sind Emmi und Johann doch eigentlich immer daheim. Es wird doch nichts passiert sein? Vielleicht ist Johann überraschend ins Krankenhaus gekommen?

Ich bleibe stehen. Unruhe erfasst mich und ohne zu wissen, warum, gehe ich den Weg zurück zum »Heidehüs«, stelle meinen Koffer am Eingang ab und schlage stattdessen den Weg in die Heide ein.

Auf einmal habe ich es eilig. Ich muss wissen, ob Johann in seinem Kiosk ist. Es ist nicht so einfach, im Dunkeln auf den unbeleuchteten, sandigen Pfaden zu laufen, doch zum Glück spendet der Mond, der silbern über dem Wattenmeer glänzt, etwas Licht.

In der Finsternis sieht die Heide nicht mehr violett, sondern dunkelbraun aus. Dann sehe ich in der Ferne auf einmal ein Licht.

Der »Heide-Kiosk«.

Also ist Johann dort ..., aber was macht er um diese Zeit noch da?

Urlauber verirren sich bestimmt nicht des Nachts an diesen einsamen Ort und Uwe Boysen sitzt sicher schon längst bei seiner Berta auf der Couch.

So schnell ich kann, laufe ich den kleinen Weg entlang,

fast, als würde ich spüren, dass etwas nicht stimmt. In der Ferne sehe ich eine dunkle Gestalt, die vom »Heide-Kiosk« Richtung Kampen läuft. Er geht auf einen dunklen Geländewagen zu, aus dem eine Frau steigt, und spricht kurz mit dieser. Dann steigen beide ein und fahren gemeinsam weg.

Als ich kurz darauf total außer Atem am »Heide-Kiosk« ankomme, steht die Tür offen. Aus dem Inneren höre ich die Stimmen des Shanty-Chors von der Kassette, die Johann auf einem uralten Kassettenrekorder dort so gerne abspielt.

Doch wo ist Johann? Ich sehe ihn nirgends.

Ich bekomme einen Riesenschreck. »Johann?«, rufe ich laut. Doch niemand antwortet.

Voller Panik gehe ich in den Kiosk, in dem ein heilloses Durcheinander herrscht. Alles liegt kreuz und quer durcheinander. Es ist seltsam warm hier drin … und es riecht total verbrannt.

Und dann sehe ich plötzlich ein Bein … eine dunkelblaue Hose, wie Johann sie immer trägt. Er liegt reglos hinter dem Tresen … sein Kopf in einer Blutlache.

Alles ist voller Blut …

»Johann«, rufe ich entsetzt.

Er wird doch nicht tot sein?

Das Zeitschriftenregal liegt halb über ihm, Zeitschriften und Zeitungen verteilen sich über den reglosen Körper.

Was stinkt hier so? Die Herdplatte ist an. Ein kleiner Topf mit völlig verkohlten Würstchen steht darauf.

Ich schalte sofort die Platte aus und bringe den Topf nach draußen, damit er abkühlen kann.

Voller Panik versuche ich, das Regal von Johann wegzuschieben, aber es bewegt sich keinen Zentimeter. Es ist zu schwer für mich, außerdem ist es halb unter dem Tresen verkeilt.

Was soll ich nur tun? Ich muss unbedingt Hilfe holen. Ich bin völlig außer mir, mein Herz rast wie verrückt.

Mein Versuch, Johann auf die Seite zu drehen, misslingt, weil das Regal noch auf ihm liegt.

Verflixtes Handy. Immer dann, wenn man es braucht, ist der Akku leer oder man hat keinen Empfang.

Doch an der Wand sehe ich ein Telefon, einen Apparat, der vermutlich mindestens so alt ist wie der Kassettenrekorder und von dem ich hoffe, dass er funktioniert.

Zum Glück. Manchmal ist die alte Technik, wenn auch vielleicht nicht ganz so funktionell und modern, doch zuverlässiger als die neue. Wen soll ich jetzt anrufen? Die Polizei, die Feuerwehr?

Die einzige Nummer, die mir einfällt ist »112« und zum Glück meldet sich sofort eine männliche Stimme.

»Hallo? Können Sie bitte sofort kommen? Hier ist etwas Schreckliches passiert«, rufe ich hysterisch ins Telefon.

»Was heißt ›hier‹? Wo sind Sie?«, fragt die nette, ruhige Stimme.

»In der Heide. Im Kiosk.«

Mir laufen die Tränen herunter. Es wird doch noch nicht zu spät sein?

»Wo in der Heide? In welchem Kiosk?«

»In Kampen ... Im ›Heide-Kiosk‹ von Johann Johannsen. Direkt neben dem Parkplatz«, stammele ich.

»Was ist passiert?«

»Ich weiß nicht ... ein Überfall ... Johann liegt hier ... da ist so viel Blut ... es riecht so verbrannt ... die Herdplatte war an ... und alles ist durcheinander ...«

Ich bin so aufgeregt und gebe sinnloses Zeug von mir.

»Wer sind Sie? Wie sind Sie zu erreichen?«

»Mein Name ist Lisa Wendler. Ich rufe vom Kiosk aus

an, die Nummer kenne ich nicht, vielleicht können Sie sie ja auf dem Display sehen.«

»Ja, das kann ich. Also gibt es einen Verletzten? Oder mehrere?«, fragt der Mann.

»Nein, nur einer ... Johann ... Ich hoffe, er lebt noch. Bitte kommen Sie ... *Schnell.*«

»Bleiben Sie ganz ruhig. Die Rettungskräfte sind unterwegs. Bitte bleiben Sie vor Ort.«

Eine gefühlte Ewigkeit später bricht in der ruhigen Heide auf einmal die Hölle los. Blaulichter blinken durch die Dunkelheit und Sirenen hallen gespenstisch durch die Nacht.

Mir ist so kalt und ich habe furchtbare Angst.

In Wirklichkeit sind wahrscheinlich nur wenige Minuten vergangen, bis der Notarztwagen, die Feuerwehr und die Polizei am »Heide-Kiosk« eintreffen.

Die Feuerwehrleute stürmen als Erste in den Kiosk, heben das Regal von Johann herunter und sehen sich um, woher der verbrannte Geruch kommt.

Der Notarzt beginnt sofort darauf mit der Untersuchung. Nach wenigen Minuten gibt er den Sanitätern ein Zeichen, woraufhin sie Johann auf eine Trage legen und zum Rettungswagen bringen.

Ich kann nur sehen, wie sie Johann eine Sauerstoffmaske aufsetzen.

»Was ist mit Johann? Lebt er?«, frage ich völlig verängstigt. Doch die Sanitäter fahren schon davon, so schnell sie können.

Wieder hallt die Sirene durch die Nacht. Das Blaulicht leuchtet hell in der Nacht auf der dunklen Heide.

Währenddessen haben die Polizeibeamten begonnen, das Innere des Kiosks zu untersuchen. Ein freundlicher Beamter gibt seinen Kollegen Anweisungen, draußen alles auf Verdächtiges zu untersuchen und abzusperren, um die Neugierigen fernzuhalten. Außerdem sollen die Menschen, die sich inzwischen eingefunden haben, befragt werden, ob sie etwas Ungewöhnliches bemerkt haben. Anschließend holt er mir einen Stuhl und stellt sich mir vor.

»Kriminalhauptkommissar Kai Harmsen.«

»Lisa Wendler«, sage auch ich meinen Namen.

So oft habe ich eine solche Situation schon im Fernsehen gesehen, aber es ist etwas ganz anderes, wenn man selber betroffen ist. Mir ist ganz flau im Magen.

»Frau Wendler, können Sie uns bitte berichten, was geschehen ist?«

»Ich weiß nicht …«, sage ich.

Auf einmal merke ich, wie ich zittere. Keine Ahnung, ob vor Kälte oder vor Angst.

»Sie kennen den Verletzten?«

»Ja, das ist Johann Johannsen. Ihm gehört der Kiosk hier … Ich kam hier an … Nein …, ich war erst beim ›Heidehüs‹, aber da war niemand«, sage ich.

»Beim ›Heidehüs‹? Wohnen Sie dort? Oder machen Sie dort Urlaub, Frau Wendler?«

Der Kommissar ist wirklich freundlich.

»Das ›Heidehüs‹ gehört auch Herrn Johannsen. Ich war bis vorgestern dort im Urlaub …«, berichte ich. »… und wollte heute noch einmal ein Zimmer dort mieten. Aber als ich ankam, war niemand da. Mir kam das seltsam vor … um diese Uhrzeit …, aber ich weiß ja, dass Johann immer gern in seinem Kiosk ist. Ich hatte so ein komisches Gefühl … und da dachte ich … ich gehe einfach mal hin … zum Kiosk.«

»Was geschah, als Sie hier ankamen?«, fragt Herr Harmsen.

»Ich sah schon von Weitem, dass Licht brannte. Ich freute mich, weil ich dachte, Johann ist hier. Doch als ich ankam ..., da sah ich ihn nicht. Ich ging hinein und alles war durcheinander ...« Ich zeige auf das Chaos, das die anderen Polizisten gerade genau unter die Lupe nehmen. »... und es war warm und roch verbrannt. Da bemerkte ich, dass ein Topf auf der Herdplatte stand, auf der Johann immer seine Würstchen warm machte. Die Platte war an und die Würstchen total verkohlt. Dabei habe ich Johann entdeckt ... Es war so schrecklich.«

Ich fange an zu weinen.

»Was ist mit ihm? Ist er tot?«, frage ich ängstlich.

Wer tut so etwas? Johann ist der netteste Mensch, den man sich vorstellen kann. Wer kann ihm etwas Böses antun wollen?

»Ich glaube nicht. Aber Genaueres müssen wir noch abwarten. Die Ärzte kümmern sich um ihn«, sagt der Kommissar.

»Wohin hat man ihn denn gebracht?«

»In die Nordseeklinik nach Westerland«, sagt Herr Harmsen.

»Herr Johannsen war also bewusstlos, als Sie ihn fanden?«

»Ich dachte, er sei tot. Er hat sich einfach nicht geregt. Und dieses Blut ...« Mir ist ganz schlecht.

Ein Feuerwehrmann kommt herein und bringt den verkohlten Topf.

Ich berichte, dass ich ihn nach draußen gebracht habe, weil ich einmal gelesen habe, dass man auf keinen Fall Wasser in einen heißen, verkohlten Topf schütten, sondern diesen erst auskühlen lassen soll. Der Feuerwehrmann lächelt und lobt mich für meine Geistesgegenwart.

Inzwischen unterhalten sich die Polizeibeamten hinter mir: »Es könnte ein Überfall gewesen sein. Vielleicht hat der Alte sich gerade die Würstchen warm gemacht, als ihm jemand von hinten eine übergezogen hat.«

»Aber womit? Hier ist kein harter Gegenstand, mit dem das möglich gewesen wäre.«

Der Beamte hinter mir schüttelt den Kopf.

»Schau mal hier, Kai. Da ist Blut und Abrinnspuren an dem Elektroradiator.«

Johann hat in seinem Kiosk eine kleine Elektroheizung stehen, da er sich hier ja nicht nur im Sommer aufhält.

Herr Harmsen fragt mich: »Ist Ihnen sonst noch etwas aufgefallen, Frau Wendler?«

»Nein, es ging so schnell … Ich kam hier rein …, sah den Topf … und Johann …, dann habe ich ja sofort angerufen und Hilfe geholt.«

»Das war sehr gut. Ich glaube, Sie haben Herrn Johannsen das Leben gerettet. Um diese Zeit verirrt sich doch sonst kaum jemand in die Heide.«

Plötzlich fällt mir der Mann ein, den ich gesehen habe.

»Doch«, sage ich aufgeregt. »Es war jemand hier. Ich habe einen Mann weglaufen sehen.«

»Einen Mann? Können Sie ihn beschreiben?«

»Beschreiben … Nein, eher nicht. Es war doch schon dunkel … Er war nicht besonders groß, aber auch nicht klein … Nicht dick, nicht dünn … Ein ganz normaler Mann. Das Einzige, an das ich mich erinnere …, er hatte eine weiße Jacke und hellgrüne Turnschuhe an, so eine Neonfarbe …, die haben irgendwie geleuchtet.«

»Sind Sie sicher, dass es ein Mann war? Könnte es nicht auch eine Frau gewesen sein?«, fragt Herr Harmsen.

»Nein, es war ein Mann, ganz sicher.«

»Kam er aus dem Kiosk heraus? Hatte er es eilig?«

»Nein, er stand davor … und dann ging er weg …, aber nicht schnell.«

»In welche Richtung?«

»Wieder Richtung Ortsmitte. An dem anderen Parkplatz, also nicht an diesem, sondern an dem da drüben …«, ich zeige zu dem kleinen Parkplatz vor den Reetdachhäusern, »… da hat er mit einer Frau in einem Auto gesprochen.«

»Was für ein Auto war das? Konnten Sie die Frau erkennen?«

»Es war ein Geländewagen. Ein dunkler. Mit einem Reserverad hinten drauf. So wie viele hier … Die Frau war blond, schulterlange, glatte Haare. Mehr habe ich leider nicht gesehen. Sie haben nur ein paar Worte gewechselt, dann sind sie weggefahren.«

»Wann war das genau?«

Ich seufze, denn ich habe jedes Zeitgefühl verloren.

Wann bin ich hier angekommen? Ich bin gleich zu Johanns »Heidekiosk« …, aber wie viel Zeit mag inzwischen vergangen sein?

»Vor einer halben Stunde vielleicht?«, sage ich vage.

»Oder vor einer Stunde?«

»Meinen Sie, Sie würden den Mann wiedererkennen? Oder die Frau?«

»Ich weiß nicht. Es war doch dunkel …«

»Das Auto vielleicht? Konnten Sie das Kennzeichen erkennen?«

»Leider nein, es war zu weit entfernt.«

»Trotzdem, wir versuchen es.«

Der Beamte steht auf.

»Fiete und Mattis, fahrt ihr bitte mal eben mit Frau Wendler eine Runde durch Kampen. Sie hat einen Mann vom Kiosk weggehen sehen. Vielleicht hat der ja etwas mit der Sache zu tun.«

»Alles klar, Kai.«

»Frau Wendler, es ist doch in Ordnung, wenn Sie mit den Kollegen ein bisschen herumfahren?«, wendet sich Herr Harmsen an mich. »Es wäre ja möglich, dass Sie den Mann zufällig wiedererkennen.«

Ich nicke.

»Danke für Ihre Hilfe, Frau Wendler.«

Begleitet von den beiden Polizeibeamten gehe ich in die Nacht hinaus zum Polizeiwagen. Eine aufgeregte Menschenmenge hat sich inzwischen vor dem Kiosk eingefunden und es sieht so aus, als wüsste einer der Herumstehenden besser Bescheid als der andere.

»Was ist denn hier los?«, fragt ein Mann.

»Da ist jemand ermordet worden«, höre ich eine aufgeregte weibliche Stimme.

»Ermordet? Wie furchtbar. Und das hier in unserem schönen Kampen«, ereifert sich wieder ein anderer.

»Ausgerechnet hier in der Heide … Da sagen sich doch nur Fuchs und Has Gute Nacht.«

»Lumpengesindel gibt es überall«, sagt wieder einer.

»Aber doch nicht bei uns, in Kampen«, empört sich eine weitere weibliche Stimme.

»Warum soll es hier kein Verbrechen geben?«, sagt der Mann von eben.

»Und dafür haben wir jetzt so viel Geld für die Wohnung ausgegeben, Friedrich. Da hätten wir auch in Berlin bleiben können«, sagt eine schrille Frauenstimme.

»Angeblich wurde eingebrochen und der Hausherr hat die Lumpen überrascht. Da haben sie ihn erschlagen.«

Die Leute wissen offenbar alle gut Bescheid.

Eine andere Frau sagt: »Wenn *das* mal nicht die Mörderin ist.« Sie zeigt in meine Richtung. »Die wird doch gerade abgeführt.«

Der Kommissar beruhigt die Leute. »Die Kollegen bringen die *Zeugin* nach Hause. Haben Sie auch etwas Auffälliges gesehen? Gestern oder heute? Jede Information könnte für uns von Nutzen sein.«

Kurze Zeit später fahren die Beamten und ich, diesmal allerdings ohne Blaulicht, durch die verwunschenen Wege von Kampen. Die gepflegten Klinkerhäuser mit ihren Reetdachmützen sehen so friedlich aus, als würden sie schlafen. Kein Wunder, es ist ja auch schon spät. Nur vereinzelt sieht man einige Nachtschwärmer, die auf dem Heimweg von einem feuchtfröhlichen Abend in der »Whiskymeile« sind. Aber der Mann, den ich gesehen habe, ist nicht dabei.

Vor vielen Häusern stehen dunkle Geländewagen, es könnte jeder von ihnen sein. Auf dem großen Parkplatz gegenüber des »Kaamphüs« mitten im Ort entdecke ich plötzlich einen dunklen Wagen mit einem Reserverad an der Kofferraumklappe.

»Der könnte es gewesen sein«, sage ich.

Der Mann, den Herr Harmsen eben als »Fiete« angesprochen hat, stellt das Polizeiauto quer auf den Bürgersteig, weil der große Parkplatz bereits voller Autos steht.

»Sonderrechte«, grinst er und setzt seine Mütze auf.

Zu Fuß gehen wir durch den »Strönwai«, in dem noch immer viele Gäste in den schmucken Lokalen sitzen.

»Denken Sie, der Mann könnte Johann überfallen haben?«, frage ich Fiete.

»Das können wir jetzt noch nicht sagen. Auf jeden Fall könnte er ein wichtiger Zeuge sein. Vielleicht hat er etwas beobachtet.«

»Aber warum hat er dann keine Hilfe geholt? Ich meine, Sie haben doch nur meinen Notruf erhalten, oder?«, frage ich.

»Das ist richtig. Es könnte ja sein, dass der Mann gar nicht im Kiosk drin war. Er stand vor dem Tresen, sah, dass niemand da war. Vielleicht hat er gerufen und niemand antwortete ... Also ging er wieder weg.«

»Das kann natürlich sein«, sage ich nachdenklich.

Ich finde das Ganze trotzdem sehr mysteriös.

Wenn er direkt vor dem Kiosk stand und nicht im Inneren war, hat er vielleicht wirklich nicht das umgestürzte Regal gesehen. Und den am Boden liegenden Johann schon gar nicht. Allerdings müsste ihm der verbrannte Geruch doch aufgefallen sein.

»Erkennen Sie jemanden wieder? Den Mann oder die Frau aus dem Geländewagen vielleicht?«, fragt Fiete, während wir durch die »Whiskymeile« streifen und in jedes Lokal einen Blick werfen.

Es gibt Dutzende Blondinen mit schulterlangem, glattem Haar. Dutzende mittelgroße Männer ...

»Es tut mir leid«, sage ich erschöpft.

»Es könnte jeder Zweite sein. Oder auch nicht. Ich weiß es nicht. Es war zu dunkel ... und zu weit entfernt. Es tut mir leid«, sage ich noch einmal.

Wir betreten jetzt die Außenbar vom »Rauchfang«. Ein typischer Sommerabend ... Menschen sitzen lachend am Tresen, erzählen, wippen zur Musik, Gläser klingen. Das übliche Gemisch aus attraktiven Menschen, bei denen der Preis für das Glas Champagner keine Rolle spielt.

Doch das Lachen und das Gläserklingen verstummen, als die beiden Polizeibeamten und ich das Lokal betreten. Neugierige Blicke treffen uns und die unausgesprochene

Frage: »Was wollen die hier?« Ich werde von den Gästen angestarrt, als würde ich ein Zebrakostüm tragen.

Der nette Wirt kommt auf uns zu und begrüßt uns mit Handschlag. »Meine Herrschaften, was kann ich für Sie tun?«, fragt er höflich.

Natürlich möchte er auch kein Aufsehen in seinem schicken Lokal. »Suchen Sie jemanden?«

»Ja«, sagt Fiete schlicht. »Einen möglichen Zeugen.« Und mit dem Blick auf mich gerichtet: »Frau Wendler, ist der Mann, den Sie gesehen haben, vielleicht unter den Gästen?«

Ich schüttele den Kopf.

Wir verabschieden uns, die Beamten entschuldigen sich für die Unannehmlichkeiten und wir wenden uns zum Gehen.

Doch gerade, als ich hinter den beiden Polizisten auf den »Strönwai« zurücktreten will, fällt mir etwas auf und ich drehe mich noch mal um.

Hellgrüne Neon-Turnschuhe. Eine dunkle Hose. Ein weißes Jackett.

Das habe ich heute Abend schon einmal gesehen. Der Mann sitzt mit dem Rücken zu uns am Tresen und raucht eine Zigarre.

Aufgeregt zupfe ich Fiete am Ärmel. »Das ist er.«

»Guten Abend. Entschuldigen Sie bitte die Störung«, sagt Fiete zu dem Mann, den ich nun endlich aus der Nähe sehen kann.

Er hat ein rundes Gesicht und trägt eine Brille. Ganz offensichtlich hat er schon reichlich Alkohol getankt, denn er grinst uns freundlich an. »Was kann ich für euch tun, Jungs?«, fragt er die beiden jungen Polizisten.

»Wir sind auf der Suche nach einem Zeugen. Könnte

es sein, dass Sie heute gegen 22 Uhr am ›Heide-Kiosk‹ waren?«, fragt Fiete.

»Das kann wohl sein«, nickt der Mann. »Wer will das wissen und warum?«

»Würden Sie uns freundlicherweise dahin begleiten?«

Begeistert ist der Mann nicht. Die beiden anderen Männer, mit denen er eben noch am Tresen über Politik geredet hat, lachen süffisant.

Doch der Fremde, der sich als Roland Fischer vorgestellt hat, begleitet uns notgedrungen zum »Heide-Kiosk«. Die neugierigen Zuschauer sind inzwischen offensichtlich nach Hause gegangen, doch die fleißigen Kollegen von Herrn Harmsen sind immer noch eifrig bei der Spurensuche.

»Das ging ja schnell«, freut sich dieser, als wir ankommen.

Fiete stellt ihm Herrn Fischer vor, der noch vor ein paar Stunden hier am »Heide-Kiosk« war.

»Guten Abend, Herr Fischer. Sehr freundlich von Ihnen, dass Sie sich bereiterklärt haben, uns ein paar Fragen zu beantworten«, sagt Herr Harmsen.

»Was ist denn eigentlich los?«, fragt dieser, leicht angesäuert, dass er seinen Barhocker verlassen musste, um hier irgendwelche Fragen zu beantworten.

»Der Kioskbesitzer wurde heute Abend schwer verletzt und reglos aufgefunden. Sie könnten für uns ein wichtiger Zeuge sein. Erzählen Sie uns doch bitte, ob Ihnen, als Sie hier waren, etwas aufgefallen ist«, klärt Herr Harmsen ihn auf.

»Warum ausgerechnet ich?«, fragt Herr Fischer.

»Frau Wendler hat Sie vom Kiosk weglaufen sehen, kurz bevor sie den Verletzten fand«, erklärt ihm Herr Harmsen.

Herrn Fischer wird trotz seiner Alkoholfahne die Bedeutung dieser Worte bewusst. Somit war er einer der Letzten, der am Kiosk war, und könnte somit als Verdächtiger gelten.

Er wird zusehends zugänglicher und beeilt sich, zu berichten: »Also …, ich war heute Abend bei Uli im Kuckucksweg. Wir haben auf der Terrasse Bier getrunken, dann wurde Uli müde und wollte ins Bett. Ich hatte noch Durst und da fiel mir der Kiosk von diesem Alten ein, der immer die verrückten Geschichten erzählt. Ich wusste, da kann ich mir noch ein Bier holen für den Heimweg.«

»Wann war das?«

»Gegen zehn. Ich hatte Glück, es brannte noch Licht, also bin ich da extra ganz hingelatscht. Aber als ich ankam, war niemand da. Ich hab ein paar Mal gerufen, aber als niemand geantwortet hat, bin ich wieder weg.«

»Sind Sie nicht hineingegangen?«, fragt Herr Harmsen. Mir fällt ein, dass die Tür offen stand, als ich kam.

»Nö …, so was macht man doch nicht. Ich dachte, der Alte ist vielleicht nur kurz auf dem Klo und kommt gleich wieder. Hab noch kurz gewartet, aber dann wurde es mir zu blöd und ich ging wieder.«

»Kam es Ihnen denn nicht komisch vor, dass niemand da war, obwohl Licht brannte und Musik zu hören war?«, hakt Herr Harmsen nach.

»Ja, schon. Aber der Alte war die letzte Zeit ja öfter mal ein bisschen tüddelig. Hätte ja sein können, dass er einfach vergessen hat, es auszumachen.«

»Und vergessen hat, die Tür zu schließen?«, fragt Herr Harmsen.

»Was weiß denn ich«, sagt Herr Fischer auf einmal aufgeregt. »Ich bin doch nicht das Kindermädchen von dem Alten. Ich wollte nur ein Bier trinken, weiter nix. Da war niemand, ich konnte keins kaufen ..., also bin ich weitergezogen. Das war's.« So langsam wird er ungehalten.

»Es ist Ihnen also nichts Verdächtiges aufgefallen, als Sie in das Innere des Kiosks geschaut haben?«

Eigentlich müsste er vielleicht das umgefallene Zeitschriftenregal gesehen haben. Aber vermutlich war er dazu schon zu betrunken.

»Wie gesagt, ich hab nix bemerkt. Ich bin dann weitergegangen und hab die Billy getroffen. Die wollte im ›Strönwai‹ noch was trinken gehen, da bin ich dann mit. Den Rest kennen Sie ja.«

Kai Harmsen bedankt sich bei Herrn Fischer und bittet Mattis, ihn wieder zurück in die »Whiskymeile« oder nach Hause zu bringen.

Erschöpft lasse ich mich auf den Stuhl sinken.

Herr Harmsen und Fiete unterhalten sich leise im hinteren Teil des Kiosks.

»Was glaubst du?«, fragt Fiete.

»Der ist harmlos. Der wollte nur ein Bier zischen und als hier niemand war, ist er wieder weg. Er kann Herrn Johannsen gar nicht erschlagen haben. Der Zeitpunkt passt nicht. Als Frau Wendler gekommen ist, war das Wasser in dem Topf verdampft und die Würstchen total verkohlt. Das dauert sicher eine Stunde. Johann musste also gefallen sein, kurz nachdem er die Würstchen auf den Herd gestellt hatte. Sonst hätte er sie doch nach ein paar Minuten ausgeschaltet. Das war mindestens eine Stunde, bevor dieser Herr Fischer aufgetaucht ist. Sie hat jedoch Herrn Fischer vom Kiosk weglaufen sehen, als die Würstchen bereits völlig verkohlt waren. Hätte er also Johann auf den Kopf geschlagen, wäre er doch nicht noch eine Stunde im Kiosk geblieben.«

»Das passt wirklich nicht zusammen«, antwortet Fiete. »Wäre ja auch zu schön gewesen.«

»Ehrlich gesagt glaube ich nicht an einen Überfall ...«, sagt Herr Harmsen.

»Die komplette Kasse samt Inhalt ist noch da. Es sieht überhaupt nicht so aus, als sei etwas gestohlen worden. Außerdem lässt die Wunde an der Stirn nicht darauf schließen, dass er einen Schlag auf den Kopf bekommen hat. Ich denke eher, dass Herr Johannsen gestürzt ist, aus welchen Gründen auch immer. Vielleicht wollte er sich am Zeitungsregal festhalten und hat es mit sich gerissen. Dabei ist er mit dem Kopf am Heizkörper aufgeschlagen, worauf die Blutspuren an diesem hindeuten, und wurde bewusstlos.«

»So wird es gewesen sein«, antwortet Fiete.

»Alles andere macht keinen Sinn.«

»Gut, dann machen wir jetzt den Laden hier dicht und schreiben unseren Bericht. Wir müssen auf jeden Fall Herrn Johannsen dazu befragen, sobald er ansprechbar ist. Bis der Sachverhalt endgültig geklärt ist, versiegeln wir den Kiosk«, sagt Herr Harmsen und gähnt.

Auf einmal bemerken die beiden, dass ich auch noch da bin.

»Frau Wendler, bitte verzeihen Sie. Sie müssen todmüde sein«, entschuldigt sich Herr Harmsen.

»Das war sicher alles ein bisschen viel für Sie heute. Dürfen wir Sie nach Hause fahren?«

Mir fällt ein, dass ich noch immer kein Zimmer habe.

Ich schüttele den Kopf. »Ich muss erst wissen, wie es Johann geht«, sage ich. »Könnten Sie mich vielleicht ins Krankenhaus bringen?«

»Aber dort können Sie doch sowieso nichts für ihn tun«, sagt Herr Harmsen.

»Ich muss erst wissen, wie es Johann geht, sonst kann ich nicht schlafen«, bitte ich ihn.

Außerdem habe ich doch sowieso kein Zimmer, in dem ich übernachten kann. Ich bin nur froh, dass ich rechtzeitig gekommen bin. Nicht auszudenken, was geschehen wäre, wenn ich nicht dieses komische Gefühl in mir gehabt hätte. Ich würde längst in einem Luxuszimmer in Kampen in der Badewanne oder in den weichen Kissen liegen, während Johann in seinem Kiosk entweder verblutet oder verbrannt wäre.

»Gut. Wir müssen auf jeden Fall auch mit Herrn Johannsen sprechen, sobald er aufwacht. Da können wir genauso gut zusammen fahren.«

Unterwegs bittet mich Herr Harmsen, mich zu melden, falls mir noch etwas einfalle. Auch hat er meine Telefonnummer notiert, damit er mich bei Rückfragen erreichen kann.

Kurze Zeit später sitze ich todmüde neben den beiden Polizisten auf dem Flur im Krankenhaus und warte auf das Untersuchungsergebnis. Wenigstens brauche ich mir nun keine Gedanken mehr um eine Bleibe für die Nacht zu machen. Ein Arzt kommt und informiert uns, dass Johann zu sich gekommen ist. Sein Zustand sei zwar stabil, doch sei er sehr geschwächt.

Die Wunde am Kopf sei zwar »nur« eine Platzwunde, die schnell genäht werden konnte, doch sein Gesamtzustand sei immer noch kritisch.

»Er schläft jetzt«, sagt der Arzt. »Sie können ihn im Augenblick auf keinen Fall vernehmen. Frühestens morgen.«

Dann wünscht er uns eine gute Nacht.

Obwohl die beiden Polizeibeamten ihr Bestes tun, mich nach Hause zu fahren, bitte ich, noch bleiben zu dürfen.

Sie verabschieden sich und bedanken sich noch einmal für meine Hilfe.

~~~

Der freundlichen Krankenschwester erzähle ich, ich sei eine Freundin der Familie und würde mich um Johann kümmern. Was ja eigentlich nicht so falsch ist. Sie glaubt meine kleine Notlüge und bringt mir eine Tasse Tee.

Ich bleibe im Krankenhaus, werde irgendwann vom Schlaf übermannt und nicke kurz ein. Die freundliche Nachtschwester weckt mich und meint, ich solle lieber nach Hause gehen. Johann würde friedlich schlafen und ich könne ohnehin nichts für ihn tun. Er sei ja nun in guten Händen und ich könne später wiederkommen. Sie weiß ja nicht, dass ich noch kein »Zuhause« habe ...

Also nicke ich und gehe hinaus in die Nacht beziehungsweise den frühen Morgen. Es ist halb sechs und die Vögel zwitschern bereits. Schon bald wird die Sonne aufgehen.

Nun brauche ich mir auch kein Hotelzimmer mehr organisieren, obwohl eine Dusche nach der langen Fahrt und der ganzen Aufregung nicht schlecht wäre. Seltsamerweise fühle ich mich auf einmal gar nicht mehr müde, obwohl ich ja fast nicht geschlafen habe.

Die Nordseeklinik befindet sich in großartiger Lage direkt hinter den Dünen und ich kann das Meer rauschen hören. Plötzlich habe ich Sehnsucht nach frischer Luft und gehe gerne die paar Schritte zum Strand, auch wenn es noch dunkel ist. Die einsame Stimmung hat etwas Tröstliches.

Obwohl ich mich total erschöpft fühle, bin ich auf einmal doch ganz ruhig. Johann lebt und er ist in guten Händen. Was mag nur geschehen sein?

Ob es ein Überfall war? Auch, wenn gar nichts fehlt? Aber Johann hat doch eine schwere Kopfverletzung.

Hat ihn jemand auf den Kopf geschlagen?

Der betrunkene Herr Fischer mit den giftgrünen Turnschuhen kann es nicht gewesen sein, er kam viel später. Als Johann schon längst in seiner Blutlache lag und die Würstchen verkohlt waren. Er hätte ja auch kein Motiv gehabt.

Dann war es womöglich ein Unfall ...

Hatte Johann wirklich »nur« einen Schwächeanfall und ist gestürzt, wie Herr Harmsen vermutet? Oder wurde er vielleicht gestoßen?

Auf jeden Fall ist es gut, dass ich zurückgekommen bin. Wäre ich nicht meiner Eingebung gefolgt, wäre Johann jetzt vielleicht tot.

Ich gehe ein bisschen durch den kühlen Morgen und lasse den Wind durch meine Haare streichen.

Erschöpft setze ich mich in einen Strandkorb. Hier fühle ich mich geborgen und kann meinen Gedanken freien Lauf lassen.

Ich lausche dem Rauschen der Wellen und denke an Johanns Worte: Die Flut bringt immer wieder etwas Neues ...

Ein neuer Tag wartet auf mich. Vielleicht sogar ein neues Leben. Ich muss es langsam angehen lassen und erst einmal kleine Schritte gehen. Erst das alte Leben loslassen ... Dann wird es irgendwann auch wieder ein neues Glück für mich geben.

Sven kommt mir in den Sinn. Auch wenn wir nur wenig Zeit zusammen verbrachten, so war ich mit ihm doch so glücklich wie schon lange nicht mehr.

Es war etwas Besonderes zwischen uns. Nicht nur sexuelle Anziehungskraft, obwohl Sven ein überaus attraktiver Mann ist und ich bei dem Gedanken an unsere Nacht am Strand noch immer ein Kribbeln verspüre.

Es war so viel mehr. Wir hatten eine geistige Verbundenheit, wie ich sie nie zuvor, nicht einmal mit Andreas, erlebt habe. Sven sprach viele Dinge aus, die ich auch gerade gedacht hatte.

Es war, als hätte ich meinen Seelenverwandten gefunden. Und doch sollte es nicht sein mit uns.

Mal ganz abgesehen von den merkwürdigen Geschäftsterminen auf der Insel, über die er mir nichts erzählt hat, ist es offensichtlich, dass er privat in festen Händen ist.

Kein Wunder hat er sich nicht mehr bei mir gemeldet.

Sicher war die dunkelhaarige Schönheit seine Frau, die zu ihm zurückgekehrt ist. Ich weiß ja, dass er sehr unter der Trennung litt. Vermutlich haben sie sich versöhnt und es wartet ein neues, gemeinsames Leben auf sie.

Auch für mich wird es irgendwie weitergehen, das spüre ich. Doch an eine neue Liebe mag ich nicht denken. Dafür ist die Erinnerung an Sven und die glücklichen Stunden mit ihm noch zu stark. Außerdem muss ich erst mit Andreas richtig abschließen, was nach der langen Zeit mit ihm sehr schmerzhaft ist. Zu ihm zurückzugehen, kann ich mir jedoch auf keinen Fall mehr vorstellen. Es ist vorbei und darüber bin ich sehr traurig.

Ich denke an unsere Kinder, für die unsere Trennung sicher auch nicht leicht werden wird. Doch auf die beiden wartet ein neues verheißungsvolles Leben und eine glänzende Zukunft. Deshalb werden sie darüber hinwegkommen. Tim, der mit seinem Musikstudium die für ihn richtige Wahl getroffen hat und seine Begabung leben darf. Ann-Sophie, die nicht nur schön, sondern sicher schon bald auch sehr erfolgreich in ihrem Beruf als Architektin sein und eines Tages die Firma ihres Vaters übernehmen wird.

Ich freue mich so sehr, dass Jan und sie schon bald zu dritt sein werden. Sie werden ihre eigene kleine Familie haben. Das ist der Kreislauf des Lebens.

Die Flut, die Neues bringt ...

Und Andreas selbst? Er wird vielleicht hin und wieder an die alten Zeiten denken, aber mich nicht allzu sehr vermissen. Er hat seine Arbeit, die für ihn schon immer mehr Berufung als Beruf war, und noch dazu eine junge Geliebte, die ihn anhimmelt. Auch wenn es für sein Ego nicht so ganz einfach sein wird, dass sie schon bald einen Großvater küssen wird. Bei dem Gedanken daran muss ich lächeln.

Sicher hätte sich mein Vater sehr gefreut, bald Urgroßvater zu werden. Er fehlt mir immer noch sehr. Doch ich bin froh, dass ich seinen letzten Wunsch erfüllt habe.

Die Schuld, dass er die Beziehung zu Alma durch einen lapidaren Abschiedsbrief beendet und sie ihm nie verziehen hatte, lag ihm sein Leben lang auf der Seele.

Er war der fantastischste, großherzigste Vater, den es gibt ... Der immer nur mein Bestes wollte. Doch in einer Hinsicht war er schwach. Er war nicht mutig und ließ es nicht zu, dass die Flut ihm etwas Neues schenkte. Dadurch brachte er sich und Alma um ein gemeinsames Leben. Alma hat ihm verziehen, das habe ich gespürt. Was zurückbleibt, ist Verbitterung und die Frage, was hätte sein können.

Auch Johann tat sich schwer, ein neues Leben nach dem Tod seiner Frau zu beginnen. Er konnte oder wollte keine andere Frau in sein Leben lassen, jedenfalls nicht über eine Hausangestellte hinaus. Stattdessen hat er so weitergelebt wie zuvor ..., mit dem Shanty-Chor, den Urlaubern in seinem Kiosk und im »Heidehüs«.

Ich frage mich, was er zu später Stunde in seinem Kiosk gemacht hat, noch dazu alleine.

Doch war er überhaupt alleine? Vielleicht war ja noch jemand bei ihm ... Lange bevor Herr Fischer das Bier kaufen wollte ... und lange bevor ich kam.

Jemand, der froh darüber sein könnte, wenn Johann zu Tode kommt? Jemand, der dann der Haupterbe sein würde ...

Und wo war überhaupt Emmi? Normalerweise ist sie doch immer um Johann herum und sorgt sich, wenn er einmal später nach Hause kommt. Zu Recht.

Während ich meinen Gedanken nachhänge, geht auf einmal die Sonne auf. Plötzlich ist es da, das Licht ... und verzaubert den Morgen. In der Ferne küsst der riesengroße Himmel, der mir hier größer und endloser erscheint als irgendwo sonst auf der Welt, das Meer. Ich fühle mich eins mit der Natur ..., der friedlichen morgendlichen Stille, der Einsamkeit und dem Licht auf dem Wasser.

Trotz der Müdigkeit, die schwer auf mir liegt, gehe ich zuversichtlich in den neuen Tag und habe das Gefühl, dass irgendwie alles gut werden wird.

16. KAPITEL:
DAS FOTOALBUM

Langsam schlendere ich zurück zum Krankenhaus, wo mich die immer noch diensthabende Schwester komisch mustert, weil ich schon wieder da bin und noch dazu ungekämmt und in denselben Klamotten. Doch sie lässt mich ganz kurz zu Johann, der wohl gerade eben aufgewacht ist.

»Aber nicht so lange«, befiehlt sie. »Die Polizei war auch schon da und Herr Johannsen braucht Ruhe. Außerdem müssen bei ihm heute einige Untersuchungen gemacht werden.«

»Keine Sorge, ich gehe gleich wieder. Ich muss nur kurz wissen, wie es ihm geht«, verspreche ich.

»Was man sich alles einfallen lassen muss, um Besuch von hübschen, jungen Damen zu bekommen«, scherzt Johann bereits wieder, der mit dem Verband um seinen Kopf irgendwie lustig aussieht. Er fügt mit leiser Stimme hinzu: »Die Krankenhaus-Deerns sind aber auch nicht schlecht«, und grinst.

»Sie können ja schon wieder lachen«, freue ich mich. »Wie geht es Ihnen?«

»Na ja ...«, sagt Johann. »... wie einem halben Huhn auf zwei Beinen. Mein Kopf tut so weh. Dabei hat meine Frau immer gesagt, ich sei ein Dickschädel.« Er grinst schwach. »Aber nun lass das mal mit dem ›Sie, Herr Johannsen‹ und sag schon endlich ›Du‹ zu mir. Das macht hier doch jeder. Da gibt es bei meiner Lebensretterin keine Ausnahme. Stimmt doch, was die Quacksalber und die Schwestern hier erzählen, oder? Du hast mir doch das Leben gerettet?«, fragt er.

»Na ja …, sagen wir mal so …«, antworte ich und übe mich in Bescheidenheit. »Es war vermutlich schon besser, dass ich mal nach Ihnen …, nach dir … gesehen habe.«

Johann drückt meine Hand.

»Was genau ist denn passiert?«, frage ich.

»Das hat mich der Typ von der Polizei eben auch schon gefragt. Ehrlich gesagt habe ich keine Ahnung«, gibt Johann zu. »Ich kann mich nur erinnern, dass ich im Kiosk war. Erst habe ich mit einem Ehepaar aus Hessen geplaudert … Das waren sehr nette Leute, die wollten wissen, wer ›Pidder Lüng‹ ist. Dann kam Uwe vorbei und wir tranken ein Bier zusammen. Können auch zwei gewesen sein. Als der zu seiner Berta zum Abendessen musste, fiel mir ein, dass ich auch noch nichts gegessen hatte, und machte mir Würstchen warm. Ach ja, Nils war auch noch da«, berichtet Johann.

»Nils? Wann war das? Bevor oder nachdem Uwe da war?«, frage ich.

»Danach. Glaube ich jedenfalls … Aber in letzter Zeit bringe ich alles irgendwie durcheinander. Nein, ich glaube, es war danach. Aber er ging gleich wieder. Hat sich nur wieder mal Geld gepumpt.«

Seltsam. Wenn Johann Nils hat weggehen sehen, dann kann ihn dieser wohl kaum k. o. geschlagen haben. Es sei denn, Nils ist noch einmal zurückgekommen …

»Was ist passiert, als Nils weg war, Johann? Kannst du dich an irgendetwas erinnern? War dir schlecht oder schwindelig?«

»Mir war schon den ganzen Tag so komisch. Aber als Nils weg war, fühlte ich mich auf einmal total schwach. Ich dachte, das käme vielleicht vom Bier und ich sei einfach nur müde. Ganz furchtbar müde. Auf einmal hatte ich keinen Hunger mehr. Ich wollte nur noch nach Hause. Ich erinnere mich, dass ich die Würstchen ausschalten wollte. Dann wurde mir auf einmal schwarz vor Augen ... Wie eine dunkle Wolke, die sich auf einmal in meinen Kopf geschoben hat ... Danach weiß ich gar nix mehr. Das habe ich auch dem Polizisten erzählt.«

Johann sieht immer noch sehr müde aus. Kein Wunder, nach dieser Nacht.

»Was machst du überhaupt hier? Wolltest du nicht zum Bodensee?«, fragt er plötzlich.

»Da war ich. Aber irgendetwas zog mich hierher zurück ... Und da fiel mir ein, dass Sie – dass du gesagt hast, das ›Spatzennest‹ sei noch frei.« Ich entschuldige mich, weil ich Johann schon wieder gesiezt habe.

»Das ist es auch, soviel ich weiß. Um die Vermietung kümmert sich ja Emmi. Sie hat es vor ein paar Tagen gleich nach deiner Abreise geputzt, bevor sie zu ihrer Schwester gefahren ist.«

»Emmi ist bei ihrer Schwester?« Das erklärt natürlich ihre Abwesenheit.

»Ja, sie ist gestern nach Niebüll gefahren. Macht sie ja selten. Die beiden verstehen sich wohl nicht so gut. Aber die Schwester wurde 70, da muss man ja gratulieren«, erzählt Johann weiter.

»Dann weißt du gar nicht sicher, ob das ›Spatzennest‹ noch frei ist? Ich habe mich so darauf gefreut«, sage ich.

»Sicher nicht, aber ich glaube schon. Weißt du was? Sieh doch einfach selbst nach. Ich werde sowieso ein paar Sachen brauchen. Ob du mir die wohl holen könntest? Ich weiß nicht genau, wann Emmi zurückkommt. Eigentlich sollte sie ein paar Tage bei ihrer Schwester verbringen, aber meist streiten die beiden sich und sie kommt früher als geplant wieder. Jedenfalls müsste ich ein paar Dinge haben ... Schlafanzug und Zahnbürste und so. Sieht so aus, als wollten die mich hier länger behalten. Angeblich wollen sie irgendwelche ›Tests‹ mit mir machen. Was das wohl soll? Ich bin doch kein Versuchskaninchen.« Johann ist grimmig.

»Ist aber schon besser, wenn du dich mal richtig untersuchen lässt«, sage ich und nicke ihm aufmunternd zu.

Ich habe mir ja schon seit Längerem Sorgen um ihn gemacht.

»Natürlich bringe ich dir gerne die Sachen. Was brauchst du denn?«, frage ich.

»Pass auf: In der Innentasche meiner Jacke findest du den Hausschlüssel. In meinem Haus liegt in der Wohnstube auf dem Schreibtisch das Belegungsbuch, in das Emmi immer die Gäste einträgt. Wenn da nix für das ›Spatzennest‹ drin steht, dann nimmst du den Schlüssel, der auf dem Bord im Flur an der Wand hängt. Wenn er dort nicht ist, dann ist er vielleicht noch oben in Emmis Wohnung, manchmal nimmt sie die Schlüssel nach dem Putzen aus Versehen mit nach oben. Aber zu mir sagt sie immer, ich sei vergesslich.«

»Aber ich kann doch nicht einfach so in Emmis Wohnung gehen. Ist sie nicht abgeschlossen?«, frage ich.

»Wir schließen nur die Haustür ab. Emmis Tür ist ebenso wie meine unverschlossen, sodass wir immer gegenseitig Zutritt haben. Es kann ja immer mal was sein«, erklärt Johann.

»Aber ich kann doch nicht einfach in ihre Wohnung, wenn sie nicht da ist?«, frage ich zögerlich. Das ist mir irgendwie nicht recht.

»Ist ja auch nur für den Notfall. Falls der Schlüssel nicht im Flur hängt. Wie gesagt, manchmal vergisst Emmi, die

Schlüssel zurückzuhängen. Sonst ist sie ja immer sehr gewissenhaft ... Mach dir darüber keine Gedanken, du kannst ruhig nach oben gehen, du holst doch nur den Schlüssel. Ach ja – sollte das ›Spatzennest‹ bereits belegt sein, dann nimm einfach ein anderes Zimmer, das die nächsten Tage frei ist. Ich glaube, wir sind nicht mehr ausgebucht, die Schulferien sind ja um. Die Schlüssel sollten – wie gesagt – im Flur sein. Oder bei Emmi.«

Die Schwester kommt herein und noch bevor sie mich hinausscheuchen kann, gibt Johann ihr den Auftrag, mir seine Jacke zu geben, die sie ja sicher weggeräumt hat.

»Dann brauche ich noch ein paar Dinge. Wenn du bitte so freundlich wärst, mir meinen Schlafanzug und meine Toilettensachen aus dem Bad mitzubringen? Und wenn du schon mal da bist: Mir ist neulich eingefallen, dass ich noch ein altes Fotoalbum habe, in dem es auch ein paar Fotos gibt, auf dem dein Vater und Alma drauf sind. Ich dachte, die würdest du doch sicher gerne sehen. Und auch ich habe es schon lange nicht mehr angeschaut. Jetzt hab ich ja Zeit dazu.« Johann grinst. »Es muss in der Wohnstube im Bücherschrank sein. Dann bräuchte ich noch meine Hausschuhe, meinen Morgenmantel, eine Tageszeitung ...«

Er senkt die Stimme und flüstert: »... und meine Pfeife.«

»Hier ist Rauchen verboten. Im ganzen Haus«, sagt die Schwester laut, damit er hört, dass sie ihn verstanden hat, und reicht mir Johanns Jacke.

Er zwinkert mir verschwörerisch zu und ich mache mich endlich auf den Weg zum »Heidehüs«.

෴

Mir ist nach einer Dusche und frischen Sachen. Aber dazu muss ich erst wissen, welches Zimmer frei ist. In Johanns Haus ist es pikobello aufgeräumt. Emmi hat alles fein säuberlich hinterlassen. Nun weiß ich auch, warum Johann so spät noch allein in seinem Kiosk war und sich dort Würstchen warm machen wollte: Seine Perle konnte ihm kein Abendessen zubereiten.

Der Belegungsplan auf Johanns Schreibtisch zeigt, dass das »Spatzennest« in den nächsten Wochen nicht vermietet ist, die anderen Zimmer dagegen schon. Wunderbar. Ich trage gleich meinen Namen in den Kalender ein, damit nichts schiefgehen und Emmi bei ihrer Rückkehr, bevor sie mich bemerkt, das Zimmer nicht doch noch anderweitig vermieten kann. Mit wem ich wohl diesmal das Bad teilen darf? Bevor ich nach nebenan gehe, packe ich noch rasch die gewünschten Sachen für Johann in eine große Reisetasche, die ich in seinem Kleiderschrank entdeckt habe. Zum Glück herrscht Ordnung in diesem Haushalt, sodass alles schnell gefunden ist. Bis auf das Fotoalbum. Obwohl ich nicht nur den Bücherschrank, sondern das ganze Wohnzimmer durchsuche, ist keine Spur davon zu sehen. Es finden sich zwar viele alte Alben, aber kein einziges, in dem Fotos von meinem Vater und Alma zu sehen sind. Resigniert stecke ich Annemaries Foto vom Schreibtisch ein. Wenn ich schon nicht das Album habe, so wird ihn sicher das Bild freuen, hat er es doch nicht nur auf seinem Schreibtisch, sondern auch in seinem Kiosk immer bei sich.

Leider ist auch der Schlüssel zum »Spatzennest« nirgendwo. Es wird also doch so sein, wie Johann sagt, und Emmi hat den Schlüssel mit nach oben genommen. Doch ich möchte nicht einfach so in ihrer Abwesenheit ihre

Wohnung betreten. Enttäuscht lasse ich mich auf den Sessel im Wohnzimmer fallen.

Aber wer weiß, wann sie wiederkommt?

Es ist ja Johanns Haus und er hat mir die Erlaubnis dazu gegeben, beruhige ich mein schlechtes Gewissen und gehe schließlich doch nach oben.

In ihrem Flur liegt der Schlüssel jedoch nicht, also öffne ich die Tür zu Emmis kleiner Küche. Alles peinlich sauber, aber auch hier keine Spur von einem Zimmerschlüssel.

Ich öffne vorsichtig einen Schrank, um ihn jedoch gleich wieder zuzumachen. Offenbar ist es Emmis Arzneischrank und er ist vollgestopft bis oben hin. Es steht mir nicht zu, in ihren Schränken zu schnüffeln. Dennoch bin ich verwundert. Emmi ist zwar schon älter, aber ich hätte nicht gedacht, dass sie so viele Schmerztabletten nehmen muss.

Verflixt, wo hat sie nur den Schlüssel hingelegt? Ich werfe einen Blick in ihr gemütliches Wohnzimmer. Es ist kleiner als Johanns, verfügt aber über genau den gleichen wundervollen Blick über die Heide auf das Wattenmeer. Auch hier ist alles tipptopp aufgeräumt, nicht einmal eine Zeitschrift liegt herum, geschweige denn der gesuchte Schlüssel.

Auf dem hellen Sofa einige Rosenkissen, alle mit einem Knick in der Mitte. In einer kleinen Vitrine stehen fein säuberlich filigrane Gläser sowie zarte Figuren aus Porzellan, hauptsächlich Tänzerinnen. Überall Seidenblumen in Porzellanvasen, an den Wänden Aquarelle in sanften Farben, die ebenfalls Blumen oder die Insel zeigen. Ob Emmi die selbst gemalt hat? Die Stube ist so ganz anders als die Johanns, viel femininer und romantischer. Die Einrichtung passt zu Emmi und ich kann mir vorstellen, dass sie sich hier sehr wohlfühlt.

Wieder einmal denke ich, wie gut es ist, dass Johann sie hat. Alleine würde er mit dem großen Haus und der Zimmervermietung doch gar nicht zurechtkommen. Andererseits hätte sie es nach ihrer Geschäftspleite und ihrer Scheidung auch schlechter treffen können.

Ich fühle mich wie ein Eindringling und wende mich zum Gehen.

Wo kann nur dieser blöde Schlüssel sein?

Einer Eingebung folgend, ziehe ich die Schublade von Emmis filigranem Sekretär auf.

Da liegt er ja.

Zum Glück. Endlich auspacken, ausruhen, duschen.

Ich schiebe die Schublade zu, doch irgendetwas klemmt. Sie geht jetzt weder auf noch zu. So kann ich das doch nicht lassen.

Ich öffne die untere Schublade und taste mit der Hand nach hinten. Tatsächlich, offenbar sind einige Papiere nach hinten gerutscht und verhindern das Schließen. Ich ziehe die Papiere heraus und lege sie in die untere Schublade. Kein Wunder ist diese kleine Schublade so voll, es liegt etwas Großes, Schweres darin ... ein Fotoalbum.

Neugierig nehme ich es heraus, auch wenn ich weiß, dass es Emmis Privatsachen sind.

Oder auch nicht?

Ich blättere das Album durch ... Es handelt sich um alte Aufnahmen von Annemarie. Annemarie als junge Frau, wie sie lachend ins Meer springt. Annemarie, die auf dem Liegestuhl im Garten des »Heidehüs« liegt, Annemarie bei einer Radtour ... Annemarie an ihrem Geburtstag. Annemarie und Johann ... Annemarie mit Alma.

Alma und mein Vater. Mir stockt der Atem. Das ist das Fotoalbum, das Johann sucht.

Ich streiche sanft über das alte Bild, auf dem sich Alma und Heinz verliebt in die Augen blicken. Beide sehen so jung aus und so glücklich.

Auf einem anderen Bild sind alle vier zusammen auf der Terrasse des »Heidehüs«, ein Glas in den Händen haltend. Jung, glücklich, strahlend sehen sie aus.

Ich blättere weiter. Es kommen neuere Fotos, die meisten von Annemarie.

Und dann sehe ich es plötzlich.

Ich sehe ein Foto, das mir eine Gänsehaut verursacht. Wieder glückliche Gesichter, und doch stimmt etwas nicht.

Ich nehme das Foto aus den Fotoecken heraus und ich starre es ungläubig an.

In diesem Moment höre ich Emmi zu ihrer Wohnungstür hereinkommen.

Ich klappe das Album zu und stecke es schnell zu den anderen Sachen in die Reisetasche.

»Was machen Sie denn hier in meiner Wohnung?«, blafft sie mich an.

Ich knicke das seltsame Foto unauffällig zusammen und stecke es in die Tasche meiner Jeans.

Hitze steigt in mir auf, vermutlich bin ich flammend rot. Mein Gott, ist mir das peinlich.

Wie konnte ich nur hier eindringen? Warum habe ich nicht einfach auf Emmi gewartet?

»Bitte entschuldigen Sie, Emmi. Ich wollte hier nicht so eindringen. Aber ich brauchte den Schlüssel zum ›Spatzennest‹ und Johann meinte, wenn er unten nicht im Flur am Brett hinge, dann könne er nur hier oben bei Ihnen sein. Ich wollte ihn hier eigentlich nicht suchen, aber er sagte, das ginge schon in Ordnung, sie würden öfter einmal einen Schlüssel nach dem Saubermachen mit hochnehmen …«, stammele ich. »Und ich war so furchtbar müde nach der langen Fahrt ... Ich brauche dringend eine Dusche ...«

Misstrauisch schaut Emmi auf die Reisetasche in meinen Händen. Sie weiß ja noch gar nichts davon, dass Johann im Krankenhaus liegt.

»Das mache ich eigentlich nie. Die Schlüssel hängen immer unten am Brett«, sagt sie vehement. »Was machen Sie eigentlich hier? Ich dachte, Sie wären schon längst wieder am Bodensee?«, fragt sie und ihr Blick ist noch immer voller Misstrauen.

»Das war ich auch. Lange Geschichte ...«, seufze ich.

»Und was ist mit dieser Tasche?«, fragt Emmi.

Natürlich weiß sie, dass sie Johann gehört.

»Ich muss ihm ein paar Sachen bringen ... Johann liegt im Krankenhaus.«

»Im Krankenhaus? Nein.« Emmi wird blass und muss sich setzen.

In wenigen Worten erzähle ich Emmi, was sich am gestrigen Abend im »Heidekiosk« ereignet hat.

»Du lieber Himmel. Das ist ja furchtbar.« Emmi ist vollkommen außer sich.

»Da fährt man *einmal* weg und schon passiert so etwas. Was genau ist denn vorgefallen?«, fragt sie.

»Das weiß ich leider auch nicht. Ich kam ja erst dazu, als Johann bereits blutend am Boden lag«, berichte ich.

»Oh mein Gott. Wenn Sie nicht zurückgekommen wären ..., dann wäre Johann jetzt ... tot.« Emmi schlägt sich die Hand vor den Mund.

»Na ja ... das kann schon sein«, sage ich und erzähle von der zusätzlichen Gefahr der Herdplatte.

Emmi schüttelt den Kopf. »Ich hab es immer wieder gesagt. Er soll nicht alleine in den Kiosk gehen. Johann ist zu alt dafür. Man kann ihn einfach nicht alleine lassen, er braucht Betreuung. Wissen Sie, er hat ja so abgebaut. In der letzten Zeit musste ich ständig auf ihn aufpassen. Dabei hatte ich immer das Gefühl, er ist nicht ganz klar im Kopf. Dauernd verlegt oder sucht er seine Sachen. Erst neulich habe ich seine Brieftasche im Kühlschrank gefunden. Oder er geht einfach ohne Jacke aus dem Haus. Und ohne Schlüssel. Ich kann ihn einfach nicht aus den Augen lassen.«

Emmi steht auf und sieht aus dem Fenster.

»Wie geht es ihm denn jetzt? Kann ich zu ihm?«, fragt sie.

»Im Moment werden noch einige Untersuchungen angestellt, aber heute Nachmittag wollte ich ihm gerne die Sachen bringen.«

»Wollen wir gemeinsam hingehen? Wir können mein Auto nehmen. Wenn Sie fahren ... Ich bin viel zu aufgeregt dazu«, sagt Emmi. »Aber nun machen Sie sich erst einmal ein wenig frisch. Ich mache uns inzwischen eine kleine Suppe, was meinen Sie? Kartoffelsuppe, das stärkt die Nerven und den Körper. Ach nein, so etwas aber auch.« Emmi schüttelt immer noch den Kopf.

Sie zieht ihren Regenmantel aus und geleitet mich zur Tür. »Haben Sie denn den Schlüssel vom Spatzennest gefunden?«, fragt sie mich.

»Ja. Er war hier ...«, sage ich zögerlich. »In Ihrer Schreibtischschublade.«

»In *meiner* Schreibtischschublade?« Emmi grinst und verdreht die Augen. »Das kann nicht sein. Ich habe ihn unten aufgehängt, ganz sicher.«

»Doch, wirklich. Er war in der Schublade«, sage ich.

»Das gibt es nicht. Das muss Johann gewesen sein. Was hat er denn an meinem Schreibtisch gemacht? Ich sage es ja ... Jeden Tag verbummelt er alles Mögliche und dann wird gesucht und gesucht. Dabei legt er die Sachen an die unmöglichsten Orte. Wenn ich nicht wäre, würde er *nichts* wiederfinden, das Haus verlassen und das Licht und den Herd anlassen. Ich hätte nicht zu meiner Schwester fahren dürfen. Jetzt weiß ich das. Ich muss in Zukunft bei ihm bleiben.«

Mir kommt ein schlimmer Verdacht: Ob Johann an der Alzheimer-Krankheit leidet? Er kann sich zwar an die Sylter Sagen und Geschichten erinnern ..., aber nicht daran, wo er seine Schlüssel hingelegt hat.

Möglich wäre es. Andererseits kam er mir zwar manchmal ein wenig durcheinander, aber durchaus noch klar im Kopf vor.

Nun, die Ärzte werden es herausfinden. Im Krankenhaus ist er jedenfalls im Moment gut aufgehoben.

Emmi und ich verabreden uns für später, um Johann gemeinsam zu besuchen und ich kann – endlich – ein bisschen ausruhen und unter die Dusche.

~∽~

»Mit wem teile ich denn diesmal das Bad, wenn ich fragen darf?«, sage ich grinsend, als wir im Fahrstuhl zu Johanns Zimmer in der Nordseeklinik nach oben fahren.

»Oh, ein paar Tage haben Sie es noch für sich allein. Dann kommen zwei Damen aus Berlin«, antwortet Emmi und wischt sich den Schweiß von der Stirn.

Die ganze Sache hat sie sehr mitgenommen, obwohl sie das Kochen der Kartoffelsuppe auf andere Gedanken gebracht hat. Sie hat etwas davon in eine Tupperdose gefüllt und diese für Johann in ihre große Handtasche gepackt. »Man weiß ja, wie die Krankenhausküchen so sind.« Außerdem hat sie noch selbstgebackenes Buttergebäck und Tee in einer Thermoskanne dabei. »Die können doch keinen richtigen Tee kochen. Nur dieses Kräuterzeug, das schmeckt doch nach nix.«

Johann hat schon Besuch von Uwe Boysen, der sich freut, mich wiederzusehen.

»Meine kleine Lebensretterin«, strahlt Johann mir entgegen.

»Dir scheint es ja schon wieder gut zu gehen«, schimpft Emmi. »Johann, Johann ... Was machst du nur für Sachen? Da bin ich *einmal* nicht da und schon kippst du aus den Latschen.«

Johann verdreht die Augen.

Ich stelle seine Reisetasche mit den mitgebrachten Sachen neben sein Bett und frage: »Gibt es schon etwas Neues von den Untersuchungen?«

In diesem Moment kommt eine Krankenschwester herein und meint, Johann sei noch sehr schwach und wir sollten unseren Besuch bitte nicht so lange ausdehnen.

Sie kann uns nichts Neues über die »Tests« sagen und meint, Johann müsse in den nächsten Tagen noch weitere Untersuchungen über sich ergehen lassen.

Damit es ihm nicht zu viel wird, verabschiede ich mich mit den Worten: »Ich komme morgen wieder«, und gehe gemeinsam mit Uwe Boysen hinaus.

Emmi möchte noch ein wenig bleiben, schließlich »hat sie sich solche Sorgen gemacht.«

Ich frage sie, ob sie denn alleine nach Hause fahren könne und sie bejaht.

»Ich muss sowieso noch einkaufen gehen – ist ja nichts im Haus, wenn man mal ein paar Tage nicht da ist. Und morgen wollen die Gäste wieder Frühstück haben.«

Ihr Angebot, sie zum Supermarkt zu begleiten, lehne ich dankend ab. Ich habe noch etwas anderes vor ... Das Meer wartet auf mich.

»Zum Glück bist du gekommen. Das hätte sonst böse ausgesehen für den alten Knaben«, meint Uwe, der mich spontan zu einer Tasse Kaffee im Krankenhaus-Bistro eingeladen hat. »Dabei war ich ja noch bei ihm und wir haben zusammen ein Bierchen gezischt. Da war er eigentlich noch ziemlich fidel. Na ja, so ›fidel‹ wie in der letzten Zeit eben. Ein bisschen tüddelig war er natürlich schon.«

»Sie meinen verwirrt?«

»Sag ruhig Du. Johanns Freunde sind auch meine Freunde. Und dazu gehört ja wohl seine Lebensretterin.«

»Jetzt fang du auch noch an. So sehe ich mich gar nicht.«

»Das bist du aber, ob du willst oder nicht. Ja, ich meine: Johann war in der letzten Zeit sehr verwirrt. Hast du doch selber gemerkt. Ich finde das irgendwie merkwürdig ...«

»Ja, weil es so schnell ging. Vor ein paar Wochen war er doch noch richtig ›fidel‹, wie du sagst. Nun, die Ärzte werden es wohl herausfinden ...«

Uwe rührt schweigend in seiner Kaffeetasse, in die er drei Stück Zucker geworfen hat. »Das werden sie. Hoffentlich. Irgendetwas gefällt mir daran nämlich ganz und gar nicht.«

»Glaubst du, dass Johann wirklich schwindelig geworden ist und er deshalb gestürzt ist und sich die Kopfverletzung zugezogen hat?«, frage ich den besonnenen Mann.

»Was denn sonst?« Uwe sieht mich fragend an.

»Johann hat mir erzählt, dass gestern Abend auch noch Nils vorbeigekommen ist. Er meint, es sei nach dir gewesen ..., aber so ganz genau konnte er sich nicht erinnern. Johann sagt, er bringt in letzter Zeit so viel durcheinander.«

»Das muss auf jeden Fall nach mir gewesen sein. Mir hat er nämlich nichts von einem Besuch von Nils erzählt, als ich bei ihm war.«

»Ich weiß nicht ...«, sage ich vorsichtig. »Ich will ja niemand grundlos verdächtigen. Aber wäre es nicht möglich, dass Johanns Kopfverletzung gar nicht von einem Sturz kommt ..., sondern dass da jemand nachgeholfen hat?«

»Jemand, der möglicherweise ein großes Erbe zu erwarten hat? Durchaus möglich.« Uwe nickt bedächtig.

»Wie gesagt, ich habe nur nachgedacht«, sage ich.

»Hm ... Ich glaube, es wird Zeit, dass ich mich einmal mit den alten Kollegen von der Polizei unterhalte«, antwortet Uwe.

17. KAPITEL:
DER HEIDEKIOSK

Der Sommer ist müde geworden. Er begibt sich noch nicht ganz zur Ruhe, sondern zieht sich ganz allmählich zurück. Wie ein großer Schauspieler, der noch nicht ganz von der Bühne abtreten mag und immer noch einmal herauskommt, um sich vor dem staunenden Publikum zu verneigen. Die Farben sind sanfter und nicht mehr so hell und strahlend, der Sonnenschein rarer und milder als noch vor wenigen Wochen. Am Strand sind die Geräusche leiser, es fehlt das laute Kinderlachen, seit die Schule wieder begonnen hat. Dafür scheinen die Möwen umso lauter zu lachen und sich zu freuen, dass das Meer und der Strand nun wieder ihnen gehört, auch wenn es nicht mehr so viele Fischbrötchen zu stehlen gibt.

Ich sitze in meinem Lieblingsplatz im Strandkorb und beobachte, wie der Wind Dünengräser und Strandhafer tanzen lässt.

Wie an alles kann man sich offensichtlich auch an den Schmerz gewöhnen. Obwohl mein Leben durch den Tod meines Vaters und das Ende unserer Ehe komplett aus den Fugen geraten ist, geht es mir im Augenblick gar nicht so schlecht.

Das mag nicht nur am Meer liegen, dessen ungezähmte Kraft sich erneut auf mich zu übertragen scheint, sondern auch an den Ereignissen im »Heidehüs« und Johanns Kiosk, die meine Überlegungen in ganz andere Richtungen drängen.

Ich bin sehr froh, dass Emmi zurück ist und sich wie immer liebevoll um Johann kümmert und auch Uwe ein Auge auf Johann hat.

Irgendwie fühle ich mich dem alten Mann sehr verbunden, was nicht nur daran liegt, dass unser Schicksal auf eigentümliche Weise miteinander verknüpft ist. Wenn Heinz und Alma tatsächlich wie geplant geheiratet hätten, dann wäre Johann meines Vaters Schwager geworden ... und somit mein Onkel.

Bei dem Gedanken daran muss ich lächeln.

Allerdings wäre ich dann wohl auch mit dem komischen Nils irgendwie verwandt und das mag ich mir nun gar nicht vorstellen. Alma als »Stiefmutter« dagegen schon. Ich glaube, wir wären sehr gut miteinander ausgekommen.

Spontan beschließe ich, die beiden in Hörnum zu besuchen.

»Was machst du denn schon wieder hier?«, begrüßt mich Alma lachend. Sie hält einen Kochlöffel in der Hand und aus der Küche zieht ein mehr als verführerischer Duft nach Fisch. Mir fällt auf, dass ich seit Emmis Kartoffelsuppe gar nichts gegessen habe, und spontan fängt mein Magen an zu knurren.

»Ach, das ist eine lange Geschichte«, sage ich.

»Ich liebe lange Geschichten«, antwortet Alma.

»Vor allem, wenn es sich um einen Mann handelt. Es handelt sich doch um einen Mann?«, fragt sie und antwortet sich darauf selbst: »Ach, es handelt sich doch immer um einen Mann. Also komm schon rein ..., du kommst gerade richtig. Wir essen gleich.«

Alma scheint sich wirklich zu freuen, mich wiederzusehen.

Merle begrüßt mich mit »Moin« und legt spontan ein Gedeck mehr auf den Terrassen-Tisch.

»Man muss das einfach ausnutzen, solange man noch draußen sitzen kann«, sagt Alma. »Abends wird es ja doch schon ganz schön kalt. Aber hier draußen haben wir ein windgeschütztes Plätzchen und bis zum Abend Sonne. Im Haus können wir im Winter noch lange genug sitzen.«

Sie stellt einen Topf mit gekochten Salzkartoffeln und eine Platte mit gebratenem Fischfilet auf den Tisch. Dazu gibt es Salat und eine himmlisch schmeckende Kräutersoße.

»Sag mal, stimmt das, was in der Zeitung steht? Johann ist in seinem Kiosk überfallen worden?«, fragt Alma.

»Nun, du weißt ja, wie die Presse ist … Solche Geschichten werden ja gerne ein bisschen aufgebauscht«, berichte ich. »Ein Überfall ist laut den Ermittlungen der Polizei eher unwahrscheinlich. Johann war in letzter Zeit ein wenig schlecht beisammen … Die Polizei vermutet, dass er einen Schwächeanfall hatte, der den Sturz und seine Verletzungen nach sich gezogen hat.«

»Und du? Siehst du das auch so?«, fragt sie mich.

Ich erzähle Alma von den seltsamen Vorgängen im »Heide-Kiosk« und sage, dass ich mir nicht sicher bin, ob Johann nur aus Schwäche einfach so umgekippt ist.

»Kennst du Nils?«, frage ich sie.

Und dann berichte ich von den komischen Stimmen in der Nacht, die ich so oft aus meinem »Spatzennest« hörte. Und von Ole Jensen, der scharf auf Johanns Grundstück ist, damit dort der ehrgeizige Plan eines neuen Luxus-Golfhotels Realität werden kann.

»Natürlich kenne ich Nils. Er ist chronisch abgebrannt und kriegt nichts auf die Reihe«, lacht Alma.

»Du denkst, er würde Johann etwas Böses wollen, damit er ihn beerben und das Grundstück teuer verkaufen kann?«, fragt Alma plötzlich ernst. »Ich weiß nicht. Nils ist zwar ein ›Looser‹, wie man heute so schön sagt, aber so viel Raffinesse traue ich ihm nicht zu. Dazu ist er viel zu einfältig«, erklärt sie mir. »Außerdem hat Johann viel für ihn getan und unterstützt ihn auch finanziell. Warum sollte er seinem Onkel etwas Böses antun? Wie heißt es so schön: ›Beiß nicht die Hand, die dich füttert.‹«

»Vielleicht hast du recht. Wahrscheinlich habe ich nur Gespenster gesehen«, gebe ich zu. »Sicher ist Johann gesundheitlich nur ein wenig angeschlagen. Er ist ja auch schon alt … Das vergisst man leicht, weil sein Gemüt so herrlich jung ist. Zum Glück hat er Emmi, die sich um alles kümmert.«

»Oh ja, die gute, alte Emmi. Rennt sie immer noch mit der Küchenschürze im Haus herum?«, lacht Alma.

»Ja, und mit dem Kochlöffel. Wehe, Johann ist nicht pünktlich zu Hause«, grinse ich.

»Aber nun erzähl schon. Warum bist du überhaupt wieder auf der Insel?«, fragt Alma.

Wie gut es tut, sich einmal alles von der Seele reden zu können. Obwohl oder vielleicht auch gerade weil wir uns im Grunde doch gar nicht richtig kennen, erzähle ich Alma alles. Angefangen von meiner Unzufriedenheit in der letzten Zeit, von Andreas' Geburtstag und der Feststellung, dass er mich mit der jungen Sonja betrügt … Vom plötzlichen Tod meines Vaters und meiner Flucht nach Sylt … Um sie, Alma zu suchen … und auch mir selbst darüber klar zu werden, ob ich mir überhaupt noch ein weiteres Leben mit Andreas vorstellen kann. Ich rede und rede und Alma unterbricht mich nicht.

Ich erzähle sogar von Sven und davon, wie sehr ich mich bei ihm aufgehoben gefühlt habe. Auf einmal kann ich die Tränen nicht zurückhalten.

»Weißt du, Alma ... Ich habe mich bei ihm so geborgen gefühlt. So zufrieden. Ich konnte bei ihm so sein, wie ich wirklich bin. Ich musste mich nicht vor ihm verstellen, konnte einfach ich sein und hatte trotzdem das Gefühl, er mag mich.«

Sie nickt und sagt: »Ich verstehe dich gut. So ging es mir mit deinem Vater.«

»Doch ich habe meinen Gefühlen für Sven nicht getraut. Ich dachte, mein Platz sei am Bodensee, bei Andreas. Ich wollte es versuchen und unserer Ehe noch einmal eine Chance geben. Deshalb bin ich zurück an den Bodensee gefahren. Dort ist doch mein Zuhause. Aber dann war ich dort, in unserem Haus ... und ich fühlte mich kein bisschen wie zu Hause. Ich habe mich mehr »zu Hause« gefühlt, als ich mit Sven im Strandkorb war. Das ist doch verrückt.«

»Das ist es keineswegs«, sagt Alma ruhig und bittet Merle, uns Tee zu kochen.

Merle räumt den Tisch ab und verschwindet in der Küche.

Sie hat so ein liebes und angenehmes Wesen, denke ich. Kein Wunder wollte Alma auch nur das Beste für sie, zumal Merle ihr Leben lang abhängig von ihr sein wird.

»Trotzdem habe ich immer noch geglaubt, ich hätte nur eine kleine Krise. Das hat auch Andreas zu mir gesagt und mir vorgeschlagen, ich solle mir doch einen Job suchen, um auf andere Gedanken zu kommen«, erzähle ich weiter.

Alma lacht.

»Aber mir wurde klar, dass meine, beziehungsweise ›unsere‹ Probleme nicht gelöst würden, nur weil ich halbtags in einer Boutique arbeiten würde. Weil mir etwas Grundsätzliches in unserer Beziehung fehlt. Etwas, das ich bei Sven gefunden habe und auf das ich nicht mehr verzichten möchte.«

»Was wurde denn aus diesem Sven?«, fragt Alma.

»Ach …, ich glaube, wir haben es beide vermasselt.« Ich seufze. »Wir haben ein paar Mal aneinander vorbeitelefoniert und dann einfach aufgegeben. Ich dachte ja auch, ich darf mich gar nicht auf einen anderen Mann einlassen, solange ich noch mit Andreas verheiratet bin.«

»Das hat dein Ehemann aber offenbar ganz anders gesehen. Ich glaube, du solltest diesen Sven einmal anrufen. Was machst du hier auf Sylt? Ich an deiner Stelle wäre zu ihm gefahren«, sagt Alma.

»Ach ja?«, frage ich. »Bist *du* denn zum Bodensee gefahren, als du gemerkt hast, dass du meinen Vater vermisst?«, frage ich sie.

Alma überlegt, dann sagt sie: »Das war doch etwas ganz anderes. Eine Frau läuft einem Mann nicht hinterher, der ihr das Herz gebrochen hat. Heinz hat mich zutiefst verletzt. Wir wollten heiraten und dann … Dann schreibt er mir so einen blöden, lapidaren Abschiedsbrief. Als sei ich nur sein Sommerliebchen gewesen.«

Ich kann mir denken, wie Alma sich gefühlt haben muss. »Was er aber bereut hat und sehr gerne ungeschehen gemacht hätte. Wenn du ihm verziehen hättest«, sage ich deshalb.

»Wenn, wenn, wenn«, sagt Alma und steht auf.

»Wir sind Menschen, wir machen Fehler. Wir finden die Liebe und sind glücklich … und dann lassen wir sie wieder gehen … Wir verlieren sie, obwohl wir sie brauchen. Weil wir zu stolz und zu eigensinnig oder was auch immer sind. Wir weinen deswegen und wollen sie zurück, aber oft sind das größte Hindernis wir selbst«, antwortet sie auf einmal hitzig.

»Was meinst du damit?«, frage ich, auch wenn der Blick dieser stolzen Friesin neben mir alles aussagt.

»Ich meine, dass man nicht immer so viel grübeln und alles hinterfragen, sondern die Dinge einfach laufen lassen sollte ... und sehen, wie sie sich entwickeln. Wenn es dann nicht klappt, ist immer noch Zeit, etwas zu beenden. Aber erst einmal muss man sich auch eine Chance geben und nicht immer alles zu Tode grübeln«, antwortet sie.

Ich weiß, dass sie dabei an sich selbst und meinen Vater denkt. Aber auch an mich und Sven und deshalb sage ich: »Ich danke dir für deinen Rat, Alma. Aber ich fürchte, es ist zu spät für Sven und mich.«

Ich erzähle Alma von meinem spontanen Entschluss, Sven in Hamburg zu besuchen. Dass ich ihn mit dieser dunkelhaarigen Schönheit vor dem Haus gesehen habe und deshalb umgekehrt bin.

»Da hast du aber schnell aufgegeben ... Du weißt doch gar nicht, wer das war.« Alma verdreht die Augen. »Oh, Lisa. Ich hoffe sehr, dass du nicht so eine Bangbüx bist wie dein Vater«, lacht sie.

Zum ersten Mal muss ich ein wenig mitlachen. Ich bin so froh, Alma kennengelernt zu haben. Ihre ruhige und kluge Art tut mir gut. Ich kann mir gut vorstellen, was mein Vater einmal so sehr an ihr geliebt hat. Und bedaure erneut, dass wir keine Familie geworden sind.

Ich glaube, sie mag mich auch, denn unsere Teestunde dauert viel länger, als ursprünglich geplant, weil wir uns so viel aus unserem Leben erzählen.

Als wir uns verabschieden, muss ich versprechen, die beiden in den nächsten Tagen wieder zu besuchen.

Beim Hinausgehen entdecke ich wieder das Schild: »Laden zu verpachten.«

Ich frage sie, ob sich schon jemand dafür gefunden hat.

»Leider nein. Die meisten Interessenten wollen, dass ich

aufwändig renoviere. Und dann wollen sie natürlich die Wohnung dazu ... Aber die brauche ich doch selbst für Merle und mich. Merle braucht ja auch die Garage für ihre Arbeiten.«

Ich betrachte die schöne Treibholzkunst und nicke Merle freundlich zu.

»Warum fragst du, Lisa?«, erkundigt sich Alma in diesem Moment.

Und ehe ich es mir anders überlegen kann, antworte ich: »Ich glaube, ich habe da eine Idee.«

҈

Am Abend liege ich lange wach, weil ich immer an die Ereignisse der letzten 24 Stunden denken muss.

Kaum zu glauben, dass ich noch vorgestern am Bodensee den Geburtstag meiner Schwiegermutter gefeiert habe. Und dachte, ich könnte einfach so in mein »altes« Leben zurückkehren und da weitermachen, wo ich vor Kurzem aufgehört habe.

Doch Sylt hat mich tatsächlich verändert und mir neue Gedanken und neue Kraft geschenkt. Und nun bin ich wieder hier, liege in den duftenden Kissen in meinem »Spatzennest« und höre den Wind in den Bäumen.

Ich habe Johann versprochen, wenigstens nachmittags den Kiosk zu führen, solange er im Krankenhaus ist. Emmi ist zwar dagegen, weil ihr der Kiosk sowieso ein Dorn im Auge ist, aber Johann hat mich so eindringlich darum gebeten, dass ich ihm die Bitte nicht abschlagen mag. Er meint, die Sylt-Urlauber würden sonst ein echtes »Highlight« vermissen.

Nach dem Besuch bei Alma und Merle war ich bei Nils und habe »mein« Fahrrad noch einmal ausgeliehen.

»Stimmt es, dass Onkel Johann im Krankenhaus ist?«, hat er listig gefragt.

»Ja, er hatte einen Schwächeanfall, aber ich weiß nicht genau, was passiert ist«, habe ich ihm geantwortet.

In Wahrheit hätte ich jedoch viel lieber gesagt: »Wehe, wenn sich herausstellt, dass du etwas damit zu tun hast, Nils.«

Dann habe ich mich schnell verabschiedet und Nils bei weiteren Fragen an Emmi verwiesen.

Ich bekomme immer noch eine Gänsehaut, wenn ich daran denke, wie das Ganze hätte ausgehen können. Doch Hauptsache, Johann ist im Moment über den Berg und außer Gefahr.

Ich schließe die Augen und bin auf einmal sehr müde. Es war wohl doch ein bisschen viel in den letzten Tagen.

Da höre ich auf einmal Schritte auf der Treppe. Die Treppe, die nur zum »Spatzennest« führt …

Ich halte den Atem an und ziehe die Decke bis zum Kinn hoch. Wer mag das sein? Es ist doch schon spät.

Da sehe ich, wie sich die Klinke bewegt und langsam heruntergedrückt wird …

Atemlos kann ich nichts anderes als auf die Klinke sehen. Auf einmal höre ich eine dunkle Männerstimme. Die Klinke bewegt sich wieder nach oben und die Schritte gehen zurück die Treppe hinunter.

༺☙༻

»Sicher habe ich mir das nur eingebildet«, schimpfe ich mit mir selbst, als ich am nächsten Morgen aufwache. Mein Nervenkostüm scheint ganz schön angeschlagen zu sein. Wahrscheinlich bin ich vor lauter Erschöpfung eingeschlafen und habe nur geträumt.

Oder etwa doch nicht?

Die ganzen Ereignisse haben mich wirklich sehr verwirrt. Es kann doch niemand auf der Treppe gewesen sein. Es sei denn, einer der Hausgäste hat ein Gläschen zu viel gehabt und sich in der Etage geirrt. So muss es gewesen sein.

Ich hüpfe aus den Federn und spähe als Erstes aus dem Bullauge. Ein herrlicher Tag wartet auf mich.

Aber auch jede Menge Arbeit. Erst einmal möchte ich Johann besuchen. Dann mit der Polizei sprechen und fragen, ob sie mit ihren Ermittlungen vorangekommen sind.

Johann möchte, dass ich den Kiosk sofort aufmache, sobald die Polizei grünes Licht dazu gegeben hat.

Das wird mir jedenfalls reichlich zu tun geben, sodass ich nicht allzu viel über meine eigenen Probleme und meine Zukunft nachgrübeln kann.

Ein sanfter Schimmer liegt über dem Wattenmeer, welches das unendliche Blau des Himmels widerspiegelt. Die Heide leuchtet noch immer, inzwischen lila-braun, und sogar die Wildrosen blühen noch vereinzelt fuchsienrot an den Sträuchern.

Ich bekomme eine Gänsehaut, als ich an Johanns Kiosk vorbeikomme. Was mag vorgestern wirklich geschehen sein? Ist es möglich, dass Johanns Geist manchmal wirklich ein wenig verwirrt ist, wie Emmi behauptet?

Natürlich könnte es sein, dass er unter der Alzheimer-Krankheit leidet. Das würde zumindest den vergessenen Topf auf dem Herd und Johanns zunehmende Verwirrtheit erklären.

Mein Handy klingelt. Nachdem ich es aufgeladen hatte, kamen zahlreiche Nachrichten herein, fast alle von meiner Familie.

»Lisa, bist du jetzt völlig übergeschnappt?«, fragt Andreas.

Ich setze mich einen Moment in den Sand am Watt und schaue auf das leuchtende Blau.

»Du kommst hier an und willst mit mir über unsere Probleme sprechen. Dann feiern wir den Geburtstag meiner Mutter ... Wir verabreden, dass du dir eine Stelle suchen willst, ... und dann bist du auf einmal verschwunden. Kannst du mir das bitte erklären?«

Andreas ist ziemlich ungehalten.

»Guten Morgen, Andreas. Ich habe dir doch einen Brief geschrieben ...«

»Den habe ich gelesen. Was soll das heißen? Du glaubst nicht mehr an ›uns‹? Und siehst keine Möglichkeit mehr, noch länger mit mir zusammenzuleben? Auf *einmal*?«

»Andreas ...«, sage ich hilflos. Es ist so traurig. Unser ganzes gemeinsames Leben ist gerade dabei, sich aufzulösen. Es zerreißt mir das Herz, aber ich will so nicht weitermachen. Wo fange ich nur an?

»Andreas ..., ich habe doch versucht, mit dir darüber zu sprechen. Wir haben uns schon seit längerer Zeit auseinandergelebt und keine Gemeinsamkeiten mehr«, sage ich leise.

»Lisa ...«, antwortet Andreas mit beruhigender Stimme, als spräche er zu einem trotzigen Kind. »Wir haben doch darüber geredet. Und festgestellt, dass ein Teil deiner Probleme darin begründet sind, dass du dich leer und einsam fühlst, seitdem die Kinder das Haus verlassen haben.«

Ein Teil *meiner* Probleme?

»Wir haben doch beschlossen, dass es das Beste ist, wenn du dir auch eine Tätigkeit suchst. Damit du auf andere Gedanken kommst.«

Wir haben beschlossen. Ich muss unwillkürlich grinsen, obwohl mir ganz und gar nicht zum Lachen zumute ist.

»Andreas, das ist doch nicht die Ursache. Glaubst du im Ernst, ich suche mir eine Teilzeitstelle und warte dann den Rest des Tages darauf, dass du nach Hause kommst? So stelle ich mir mein weiteres Leben nicht vor.«

»Wie denn dann? Indem du ständig vor allem davonläufst?«

Die beruhigende Stimme ist verschwunden.

»Ich laufe nicht davon«, verteidige ich mich, obwohl ich weiß, dass Andreas in gewisser Weise recht hat. »Aber ich will ... Nein, ich kann so nicht weitermachen. Ich habe das Gefühl, wir treten schon lange auf der Stelle. Das kann nicht alles gewesen sein im Leben. Es muss noch mehr geben, auch für mich. Ich möchte mein Leben ändern. Wenn nicht jetzt, wann dann?«

»Aha. Und wie stellst du dir das vor?«

Andreas ist gereizt. Er hat keine Lust, sich mit diesen Dingen auseinanderzusetzen. Er möchte nach Hause kommen und mich und ein warmes Essen dort vorfinden.

Es ist ihm egal, ob ich glücklich bin oder nicht. Hauptsache, ich bin da und vervollständige sein gewohntes Leben: Karriere, Haus, Freunde, Geliebte, ... Ehefrau.

»Ich weiß nicht, Andreas«, seufze ich. »Das muss ich erst einmal selbst herausfinden.«

»Weißt du was? Ich glaube, du hast eine ausgewachsene Midlife-Crisis. Vielleicht solltest du einmal mit deinem Arzt sprechen und dir Hormone verschreiben lassen.«

Er glaubt allen Ernstes, dass ich in den Wechseljahren bin und aus hormonellen Gründen Streit suche.

Kein Wunder, er hat es ja immer ziemlich gemütlich mit mir gehabt.

»Das ist es doch nicht, Andreas.«

Ich mache eine Pause, weil Tränen aufsteigen. Ich schlucke sie herunter, ich möchte einmal in meinem Leben stark sein.

»Ich bin sehr traurig, denn du bedeutest mir immer noch sehr viel. Und das wirst du vermutlich immer. Aber ich habe keine Kraft mehr, auf etwas zu hoffen, das nicht passieren wird«, sage ich dann leise.

»Was meinst du damit?«, fragt Andreas.

»Du weißt, was ich meine. Ich sehne mich nach emotionaler Nähe, nach Verständnis und Zärtlichkeit ...«

»Aha. Es ist also ein anderer Mann im Spiel?« Andreas wird auf einmal laut.

»Andreas, darum geht es nicht.«

Auch wenn Sven mir in den wenigen Stunden, die wir zusammen waren, mehr gegeben hat als Andreas in den ganzen letzten Jahren.

»Versuche doch wenigstens einmal, mich zu verstehen. Mir reicht es nicht mehr, nur dein Anhängsel zu sein. Ich möchte wahrgenommen und ernst genommen werden ... als Mensch, als Frau ... als Geliebte.« Nun werde auch ich hitzig.

»Wenn du darunter verstehst, dass ich den ganzen Tag um dich herumsäusele, dann kann ich dir das wirklich nicht bieten, Lisa. Wenn es dir nicht genügt, einen Mann zu haben, der jeden Tag hart arbeitet, damit es seiner Frau und seiner Familie gut geht und alle auf seine Kosten ein Luxusleben führen können, dann kann ich dir leider nicht helfen. Andere Frauen würden dich beneiden.«

Auf seine Kosten ein Luxusleben führen ... Andreas versteht wirklich nicht, um was es mir geht.

»Mag sein, Andreas. Aber es ist nicht wirklich hilfreich für eine kränkelnde Ehe, wenn sich der Mann eine Geliebte nimmt, die seine Tochter sein könnte«, sage ich plötzlich.

»Ach Lisa …, jetzt geht *das* wieder los. Nur weil ich mich mit Sonja, die im Übrigen eine überaus tüchtige Mitarbeiterin ist, gut verstehe, heißt das noch lange nicht, dass …«

»Dass ihr miteinander ins Bett geht? Willst du das wirklich abstreiten, Andreas? Bin ich dir nach all den Jahren nicht ein klein wenig Ehrlichkeit wert?«

So langsam werde ich auch wütend. Hält er mich für so blöd?

»Das hat doch alles nichts mit uns zu tun, Lisa.«

»Für dich vielleicht nicht, Andreas. Dir geht es ja auch gut damit. Aber mir nicht. Für mich hat das sehr viel mit uns zu tun, wenn du einer anderen die Aufmerksamkeit schenkst, nach der ich mich sehne.«

Ich mache eine Pause.

»Es tut mir weh. Ich fühle mich zurückgesetzt, alt und ungeliebt. Und glaub mir: *So* will ich mich nicht fühlen für den Rest meines Lebens«, sage ich voller Wut und Enttäuschung.

»Lisa … Wir könnten eine Eheberatung machen …«, antwortet Andreas darauf.

Ich bin mir nicht einmal sicher, ob es ihm wirklich um mich geht … Ob Andreas mich noch liebt. Oder ob er einfach sein angenehmes, komfortables Leben liebt, in dem seine Ehefrau immer für ihn da ist. Ich glaube, Andreas spürt, dass er dabei ist, mich endgültig zu verlieren. Und verlieren kann Andreas nicht so gut. Er ist es gewohnt, zu gewinnen. Sein Leben lang ist ihm alles in den Schoß gefallen. Sein Studium, seine Karriere, seine Familie … Sogar vermutlich seine junge Geliebte. Deshalb wird er auch um mich nicht kämpfen, das weiß ich.

»Es ist zu spät …«, sage ich leise. »Ich komme nicht zurück.«

Ich habe mich entschieden. Mein »altes Leben« möchte ich nicht mehr. Es passt nicht mehr zu mir.

Ich möchte hierbleiben, auf Sylt. An dem Ort, an dem ich mich zum ersten Mal seit Langem wieder lebendig fühle. Wie »ich«. Nicht wie »Andreas' Frau« oder die »Mutter von Ann-Sophie und Tim«. Sondern wie Lisa. Was aus dieser Lisa werden soll, weiß ich zwar noch nicht genau. Aber dass ich nicht zurückgehe, steht fest.

Ich betrachte die Schäfchenwolken am Himmel, das sanfte Wasser zu meinen Füßen. Und den unendlichen weiten Himmel über mir.

»Du willst also einfach so aufgeben? Nach 25 Jahren?« Andreas' Stimme zittert leicht.

»Nicht ›einfach‹, Andreas. Es ist alles andere als einfach.«

Ich lege auf und lasse zu, dass die Tränen, die ich schon so lange zurückgehalten habe, fließen.

Ich weine um uns …, um die vergangenen Jahre … und um die Gewissheit, dass sie endgültig vorbei sind und nie mehr wiederkommen werden.

~∞~

Graue, dicke, schwere Wolken treibt der kalte Wind über die Insel. Als ob der Himmel auf einmal entschieden hätte, dass wir lange genug die blauen und faulen Sommertage genießen durften. Mir ist kalt. Die Lederjacke, die noch vor wenigen Wochen ausreichend Schutz vor dem Wind bot, erfüllt ihren Zweck nicht mehr. In Westerland erstehe ich eine dick gefütterte dunkelbraune Daunenjacke mit Kunstfellkapuze, die mich wie ein Michelin-Männchen aussehen lässt, aber wunderbar den Wind abhält und unglaublich warm hält. Fast jeden Tag besuche ich Johann und bringe ihm sein geliebtes und von Emmi selbst gebackenes Buttergebäck mit. Johann ist guter Dinge und lacht und scherzt mit den Krankenschwestern, doch ich sehe an seinen Augen, dass er nicht über den Berg ist. Sein Blick ist nach wie vor trüb und sein Gang schleppend, als er aufsteht, um zur Toilette zu gehen.

Ich biete ihm an, ihm zu helfen, doch er winkt vehement ab: »So weit ist es noch nicht mit dem alten Johann gekommen, dass ihm die Deern die Büx für das Klo runterziehen muss«, grinst er.

Uwe, der ebenso wie ich fast jeden Tag vorbeikommt, um nach Johann zu sehen, teilt meine Bedenken.

»Er ist immer noch nicht wieder auf dem Damm, der alte Knabe. Hast du seine Pupillen gesehen? Sie sind riesengroß. Und seine Gesichtsfarbe sieht auch irgendwie unnatürlich gelb aus«, sagt er.

Nachdenklich betrachtet er die auffällig vielen weißen Haare, die auf Johanns Kopfkissen liegen.

»Haarausfall hat er auch seit Neuestem. Das ist alles sehr merkwürdig.«

»Hast du einmal mit deinen alten Kollegen gesprochen?«, frage ich ihn.

»Klar. Dieser Kai Harmsen ist echt in Ordnung. Obwohl er der Meinung ist, dass das kein Überfall auf Johanns Kiosk war.«

»Ich weiß, ich habe auch mit ihm gesprochen. Die Polizei geht davon aus, dass Johann einen Schwächeanfall hatte und umgekippt ist. Dabei hat er offenbar das Regal umgerissen und sich den Kopf am Heizkörper aufgeschlagen«, sage ich. »Vielleicht war es ja wirklich so. Das wäre doch das Beste. Dann kann Johann bald nach Hause und wieder auf seiner grünen Bank sitzen und Pfeife rauchen«, grinse ich.

»Apropos Pfeife: Hast du sie heute dabei?«, fragt Johann, als er aus dem Waschraum zu uns geschlurft kommt.

»Das wollen wir doch mal ganz schnell vergessen«, ertönt eine Stimme hinter ihm.

»Sie vielleicht, Herr Doktor. Sie wollen ja auch noch ein paar Jährchen leben und müssen noch viele Menschen retten. Ich dagegen habe ja nur noch wenig Zeit ... und die möchte ich mir gerne so angenehm wie möglich gestalten«, sagt Johann verschmitzt.

»Das sehe ich«, sagt der Arzt streng und zeigt auf das Buttergebäck. »Ich habe Ihnen doch strengste Diät verordnet, Herr Johannsen. Glauben Sie im Ernst, Butterkekse gehören dazu?«

Der Doktor nimmt die Kekse und drückt sie mir in die Hand.

»Die nehmen Sie mal lieber wieder mit«, sagt er.

Johann gibt mir mit den Augen zu verstehen, dass ich sie heimlich wiederbringen soll.

Wie könnte ich ihm etwas abschlagen?

Auch Uwe nicht, der sich gerade zwei der Butterplätzchen stibitzt und in seine Jackentasche gesteckt hat.

Weil der Arzt Johann untersuchen muss, werden wir verabschiedet.

»Vergiss nicht, den Kiosk aufzumachen, min Deern. Und wenn es nur ein paar Stunden am Tag sind ... Noch sind Urlauber auf der Insel.«

»Das geht in Ordnung, Johann«, sage ich.

Nachdem die Polizei den Kiosk wieder freigegeben hat, bin ich jeden Tag dort. Ich habe die Unordnung beseitigt, alles richtig schön geputzt und einiges umgestaltet. Der »Heidekiosk« kann sich sehen lassen. Eigentlich schade, dass die Saison nicht gerade erst beginnt, sondern beinahe schon vorüber ist.

Die neue Tätigkeit macht mir großen Spaß, auch wenn ich die Gäste natürlich bei Weitem nicht so gut mit Informationen und alten Sagen über Sylt unterhalten kann wie Johann. Doch zu den üblichen Zeitungen und Zeitschriften habe ich auch einige Wander- und Radkarten von Sylt bestellt sowie neue Ansichtskarten, Aufkleber und Andenken wie Schlüsselanhänger, Feuerzeuge, Teedosen und ähnlichen Schnickschnack. Sogar Regenschirme und Mützen für die Wanderer, die vom Wetter überrascht wurden, haben wir jetzt im Angebot. Das neue Sortiment läuft überraschend gut, sodass ich es schnell auch noch um einige Syltkalender und -bücher ergänze. Johann wird sich riesig über die guten Umsätze freuen. Andererseits glaube ich, dass ihm Geld eigentlich egal ist. Er ist nun einmal gerne dort und unterhält sich mit den Menschen. Hoffentlich geht es ihm bald besser, auch wenn meine Arbeitszeit im »Heide-Kiosk« dann beendet sein dürfte. Ich stelle fest, wie viel Freude es auch mir bereitet, mit Menschen Kontakt zu haben. Die neue Aufgabe, so banal sie sein mag, hat meinem Leben Struktur gegeben. Ich freue mich jeden Tag aufs Neue, die Ware auszupacken, zu arrangieren und den Gästen zum Kauf anzubieten.

Inzwischen ist mein Entschluss gereift, vorerst auf Sylt zu bleiben. Sobald Johann aus dem Krankenhaus zurück ist und seinen Kiosk wieder alleine übernehmen kann, werde ich Alma bitten, mir ihren Laden zu verpachten.

Und ich habe auch schon eine Idee, was ich damit anfangen werde.

18. KAPITEL:
»STRANDGUT«

»*Was* hast du vor?« Ann-Sophies Stimme am Telefon klingt ungläubig.

»Ich möchte auf Sylt bleiben und einen Laden aufmachen«, sage ich.

»Weil es ja auch so wenig davon auf der Insel gibt«, sagt sie.

»Dort, wo ich ihn aufmachen möchte, nicht«, informiere ich sie.

»Aha. Und wo soll das sein? Und vor allem, *was* soll es für ein Geschäft sein?« Ann-Sophies Stimme klingt leicht gereizt. Ich hoffe, es kommt von ihren Hormonen.

Dabei ärgere ich mich über diesen Gedanken, kaum, dass er in meinem Kopf aufgetaucht ist. Typisch, dass wir alle gleich an die Hormone denken, wenn man als Frau einmal schlecht drauf ist. Männer gönnen sich einfach hin und wieder den Luxus der grundlos schlechten Laune.

»Ich möchte in Hörnum in der Nähe des Hafens einen Laden eröffnen. Ein Geschäft mit lauter schönen Dingen, die mit dem Meer zu tun haben … Mit Büchern über das Meer und Kalendern, schönem Schreibzeug, Blöcken, Stiften – natürlich alles mit Meeresmotiven. Dazu alles, was man auf Sylt braucht, wie Rad- und Wanderkarten, Sylter Andenken, kleine Leuchttürme … und vor allem Treibholzkunst. Lauter Dinge, die es am Meer gibt, die man am

Meer braucht und die einen zu Hause an das Meer erinnern«, erzähle ich begeistert.

Ich kann alles schon vor meinem geistigen Auge sehen.

»Alle Leute, die vom Hafen kommen oder zum Hafen und zum Leuchtturm gehen, werden an meinem Geschäft vorbeikommen. Einen Namen habe ich auch schon: ›Strandgut‹ soll er heißen.«

Ich mache eine Pause und warte ungeduldig auf Ann-Sophies Meinung. Bestimmt wird sie mich für verrückt erklären. Außerdem wird sie böse auf mich sein, weil sie mich nun nicht wie geplant als Babysitter einplanen kann. Und vielleicht traurig, weil wir so weit entfernt voneinander sein werden.

»Mama. So kenne ich dich ja gar nicht. Du scheinst ja alles schon genau geplant zu haben ...« Ann-Sophies Stimme klingt überraschenderweise fröhlich, nicht traurig.

»Das habe ich«, lache ich, erleichtert über ihre Reaktion. »Weißt du, es ist zum ersten Mal seit langer Zeit etwas, was ich von Herzen gerne tun möchte«, gebe ich zu.

»Mein Leben kam mir in der vergangenen Zeit so leer und sinnlos vor. Seitdem ich hier bin, habe ich auf einmal neue Ideen. Und ein Ziel, auf das ich hinarbeiten kann ...«

»Das habe ich doch schon vor ein paar Wochen gemerkt, als ich dich besuchen kam«, sagt Ann-Sophie. »Da habe ich schon gespürt, dass du dich verändert hast, Mama. Du kamst mir so lebendig vor und voller Tatendrang.«

»Das muss an der Nordseeluft liegen«, sage ich. Ich bin so froh, dass Ann-Sophie nicht böse auf mich ist. »Hättest du denn Verständnis dafür, wenn ich nicht zum Bodensee zurückkäme und stattdessen hier auf Sylt ein neues Leben anfinge?«

»Ach, Mama ... Natürlich hätte ich dich lieber in meiner Nähe, das weißt du. Ich kann dich nicht belügen. Aber ich habe dir schon neulich gesagt, dass ich möchte, dass *du* glücklich bist. Und mit Papa scheint das ja nicht mehr hinzuhauen ...«

»Nein, ich glaube nicht«, gebe ich zu.

»Es ist vollkommen egal, was du tust und wo du bist, Mami. Wir beide werden immer verbunden sein ..., auch wenn uns 1.000 Kilometer trennen.«

Mir kommen bei ihren Worten vor Rührung die Tränen. »1.062«, schniefe ich und frage vorsichtig nach: »Du hast doch sicher gehofft, ich würde euch mit dem Baby unterstützen?«

»Ach, Mama. Mach dir darüber keine Gedanken. Wenn du wüsstest, wie viele Leute uns mit dem Baby unterstützen wollen. Angefangen von Oma Edith über Jans Mama ... und meine ganzen Freundinnen. Aber ehrlich gesagt, glaube ich, dass Jan und ich das ganz gut alleine hinbekommen. Wir haben schon einen genauen Plan ausgearbeitet ...«

Typisch Ann-Sophie. Sie plant ihr Leben mindestens so akkurat wie die Häuser, die sie entwirft.

»... Von dem habe ich dir ja schon bei Omas Geburtstag erzählt. Wir werden uns zu Hause einfach abwechseln. Du glaubst nicht, wie Jan sich auf das Baby freut. Ich fürchte, er wird sein Studium deshalb vernachlässigen und zum Hausmann mutieren.« Ann-Sophie lacht. »Also mach dir keine Sorgen um uns, Mama. Wir kriegen das schon hin. Ehrlich.«

»Ich mache mir aber Gedanken, weil wir uns dann nicht so oft sehen können«, gebe ich zu bedenken.

»Mal ehrlich, so oft haben wir uns doch am Bodensee auch nicht gesehen. Es gibt Skype, es gibt E-Mails, es gibt das Telefon. Und vor allem: Es gibt Urlaub. Es wird fantastisch sein, mit dem Baby am Strand zu spielen. Glaub mir, wir werden dich öfter besuchen, als dir lieb ist. Von Zürich und von Stuttgart aus kann man übrigens direkt nach Sylt fliegen ... und umgekehrt. Wenn Jan und ich erst unser Haus haben, dann wird es dort ein Zimmer für dich geben, das immer für dich bereit steht.«

»Ihr wollt ein Haus bauen?«, frage ich erstaunt.

»Was ist denn das für eine Frage, Mama. Ich bin Architektin.«

Es kostet mich keine Mühe, Alma zu überreden, mir den Laden zu verpachten. Im Gegenteil, sie freut sich:

»Wie schön. So bleibt er in der Familie.«

In der Familie ... Wie gut sich das anhört. Das hätte auch meinem Vater gefallen.

In den nächsten Tagen hat der erste Herbststurm auf der Insel die Regie übernommen und man kann kaum das Haus verlassen. Ich tue es natürlich trotzdem und breche zu einem Spaziergang auf, wie so oft bin ich eine einsame Wanderin durch die herbstliche Inselwelt.

Den »Heide-Kiosk« brauche ich heute nicht aufzumachen, da sich sicher ohnehin niemand in die einsame Heide verirrt, auch wenn der Wind dort bei Weitem nicht so heftig weht wie am Weststrand.

Ich genieße das Schauspiel der meterhohen, dunkelgrünen Wellen, die mit weißen Schaumkronen ungezügelt und mit voller Wucht an den Kampener Strand brechen.

Tief eingepackt stehe ich mit meiner Daunenjacke, Mütze und Schal hoch oben am »Roten Kliff« und habe fast Angst, weggeweht zu werden. Doch der Anblick ist so unbeschreiblich schön und ich fühle mich auf einmal unglaublich frei.

In Momenten wie diesen habe ich jedoch große Sehnsucht nach Sven und das Herz ist mir schwer. Ich weiß, er würde dieses Schauspiel der Natur ebenso lieben wie ich.

Ich würde meine Hand in seine schieben und meinen Kopf an seinen lehnen ... schweigend, zufrieden.

Wir würden in die »Kupferkanne« gehen und dort Tee trinken.

Oder uns gleich zu Hause in die Kissen kuscheln und lauschen, wie der Sturm ums Haus heult.

Ich möchte noch einmal dieses Herzklopfen spüren. Wieder verliebt sein ...

Doch ich weiß, dass meine geheimen Wünsche unerfüllbar sind.

Denn Sven hat mich sicher längst vergessen. Es war eine schöne Sommerträumerei ..., die hauptsächlich in meinem Kopf existiert hat. Weiter nichts.

Ich verbiete mir weitere Gedanken und Tagträumereien und gehe stattdessen nach Hause, wo Emmi schon wieder neue Butterplätzchen backt.

Sie schimpft auf die »unfähigen Ärzte«, die ratlos sind und Johann einfach nicht gesund werden lassen.

»Bei mir zu Hause hat er es doch viel besser«, sagt sie.

»Ich glaube, er darf bald heim«, vermute ich und hänge meine Jacke auf. »Heute sah er schon ganz munter aus.«

»Sie hält wohl auch kein Wetter ab, hinauszugehen?«, fragt sie mich mit einem ärgerlichen Blick auf die Pfütze, die ich hinterlasse. Leider bin ich auf dem Heimweg doch etwas nass geworden.

»So schlimm war es gar nicht«, berichte ich. »Im Gegenteil. Es war ein Erlebnis.«

»Na, wenn Sie meinen. Ich muss dann mal los. Johann ein bisschen Essen bringen.«

Emmi strahlt. Ich glaube, sie kann es kaum erwarten, Johann wieder zu Hause zu betüddeln.

»Sollen wir gemeinsam den Bus nehmen?«, frage ich, denn ich möchte nach Hörnum zu Alma und Details über den Laden mit ihr besprechen.

»Nein, ich fahre mit dem Auto. Ich bleibe ja nicht so lange bei Johann. Die haben sich doch immer so affig in der Klinik, angeblich braucht er Ruhe. Aber ich kann Sie bis Westerland mitnehmen, wenn Sie möchten.«

Auf dem Weg dorthin will Emmi wissen, was genau ich denn bei Alma mache. Die neue Freundschaft zu Annemaries Schwester scheint ihr irgendwie suspekt zu sein.

»Bei uns lässt sie sich ja nicht mehr blicken«, sagt Emmi. »Seit dem Streit an Annemaries Beerdigung hat sie sich nicht bei Johann entschuldigt.«

»Ich glaube, sie war neulich einmal im Krankenhaus«, sage ich.

»Ach, tatsächlich?«, fragt Emmi misstrauisch.

»Hat Johann Ihnen das gar nicht erzählt?«, frage ich.

»Ach, der erzählt viel, wenn der Tag lang ist, das wissen Sie doch. Keine Ahnung, ob er es erwähnt hat. Ist ja auch nicht so wichtig.«

Emmi sieht allerdings verstimmt aus, vermutlich, weil Johann ihr diese Neuigkeit tatsächlich vorenthalten hat.

»Ich glaube, dass es Alma leidtat, was sie auf der Beerdigung zu Johann gesagt hat. Als ich ihr erzählte, dass es ihm schlecht geht, wollte sie ihn unbedingt besuchen. Sie hat ihm ebenfalls Friesentee gekocht und Plätzchen dazu gebacken. Sie meinte, das sei der beste Weg, um gesund zu werden … genauso wie Sie.«

»Ach nein, da hatte wohl jemand ein schlechtes Gewissen. Aber erst sich jahrelang nicht kümmern.« Emmi macht ein wütendes Gesicht. »Wir sind da.«

Sie hält abrupt am Busbahnhof und lässt mich aussteigen. Ich winke noch kurz, dann ist sie auch schon verschwunden.

Der Bus fährt durch die düstere Dünenlandschaft, in der man heute vor lauter Regen und Sturm kaum etwas erkennen kann. In einer solchen Nacht kam Annemarie ums Leben, denke ich.

Kein Wunder kann Johann das nicht vergessen. Ich kann mir vorstellen, dass das Auto sie in der Dunkelheit und dem Regen einfach nicht gesehen hat.

Ich weiß nicht, warum, aber irgendwie lässt mich das tragische Schicksal dieser schönen Frau einfach nicht los. Gerne würde ich mehr über sie wissen und beschließe, Alma nach ihr zu fragen.

~~~

»Ich möchte den Laden gerne selbst streichen, um Geld zu sparen«, sage ich später zu Alma, als wir in ihrer gemütlichen Wohnstube sitzen und Tee trinken. »Geht das in Ordnung?«

»Natürlich geht das in Ordnung. Kannst du das denn? Ansonsten kenne ich auch einen guten Maler, der nicht so teuer ist …«

»Nein, ich würde es gerne selber machen«, sage ich. »Ich habe nämlich eine Idee.«

Ich zeichne Alma den Plan, auf dem ich erst einmal ein wenig dilettantisch eingezeichnet habe, wie ich mir die Bücherstube vorstelle.

»Also die große Wand hier drüben links …, die möchte

ich nicht nur weiß streichen. Ich würde sehr gerne einen großen Leuchtturm darauf malen … oder einen Strandkorb, irgendetwas Maritimes. Was meinst du?«

»Das willst du selber machen?«, fragt Alma skeptisch. »Das ist doch sicher schwer.«

»Ach wo. Ich mache mir eine Skizze und dann wird das schon irgendwie gehen. Weißt du, ich habe eigentlich schon immer sehr gerne gemalt.«

»Wie du meinst. Notfalls kannst du es ja immer noch überstreichen«, grinst Alma.

»Eben. Vielleicht kann Merle mir ein wenig dabei helfen?«, frage ich.

Merle ist ja handwerklich sehr geschickt und kann mir sicher hilfreich unter die Arme greifen.

Sie lächelt unsicher. Auch wenn wir uns inzwischen etwas länger und besser kennen, ist Merle immer noch sehr zurückhaltend, was mich angeht. Ich lasse ihr Zeit. Auch Kinder darf man nicht bedrängen, sie kommen von alleine auf einen zu.

»Wollen wir nicht in den Laden gehen, damit ich mir das besser vorstellen kann?«, schlägt Alma vor.

Kurz darauf stehen wir in dem kühlen Ladenlokal, in dem nur noch vereinzelt ein paar Pflanzen traurig herumstehen. Die Blumen sind inzwischen alle verkauft oder verwelkt.

Ich zeige Alma, wo und wie ich die Bücherregale an den Wänden anbringen möchte.

»In der Mitte möchte ich gerne die Tische mit den maritimen Accessoires stellen … umrahmt von den Treibholzskulpturen und -lampen.«

Ich kann alles genau vor meinem geistigen Auge sehen und freue mich unglaublich darauf. Mein eigenes Geschäft. Ich kann es kaum fassen. Eigentlich ist es total verrückt, weil der Winter vor der Tür steht und sehr wahrscheinlich nicht allzu viele Touristen durch Hörnum schlendern werden. Doch wenn ich Alma glauben darf, dann ist auf Sylt auch im Winter ein bisschen was los.

»Der Blumenladen hat nur deshalb nicht funktioniert, weil die Leute doch heute in jedem Supermarkt billige Blumen und Pflanzen kaufen können. Die Urlauber kaufen sich keine Blumensträuße und so viel Geburtstage und Hochzeiten gibt es nun auch nicht bei den Einheimischen. Ach, ich bin so froh«, sagt Alma. »Mir war das sowieso alles zu viel. Ich bin ja nicht mehr die Jüngste. Umso schöner, dass *du* den Laden übernehmen möchtest und mich ein wenig an der Planung teilhaben lässt. Bei einem Fremden wäre das sicher nicht der Fall.«

»Und alles nur wegen des geheimnisvollen Päckchens, das ich dir bringen sollte«, antworte ich. »Dabei hatte ich es eigentlich schon aufgegeben, dich zu finden.«

»Ach ja? Das wollte ich dich eigentlich schon lange fragen: *Wie* hast du mich denn gefunden?«

»Das war reiner Zufall.«

Ich erzähle Alma, dass ich in List erfolglos nach ihr gesucht habe und Frau Brodersen mir erzählte, sie sei nach Dänemark ausgewandert.

»Die alte Frau Brodersen lebt noch?«, lacht Alma. »Die war doch damals schon alt. Ich muss sie unbedingt einmal besuchen. Aber wie bist du dann nach Hörnum gekommen?«

»Durch Johann. Eines Tages entdeckte ich in seiner Wohnstube auf dem Schreibtisch Fotos von Annemarie.«

»Johann hat tatsächlich noch Fotos von Annemarie herumstehen ... nach all den Jahren?«

»Ja, sie bedeuten ihm sehr viel. Es ist seltsam ...«, sage ich. »... aber ich fühlte mich von Anfang an von den Bildern dieser schönen und fröhlichen Frau angezogen. Umso mehr, als ich dann von ihrem schrecklichen Schicksal erfuhr.«

»Ja, das mit dem Unfall war eine Tragödie«, sagt Alma. »Meine kleine Schwester. Sie war so sanft und hatte eine so zarte Seele. Ich dachte immer, ich könnte sie vor allem beschützen. Aber das war wohl nicht der Fall ...«

»Auf einem der Bilder sah ich euch beide und fragte Emmi, wer denn die andere blonde Schönheit sei«, berichte ich Alma weiter.

»Ach nee ... und das war ich? Johann hat ein Foto von mir auf dem Schreibtisch stehen? Nun bin ich aber baff.«

Alma sieht wirklich erstaunt aus.

»Ja. Emmi sagte: ›Das ist Annemaries Schwester Alma.‹ Ich konnte es nicht fassen. Und fragte: ›Alma Matthiesen?‹ Als sie bejahte, wusste ich, dass ich dich gefunden hatte. Die ganze Zeit habe ich dich gesucht, dabei warst du ganz in meiner Nähe ...«

»Seltsam, wie verschlungen manchmal die Wege des Schicksals sind, nicht wahr?«, antwortet Alma.

»Hätte Johann die Fotos nicht aufgestellt, dann würde ich immer noch nach dir suchen«, sage ich.

Auf einmal fällt mir wieder das merkwürdige Foto ein, das ich in dem Fotoalbum gefunden hatte. Komisch, dass ich gerade jetzt daran denken muss.

»Glaubst du, dass Johann und Annemarie wirklich glücklich miteinander waren?«, frage ich Alma deshalb.

»Natürlich. Warum fragst du?«, sagt sie bestimmt.

»Es ist nur so ein Gedanke«, sage ich ausweichend.

»Johann hat Annemarie abgöttisch geliebt, das habe ich dir doch schon erzählt«, antwortet Alma bestimmt.

»Ja, aber vielleicht war er ja eifersüchtig auf diesen ominösen Liebhaber?«, hake ich nach.

»Den gab es doch gar nicht. Natürlich wusste Johann das nicht. Es kann schon sein, dass er eifersüchtig war, als er von den Gerüchten hörte. Er wollte Annemarie schließlich nicht verlieren«, berichtet Alma.

Ich denke daran, dass sie mir neulich erzählt hat, dass sich Annemarie auf ihren Wegen durch die Heide beobachtet und verfolgt gefühlt hat. Könnte es sein, dass Johann seiner schönen Frau misstraut und sie beschattet hat, um herauszufinden, ob sie ihn tatsächlich betrügt?

Ich denke immer noch an das schreckliche Foto, doch etwas in mir hält mich zurück, Alma davon zu erzählen. Ob *sie* vielleicht auch eifersüchtig auf ihre schöne Schwester war, die im Gegensatz zu ihr so viel Glück in der Liebe gefunden hatte?

Sie sieht mich misstrauisch an. »Woran denkst du?«

Ich kann es ihr nicht sagen. Darum sage ich einfach: »Daran, dass Annemarie so ein furchtbares Ende fand. Ich hätte deine Schwester so gerne kennengelernt.«

In Wirklichkeit denke ich an das Bild dieser schönen Frau, die glücklich in die Kamera lächelt.

Und die vielen Stiche auf dem Foto, die ihr nicht nur die Augen, sondern auch das Herz durchlöchert haben.

19. KAPITEL:
EINE TRAURIGE NACHRICHT

»Ist das schön hier.«

Tina steckt ihre langen Beine in den Sand und schiebt die Sonnenbrille nach hinten. Wir haben einen langen Strandspaziergang hinter uns und sitzen nun mitten in den Dünen in der »Sansibar«.

»Sylt ohne ›Sansibar‹ ist wie Apfelkuchen ohne Sahne«, hatte sie heute Morgen verkündet, als wir den Plan für unseren Tag gestalteten.

Wie lieb von Tina, dass sie mir gleich angeboten hat, mir mein Auto zu bringen.

Ich hatte ihr am Telefon erzählt, dass ich nun häufig zwischen Kampen und Hörnum hin- und herkurve und das herbstliche und stürmische Wetter in den letzten Wochen nicht unbedingt zum Radfahren geeignet war.

»Du hast doch ein Auto hier am Bodensee«, hatte Tina gesagt.

»Ich kann aber im Moment schlecht weg. Die Fahrt dauert einfach zu lange und dann müsste ich ja auch übernachten ...«

Ehrlich gesagt habe ich auch nicht die geringste Lust, Andreas gegenüberzutreten. Irgendwann werde ich es tun müssen, aber im Moment habe ich andere Sorgen.

»Weißt du was? Ich habe noch ein paar Tage Urlaub und war noch nie auf Sylt. Ich bringe dir dein Auto«, hatte Tina vorgeschlagen.

Und nun ist sie hier und wir genießen die Sonne, die zwar bedeutend milder ist als noch vor wenigen Wochen, aber immer noch große Kraft besitzt.

»Die Schönen und Reichen haben es gar nicht so schlecht«, sagt Tina und nimmt einen großen Schluck von ihrer Erdbeerbowle.

»Man muss weder schön noch reich sein, um sich ein Glas Bowle in den Dünen erlauben zu können«, grinse ich.

»Aber es schadet auch sicher nix«, sagt Tina und wirft mir einen ärgerlichen Blick zu. »Gib es zu: in Wirklichkeit willst du dir einen Millionär anlachen und das schöne Leben hier genießen«, lacht sie auf einmal.

»Du hast mich ertappt. *Das* genau habe ich mir immer gewünscht: das Anhängsel eines wohlhabenden, erfolgreichen Geschäftsmannes zu sein«, lache ich zurück.

Tina prostet mir zu.

»Wenn ich ehrlich bin, ist es das Letzte, was ich vermutet hätte, Lisa: dass du dich einmal von Andreas trennst. Wenn ich eines Morgens mit grünen Haaren aufgewacht wäre, hätte ich nicht mehr erstaunt sein können als nach der Nachricht, dass du auf Sylt bleiben willst«, gibt sie zu. »Du warst Andreas immer so treu ergeben und hast alles für ihn getan. Ich fand das oft ganz furchtbar. ›Andreas sagt dies, Andreas will das …‹. Das war dein ganzes Leben.«

»Ja, und wenn es nach *ihm* gegangen wäre, dann wäre das auch heute noch so«, sage ich. »Nur mit der winzigen Kleinigkeit, dass seine junge Geliebte unsere Ehe noch ein wenig ›bereichert‹ hätte. Hätte ich auf dich gehört, meine liebe Tina, dann würde ich jetzt in unserem schönen Eigenheim sitzen und Trübsal blasen, während er sich mit dieser amüsiert. Und aus Frust Schokolade futtern und mir sinnlosen Kram kaufen, den ich gar nicht brauche.«

»Du hast ja recht. Das war ein blöder Rat von mir. Aber ich kenne dich eben schon so lange und dachte, du wärst verloren ohne dein Nest, ohne deinen Mann, deine Familie. Wer hätte gedacht, dass es dir hier so gut geht?«, sagt Tina mehr zu sich selbst.

»Das habe ich ja selbst nicht erwartet, als ich auf die Insel kam. Ehrlich gesagt, war ich ziemlich am Boden. Der Tod meines Vaters …, meine zerrüttete Ehe …, die Kinder, die ihre eigenen Wege gehen. Ich wusste einfach nicht, wie es weitergehen soll. Auch wenn es sich blöd anhört, Tina: Sylt hat mich verändert. Ich glaube, die Kraft des Meeres hat sich auf mich übertragen. Von Tag zu Tag wurde ich selbstbewusster und lernte, auch mit mir alleine glücklich zu sein …, wenn ich nur in der Heide oder am Wasser sein konnte.«

»Das kann ich gut verstehen«, antwortet Tina und lässt ihren Blick über die majestätischen Dünen schweifen.

»Aber hättest du nicht auch eine kleine Geschenke-Boutique am Bodensee aufmachen können? Das wäre nicht ganz so weit entfernt gewesen.«

»Das hätte ich vielleicht schon.«

Ich lehne mich zurück und betrachte die weißen Wolkenberge, die über die Dünen ziehen.

»Aber wahrscheinlich wäre ich in den alten Trott zurückgefallen, wenn ich zum Bodensee zurückgekehrt wäre. Andreas hätte mich überredet, zu bleiben – du vermutlich auch – die Kinder sowieso.«

»Apropos Kinder: Was sagen die eigentlich dazu, dass ihre Mutter so weit entfernt ein neues Leben anfangen will?«

»Das ist der Punkt, vor dem ich mich am allermeisten gefürchtet habe. Ich habe geglaubt, sie würden mir Vorwürfe machen und alles daransetzen, mich umzustimmen und zurückzuholen. Interessanterweise haben sie Verständnis für mich. Tim ist sowieso in Weimar und sehr zufrieden mit seinem Studium und seiner hübschen Freundin in Leipzig. Er meinte, Sylt sei von Weimar nicht viel weiter entfernt als der Bodensee und er würde mich oft besuchen kommen.«

»Hat Andreas sich denn inzwischen damit abgefunden, dass sein Sohn nicht wie erwartet Manager wird?«, fragt Tina.

»Das kann ich mir nicht vorstellen. Für ihn hat Tim einfach die Versager-Gene seines Großvaters geerbt. Er sieht ihn schon bettelnd in der Fußgängerzone sitzen.«

»Wenn er sich da mal nicht täuscht. Wenn ich nur daran denke, wie toll Tim am Geburtstag seines Vaters Klavier gespielt hat ...«, sagt Tina und bestellt noch zwei Gläser Bowle.

»Weißt du, Tina, ... das war auch so ein Punkt, der uns auseinandergebracht hat. Dass Andreas so gar kein Verständnis für Tims Talent hat und dieses als ›brotlose Kunst‹ bezeichnet. Ich glaube, diese Sonja war eigentlich nur die Spitze des Eisbergs. Durch sie war ich auf einmal gezwungen, die Augen zu öffnen und mir Gedanken über unsere Ehe zu machen. Nachdem ich mir eine ganze Weile lang überlegt hatte, was *ich* denn falsch gemacht hatte, fiel mir auf einmal so manches ein, was Andreas hätte besser machen können«, grinse ich.

»Was sagt Ann-Sophie zu deinem Entschluss?«, fragt Tina.

»Meine Große ... Sie hat bald ihre eigene kleine Familie und dazu ihre Karriere. Sie wird also mehr als beschäftigt sein. Trotzdem hatte ich Angst, sie würde es mir übelnehmen, dass ich nun nicht ständig als Oma zur Verfügung stehen kann. Doch selbst, wenn sie darüber enttäuscht ist, lässt sie es mich nicht fühlen, sondern wünscht mir Glück, kannst du das glauben?«

»Ann-Sophie möchte, dass du glücklich bist, Lisa. Sie will nicht, dass du depressiv in einer unglücklichen Ehe versauerst, selbst wenn es sich bei deinem Ehemann um ihren Vater handelt. Sie ist eine moderne, junge Frau und hat nicht so ein klassisches Rollenbild wie du im Kopf, meine Liebe. Die jungen Frauen heutzutage kriegen ihr Leben gebacken mit Kind *und* Karriere, glaub mir. Außerdem hast du das auch hinbekommen, wenn ich mich recht erinnere. Du hattest doch auch keine ›Oma‹, jedenfalls nicht deine Mutter, die dir ständig zur Seite stand und dir alles abgenommen hat«, sagt Tina.

»Du hast recht. Vielleicht habe ich deshalb meine Kinder immer so sehr behütet, weil ich selbst keine Mutter hatte …«, antworte ich nachdenklich. »Wenn ich es mir so überlege, dann hatte ich immer Angst vor dem Verlassenwerden, seitdem meine Mutter damals ging …«, gestehe ich plötzlich.

Das muss an dem zweiten Glas Erdbeerbowle liegen, das auf wundersame Weise schon wieder fast leer ist.

»Ich weiß«, sagt Tina und legt mir die Hand auf den Arm. »Ich habe schon lange vermutet, dass das der Grund sein könnte, warum du immer so angepasst warst. Du wolltest diese ›heile Familie‹ um jeden Preis erhalten, auch wenn du selbst unglücklich warst.«

Noch vor ein paar Wochen hat Sven etwas ganz Ähnliches gesagt.

»Umso überraschter war ich ja, dass du Andreas verlassen hast. Ich habe immer eher das Gegenteil befürchtet. Dass er dich eines Tages sitzenlässt …«, sagt Tina.

»Hast du ihn einmal gesehen?«, frage ich.

»Einmal? Lisa, wenn man in Konstanz wohnt und arbeitet, ist es nicht gut möglich, sich nicht zu sehen«, lacht Tina. »Und wenn du schon so fragst: Ja, Miss Superblondi-Superbusi war auch immer dabei. Kussi hier und Kussi da. Offenbar genießt sie es jetzt, dass sie sich nicht mehr verstecken muss.«

Es tut weh. Aber es zeigt mir auch wieder, dass ich mich richtig entschieden habe.

»Ich bin so froh, dass ich hier bin und den beiden nicht dauernd über den Weg laufen muss«, antworte ich. »Ein Grund mehr, den ›Strandgut‹-Laden hier auf Sylt zu eröffnen.«

»Wo willst du denn wohnen? Ich habe gehört, es gibt auf Sylt keinen Wohnraum für die Einheimischen«, weiß auch Tina. Offenbar hat sie die ganzen Berichte in den Zeitungen gelesen.

»Im Moment ist das kein Problem. Johann hat mir angeboten, dass ich vorerst das ›Spatzennest‹ zur Dauermiete bewohnen kann. Das reicht mir erst einmal. Inzwischen kann ich mich in Ruhe umsehen, irgendetwas wird sich schon ergeben. Weißt du, Tina, irgendwie war das Schicksal ... Im ›Heidehüs‹ habe ich mich von Anfang an zu Hause gefühlt.«

»Und das Schickimicki-Leben hat gar nichts mit deinem Entschluss, auf Sylt zu bleiben, zu tun?«, fragt Tina auf einmal neugierig.

»Ich fürchte, da muss ich dich enttäuschen«, sage ich und vermeide, ihr von Sven zu erzählen. Ich glaube, sie würde nicht verstehen, was uns beide verband.

»Ehrlich gesagt, dachte ich, es steckt ein Mann dahinter und du hast eine heiße Affäre. In Gedanken sah ich dich in der ›Whiskymeile‹ sitzen und Champagner trinken, ...

an deiner Seite ein mehr als gut aussehender Mann ...«, sagt Tina.

Ich muss lachen. »Und nun bist du enttäuscht, dass ich dir hier nur Natur und meine Geschäftsidee bieten kann?«, frage ich sie.

»Ein bisschen schon. Aber das heißt ja nicht, dass wir beide nicht heute Abend irgendwo ein Gläschen trinken gehen können, wo es nett ist, nicht wahr?«

Ich glaube, Tina hätte sehr gut zu Elke und Tanja gepasst. Dennoch erfülle ich ihren Wunsch, vor allem, weil sie so nett war, mir das Auto zu bringen.

Als wir uns wenige Tage später am Flughafen von Westerland verabschieden, umarmen wir uns herzlich.

»Danke für alles, Lisa. Du hast mir so viel Schönes gezeigt auf dieser Insel. Und damit meine ich nicht nur das Nachtleben ...«

Natürlich war ich mit Tina nicht nur im Kampener »Strönwai«, sondern auch in den anderen hübschen Lokalen, von denen mir Elke und Tanja immer erzählt haben. Aber ich habe ihr auch »mein Sylt« gezeigt: die stille Braderuper Heide, das Wattenmeer, die Dünen, das »Rote« und das »Morsum Kliff«... die romantischen Orte Rantum und Keitum, den »Ellenbogen« und den Hafen von List und vieles mehr. Ich habe ihr in Hörnum Alma und Merle vorgestellt und ihr stolz den Laden gezeigt, der schon bald mein eigener sein wird. Ich habe sie sogar mit zu Johann ins Krankenhaus genommen, der von meiner schicken Freundin ganz begeistert war und auf einmal wieder glänzende Augen bekam.

»Eigentlich beneide ich dich«, sagt Tina auf einmal. »Und ich bewundere dich. Für deinen Mut. Wer hätte das gedacht, dass die schüchterne Lisa einmal ›aussteigen‹ wird? Ich kann es immer noch nicht fassen.«

Ich muss wieder einmal lachen. »Das Leben ist doch immer für eine Überraschung gut, nicht wahr? Grüße mir bitte alle am See, die mir am Herzen liegen, ja?«

Tina umarmt mich noch einmal, dann geht sie davon.

Aber einmal dreht sie sich noch um: »Vergiss nicht, Lisa: In eineinhalb Stunden kannst du von hier aus mit dem Flieger in Zürich sein«, ruft sie.

»Und umgekehrt«, rufe ich zurück.

Wir winken noch einmal, dann gehe ich zu meinem kleinen Auto.

Es ist wie mit Ann-Sophie, als sie neulich hier war. Die Begegnungen sind zwar seltener, wenn man so weit auseinander wohnt, aber viel intensiver, weil man sich mehr Zeit füreinander nimmt. Und Tina hat ja recht: Heutzutage kann man mit dem Flugzeug doch schnell wieder zusammen sein, wenn man Sehnsucht hat.

⁓⊚⁓

Zum Glück habe ich in den letzten Jahren etwas Geld zurückgelegt. Man kann ja nicht immer zum Friseur gehen oder neue Schuhe kaufen. Außerdem hat mir mein Vater ein kleines Sparbuch hinterlassen. Da ist zwar nicht viel drauf, aber es hilft mir ein Stück weiter. Da ich die Renovierung des kleinen Ladens weitgehend selbst durchführe, muss ich erst einmal keinen Kredit für das »Strandgut« aufnehmen.

Mit Merles Hilfe habe ich den ganzen Raum weiß gestrichen.

Auf die große Wand an der linken Seite habe ich tatsächlich einen riesengroßen blau-weißen Strandkorb gemalt, über dem ein paar Möwen fliegen. Alma ist überrascht, wie gut er mir gelungen ist, und sie steht immer wieder bewundernd davor. Einige weiße Regale aus dem Möbelmitnahmemarkt beherbergen inzwischen schon ein paar der »Meeresbücher« und Kalender. Merle arrangiert ihre Treibholz-Kunst immer wieder neu. Mal steht die Lampe hier, dann wieder auf der anderen Seite. Sie scheint glücklich zu sein, dass ich sie in die Gestaltung mit eingebunden habe, auch wenn sie noch immer nicht mit mir spricht.

Doch eines Abends, als wir beide lange Zeit gemeinsam im Laden herumgewerkelt haben, gibt sie mir auf einmal zum Abschied die Hand, lächelt und sagt: »Gute Nacht, Lisa. Schlaf gut.«

Das rührt mich so sehr, dass mir beinahe die Tränen kommen. Es ist der Beweis, dass ich keine Fremde mehr für sie bin.

»Siehst du, Papa«, sage ich im Auto laut vor mich hin. »Du hättest keine Angst haben brauchen. Wir wären eine Familie geworden. Und ich hätte mich auch auf Sylt eingelebt. Du hättest mit deiner Alma ruhig ein neues Leben anfangen können.«

Es hätte meinem Vater gefallen, dass ich jetzt hier bin und mich so gut mit Alma und Merle verstehe. Ich glaube, er wäre stolz auf mich, weil ich mutiger bin, als er es war.

Doch ich kann auch sein Handeln verstehen, das vermutlich darauf begründet war, dass meine Mutter uns einfach so verlassen hatte.

Er hatte Angst, das alles könnte sich wiederholen und verzichtete darum auf die Chance auf ein neues Glück. Wie einsam muss er oft gewesen sein? Ich denke an ihn, wie oft er an seinem Klavier saß und stundenlang spielte. Vermutlich half ihm seine Musik, die Vergangenheit zu vergessen.

Als ich im »Heidehüs« ankomme, erwartet mich Uwe Boysen auf der kleinen Treppe vor dem Haus.

»Lisa, wie gut, dass du da bist«, sagt er ernst. »Ich habe schon versucht, dich anzurufen, aber dein Handy war aus.«

Auf einmal wird mir eiskalt. Ein merkwürdiges Gefühl beschleicht mich.

»Was ist los, Uwe? Ist etwas mit Johann?«, frage ich.

»Bitte gehe erst einmal hinein. Ich komme gleich nach.«

Etwas stimmt nicht. Das sehe ich Uwe an. Der sonst so fröhliche Mann, der immer zu einem Scherz aufgelegt ist und mich grundsätzlich nur »Bodensee-Deern« nennt, ist auf einmal so förmlich und nennt mich »Lisa«.

Ich gehe in Johanns Wohnstube und sehe mich um. Emmi ist in der Küche und kehrt kurze Zeit später mit Tee zurück.

»Wissen Sie, was das zu bedeuten hat?«, frage ich sie.

Mir ist immer noch kalt und ich mag die dicke Jacke gar nicht auszuziehen.

Ich betrachte die Fotos auf Johanns Schreibtisch, wie ich es schon so oft getan habe. Aber heute ist alles anders. Ich spüre es und habe Angst.

Die Tür geht auf und Nils schlurft herein.

Mit einem lässigen »Moin« lässt er sich auf Johanns Sofa fallen.

Man sieht ihm an, dass es ihm überhaupt nicht passt, dass er jetzt hier sein muss. Vermutlich hat Uwe ihn aus der Kneipe geholt, wo er jetzt viel lieber wäre.

Nochmals öffnet sich die Tür und Alma und Ole Jensen kommen gleichzeitig herein. Was machen die beiden denn hier?

»Gleich nachdem du weg warst, hat Herr Boysen angerufen, dass ich bitte sofort ins ›Heidehüs‹ kommen soll«, beantwortet Alma meine unausgesprochene Frage. »Ich habe versucht, dich auf dem Handy zu erreichen, damit du noch einmal umkehren und mich mitnehmen kannst, aber du warst leider nicht zu erreichen.«

Ole Jensen sagt lediglich »Guten Abend« und setzt sich zu Nils auf das Sofa.

Wir sehen uns alle verständnislos an. Keiner weiß, was das alles zu bedeuten hat.

Mit ernster Miene kommt Uwe herein und schließt leise die Tür hinter sich.

»Danke, dass ihr alle gekommen seid«, bricht er das unangenehme Schweigen. »Ich habe euch leider eine sehr traurige Nachricht zu überbringen. Bitte setzt euch.«

Doch Emmi läuft hektisch hin und her. »Ist etwas mit Johann? Nun sag doch schon, Uwe.«

Uwe nickt ernst.

»Ich muss euch leider mitteilen, dass Johann vor einer Stunde gestorben ist«, sagt er.

»Nein.« Emmi sieht ihn verständnislos an. »Das kann nicht sein. Das gibt es nicht.« Sie bricht in Tränen aus.

Ich gehe zu ihr und lege den Arm um sie, auch wenn mir selbst ganz weh ums Herz ist.

Der gute Johann. Ich kann es nicht fassen. Es ging ihm doch viel besser. Vor ein paar Tagen hat er noch gescherzt, dass er nicht wisse, ob er jetzt die hübsche Krankenschwester oder meine Freundin Tina heiraten solle.

»Es tut mir so furchtbar leid«, sagt Uwe und wischt sich eine Träne aus dem Augenwinkel. »Ich wollte ihn besuchen … Da kam der Arzt und sagte, heute Nachmittag hätte er sich auf einmal schlecht gefühlt. Und dann wäre es ganz schnell gegangen … das Herz.«

Wie bei meinem Vater, denke ich. Als hätte ich ein Déjà vu. Ich erlebe das Gleiche noch einmal. Natürlich stand mir Johann bei Weitem nicht so nahe wie mein Vater und doch war er mir sehr ans Herz gewachsen.

Ich kann mir gar nicht vorstellen, dass er nie wieder hier bei uns sein wird. Nie wieder vor seinem geliebten Kiosk auf der Bank sitzen und über »Pidder Lüng« oder die Heide und das Meer sprechen wird.

Eine Träne kullert meine Wange herunter.

Uwe schnieft in sein Taschentuch. Alma sieht ihn mit weit aufgerissenen Augen an. Selbst Nils macht ein bedröppeltes Gesicht.

»Puuuuh«, sagt er nur. »So 'n Schit.«

Er geht nach draußen auf die Terrasse, um sich eine Zigarette anzustecken und nimmt gleich einen tiefen Zug. Sein Blick ist in die Ferne gerichtet, an das Ende der Heide, wo der dunkle Himmel das Meer berührt.

»Was wird denn nun?«, schluchzt Emmi. »Er kann uns doch nicht einfach so im Stich lassen. Warum haben die in der Klinik Johann denn nicht nach Hause gelassen? Ich hätte ihn doch gesund gepflegt.«

»Ach, Emmi, das kannst du nicht sagen«, sagt Uwe tröstend. »Er war im Krankenhaus sehr gut aufgehoben. Die Ärzte haben alles getan, was sie konnten.«

»Das glaube ich nicht«, sagt Emmi trotzig und setzt sich in den Sessel. Sie schüttelt immer wieder den Kopf. »Was soll denn nun werden?«, murmelt sie leise vor sich hin.

»Nun, erst einmal muss die Beerdigung organisiert werden. Wenn wir das hinter uns gebracht haben, steht die leidige Frage des Nachlasses an …«

Alle sehen Uwe an, sogar Nils dreht sich um, als er diese Worte vernimmt.

»Wie meinst du das?«, fragt Emmi.

»Nun, es muss ja geklärt werden, wie es mit dem ›Heidehüs‹ weitergehen wird.«

»Was ist denn das für eine Frage?«, stößt Emmi verständnislos hervor.

»Nun, ich weiß, dass man sich in einer solchen Situation nicht mit so etwas auseinandersetzen mag. Aber es ist doch so: Johann hinterlässt Besitz. Da muss geklärt werden, wem dieser in Zukunft gehören wird. Sollte es kein Testament geben, wird vermutlich die gesetzliche Erbfolge eingehalten werden ... und das bedeutet ... Nils.«

Als Nils seinen Namen hört, kehrt er zurück in die Wohnstube. Er grinst und überlegt in Gedanken wohl schon, wie er die Millionen ausgeben wird, die er für das »Heidehüs«-Anwesen erhalten wird. Ole Jensen und er nicken sich zu.

»Es gibt aber ein Testament«, ruft Emmi auf einmal laut aus. Sie hat ganz hektische rote Flecken im Gesicht und geht eilig zur Tür hinaus.

Kurze Zeit später kehrt sie mit einer Klarsichthülle zurück, in der sich ein von Hand beschriebenes, weißes Blatt Papier befindet, das mit großen Buchstaben »Testament« betitelt ist und eine Unterschrift trägt.

»Hier«, sagt Emmi und legt es stolz auf den Tisch. »Hier steht es Schwarz auf Weiß.«

Nils wird blass und fragt: »*Was* steht da, Emmi?«

»Da steht Schwarz auf Weiß, dass nicht Nils, der Haupterbe ist, sondern *ich*. Ich, die ich immer für Johann da war und alles für ihn getan hat. Ich habe mein Leben für ihn geopfert. Da war es ihm ein Anliegen, dass ich nach seinem Tode abgesichert bin. Deshalb hat er dieses Testament aufgesetzt, damit es keine Streitereien mit Nils gibt.«

»Das werden wir ja sehen«, sagt Nils entrüstet. »Wer

weiß, ob das überhaupt echt ist. Ich werde das prüfen lassen. Von einem Testament hat Johann nie etwas erzählt.«

Ole Jensen mischt sich ein: »Was soll das denn jetzt, Nils? Ich dachte, du wärst dir sicher, dass *du* alles erben wirst, weil es keine anderen Verwandten gibt? Ich habe dir nur deshalb den Kredit gegeben, damit du deine Schulden zahlen und den Alfa kaufen kannst, weil du mir das Vorkaufsrecht auf das ›Heidehüs‹ eingeräumt hast, wenn Herr Johannsen einmal stirbt. Und jetzt gibt es auf einmal ein Testament?« Wütend funkelt Ole Jensen Nils an.

»Ich habe dich nicht belogen, Ole. Von einem Testament wusste ich nichts. Das hier muss gefälscht sein«, beteuert Nils.

»Das ist ja ungeheuerlich. Was sagst du da? Dass das Testament nicht echt ist? Du geldgieriges Schwein. Wer hat sich denn die ganzen Jahre um Johann gekümmert? Du etwa? Du warst doch immer nur besoffen in der Kneipe«, schreit Emmi. Sie ist noch immer ganz rot im Gesicht, diesmal vor Wut.

»Halt … stopp«, versuche ich, die beiden Kampfhähne zu beruhigen. »Johann ist tot, das ist schrecklich. Wir sollten erst einmal …«

Doch die beiden hören nicht auf mich, sondern schreien sich weiter an.

»Du glaubst doch nicht, dass ich es zulasse, dass sich hier eine Putzfrau das ›Heidehüs‹ unter den Nagel reißt?«, brüllt Nils.

»Das wirst du wohl müssen. Denn *ich* habe es geerbt. Dafür, dass ich *alles* für Johann getan habe«, schreit Emmi zurück.

Ich kann es nicht fassen. Die Gier der beiden scheint vollkommen den Schmerz über den Verlust eines geliebten Menschen zu verdrängen.

Auf einmal sehe ich, wie sich Uwe ganz entspannt in den Sessel setzt. Er wirft mir einen Blick zu und lächelt.

Und auf einmal verstehe ich …, noch bevor die Tür aufgeht.

Der große weißhaarige Mann, der zur Tür hereinkommt, nimmt seine Elbseglermütze ab.

»Ihr braucht euch nicht weiter zu streiten«, sagt er mit tiefer Bass-Stimme. »Das Erbe wird noch nicht verteilt.«

»Johann.« Emmis Augen weiten sich vor Entsetzen. »Wir dachten … Uwe hat gesagt … Du bist *tot*.«

»Das sehe ich, dass ihr dachtet, ich sei tot. Aber glücklicherweise erfreue ich mich bester Gesundheit«, sagt Johann und grinst. »Und das verdanke ich meinem guten, alten Freund Uwe Boysen. Und in gewisser Weise auch meiner ›Bodensee-Deern‹, die ihm davon berichtet hat, dass hier etwas nicht mit rechten Dingen zugeht.«

Emmi sitzt blass und geschockt im Sessel und ist unfähig zu antworten. Einzig »Johann … du lebst« kommt fassungslos aus ihrem Mund.

Musste sie soeben noch die Nachricht seines Todes verarbeiten, so scheint die Tatsache, dass Johann lebt, sie noch mehr aus der Fassung zu bringen.

Auch Nils starrt seinen Onkel ungläubig an und fragt sich vermutlich gerade, ob das alles nicht ein Albtraum ist, der von überhöhtem Alkoholkonsum herrührt.

»Verzeiht, wenn wir euch ein bisschen erschreckt haben. Es war Uwes Idee … und ich finde, er macht sich als Schauspieler gar nicht so schlecht«, klärt uns Johann auf.

»Und was soll das Ganze?«, fragt Nils schnippisch.

Die Gedanken, wie er die Millionen verteilen will, muss er nun wohl erst einmal hinten anstellen.

»Nun … mir sind da so ein paar Dinge aufgefallen«,

beginnt Uwe. »Aber wir sollten erst einmal jemanden hinzuholen.«

Kommissar Kai Harmsen und sein Kollege Fiete Holthusen betreten das Zimmer. Vermutlich haben sie bereits draußen gewartet.

»Eigentlich muss ich sagen, ›uns‹ sind ein paar Dinge aufgefallen.« Uwe sieht mich an und grinst.

»Die ›Bodensee-Deern‹ und ich haben nämlich gemerkt, dass es mit Johanns Gesundheit ziemlich unvermittelt rapide bergab ging. Und das, obwohl er vorher nie krank war. Irgendetwas stimmte da nicht. Seltsamerweise fing es gerade damit an, als ein paar Leute scharf auf Johanns Grundstück wurden und er sich weigerte, es ihnen zu verkaufen. Plötzlich war Johann immer schwindelig und er fühlte sich von Tag zu Tag schwächer, ohne dass es einen Grund dafür gab. Lisa hörte nachts Stimmen, die heimlich flüsterten, und dann gab es auch noch diesen mysteriösen Unfall im ›Heide-Kiosk‹. Als Johann dann im Krankenhaus lag, sich selbst dort sein Zustand nicht besserte und mir noch einige Merkwürdigkeiten auffielen, kam der Verdacht auf, dass Johann langsam und schleichend ... vergiftet wurde.«

Alle sehen Uwe erschrocken an.

Alma ist kreidebleich und beisst sich auf die Lippen.

Uwe macht eine Pause.

»Wir fragten uns, wer einen Vorteil davon haben könnte, wenn Johann etwas zustößt. Da war zunächst einmal Nils ..., chronisch pleite und hoch verschuldet. Er hatte offenbar Kontakte zu Ole Jensen geknüpft und sich mehrere Male mit ihm getroffen. Es ist kein Geheimnis, dass die Immobilienfirma von Herrn Jensen Johanns Grundstück benötigt, um das geplante Großprojekt des Golfhotels zu realisieren. Dieses würde sicher nicht unwesentlich dazu beitragen, Herrn Jensens Reichtum zu vermehren. Außerdem hatte er Nils, wie er uns eben selbst erzählte, bereits vorab einen Kredit gegeben. Somit hätte auch Ole Jensen ein Motiv, den lieben Johann loszuwerden, damit Nils früher an sein Erbe kommt und ihm dieses verkaufen kann.

Die seltsamen Ereignisse neulich Nacht im ›Heide-Kiosk‹ deuteten zunächst darauf hin, dass Johann möglicherweise einen Schlag auf den Kopf bekommen hatte, dadurch ohnmächtig wurde und vermutlich in seinem Kiosk gestorben wäre, wenn die ›Bodensee-Deern‹ nicht zufällig aufgetaucht wäre. Doch etwas stimmte nicht an der Geschichte. Seine Kopfverletzung stammte nicht von einem Schlag auf den Kopf, sondern sehr wahrscheinlich von dem Sturz auf den Heizkörper, fand die Polizei heraus. Außerdem hatten sowohl Nils als auch Ole Jensen wasserdichte Alibis für die Zeit, in der der Unfall passiert sein musste. Somit kam die Polizei zu dem Ergebnis, dass kein Fremdverschulden vorlag, sondern Johann einen Schwächeanfall gehabt haben und gestürzt sein muss.

Und diesen sehr wahrscheinlich aus dem eben erwähnten Grund: Weil er langsam und schleichend vergiftet wurde. Und eine solche Tat passte nun weder zu Nils noch zu Ole Jensen. Gift zu verabreichen, ist eher eine Frauensache …

Wir fragten uns also: Wer hätte noch ein Motiv gehabt, Johann etwas anzutun? Alma Rasmussen vielleicht?«

Alma reißt die Augen weit auf und fragt ungläubig: »Ich? Warum denn ich?«

»Nun … aus Rache vielleicht? Weil Sie glaubten, dass Johann Ihre geliebte kleine Schwester auf dem Gewissen hat?«

Alma schüttelt den Kopf: »Das ist doch absurd. Warum sollte ich mich nach so langer Zeit auf einmal an Johann rächen wollen?«

»Weil Sie womöglich erst jetzt durch Lisa erfahren haben, dass das Licht an Annemaries Fahrrad kaputt war und Johann versäumt hatte, es zu reparieren. Vielleicht glaubten Sie ja, Annemarie könnte noch leben, wenn das Auto sie in jener Nacht gesehen hätte.«

»So einen Schwachsinn habe ich ja noch nie gehört«, stößt Alma hervor. »Gut, ich gestehe, ich war stinksauer auf Johann, weil er Annemarie verdächtigt hatte, einen Liebhaber zu haben. Weil er eifersüchtig war und ihr hinterhergeschnüffelt hat. Ich war sauer, weil meine kleine Schwester durch sein Misstrauen zutiefst unglücklich war und möglicherweise aus diesem Grund an dem bewussten Abend das Haus verlassen hat und viel zu früh einen schrecklichen Tod sterben musste. All diese Dinge weiß Johann, ich habe sie ihm an Annemaries Beerdigung an den Kopf geknallt, worauf wir jahrelang keinen Kontakt hatten. Aber ich hätte ihm doch deshalb nichts angetan. So ein Blödsinn.« Alma schüttelt wieder den Kopf.

»Das wäre auch nicht gut möglich gewesen«, sagt Uwe daraufhin beschwichtigend zu ihr. »Johann bekam das Gift nämlich über einen längeren Zeitraum zugeführt ... und das wäre mit der einmaligen Butterkeks-Packung, die Sie ihm zur Versöhnung in die Klinik mitgebracht hatten, schlecht möglich gewesen. Vielmehr wurde ihm das Gift vermutlich durch andere Plätzchen verabreicht ...« Uwe atmet tief durch und sagt dann: »Möchtest *du* uns vielleicht etwas dazu sagen ... Emmi?«

Emmis Augen weiten sich vor Schreck. »*Ich*?«

Kommissar Harmsen mischt sich ein und sagt mit fester Stimme: »Ich muss jetzt amtlich werden. Frau Peters, es besteht der dringende Tatverdacht, dass Sie versucht haben, Herrn Johannsen mittels Giftbeibringung zu ermorden. Weiterhin besteht der Verdacht, dass Sie das hier vorliegende Testament gefälscht haben, sodass Betrug und Urkundenfälschung vorliegen. Herr Johannsen hat kein Testament geschrieben. Ich muss Sie belehren, dass es Ihnen nach dem Gesetz freisteht, sich zu der Sache zu äußern oder nicht zur Sache auszusagen. Sie können auch jederzeit einen von Ihnen zu wählenden Verteidiger konsultieren und sogar zu Ihrer Entlastung einzelne Beweiserhebungen beantragen. Das von Ihnen hier vorgelegte Schreiben beschlagnahme ich als Beweismittel. Ihre Wohnung und das Haus werden umgehend von den Kollegen nach weiteren Beweismitteln und Spuren durchsucht. Sie sind jetzt vorläufig festgenommen.«

Emmi bricht zusammen.

»Festgenommen? Aber warum denn? Ich wollte Johann doch nicht ermorden«, sagt sie immer wieder und weint dabei. »Ich habe es doch nur gut gemeint. Ich war doch *immer* für dich da, Johann. Immer. Das weißt du doch …«, schluchzt sie.

»Das mag sein, Frau Peters. Herr Johannsen hat nach eigenen Angaben kein Testament erstellt, also muss Ihres eine Fälschung sein. Wir werden das prüfen.«

Der Kommissar sieht Emmi ernst an: »Im Körper, im Blut und in den Haaren von Herrn Johannsen haben wir deutliche Spuren des Giftes der Eibe sowie Spuren von Blutdrucksenkungsmitteln gefunden. Nach unseren Untersuchungen wurden ihm schon seit Wochen erhebliche Dosen des Giftes zugeführt. Weiterhin konnten wir in den Plätzchen, die Sie gebacken haben, die gleichen Substanzen finden. Daher sind Sie verdächtig, ihm das Gift zugeführt zu haben. Sie haben es ihm in das Essen gemischt, nicht wahr?«

Ich denke an die Butterkekse, die Johann so geliebt und die Emmi ständig für ihn gebacken hat.

Emmi schluchzt: »Ich wollte Johann nicht töten, Herr Kommissar. Bitte, das müssen Sie mir glauben. Ich wollte doch nur, dass er merkt, dass er mich braucht. *Ich* bin es doch, die immer für ihn da ist. Immer. Tag und Nacht ...«

Emmi macht eine Pause, schnäuzt in ihr Taschentuch und wendet sich dann an Johann: »Das weißt du doch, Johann, nicht wahr? Du weißt doch, dass ich dich über alles liebe. Ich war doch immer für dich da ... Auch damals schon, als *sie* noch gelebt hat. Ich habe doch viel besser für dich gesorgt als sie. Das weißt du doch?«, schluchzt sie weiter.

Dieses »sie« spuckt Emmi angewidert aus ... voller Hass.

Ich denke an das Foto mit den zerstochenen Augen und dem zerstochenen Herzen.

Und auf einmal weiß ich, wie alles zusammenhängt. Es fällt mir wie Schuppen von den Augen. Ich weiß, wer die Gerüchte gestreut hat, dass Annemarie einen Liebhaber hatte und von wem sie sich beobachtet und verfolgt gefühlt hat. Es war nicht ihr eifersüchtiger Ehemann. Sondern ihre eifersüchtige Freundin Emmi, die Annemarie das Glück mit Johann nicht gönnen konnte. Weil Emmi glaubte, dass sie selbst es verdient hatte.

Ich glaube, dass Annemarie irgendwann gespürt hat, dass ihre Freundin Emmi, mit der sie in einem Haus lebte und der sie vertraute, für ihre Ehekrise und ihre Ängste verantwortlich war. Vielleicht war das ja der Anlass, warum sie in dieser stürmischen Nacht das Haus verließ. Nicht, um ihren Liebhaber zu treffen, sondern um ihrem Mann von ihrem Verdacht zu erzählen. Doch sie sollte nie bei Johann ankommen.

Nach Annemaries Tod wähnte sich Emmi am Ziel ihrer Wünsche. Sie hoffte, dass Johann nun endlich erkennen würde, dass Emmi die einzig Richtige für ihn sei und sie heiraten würde. Dass Johann jedoch seine Annemarie nie vergessen konnte und nicht im Traum daran dachte, sich mit Emmi zu vermählen, obwohl er ihre Fürsorglichkeit durchaus schätzte, konnte sie nicht verstehen. Sie dachte, wenn sie nur noch mehr für Johann tun würde, müsste er es doch irgendwann einsehen.

Das Ganze ist so einfach ... und gleichzeitig so absurd und unvorstellbar. So muss es gewesen sein.

Ich glaube, dass Johann in diesem Moment dasselbe denkt wie ich, denn er fragt: »Was geschah in der Nacht, als Annemarie starb, Emmi?«

Sie antwortet nicht und heult weiter.

»Bitte, Emmi ...«, sagt Johann mit leiser Stimme. »Ich muss es wissen.«

»Es wäre wirklich besser, du würdest uns endlich die Wahrheit sagen, Emmi. Wir kennen sie ohnehin bereits ...«, sagt Uwe.

»Es war ein Unfall, Johann ...«, stammelt Emmi unter Tränen. »Wir waren zu Hause ... Auf einmal sah mich Annemarie so merkwürdig an ... Dann war sie plötzlich weg ... Ich hatte so eine Ahnung, dass sie zu dir wollte ... Ich sah an ihren Augen, dass sie mir misstraute ... Ich hatte Angst, sie würde mich bei dir schlecht machen ..., also fuhr ich ihr nach ...«

Vor lauter Schluchzen kann man Emmi kaum verstehen.

»Es hat so furchtbar geregnet ... und auf einmal war da ihr Fahrrad ... Ich hab sie wirklich nicht gesehen, Johann ...

Es war ein Unfall ... wirklich ..., Johann, das musst du mir glauben. Sie hatte dich nicht verdient ..., aber ich hätte ihr doch nichts angetan ... Es war ein Unfall ... du glaubst mir doch, Johann, nicht wahr?«

Emmi ist inzwischen vollkommen außer sich.

»Ich glaube, das reicht für jetzt. Frau Peters, wir nehmen Sie jetzt mit zum Polizeirevier, um uns weiter zu unterhalten. Dort haben Sie Gelegenheit, Ihr Verhalten zu erklären«, sagt Herr Harmsen ruhig.

Emmi verlässt das Zimmer, begleitet von einem Polizeibeamten, um ein paar Sachen zu packen. An der Tür dreht sie sich noch einmal um und sagt mit bemüht fester Stimme: »Ich wollte dich nicht umbringen, Johann. Dafür liebe ich dich viel zu sehr.«

In Johanns Blick liegt eine Mischung aus Verachtung und Mitleid. Verachtung, weil ihn seine gute, liebe Perle Emmi auf leise Weise vergiften wollte und offenbar auch für Annemaries Tod verantwortlich ist, ... und Mitleid, weil Emmi völlig gebrochen ist.

Er wendet den Blick ab von ihr, nach draußen in die Weite der Heide.

20. KAPITEL:
»SONNE ÜBER SYLT«

»Das war wirklich eine bühnenreife Vorstellung, wie du als ›Toter‹ auf einmal zur Tür hereingekommen bist«, sagt Uwe.

Wir sitzen zu dritt auf der grünen Bank vor dem »Heide-Kiosk« und lassen die Geschehnisse Revue passieren.

Uwe berichtet uns von Emmis Vernehmung bei der Polizei, bei der er dabei sein durfte, weil er den alten Kollegen geholfen hat, den Fall aufzuklären.

»Du warst aber auch nicht schlecht, Uwe«, sagt Johann zu ihm.

»Das kann ich nur bestätigen. Wenn ich daran denke, wie du dir die ›Träne‹ aus dem Augenwinkel gewischt hast«, grinse ich. »Ich glaube, du solltest vom Shanty-Chor zur Laienspielgruppe wechseln.«

»Nur, wenn ich dort den jugendlichen Liebhaber spielen darf«, grinst Uwe.

»Das hättest du wohl gern. *Die* Zeiten sind vorbei, mein Lieber«, sagt Johann.

»Dafür, dass ich dir das Leben gerettet habe, bist du aber ganz schön undankbar«, meint Uwe darauf.

»Das Leben gerettet? Das hat mir doch die ›Bodensee-Deern‹«, sagt Johann.

»Nun streitet euch doch nicht«, mische ich mich ein. »Wichtig ist nur, dass du lebst, Johann. Es stimmt schon, wenn Uwe nicht so hartnäckig gewesen wäre und sich an seine alten Kollegen gewandt hätte, wäre die Sache vermutlich nicht so gut ausgegangen und du würdest immer noch vergiftete Plätzchen essen.«

»Also gut …, ich danke dir, alter Freund. Dafür gebe ich dir auch ein Bier aus.«

»Schon gut. Ist eine alte Berufskrankheit, dass man ein bisschen genauer hinsieht, wenn einem etwas auffällt. Weißt du, Johann …, du warst ja schon immer ein bisschen tüddelig. Aber in der letzten Zeit warst du einfach nicht mehr ›normal‹. Wirklich nicht. Sicher hätte es sein können, dass du an einer Krankheit wie Alzheimer oder so etwas leidest. Aber dein Zustand verschlechterte sich derart schnell … und das machte mich stutzig. Vor allem, als mir Lisa dann auch noch von den Stimmen erzählte …«

»Ja, richtig. Wer war das denn nun eigentlich, den ich da gehört habe?«, frage ich neugierig.

»Welche Stimmen?«

»Ich habe hin und wieder einmal nachts Männerstimmen gehört, die sich im Garten gestritten haben.«

»Ich weiß nicht genau, was du meinst. Aber vermutlich hast du mich selbst gehört und Nils, der ja regelmäßig vorbeikommt, um sich Geld zu pumpen«, sagt Johann.

»Stimmt. Nils habe ich tatsächlich ein paar Mal ums Haus schleichen sehen. Aber ich habe doch auch einmal einen dunklen Geländewagen wegfahren sehen. Da dachte ich, Nils und Ole hätten sich heimlich getroffen, um über das ›Heidehüs‹ zu sprechen.«

»Das hat Emmi wohl auch beobachtet und dasselbe vermutet. Vor allem, weil *ich* bei dem Gespräch dabei war.«

»Du warst dabei?«, frage ich Johann ungläubig.

»Ja. Mir war nämlich zu Ohren gekommen, dass mein ständig abgebrannter Neffe offenbar schon Kontakte zu Ole aufgenommen hatte, um den Marktwert des Anwesens zu erfahren. Daher bestellte ich beide zu mir nach Hause, um ihnen unmissverständlich klarzumachen, dass so schnell nicht mit meinem Ableben zu rechnen ist. Und mit einem Verkauf schon gar nicht. Emmi dachte allerdings, als sie Ole Jensen, Nils und mich beobachtete, ich würde nun doch planen, das ›Heidehüs‹ zu verkaufen. Zumal ich in letzter Zeit öfter einmal geschimpft hatte, dass ich für die Sache mit der Vermietung an Feriengäste so langsam zu alt bin. Ich glaube, sie geriet daraufhin in Panik und fragte sich wohl, was dann aus ihr werden sollte, wenn ich tatsächlich alles verkaufen und in eine Seniorenresidenz ziehen würde, wie ich es aus Spaß manchmal sagte. Als ob ich an so etwas auch nur einen einzigen Gedanken verschwenden würde. Sie sollte mich nun wirklich besser kennen«, sagt Johann.

»Habt ihr auch herausgefunden, ob neulich Nacht tatsächlich jemand in mein Zimmer wollte?«, frage ich Uwe. Ich hatte ihm von den Schritten auf der Treppe erzählt, jedoch angedeutet, dass ich mir nicht sicher war, ob es sich nicht vielleicht um einen Traum handelte.

»Oh ja. Das war Emmi. Sie gab zu, dass sie beobachtet hatte, dass du das Fotoalbum aus ihrem Schreibtisch genommen hattest, welches natürlich sie selbst und nicht Johann dort hineingelegt hatte. Wahrscheinlich fiel ihr das bewusste Foto ein und sie wollte das Album wieder holen.«

»Welches Foto?«, fragt Johann, doch Uwe und ich haben ausgemacht, dass wir es ihm besser nicht zeigen wollen, um den alten Mann nicht noch mehr aufzuregen.

»Ach, eines von sich«, lügt Uwe daher schnell.

»Doch Emmi wurde auf der Treppe aufgehalten, und zwar ausgerechnet von Nils, der sich nach seinem Onkel erkundigen wollte.«

»Oder Geld pumpen«, sagt Johann.

»Wie auch immer. Ich denke, Emmi hat das Album zwar in den nächsten Tagen im ›Spatzennest‹ gesucht, dort aber nicht gefunden und es stattdessen irgendwann im Krankenhaus bei Johann entdeckt. Dort wird sie es untersucht und bemerkt haben, dass das bewusste Foto fehlt. Sicher hat sie geglaubt, dass sie es selbst irgendwann herausgenommen und versteckt haben muss, damit Johann es nicht bei ihr findet«, denkt Uwe laut.

»Dass man sich so in einem Menschen täuschen kann«, sagt Johann und schüttelt immer wieder den Kopf.

»Ich dachte immer, Emmi ist die liebste und treueste Seele überhaupt. In Wirklichkeit war sie ein Teufel.«

»Das kann man so nicht sagen, Johann. Glaub mir, sie war dir wirklich mehr als treu ergeben. Sie hat dich geliebt. Nach allem, was wir bisher herausgefunden haben, konnte sie nicht anders handeln … Für sie war es vollkommen richtig so. Aber dazu komme ich später«, sagt Uwe zu Johann.

»Mir ist nicht klar, warum sich Emmi diese Sache mit dem Gift ausgedacht hat. Was hätte sie denn davon gehabt, dich zu vergiften, Johann? Sie musste doch bei einem möglichen Tod von dir erst recht damit rechnen, dass Nils alles erben und verkaufen wird und sie somit ausziehen muss«, sage ich zu Johann.

»Ursprünglich wollte Emmi Johann ja gar nicht töten. Sie wollte sich nur unentbehrlich machen und hoffte, dass Johann sie dadurch als Erbin in seinem Testament einsetzen würde. Zumal Johann Nils ohnehin ständig als unwürdigen Taugenichts bezeichnete. Selbstverständlich schürte sie das auch noch. Sie kam erst auf die Idee, ein falsches Testament zu erstellen, als sie spürte, dass Johann keine Absicht hatte, sie als Erbin einzusetzen«, mischt sich Uwe ein. »Als sie Johann mit Nils und Ole Jepsen sah, bekam sie es mit der Angst zu tun. Sie befürchtete, dass Nils wirklich alles erben und verkaufen würde, falls Johann einmal etwas zustoßen sollte. Zumal dann ja auch noch der Unfall im Kiosk geschah … Emmi hatte keinerlei Ansprüche, denn schließlich waren sie und Johann nicht verheiratet. Es war nicht nur ihre Heimat und ihre Existenz, die auf dem Spiel standen. Sie hatte tatsächlich das Gefühl, das ›Heidehüs‹ vor Nils retten zu müssen, und aus diesem Grund ein Testament gefälscht. Meine Kollegen fanden in ihrer Wohnung alles, was sie dafür brauchte. Informationsmaterial zur Erstellung von Testamenten, mehrere Schriftstücke von Johann, die sie kopierte, sowie mehrere Entwürfe, die sie erstellt hat, … und sogar den Block, auf dem sie das Testament selbst verfasste. Da waren noch die durchgedrückten Kugelschreiberspuren zu sehen. Auf dem ›Testament‹ waren natürlich nur ihre eigenen Fingerabdrücke. Hätte Johann es unterschrieben, wären ja auch seine darauf gewesen. Man muss schon anerkennen, wie professionell sie das Testament erstellt hat. Entweder Emmi hatte kalligrafische Kenntnisse oder sie hat einfach nur fleißig geübt«, berichtet Uwe.

»Irgendwie verstehe ich sie sogar ein bisschen. Sie hat sich hier jahrelang um alles gekümmert und hatte Angst, ihr Zuhause zu verlieren und bald auf der Straße zu sitzen«, werfe ich ein.

»Genau. Sie war der Meinung, dass nur *sie* das ›Heidehüs‹ verdient hatte und nicht der nichtsnutzige Nils. Davon einmal ganz abgesehen, dass Emmi seit ihrer Geschäftspleite auch völlig mittellos ist. Wo hätte sie denn hin sollen?«

»Es ist kein Wunder, dass sie in Panik geriet«, sage ich.

»Aber was ich wirklich nicht verstehen kann: Warum hat sie Johann das Gift gegeben? Sie wollte ihn doch nicht umbringen, um an das Haus zu kommen, oder?«

Irgendwie passt das nicht zu Emmi und zu ihrem ganzen fürsorglichen Verhalten Johann gegenüber. So raffgierig ist sie nicht.

»Nein, wie schon gesagt, sie wollte Johann nicht töten«, erklärt Uwe. »Dafür liebt sie ihn viel zu sehr. Aber es sollte ihm schlecht gehen. Das gab ihr die Gelegenheit, sich noch mehr um ihn zu kümmern. Alle, vor allem aber Johann, sollten merken, dass die liebe, gute Emmi immer für Johann da ist.«

»Hat sie das der Polizei gestanden?«, fragt Johann.

Uwe nickt. »Emmi ist kein Teufel, Johann. Sondern eine ganz arme Sau, wenn du mich fragst. Sie ist nicht nur hochgradig tablettensüchtig ...«

»Tablettensüchtig? Ich habe neulich jede Menge Schmerztabletten im Küchenschrank entdeckt«, sage ich.

»Die haben die Kollegen auch gefunden. Emmi gab zu, dass sie wohl offensichtlich schon seit Jahren große Mengen an Paracetamol eingenommen hat. Paracetamol ist dafür bekannt, dass es nicht nur Schmerzen, sondern auch das Einfühlungsvermögen, die sogenannte Empathie, dämpft. Möglicherweise hat ihre Sucht damals begonnen, als ihr Geschäft pleiteging und ihre Ehe zerbrach. Es muss schrecklich gewesen sein, dass sie jeden Tag Johanns und Annemaries Glück direkt vor Augen hatte. Vielleicht wollte sie gegen die schmerzhaften Gefühle durch das Paracetamol ankämpfen.«

»Und mir hat sie immer gesagt, die Pillen seien gegen die Schmerzen an ihrem Ischias-Nerv«, sagt Johann.

»Auf jeden Fall steigerte sich Emmi in eine Art Wahnvorstellung hinein. War sie am Anfang noch froh und glücklich, durch Annemarie diese Stelle bekommen zu haben, war sie schon bald der Meinung, dass sie eigentlich viel besser zu dir passen würde als Annemarie.«

»Pah. *Das* allein ist schon eine Wahnvorstellung«, sagt Johann. »Und was für eine.«

»Alles begann damit, dass du nett zu ihr warst, Johann. Das war ihr Ehemann nämlich nie gewesen. Einen solchen Mann wünschte sich Emmi auch. Sie begann nach Gründen zu suchen, warum Annemarie einen solchen Ehemann im Gegensatz zu ihr nicht verdient hatte. Das fiel ihr jedoch schwer, da Annemarie zwar nicht die allerbeste Köchin, aber der liebenswerteste Mensch war, den es gab. Außerdem war sie im Gegensatz zu Emmi bildschön und wurde von dir vergöttert. So musste sie eben ihre Fantasie bemühen und sich böse Gerüchte über Annemarie ausdenken. Durch die Abwesenheit von Empathie ihr gegenüber fühlte sie nicht einmal das Unrecht bei dem, was sie tat oder sagte. Ich denke, dass Annemarie lange Zeit nicht bemerkte, dass Emmi sie zutiefst beneidete. Dass dieser Neid irgendwann sogar in Hass umschlug. Doch das böse Gift war im Haus ... und erreichte zuerst deine Freunde, Johann, und schließlich auch dich.«

»Ich hätte Annemarie vertrauen müssen«, sagt Johann.

»Meiner Vermutung nach wurde Annemarie irgendwann misstrauisch. Vielleicht hat ja Emmi auch einmal etwas gesagt, bei dem bei Annemarie der Groschen fiel. Wir werden es nie erfahren ...«

»Ich habe mir auch schon so etwas gedacht«, sage ich und erzähle, dass es doch sein könnte, dass Annemarie gerade deshalb in dieser stürmischen Nacht unterwegs war.

»Was genau geschehen ist, werden wir wohl nie so ganz klären können«, sagt Uwe. »Aber sicher ist eines ... Annemarie hatte sich an diesem Abend seltsam gegenüber Emmi verhalten. Das hat Emmi bei der Polizei ausgesagt. Vielleicht hatte Annemarie wirklich etwas herausgefunden? Sie verließ plötzlich das Haus und radelte los, so schnell sie konnte. Emmi hat bei der Polizei ausgesagt, dass sie gar nicht so schnell hinterherkam. Bis sie ihre Jacke angezogen hatte und im Auto saß, war Annemarie über alle Berge. Emmi hatte Angst, dass Annemarie zu dir wollte, Johann, um dir zu berichten, dass Emmi hinter den ganzen Gerüchten steckte. Was wäre die logische Konsequenz gewesen? Du hättest sie vermutlich in hohem Bogen hinausgeworfen. Deshalb wollte Emmi unbedingt noch einmal mit Annemarie reden, um herauszufinden, was sie vorhatte. Doch sie wählte den falschen Weg. Während Emmi auf der Straße von Kampen nach Wenningstedt fuhr, war Annemarie auf dem Rad von Kampen Richtung Braderup unterwegs, um von dort aus nach Wenningstedt zu radeln. Sie dachte wohl, der Weg wäre bei dem stürmischen Wetter sicherer. Sie konnte ja nicht wissen, dass Emmi, die, sobald sie gemerkt hatte, dass sie die falsche Straße gewählt hatte, abgebogen war und ihr nun von Braderup aus auf einmal entgegenkam. Emmi hat bei der Polizei ausgesagt, dass sie Annemarie nicht gesehen hat. Es war dunkel und hat in Strömen geregnet. Die Scheibenwischer konnten das Wasser kaum bewältigen. Annemarie hat vermutlich wegen des starken Regens ebenfalls kaum etwas gesehen und ist erschrocken, als auf einmal die Scheinwerfer des Autos auf sie zukamen. Für Emmi war es zu spät, zu bremsen und auszuweichen. Sie fuhr direkt gegen Annemaries Rad, Annemarie stürzte und wurde vom Auto erfasst. Emmi war total in Panik und wusste nicht, was sie tun sollte. Sie legte den Rückwärtsgang ein und fuhr in dem starken Regen zurück. Kurz vor der am Boden liegenden Frau kam das Fahrzeug zum Stehen. Emmi stieg aus und erkannte, dass die gestürzte Frau Annemarie war. Sie hielt sie für tot und war total geschockt. Völlig verstört wollte sie wegfahren und gab Vollgas … Doch der Rückwärtsgang war noch eingelegt und so rollte das Auto direkt über die am Boden liegende Frau. Emmi beteuert, dass es ein Versehen war. Ihre Darstellung klingt logisch, das Gegenteil kann man nicht beweisen.«

»Mein Gott«, entfährt es mir. »Doch warum hat Emmi keine Hilfe geholt?«, frage ich.

»Sie hatte vermutlich einen Schock und fuhr einfach nach Hause. Kurze Zeit später kam zuerst Johann heim und gleich darauf die Polizei, um von dem Unfall zu berichten. Als Emmi erfuhr, dass Annemarie wirklich tot und ihr ohnehin nicht mehr zu helfen war, sagte sie einfach gar nichts. Sie hatte schwere Schuldgefühle, weil Annemarie ihretwegen gestorben war. Ihrer Meinung nach musste sie Johann doch beistehen und konnte ihn nicht alleine lassen. Natürlich war ihr auch bewusst, dass ihr Bleiben im ›Heidehüs‹ sicher zu Ende wäre, sobald Johann erführe, dass sie das Auto gefahren hatte, durch das Annemarie den Tod gefunden hatte. Und genau *das* brachte mich auf Emmis Spur …«, sagt Uwe.

»Lisa, weißt du noch, dass du mir vor Kurzem sagtest, dich würde der schreckliche Unfall Annemaries so beschäftigen? Weil der Autofahrer, der ihn verursacht hatte, noch einmal rückwärtsgefahren sei und sie dadurch erst recht überfahren habe? Das konnte niemand wissen außer dem Fahrer selbst. Ich habe damals den Unfall bearbeitet, weil der Fahrer Unfallflucht begangen hatte und uns einiges merkwürdig vorgekommen war. Die Information, dass der Unfallverursacher noch einmal rückwärtsgefahren war, haben wir damals nicht öffentlich bekannt gegeben. Nicht einmal Johann wusste davon. Er war ja schon geschockt genug, da haben wir ihm die Details erspart. Als ich dich fragte, woher du das wüsstest, sagtest du, Emmi habe dir davon erzählt. Dadurch wurde ich bereits misstrauisch und sah mir die ganze Sache etwas genauer an.«

Mir fällt Emmis seltsames Verhalten ein, als sie mir von dem Unfall erzählte. Sie wurde auf einmal ganz blass und riss die Augen weit auf … vermutlich, weil ihr in diesem Augenblick bewusst wurde, dass ihr etwas herausgerutscht war, was sie die ganze Zeit für sich behalten hatte. Da ich jedoch eine Fremde für sie war, stellte ich keine Gefahr für sie dar.

»Johanns Krankheitssymptome deuteten darauf hin, dass ihm etwas verabreicht worden war«, berichtet Uwe weiter.

»Wer sollte so etwas tun? Wem würde es nützen, wenn Johann etwas zustoßen würde?, fragte ich mich. Nils kam dafür infrage. Schließlich ist er Johanns leiblicher Verwandter und wäre der Haupterbe. Nils hat Schulden und hatte darum ein Motiv, Johann zu töten. In diesem Fall müsste er nicht länger auf das Erbe warten. Doch Nils erschien mir nicht clever genug, um Johanns Gesundheit zu manipulieren. Ganz zu schweigen davon, dass er nie für Johann gekocht hat. Es musste jemand sein, der in Johanns Umfeld war und Möglichkeiten hatte, ihm etwas unter das Essen zu mischen.«

»Da fiel dir Emmi wieder ein …«

»Ja, aber sie hatte eigentlich keinen Vorteil davon, wenn Johann etwas zustoßen würde. Doch etwas an ihrem Verhalten stimmte nicht. Mir als altem Hasen kam Emmi überfürsorglich vor. Ein solches Verhalten erlebt man häufig bei Ehefrauen, die ihre Männer vergiften. Allerdings haben die im Gegensatz zu Emmi einen Vorteil davon, weil sie ihre Männer beerben. Welchen Vorteil hätte Emmi gehabt? Johann hatte kein Testament gemacht, wie er mir sagte. Ich konnte mir zunächst keinen Reim darauf machen. Als ich Johann im Krankenhaus besuchte, fielen mir neben allen anderen merkwürdigen Symptomen nicht nur die erweiterten Pupillen auf …, sondern auch die Haare, die ihm büschelweise ausgingen.«

Ich denke daran, wie Uwe die Haare auf dem Kopfkissen fand.

»Das deutete in der Tat auf Gift hin. Merkwürdig war auch, dass sich Johann einfach nicht besser fühlte, obwohl er doch im Krankenhaus in guten Händen war. Da bemerkte ich die Plätzchen, die ständig an Johanns Bett lagen und die Emmi gebacken hatte. Ich nahm ein paar davon mit und ließ sie auf Gift untersuchen. Und siehe da: man fand Spuren von Taxin, einem Gift, das in der Eibe vorkommt. In Eiben, wie sie in Johanns Garten stehen.«

»Ich wusste gar nicht, dass Eiben giftig sind«, sagt Johann.

»Emmi dagegen schon. Sie hat bei der Polizei zugegeben, dass sie früher mit ihrem Mann im Garten Eiben pflanzen wollte und der Verkäufer sie im Gartencenter darauf hinwies, dass Eiben bei Verzehr schwere Vergiftungserscheinungen hervorrufen könnten. Worauf Emmis damaliger Mann auf die Pflanze verzichtete. Emmi dagegen hatte es sich gemerkt. Sie nahm nur wenige Nadeln und hackte diese in ihrem Mörser ganz klein. Vermischt mit den üblichen Backzutaten wie Mandel, Honig und Vanille konnte sie den Geschmack beeinflussen. Außerdem mischte Emmi noch mehr von den blutdrucksenkenden Pillen ein, die Johann nehmen musste, woraufhin sein Kreislauf völlig durcheinandergeriet. Johann litt schon bald unter den Symptomen, die Emmi im Internet recherchiert hatte. Er war blass, ihm war schlecht, schwindelig und er hatte Herz- und Kreislaufprobleme. Alles Symptome, die auch ein natürlicher Alterungsprozess hätte hervorrufen können. Natürlich hat Emmi keine großen Dosen angewandt, sie wollte Johann schließlich nicht töten. Er sollte sich nur schlecht fühlen. Und ihre Hilfe brauchen.«

»Aber warum nur? Das macht für mich gar keinen Sinn«, sage ich.

»Ich denke, Emmi hat Johann geliebt. Man fügt doch jemandem, den man liebt, keinen Schaden zu.«

»Natürlich nicht. Jedenfalls nicht, wenn man ›normal‹ ist …«, sagt Uwe.

»… da hast du vollkommen recht, Lisa. Aber Emmi ist nicht ›normal‹. Sie leidet vermutlich an einer seltenen Form des ›Münchhausen-Stellvertreter-Syndroms‹, wie die Polizei-Psychologin herausfand.«

»Was ist denn das?«, fragt nun auch Johann, der die ganze Zeit schweigend Uwes Worten gelauscht hat.

»Das ist eine sehr seltene psychoneurotische Störung, bei der hauptsächlich Mütter ihren Kindern bewusst Schmerzen zufügen, Krankheitssymptome vortäuschen, sogar künstlich erzeugen oder bereits vorhandene Gesundheitsschäden verschlimmern. Es sind jedoch nicht nur Mütter … inzwischen hat man auch schon von Ehepartnern, anderen Familienmitgliedern oder Pflegepersonal gehört, die Atemstillstände hervorrufen, Arme und Beine brechen, Gift oder Manipulationen durch Medikamente oder Säure und Laugen verabreichen, um schwere Krankheiten, Verätzungen und Entzündungen hervorzurufen.«

»Du lieber Gott …, das ist ja entsetzlich. Wer macht so etwas nur und warum?« Ich bin so schockiert, dass mir ganz schlecht ist. Von dieser Psycho-Störung habe ich noch nie gehört.

»Es sind vorwiegend weibliche Täter und die Dunkelziffer ist leider recht hoch. Vor allem, weil es sich bei den Opfern hauptsächlich um Kinder oder ältere Menschen handelt, die sich nicht wehren und die Täterinnen auch nicht verraten können oder wollen, weil sie abhängig von ihnen sind. Die Täterinnen sind psychisch schwer krank. Ihnen ist nicht bewusst, dass sie unrecht handeln. Im Gegenteil, in ihrem Umfeld gelten sie als besonders fürsorglich. Je mehr sie Krankheiten manipulieren, desto mehr können sie den Patienten umsorgen und pflegen. Dass sie selbst die Krankheit manipuliert und bewusst herbeigeführt haben, verdrängen sie einfach. Ihr Selbstwertgefühl steigt dadurch grenzenlos, sie fühlen sich ›gebraucht‹. Das treiben sie oft so lange, bis schlimme Krankheiten oder sogar der Tod eintreten.«

»Wie furchtbar«, entfährt es mir.

»Das ist es in der Tat«, sagt Uwe. »Emmi war sich nicht im Klaren darüber, was sie Johann angetan hat. Je schlechter sich Johann fühlte und je mehr sie ihn umsorgen konnte, desto besser fühlte sie selbst sich. Sie hatte tatsächlich das Gefühl, ihn zu pflegen und ihm Gutes zu tun. Obwohl er durch die ständige Dosis Gift erhebliche Nieren- und Leberschäden hätte davontragen können. Aber Johann ist ja ein friesisches Urgestein, dem passiert so schnell nix«, lacht Uwe.

»Die Sache im Kiosk war aber nicht so ungefährlich«, sage ich. »Der Schwächeanfall hätte böse ausgehen können.«

»Zum Glück bist du ja rechtzeitig gekommen, Lisa«, sagt Johann. Dann strafft er die Schultern. »Jetzt ist es aber genug mit den Danksagungen bei den Lebensrettern«, grinst er.

»Was passiert denn nun mit Emmi?«, frage ich.

»Es wird ihr vermutlich ein Prozess gemacht, auch wenn sie aller Wahrscheinlichkeit nach unzurechnungsfähig ist.

Vorläufig ist Emmi in der Psychiatrie-Klinik in Flensburg untergebracht, wo sie meiner Meinung nach erst einmal bleiben wird.«

»Wie bekommt man denn eine solche psychische Störung? Ich meine, hat Emmi die schon immer gehabt?«, frage ich neugierig.

»Wie bei allen psychischen Krankheiten liegt die Wurzel oft in der Kindheit. Ich kann anhand der Vernehmung nur vermuten, wie es dazu kam. Emmi hatte ein schweres Leben. Ihre Mutter war Alkoholikerin und hat sich nie um sie gekümmert. Einen Vater gab es nicht. Emmi war sich immer selbst überlassen und musste sich alles im Leben erkämpfen. Obwohl sie sich so viel Mühe gab, es immer allen und jedem recht zu machen, kam sie doch nie auf einen grünen Zweig. Ihr Ehemann war ebenfalls Trinker und versoff alles, was Emmi in ihrem kleinen Handarbeitsladen erwirtschaftet hatte. Darüber hinaus demütigte und quälte er sie. Mehrfach ist sie vor seinen Schlägen zu ihrer Schwester geflohen, zu der sie allerdings auch kein gutes Verhältnis hat. Als sie endlich den Mut hatte, ein neues Leben anzufangen und in Johanns Haus kam, konnte sie nicht fassen, wie gut es Menschen haben können. Vor allem, als sie sah, wie Annemarie von Johann geliebt wurde, ohne dass diese in Emmis Augen allzu viel geleistet hätte. Sie war der Meinung, dass sie selbst doch sehr viel mehr ein solches Leben verdient hätte. Ihr Neid wuchs von Tag zu Tag, ebenso wie ihre Hoffnung, dass Johann doch irgendwann bemerken würde, dass eigentlich Emmi die Frau seiner Träume ist. Was jedoch nie geschah ...«

Es ist seltsam, aber irgendwie tut mir Emmi auf einmal leid, trotz der furchtbaren Dinge, die sie getan hat. Natürlich hat sie schreckliche Schuld auf sich geladen ...

Nicht nur, weil sie Annemaries Tod auf dem Gewissen hat und Johann beinahe getötet hätte. Doch wenn es stimmt, was Uwe beziehungsweise die Psychologin sagen, dann ist Emmi psychisch schwer krank und kann nichts dafür. Sie war sich vermutlich nicht einmal bewusst, dass sie Johann beinahe »zu Tode gepflegt« hat. Sie handelte in dem Glauben, dass sie es doch immer nur gut gemeint hat.

Für Johann ist es sicher besonders schlimm, weil er die ganze Zeit mit derselben Frau unter einem Dach gelebt hat, die seiner Annemarie das Leben geraubt hat.

Ich kann mir nicht gut vorstellen, dass er ihr jemals verzeihen wird, auch wenn das Ganze damals ein bedauernswerter Unfall und kein Mord war.

Es wird eine Weile dauern, bis wir alle die Geschehnisse der vergangenen Zeit verarbeitet haben. Aber wie hat Johann einmal zu mir gesagt? Sylt heilt auch die Seele.

Das gilt hoffentlich auch für ihn.

»Du kannst Emmis Wohnung haben«, sagt Johann, nachdem Uwe sich verabschiedet hat.

»Danke schön. Das Angebot nehme ich gerne an. Aber ich glaube, ich muss das alles erst einmal in Ruhe verarbeiten. Wenn ein bisschen Gras über die Sache gewachsen ist, werde ich ein paar persönliche Dinge vom Bodensee holen und gerne bei dir einziehen. Kann ich so lange noch im ›Spatzennest‹ wohnen bleiben?«, sage ich ehrlich.

Obwohl die Umstände weiß Gott sehr traurig sind, bin ich überaus dankbar, dass Johann mir dieses Angebot unterbreitet hat. Nun kann ich in meiner geliebten Heide bleiben und muss nicht umständlich nach einer Wohnung suchen, was sicher eine langwierige Angelegenheit wäre.

Vielleicht wird es auch für Johann gut sein, wenn er dann nicht alleine im Haus ist.

»Was wird denn mit dem Rest des Hauses? Willst du dir eine neue Perle für die Vermietung anstellen?«, frage ich.

»Wieso? Hättest du Interesse an der Stelle?«, fragt Johann zurück.

Ich schüttele den Kopf.

»Ich glaube, ich bin langsam zu alt für die vielen fremden Leute und den Trubel«, sagt Johann darauf plötzlich.

»Erinnerst du dich, was ich dir am Anfang über den Immobilienmarkt auf der Insel erzählt habe? Dass die Sylter nur an junge Familien verkaufen sollten? Ich glaube, das mache ich. Ich verkaufe die Haushälfte an eine junge Familie mit kleinen Kindern. Neues Leben im alten Kampen, wie findest du das?«, grinst Johann.

»Großartig«, sage ich.

Kinderlachen und kleine Füße, die auf den sandigen Wegen Schmetterlinge jagen. Ich kann es vor meinem geistigen Auge sehen.

»Möchtest du vielleicht den Kiosk übernehmen?«, fragt Johann.

»Du hast hier frischen Wind hereingebracht und den Umsatz erhöht«, spricht er mir ein Kompliment aus.

»Das kann schon sein«, antworte ich. »Aber du kannst so viel besser als ich die schönen Syltgeschichten erzählen … von Pidder Lüng … und den Walfängern … oder von Ekke Nekkepen, dem Meermann … oder einfach von der Insel, der Heide und dem Meer«, sage ich.

Der Kiosk ist nun einmal Johanns Leben und wird es hoffentlich noch lange bleiben, nun, da er keine vergifteten Plätzchen mehr zu sich nimmt. Er ist zufrieden hier auf seiner grünen Bank, mit dem Blick in die Heide und auf das blaue Meer.

Johann sieht in die Ferne und zieht an seiner geliebten

Pfeife. Sein Gesichtsausdruck wirkt auf einmal entspannt, fast glücklich ..., was angesichts der vergangenen Geschehnisse eigentlich verwunderlich ist.

Und doch kann ich mir gut vorstellen, was gerade in ihm vorgeht.

»Ich bin so froh, dass meine Annemarie mich nicht betrogen hat«, sagt er plötzlich, ohne mich anzusehen. »Ich hatte immer diese Angst. Sie war so schön ... und so viel jünger als ich.«

»Sie hat dich geliebt«, sage ich.

Ich habe Annemarie nicht gekannt, aber ich bin zu 100 Prozent davon überzeugt. Allein ihr Blick auf den Fotos spricht Bände.

»Ich hätte ihr mehr vertrauen sollen. Stattdessen habe ich auf andere gehört und damit ihren Tod mit verschuldet. Hätte ich ihr vertraut und mich nicht so dämlich verhalten, wäre sie nicht bei Nacht aus dem Haus gegangen.«

»Das kannst du doch nicht sagen. Du darfst dir nicht die Schuld daran geben«, sage ich.

»Das hat Alma auch gesagt, als sie mich neulich im Krankenhaus besuchte«, erzählt Johann.

Ich bin froh, dass die beiden sich vertragen haben. Was Alma auf Annemaries Beerdigung Johann aus Wut an den Kopf geschleudert hat, entsprang nur ihrem Schmerz über den Verlust ihrer Schwester.

»Weißt du, Lisa ..., es ist eigenartig. Alma ist Annemarie so ähnlich. Und doch so ganz anders. Aber wenn ich Alma sehe ..., dann habe ich Annemaries Augen vor mir. Sie fehlt mir einfach immer noch so sehr. Wenn ich es nur hätte verhindern können ...«

Johann sieht wieder traurig aus, darum nehme ich seine Hand.

»Annemarie ist aus dem Haus gegangen, weil sie zu *dir* wollte. Es war ihre Entscheidung. Alles, was danach geschehen ist, war ein tragischer Zufall. Du solltest die Vergangenheit und Annemarie ruhen lassen. Und dankbar sein, dass du überhaupt einmal ein solches Glück mit einer Frau erleben durftest. Ich glaube, dass es völlig normal ist, wenn man in der Liebe auch einmal zweifelt …, besonders wenn so viel Gerede im Spiel ist«, sage ich.

»Zweifel? Nein. Die haben in der Liebe nix zu suchen. Ich hätte ihr glauben sollen. Und vertrauen. Weißt du, min Deern, … Vertrauen ist das Wichtigste in der Liebe.«

Der Wind rauscht leise in den Bäumen. Ich habe Johann auf seiner Bank seinen Gedanken überlassen und gehe den Weg zum »Heidehüs« zurück, den ich noch vor Kurzem mit schwerem Herzen ging. Kaum zu glauben, dass seitdem erst wenige Wochen vergangen sind. Es ist so viel geschehen in dieser kurzen Zeit und die Ereignisse haben uns alle verändert. Die milde Sylter Herbstsonne scheint auf mein Gesicht und wirft einen langen Schatten auf den Weg. Es wird höchste Zeit, dass auch ich die Schatten der Vergangenheit hinter mir lasse.

~⊙~

Ich stehe auf der Leiter und versuche, das neue Ladenschild mit dem Namen »Strandgut« über der Tür zu befestigen.

Der Wind zerrt an meiner Jacke und ich habe Mühe, die Leiter und das Schild gleichzeitig festzuhalten.

Endlich. Das Schild hängt und sieht ebenso wunderschön und einladend aus wie der ganze Laden. Ich bin unglaublich stolz: Mein eigenes Geschäft. Ich gehe hinein und sehe mich um. Bildbände und Romane, Gedichte,

Kinder-, Koch- und Sachbücher zum Thema »Meer«, Wander- und Radkarten und Kalender warten dekorativ in den Regalen auf die Käufer. Auf den Tischen befinden sich wunderschöne maritime Accessoires wie Leuchttürme, Strandkörbe und Schiffsmodelle in verschiedenen Größen und Materialien, Möwen, Fische und Anker aus Holz, Schmuckschatullen aus Muscheln und vieles mehr. Dazwischen habe ich viele Sylt-Andenken sowie Taschen und Schals in Meeresfarben arrangiert. Auch schöne Ansichts- und Grußkarten dürfen natürlich nicht fehlen. Umrahmt werden all diese wundervollen Dinge von Merles Treibholzkunst, die jetzt viel besser zur Geltung kommt als zwischen den alten Blumenvasen.

Heute Morgen hat Merle mir ein Mobile aus echtem »Strandgut« geschenkt, das sie selbst hergestellt hat und das aus kleinen Treibholzteilen, Muscheln und Steinen besteht.

»Für deinen Laden«, hat sie gesagt und mich angestrahlt.

Ich habe sie in den Arm genommen und ihr geantwortet: »Danke, Merle. Das ist wunderschön. Ich möchte es nicht verkaufen, sondern lieber bei mir zu Hause haben. Es bewegt sich so schön im Wind ...«

Merle wurde vor Freude ganz rot und sagte: »Dann mache ich dir noch eines, für deinen Laden.« Dass sie, die sonst so zurückhaltend ist, mich offenbar in ihr Herz geschlossen hat, bedeutet mir sehr viel. Ich bin sicher, auch mein Vater wäre sehr glücklich darüber.

Am Samstag werde ich mit Alma, Merle und Johann an meiner Seite den Laden eröffnen. Es ist vielleicht nicht gerade die beste Jahreszeit für diese Aktion, da jetzt im Herbst bei Weitem nicht mehr so viele Urlauber nach Hörnum kommen wie im Sommer. Dennoch hoffe ich auf ein wenig Umsatz, es gibt ja auch Menschen, die hier wohnen. Und Weihnachten steht auch schon bald vor der Tür. Die paar Monate bis zum nächsten Frühjahr werde ich schon überleben. Alma und Merle haben versprochen, mich nicht verhungern zu lassen.

Notfalls kann ich mir auch mit Johann in seinem Kiosk ein paar Würstchen warm machen. Er hat sich glücklicherweise von der ganzen Aufregung wieder sehr gut erholt. Seine Wangen haben die gewohnt rosige Gesichtsfarbe und seine blauen Augen strahlen hell und klar aus seinem Gesicht. Was mich am meisten freut, ist die Tatsache, dass Alma und er sich wieder so gut verstehen und hin und wieder sogar kleine Unternehmungen zusammen machen. Alma geht Johann in der Pension zur Hand und bereitet das Frühstück für die immer noch vereinzelt eintreffenden Gäste zu. Das Putzen der Abreise-Zimmer haben Merle und ich übernommen. Johann revanchiert sich auf seine Weise und lädt uns Damen hin und wieder schick zum Essen ein, wobei es diesmal ausnahmsweise keine Würstchen sind, die auf dem Speisezettel stehen.

Außerdem wohne ich mietfrei im »Spatzennest«, weil Johann sich hartnäckig weigert, von seiner »Lebensretterin« auch nur einen Cent anzunehmen.

Von Uwe haben wir erfahren, dass Emmi noch immer in der Klinik für Psychiatrie in Flensburg ist. Wenn mir auch die Erinnerung an die vergangenen Ereignisse noch immer einen kalten Schauer über den Rücken jagt, so tut mir Emmi doch auf seltsame Weise sehr leid. Sie ist eine einsame, verlorene Seele, die es nie gut gehabt hat in ihrem Leben. Abgesehen von der Zeit, in der sie für Johann sorgen durfte. Selbst wenn sie in ihren Handlungen viel zu weit gegangen ist und durch ihre Schuld ein wunderbarer

Mensch gestorben und ein anderer sehr krank geworden ist, so ist sie doch kein Teufel in Menschengestalt. Möge das Schicksal sie nicht noch mehr strafen, als dies ohnehin bereits geschehen ist.

Ich schließe die Tür ab und mein Blick fällt auf die kleine Krabbe, die in der Auslage liegt. Für Alma und mich hat sie dieselbe Bedeutung.

Ich denke an meinen Vater. Wenn er wüsste, was aus seiner Bitte, Alma das Päckchen zu bringen, geworden ist. Aber vielleicht weiß er es ja ...

Ich stecke die Hände in die Taschen und gehe zu meinem kleinen Auto. Doch auf einmal kommt die Sonne zwischen den Wolken hervor und taucht die Insel in ein warmes, goldenes Licht.

Ich beschließe, einen kleinen Spaziergang zum Meer zu machen, statt gleich zum »Heidehüs« zurückzufahren. Mein Weg führt mich zu Fuß aus der Ortsmitte heraus auf sandigen Wegen mitten durch die Dünen. Der Wind reißt an meinem Haar und ich bedaure, dass ich heute keine Mütze dabeihabe. Auf Sylt sollte man immer eine Mütze einstecken, das weiß ich doch nun inzwischen.

Ich atme tief ein und freue mich über den Anblick der Dünen, die in der Sonne rotgolden leuchten. Dazwischen stehen kleine Klinkerhäuser mit Reetdachmützen, die sich vor dem Wind zu ducken scheinen. Dünengräser bewegen sich sanft in der kühlen Brise, Stille senkt sich über den späten Nachmittag. Das Meer träumt dunkel und leise vor sich hin.

Wieder denke ich daran, dass ich mich in dem schicken Designerhaus am Bodensee eigentlich nie richtig »zu Hause« gefühlt habe. Hier, an diesem für mich eigentlich fremden Ort, scheint meine Seele daheim zu sein.

Auch wenn meine Familie weit entfernt von mir ist und ich sie oft sehr vermisse. Doch Ann-Sophie und Tim wollen Weihnachten bei mir verbringen und darauf freue ich mich schon riesig. Im Januar werde ich den »Strandgut«-Laden ein paar Wochen schließen und an den Bodensee reisen. Obwohl ich nicht daran denken mag, so muss ich doch einige Dinge dort regeln, um sie wirklich abschließen zu können. Außerdem möchte ich noch ein paar persönliche Dinge bei Andreas abholen, was mir ganz bestimmt auch nicht leichtfallen wird.

Ich komme an dem urigen kleinen Strandlokal »Kap Horn« vorbei, das mit seiner romantischen Beleuchtung richtig einladend aussieht, auch wenn sich heute nur wenige Gäste dorthin verirrt haben.

Im Sommer kann man hier direkt hinter der Düne im Sand sitzen, einen Cocktail trinken oder lecker essen und an manchen Tagen dabei Live-Musik hören. An den anderen Tagen lauscht man der Musik des Meeres …

Ich denke daran, dass ich im April ja schon wieder an den Bodensee fahren werde, wenn Ann-Sophie ihr Baby bekommt. Welch aufregender Gedanke, Oma zu werden. Noch vor Kurzem habe ich mich darüber geärgert, dass Andreas dieses Wort so abfällig aussprach. Dabei ist es doch etwas Schönes.

Ich hoffe, er wird glücklich mit seiner jungen Freundin. Ich wünsche es ihm wirklich von Herzen, auch wenn ich noch immer sehr traurig darüber bin, dass unsere Ehe gescheitert ist.

Ich bin so in Gedanken versunken, dass ich die Stimme gar nicht gleich höre.

»Lisa?«

Das muss ein Irrtum sein. Hier kennt mich doch niemand … *Noch* nicht. Das wird sich jedoch hoffentlich nach der »Strandgut«-Eröffnung ändern.

»Lisa.«

Diesmal ist die Stimme lauter und ich drehe mich um.

Er steht vor dem »Kap Horn«, mit den Händen in den Taschen. Der Wind fährt ihm durch die Haare und er lächelt … mit den Augen.

»Sven?«

Ich kann es nicht fassen. Was macht er hier, mitten in den Dünen?

Er kommt auf mich zu und nimmt meine Hand. Dann zieht er diese an seine Lippen und küsst sie.

Mein Herz klopft so unglaublich stark, dass ich glaube, es zerspringt.

»Was machst du hier, Lisa?«, lächelt er noch immer.

»Das Gleiche könnte ich dich fragen, Sven«, sage ich.

Sven hält noch immer meine Hand. »Du hast mir eine Leuchtturmbesichtigung versprochen, schon vergessen?«, fragt er grinsend.

»Deshalb bist du doch nicht hier«, antworte ich.

»Nein, ich bin eigentlich geschäftlich hier. Aber wenn wir schon mal da sind …«

»So, so … geschäftlich.«

Mir fällt wieder ein, dass ich ihn mit Ole Jensen gesehen habe und lasse Svens Hand los.

»Ja, ich plane für einen Investor ein größeres Projekt in Hörnum und bin deshalb öfter hier. Wir haben gerade einen Kaffee im »Kap Horn« zusammen getrunken und gerade, als ich gehen wollte, sah ich dich vorbeimarschieren. Auch wenn du ein bisschen mehr anhast als bei unserer letzten Begegnung …«, grinst er, »… habe ich dich doch gleich an deinem federnden Gang und den wehenden Locken erkannt. Sag, was machst du hier? Gönnst du dir einen kleinen Herbsturlaub?«, fragt er.

»Ehrlich gesagt, nicht so ganz, Sven. Ich ... lebe jetzt auf Sylt«, antworte ich lächelnd.

»Was?« Sven sieht mich ungläubig an. »Seit wann?«

»Ach, weißt du ... eigentlich war ich gar nie weg ...«, gestehe ich.

»Aber das kann nicht sein ...«, sagt er auf einmal. »Deine Freundin hat doch gesagt, du wärst an den Bodensee zu deiner Familie zurückgekehrt.«

»Meine Freundin? Welche Freundin?«, frage ich erstaunt.

»Na, die Schwarzhaarige, diese Russin«, sagt Sven.

»Tanja? Wann hat sie das gesagt?«

»Als du meine Anrufe und SMS nicht beantwortet hast, war ich zuerst ein wenig verunsichert. Ich dachte, dir hätte unser ›Picknick‹ vielleicht nicht gefallen. Doch dann musste ich aus terminlichen Gründen schnell nach Hamburg zurück und wollte dich unbedingt noch einmal sehen. Ich fuhr zum ›Heidehüs‹ und da sagte mir diese Tanja, deine Tochter sei gekommen, um dich nach Hause zu holen. Ich war ehrlich gesagt ein wenig enttäuscht, dass du einfach so abgereist bist, ... ohne mir ›Lebewohl‹ oder ›Auf Wiedersehen‹ zu sagen.«

Tanja. Dieses Miststück. Uwe hat von den eifersüchtigen und neidischen Frauen gesprochen ... Nun muss auch ich eine solche Erfahrung machen.

»Aber das bin ich doch gar nicht. Ich wäre nie weggefahren, ohne mich von dir zu verabschieden. Es stimmt, meine Tochter war auf Sylt, um mich zu besuchen. Aber sie ist alleine an den Bodensee zurückgefahren.«

»Und warum hast du mich dann nicht zurückgerufen oder wenigstens eine Nachricht geschickt?«

»Ach, Sven ... Ich weiß nicht, wie ich das erklären soll. Es hat mit Johann zu tun und dem ›Heidehüs‹. Ehrlich gesagt war ich misstrauisch ... und auch ein wenig wütend auf dich«, gebe ich zu.

»Warum das denn?«, fragt Sven erstaunt.

»Weil ich dich mit diesem Ole Jensen gesehen habe. Mit *dem* Ole Jensen, der unbedingt an Johanns Grundstück kommen wollte, um dieses Golfhotel zu realisieren ... Mir fiel ein, dass du hier ein größeres Projekt auf Sylt planen würdest, und ich dachte, es käme dir ganz gelegen, dass ich zufällig im ›Heidehüs‹ wohne und mit Johann befreundet bin«, sage ich kleinlaut, weil mir klar ist, dass ich vorschnell etwas angenommen habe, was vielleicht gar nicht so war.

»Auf die Idee, dass ich hier vielleicht etwas anderes planen könnte, bist du nicht gekommen?«, Sven sieht mich fragend an.

Mir fällt ein, was Johann gesagt hat, dass Zweifel in der Liebe nichts zu suchen haben und dass man vertrauen muss.

»Du hättest mich fragen können, Lisa. Dann hätte ich dir sicher gerne erzählt, dass Ole Jensen zwar überaus tüchtig und sehr erfolgreich ist, aber nicht nur Golfhotels plant und alten Männern ihr Häuschen abjagen will. Im Gegenteil, Ole wird hier in Hörnum für meinen Investor ein Mehrfamilienhaus realisieren, um in Abstimmung mit der Gemeinde mehr Wohnraum für die Einheimischen zu schaffen«, klärt Sven mich auf.

Ach herrje. Da lag ich mit meiner Vermutung ja völlig falsch.

»Aber ich habe dein Auto an dem Abend, als du mich nach Hause gebracht hast, später noch einmal am ›Heidehüs‹ gesehen ... Jedenfalls dachte ich, es sei dein Auto. Ich habe geglaubt ...«

»… dass ich dich erst nach Hause bringe und später noch einmal wiederkomme, um mich mit Ole Jensen zu treffen? Oder das Grundstück auszumessen?«, grinst Sven. »Aber du hast recht, Lisa. Ich bin tatsächlich noch einmal zurückgekommen. Als ich in meiner Ferienwohnung war, wollte ich mir gerne die Fotos vom Sonnenuntergang und von dir anschauen, die ich gemacht hatte. Und ich wollte dir eine kleine Nachricht schicken, um dir zu sagen, wie sehr mir der Abend mit dir gefallen hat. Doch mein Handy war nirgends, obwohl ich überall gesucht habe. Es musste mir aus der Tasche gefallen sein, entweder beim Aussteigen aus dem Auto oder … als ich dich zum Abschied geküsst habe.«

Beim Gedanken daran bekomme ich sofort Herzklopfen.

»Tatsächlich lag es vor dem ›Heidehüs‹ auf dem Parkplatz.«

Mir fällt ein, dass ich kurze Zeit, nachdem ich den Wagen vom Hof fahren sah, eine Nachricht von Sven auf meinem Handy erhalten habe.

»Es tut mir leid, Sven. Du hast recht, ich hätte mit dir reden sollen. Ich weiß nicht, warum ich so misstrauisch war. Vielleicht, weil ich durch Andreas ein gebranntes Kind bin … Vielleicht aber auch, weil ich so viel darüber gehört hatte, dass auf Sylt so viel gebaut wird und die armen Einheimischen vertrieben werden … Das hat mich alles sehr verwirrt. Aber noch mehr hat mich unser gemeinsamer Abend verwirrt …«

»Das ging mir genauso, Lisa«, sagt Sven auf einmal leise. »Was ich dir an diesem Abend gesagt habe, war ehrlich gemeint. Ich hatte nicht erwartet, einer Frau wie dir zu begegnen. Meine Gefühle für dich haben mich ehrlich gesagt ziemlich verunsichert und ich wusste nicht, wie ich damit umgehen sollte.«

Er hebt seine Hand und streicht damit zärtlich über meine Wange. Ich schließe die Augen, weil ich ihn sonst küssen muss, sofort.

»Ich habe mich ziemlich kindisch verhalten, Sven. Aber ich bin auch schon lange aus der Übung. 25 Jahre lang habe ich keinen anderen Mann angesehen. Und dann kamst du … und hast mir so den Kopf verdreht, dass ich ihn nicht mehr gerade bekam.«

»Und ich dachte, du hättest kein Interesse an mir oder ein schlechtes Gewissen gegenüber deinem Mann und würdest dich deshalb nicht mehr melden. Wir beide hätten mehr miteinander reden sollen, als nur Vermutungen anzustellen«, sagt Sven.

»Das wollte ich ja. Aber es war zu spät. Als ich im Bergentenweg ankam, warst du bereits abgereist«, erzähle ich.

»Warum hast du nicht angerufen? Ich wäre umgekehrt. Oder am Wochenende wiedergekommen. Ich hätte dich so gerne wiedergesehen«, sagt Sven.

»Ich dachte, wenn du einfach so gehen kannst, ohne ein Wort des Abschieds …, dann hast du wohl doch nicht dasselbe empfunden wie ich«, gebe ich zu.

»Da haben wir wohl beide das Falsche gedacht«, sagt Sven und grinst.

Wir sind wirklich zwei Sturköpfe. Im Grunde haben wir den gleichen Fehler gemacht wie damals mein Vater und Alma. Dabei hätte ich doch aus der Geschichte der beiden lernen können, dass fehlender Mut und Zaghaftigkeit in der Liebe nirgendwohin führen.

»Darauf fuhr ich zurück an den Bodensee«, erzähle ich. »Ich wollte herausfinden, ob meine Gefühle für dich vielleicht nur eine kleine Verwirrung waren. Und ob es noch eine Zukunft für Andreas und mich gibt. Doch ich stellte fest, dass ich mich dort nicht mehr zu Hause fühlte und mich mit meinem Mann, abgesehen von den schönen Erinnerungen an die vielen gemeinsamen Jahre, nicht mehr allzu viel verband. Ich dachte an dich ...« Diesmal nehme ich Svens Hand und halte sie fest. »... und fuhr zurück nach Sylt. Beim Umsteigen in Hamburg hatte ich auf einmal das Gefühl, ich müsste dich sehen. Ich nahm also all meinen Mut zusammen und mein Herz in die Hand und fuhr mit dem Taxi in die Elbchaussee ...«, berichte ich.

»Warum bist du nicht vorbeigekommen? Hat dich der Mut dann doch verlassen?«, fragt Sven.

»Nein, ich war da. Ich war vor deinem Haus und ich habe dich gesehen, Sven. Du hast eine Frau umarmt ...«, gestehe ich.

»Eine Frau? Das kann nicht sein. Wann soll das gewesen sein?«, fragt Sven nachdenklich.

»Anfang September. Es hat furchtbar geregnet und du hast einen Regenschirm über sie gehalten ...« Und ich setze hinzu: »Sie war so schön.«

»Das kann nur Darina gewesen sein«, grinst Sven darauf. »Meine Noch-Ehefrau. Das einzige weibliche Wesen, das mich in letzter Zeit ein paar Mal besucht hat. Du musst wissen, Darina hat hin und wieder einmal eine kleine Krise. Ihr neuer Freund leckt ihr wohl nicht immer die Füße, so wie sie sich das wünscht. Dann kommt sie zu mir, um sich auszuheulen«, erzählt Sven.

»Und du lässt dich immer wieder auf sie ein ...«, sage ich eifersüchtig.

Ich weiß doch, wie sehr er gelitten hat, dass Darina ihn verlassen hat. Ob er hofft, sie zurückzugewinnen, wenn er ihr das Gefühl gibt, dass er noch immer für sie da ist?

»Nein, Lisa. Unsere Zeit ist vorbei ... und das weiß auch

Darina. Ich war lange mit ihr zusammen und fühle mich in gewisser Hinsicht immer noch für sie verantwortlich. Aber ich liebe sie nicht mehr. Ich habe sie nur einmal in den Arm genommen, als sie Trost gesucht hat. Das war an dem Tag, als ihre Mutter mit Verdacht auf einen Schlaganfall ins Krankenhaus gekommen ist. An diesem Tag war Darina ziemlich fertig. Könnte es sein, dass du uns vielleicht an diesem Tag gesehen und die falschen Schlüsse gezogen hast?«

»Hmm ... ja, das könnte sein«, sage ich kleinlaut.

Im »Falsche-Schlüsse-Ziehen« scheine ich inzwischen nahezu perfekt zu sein.

Zum Glück lenkt Sven vom Thema ab.

»Und du lebst jetzt wirklich auf Sylt?«, fragt er und grinst. »Wo denn genau? Und was machst du hier so?«

»Ach, das ist eine lange Geschichte ...«, sage ich und sehe an ihm vorbei auf die Dünen, die golden in der Herbstsonne leuchten.

»Ich habe Zeit«, antwortet Sven und setzt hinzu: »Ich weiß ja nicht, *wie* lang die Geschichte ist. Aber ein paar Tage kann ich mir schon für dich nehmen ... oder ein paar Monate ..., ein paar Jahre ...«

Sven sieht mich an und lächelt ... mit den Augen. Er zieht mich an sich und küsst mich zärtlich.

Dann nimmt er meine Hand und fragt: »Kommst du mit?«

Ich denke an meinen Vater und daran, dass ein klein wenig Mut manchmal über das Glück des ganzen Lebens entscheiden kann. Deshalb lächle ich zurück und antworte: »Wohin du willst.«

Wir gehen schweigend den kleinen Weg durch die Dünen zum Meer.

Ich denke an Johann und daran, was er einmal zu mir gesagt hat: »Ebbe und Flut ..., so ist auch das Leben. Manchmal muss man etwas gehen lassen. Wie bei Ebbe kommt einem das Leben dann öde und leer vor. Doch dann kommt die Flut und bringt etwas Neues mit, das unser Leben reich macht wie das Meer den Strand.«

Sven hält noch immer meine Hand und ich weiß, dass ich auch seine diesmal nicht wieder loslassen werde.

Nie wieder.

Sonne über Sylt ... Weiße Möwen ziehen am endlos weiten Himmel über das dunkelgrüne Meer.

Ich schließe die Augen, damit Sven meine Tränen nicht sieht. Die gerade aufsteigen, weil ich so glücklich bin.

Sylt hat nicht nur meine Seele geheilt, sondern auch mein Herz.

Jetzt, da Sven bei mir ist, bin ich hier wirklich zu Hause.

ENDE

DANKSAGUNG

Wenn es eine Möglichkeit gäbe, mich bei der großartigen Natur der Insel Sylt zu bedanken, so würde ich diese am liebsten ergreifen. War sie es doch, die mir bei unzähligen Spaziergängen nicht nur viel Glück und Freude, sondern auch Inspirationen für diese Geschichte geschenkt hat.

Da dies aber nicht gut möglich ist, so möchte ich mich wenigstens bei meinen Eltern Rosemarie und Herbert bedanken, auch wenn sie heute beide leider nicht mehr bei mir sind. Sie waren es, die mich schon als Kind mit nach Sylt genommen und die Liebe zu dieser Insel in mir geweckt haben.

Dadurch, dass die beiden dort einige Jahre lebten, war es mir möglich, Sylt zu allen Jahreszeiten zu entdecken. Natürlich liebte ich bereits als Kind die unbeschwerten Strandtage. Doch gerade die »leisen« Zeiten in den Herbst- und Wintermonaten, wenn nicht mehr so viele Urlauber auf der Insel waren, berührten am meisten mein Herz. Ich entdeckte so viele besondere und zauberhafte Stimmungen und Orte, dass ich versuchen wollte, meinen Leserinnen davon zu erzählen und sie daran teilhaben zu lassen.

Gerade bei diesen möchte ich mich besonders bedanken. Es macht mich nach wie vor sehr glücklich, dass ich anderen Menschen mit dem, was ich schreibe, eine Freude bereiten kann.

Viele von Ihnen bringen mir dies in vielfältiger Form zum Ausdruck und so manche Leserin ist inzwischen zu einer Freundin geworden.

Ich danke auch allen Buchhändlern und Veranstaltern, nicht nur dafür, dass sie meine Bücher der Öffentlichkeit zugänglich machen, sondern mir auch immer wieder die Möglichkeit bieten, diese bei Lesungen selbst vorzustellen. Es steckt viel Arbeit dahinter, so eine Lesung zu organisieren und ich kann nur hoffen, dass die Mitarbeiter durch die persönliche und herzliche Atmosphäre an einem solchen Abend ebenso bereichert werden wie ich.

Auch wenn ich mich wiederhole, weil dies nicht mein erstes Buch ist, so möchte ich mich doch bei dem ganzen Team des Gmeiner-Verlags bedanken ... nicht nur dafür, dass ich auch diese Geschichte veröffentlichen darf.

Jeder einzelne Mitarbeiter dort tut täglich sein Allerbestes, uns Autoren auf die bestmögliche Weise zu unterstützen. Dies geschieht auf eine solch herzliche und freundliche Weise, die sicher nicht selbstverständlich ist.

Ganz besonders bedanke ich mich in diesem Zusammenhang bei meiner Lektorin und Freundin Claudia Senghaas, nicht nur für die viele Arbeit, die sie mit mir hat, sondern auch dafür, dass sie immer für mich da ist und mich in jeder Hinsicht verständnisvoll unterstützt. Ihre vielen guten Ideen und freundlichen Gedanken – nicht nur beim Latte Macchiato – bedeuten mir sehr viel.

Dem Sylter Shanty Chor danke ich ganz besonders, weil er mir – auch wenn ich tief im Süden bin – die Möglichkeit schenkt, bei einer CD von der »Sonne über Sylt« zu träumen.

Dieses Lied hat eine besondere Bedeutung für mich, weil es mir mein Vater – der ein Mitglied dieses wunderbaren Chores war – so oft auf dem Akkordeon vorgespielt hat. Vielen Dank dem Chor, dass ich es in meinem Roman erwähnen darf.

Mein besonderer Dank ist meiner Familie geschuldet, die in all den Jahren immer wieder gerne mit mir nach Sylt gefahren ist. Dass ich meine Kinder Marc, Sandrina und Simona ebenfalls mit dem Sylt-Virus infiziert habe, ist vermutlich die logische Konsequenz daraus.

Last but not least bedanke ich mich besonders herzlich bei meinem Freund Dieter, der immer als erster von meinen Roman-Ideen erfährt und mich nicht nur in kriminalistischer und kriminologischer Hinsicht berät, sondern auch oft auf einen besonderen Gedanken oder eine unerwartete Wendung bringt. Und natürlich dafür, dass er so viel Verständnis dafür hat, dass ich wochenlang in einer »anderen Welt« lebe und mich in dieser Zeit mit Friesentee und Labskaus verwöhnt.

*Weitere Krimis finden Sie auf den
folgenden Seiten und im Internet:*

WWW.GMEINER-SPANNUNG.DE

CHRISTINE RATH
Maiglöckchensehnsucht
....
978-3-8392-1646-0 (Paperback)
978-3-8392-4569-9 (pdf)
978-3-8392-4568-2 (epub)

»Eine berührende und fesselnde Geschichte über eine verbotene Liebe und düstere Geheimnisse am traumhaften Bodensee, die bis zur letzten Seite Spannung verspricht!«

»Für mein Maiglöckchen Lily, in Liebe Hermann« steht auf der alten Spieluhr, die Maja beim Renovieren der geerbten alten Villa am Bodensee, in der sie eine Pension eröffnen will, findet. Was hat die sonderbare Irin Nora damit zu tun, die eines Tages dort auftaucht und behauptet, die rechtmäßige Erbin zu sein? Als auch noch der attraktive Pensionsgast Peter auf mysteriöse Weise ums Leben kommt, wird es Zeit für Kommissar Michael Harter, die Sache in die Hand zu nehmen – und für Maja, um ihre Existenz und ihr Glück zu kämpfen.

WWW.GMEINER-VERLAG.DE
Wir machen's spannend

Das Neueste aus der Gmeiner-Bibliothek

Unser Lesermagazin

Bestellen Sie das
kostenlose Krimi-
Journal in Ihrer
Buchhandlung
oder unter
www.gmeiner-verlag.de

Informieren Sie sich …

www … auf unserer Homepage:
www.gmeiner-verlag.de

@ … über unseren Newsletter:
Melden Sie sich für unseren Newsletter an
unter www.gmeiner-verlag.de/newsletter

f … werden Sie Fan auf Facebook:
www.facebook.com/gmeiner.verlag

Mitmachen und gewinnen!

Schicken Sie uns Ihre Meinung zu unseren Büchern
per Mail an gewinnspiel@gmeiner-verlag.de
und nehmen Sie automatisch an unserem
Jahresgewinnspiel mit »mörderisch guten« Preisen teil!